1

Seine nächtlichen Besuche auf dem Friedhof der Namenlosen waren inzwischen zu einem Ritual geworden – immer bei Vollmond, immer, wenn der Himmel wolkenlos und sternenklar war. Und doch lief ihm jedes Mal ein Schauder über den Rücken, wenn er die Kreuze auf den Gräbern im Mondschein sah und eine kleine Kerze vor der Gedenktafel in der Mitte abstellte.

Ihre Körper waren längst verrottet, aber wenn sich das Rauschen des Windes mit dem des Meeres verband, war es für ihn, als würde er die Seelen der Toten flüstern hören. Und zwar nicht nur die der Seeleute, deren angespülte, niemals identifizierte Leichen man hier einst begraben hatte. Sondern auch die all der anderen Toten, die die Insel Jahr für Jahr hervorbrachte: die unzähligen Vögel, die auf Neuwerk Rast suchten, Kraft tankten auf ihrem weiten Weg hinaus über die halbe Erde und die es dennoch nicht geschafft hatten. All die Lebewesen, die er nicht hatte retten können. Die manchmal einfach vom Himmel fielen, vor Erschöpfung. Auch ihnen gedachte er hier.

Und manchmal, da gedachte er auch sich selbst, fühlte er doch, dass seine schwarze Seele längst verloren und sein von Trieb und Drang geplagter Körper dem Tod näher als dem Leben war.

2

Wenn Martina Martens vor dem Antritt ihrer Reise auf die Insel Neuwerk bereits gewusst hätte, dass eines dieser etwa ein Dutzend Kinder, die irre und bedrohlich am Anleger herumtobten, schon bald sterben würde – es hätte sie kaum überrascht. Eine furchtbare, völlig wilde Horde. Dabei konnte man nicht behaupten, dass sie keine Kinder mochte. Sie dachte oft daran, wie gut sie sich noch mit ihrer Tochter verstanden hatte, als sie in genau diesem Alter gewesen war, elf, vielleicht zwölf. Dieses vorpubertäre Rudel war jedoch dermaßen laut und auffällig, dass sie am liebsten auf der Stelle umgekehrt wäre.

Sie hätte es wissen müssen, war sie doch selbst als Kind zuletzt auf Neuwerk gewesen, vermutlich sogar im selben Landschulheim, das nun auch diese Gruppe aufnehmen würde. Die Erinnerungen daran waren verblasst, das Ganze so lang her, dass sie nicht gedacht hätte, es könnte noch immer so wie damals sein. In ihrer Vorstellung war die Insel mit ihr gealtert.

Als sie einen offenbar verhaltensgestörten Jungen mit blondierten Haaren beobachtete, der seinen Eisteekarton zuerst über dem Kopf eines anderen restentleerte und ihn anschließend nach einer Seemöwe warf, diese zum Glück verfehlte, dafür aber sein Müll im Hafenbecken landete, während ein kreischendes, mondgesichtiges Mädchen das Ganze auch noch mit ihrem Smartphone filmte, da bildete sie sich ein, was alle Erwachsenen sich einbildeten: So waren wir damals nicht.

Selbst Reto, sonst für jeden noch so kindischen Spaß zu haben, hielt sich zurück, schien froh zu sein, dass ihn noch niemand entdeckt hatte. Sie warteten in sicherem Abstand und gingen erst an Bord, nachdem die gesamte Gruppe samt aller Koffer, Taschen und Betreuer bereits auf dem Schiff war.

Martina hatte sich schon darauf gefreut, mit salzigem Seewind im Gesicht auf dem Sonnendeck zu sitzen, auch wenn dieses angesichts des grauen Himmels an diesem Tag seinen Namen nicht verdiente. Doch da die Kinderschar den Bereich eingenommen hatte, entschied sie sich um. Schon des armen Reto wegen. Es war ja auch sein Urlaub und mit irren Menschenmengen hatte er im Alltag mehr als genug zu tun.

Es waren, von den Heranwachsenden einmal abgesehen, nur sehr wenige Passagiere, die an diesem trüben Oktobertag eine der letzten Überfahrten des Jahres von Cuxhaven aus antraten. Im Salon befanden sich außer Martina nur noch vier Männer. Zwei davon in Uniform, ein Polizist, schätzungsweise etwas jünger als sie, also Anfang vierzig, und ein Postbote kurz vor der Pension, die sich freundlich zugenickt, aber an unterschiedliche Tische gesetzt hatten. Der Staat entsandte seine Diener also tatsächlich auch an ein so abgelegenes Fleckchen, dachte Martina.

Die anderen beiden, ein großer Schlanker und ein kleiner Stämmiger in den Dreißigern, die direkt nebeneinander saßen, wirkten ebenfalls uniformiert, obwohl sie erkennbar Freizeitkleidung trugen. Aber, und das war das Erstaunliche, nahezu identische: Beide hatten ihren hellgelben Friesennerz geöffnet, so dass darunter ihre mit drei goldenen Streifen versehenen Adidas-Jacken hervorblickten, die eine hellblau, die andere schwarz.

Ein grauhaariger Mann kam auf sie zu, zur Abwechslung einmal nicht uniformiert, so dass sie zunächst dachte, es ginge ihm – wie eigentlich fast allen Fremden, die an sie herantraten – um Reto. Doch er zeigte nicht auf ihn, sondern auf eine Speisekarte, die auf dem Tisch vor ihr lag und die sie noch gar nicht wahrgenommen hatte.

„Haben Sie schon was ausgesucht?"

„Äh, nein danke. Ich habe gut gefrühstückt", log sie. In Wahrheit hatte sie am Morgen in weiser Voraussicht bloß einen Tee getrunken. Martina war, obwohl gebürtige Hamburgerin, nicht besonders seetüchtig und hatte zudem einen empfindlichen Magen. Deshalb waren die Inseln, auf denen sie üblicherweise urlaubte, auch allesamt bequem über Brücken erreichbar: Rügen, Usedom, Fehmarn, manchmal auch Sylt.

„Schön für Sie. Aber auf diesen Plätzen herrscht Verzehrpflicht."

Er wartete, ob sie nun doch etwas bestellen würde, aber sie stand wortlos auf. Im hinteren, nicht überdachten Bereich des Decks gab es leider keine Reling, an die man sich hätte lehnen können, doch sie sah eine Treppe und stieg hinab ins Unterdeck, in dem der Kiosk geschlossen war und außer ihr kein einziger Passagier saß.

Die MS Flipper legte ab, verließ den Hafen, vorbei an einem historischen Holzanleger, zur Aussichtsplattform umgebaut, der den – wie Martina wusste – klangvollen Namen „Alte Liebe" trug. Obwohl sie es nicht wollte, musste sie an ihren Ex-Mann denken, mit dem sie zuletzt vor gefühlten hundert Jahren in Cuxhaven gewesen war. Bevor ihre Tochter auf die Welt gekommen war und sie tatsächlich noch romantische Tagesausflüge ans Meer unternommen hatten.

Mit gemächlicher Geschwindigkeit steuerte das Schiff in immer unruhigeres Gewässer. Die Insel lag keine 15 Kilometer vor dem Festland und doch würden sie für die Überfahrt an diesem Tag beinahe zwei Stunden brauchen. Schon bald entdeckte Martina die Silhouette am Horizont: den Turm, die Ostbake, ein paar Dächer der wenigen Bauernhäuser hinter dem Deich. Sie konnte sich nicht erinnern, dass ihr bei ihrem ersten Besuch vor über dreieinhalb Jahrzehnten jemals langweilig gewesen wäre – doch damals, selbst noch klein, war ihr das Eiland mit Sicherheit auch nicht so winzig vorgekommen, wie es ihr heute, zumindest aus der Ferne, erschien.

Die Wellen, deren Schaumkronen mit voller Wucht gegen die Luke krachten, hinter der Martina saß, wurden immer größer und das Schiff geriet zunehmend ins Schaukeln. Ihr wurde trotz leeren Magens übel. Sie nahm sich vor, sollte es an ihrem geplanten Rückreisetag in weniger als einer Woche wieder so stürmisch sein, doch lieber den Wattwagen zu nehmen. Auch wenn sie ein bisschen Angst davor hatte, seitdem sie vor ein paar Jahren in irgendeiner Kleinstadt in Süddeutschland erleben musste, wie einem dieser Touristenkutscher beinahe seine Pferde durchgegangen wären und sie den damals noch blutjungen und unerfahrenen Reto gerade noch vor der scheuenden Stute hatte wegziehen können.

Obwohl ihn mittlerweile kaum mehr etwas aus der Ruhe bringen konnte, schien ihm der Seegang durchaus zu schaffen zu machen. Er gab ein leises Winseln von sich, wollte aufstehen.

„Glaub mir, oben ist es nicht besser. Da sind diese furchtbaren Bälger."

Doch Reto ließ sich nicht beirren und Martina gab nach. Es war ja niemand außer ihr dort unten und er würde ohne sie das Deck nicht verlassen, also ließ sie ihn sich die Beine vertreten. Zielstrebig steuerte er die hinterste

Ecke des großen Salons an, der einzige Winkel, den man von dort, wo sie saß, nicht einsehen konnte.

Sie waren also doch nicht allein. Martina stand widerwillig auf, um zu sehen, wen Reto aufgespürt hatte, denn hören konnte sie außer dem gleichmäßigen Motorengeräusch noch immer nichts und niemanden.

Der kleine dunkelhaarige Junge, der innigst mit Reto schmuste, erinnerte sie an den etwa gleich alten, stummen Autisten, den sie kürzlich im Duvenstedter Brook aufgespürt hatten. Er hatte mit niemand anderem mitgehen und niemanden an sich heranlassen wollen – nicht seine Eltern, nicht die Polizei, schon gar nicht die schreckliche Jugendamtsfrau. Und auch keinen anderen Hund aus ihrer Staffel. Nur Reto war es schließlich gelungen, einen Zugang zu ihm zu finden.

„Ist das Ihrer?“, sagte er plötzlich. Immerhin, dieser Junge konnte sprechen.

„Ja. Er scheint dich zu mögen.“

„Ich mag ihn auch. Wie heißt er?“

„Reto. Und du?“

„Leon.“

„Freut mich, Leon. Ich bin Martina. Ist alles in Ordnung bei dir, Leon?“

Jetzt sprach sie schon so, als wäre sie bei einem Einsatz. Außerhalb solcher Situationen war sie es auch nicht mehr gewohnt, mit Kindern zu reden.

„Ja, warum?“

„Na weil du hier unten ganz allein sitzt.“

„Sie doch auch.“

Sie musste schmunzeln. Er war nun wirklich ganz anders als der Autist. Nicht auf den Mund gefallen. Umso erstaunlicher, dass er offenbar keinen Anschluss bei den anderen fand.

„Oh, das passt ja gut.“ Sie zeigte auf das Buch, das aufgeschlagen vor ihm auf dem Tisch lag. Er war noch nicht weit gekommen, aber er las, das war ja mittlerweile keine Selbstverständlichkeit mehr. ‚Die Insel der Abenteuer‘ von Enid Blyton. Diese Bücher hatte es schon gegeben, als sie selbst noch ein kleines Mädchen gewesen war. Sie hätte nicht gedacht, dass Kinder so etwas heute noch mögen würden.

„Hm?“

Zum ersten Mal hob er seinen Kopf und sah sie direkt an. Er hatte lebendige Augen und einen reifen, aufgeweckten Gesichtsausdruck, der nicht zu der ansonsten noch so zierlichen Gestalt passte.

„Du wirst sicherlich auf Neuwerk auch ein paar Abenteuer erleben.“

Leon wandte den Blick ab, betrachte die sich langsam nähernden und hinter den Wellen abzeichnenden Umrisse Neuwerks und nickte langsam, eher schwermütig denn vorfreudig, so als ahnte er bereits, dass dieses Abenteuer anders als die in den Kinderbüchern für ihn kein Happy End nehmen würde.

3

Die Frau redete wie seine Mutter und alle Erwachsenen, doch vielleicht hatte sie ja recht und er würde in diesen Herbstferien endlich ein echtes Abenteuer erleben. Der Turm jedenfalls sah schon aus der Ferne ganz danach aus, als würde man hier einiges entdecken können. Geheimgänge, Verstecke, Verliese – wer wusste das schon. Er hatte seine Ausrüstung dabei, das gute schweizer Taschenmesser von seinem Opa, die Präzisionslupe, das Fernglas mit Nachtsichtfunktion, auf das er so lang gespart hatte.

Womit seine Mutter und alle anderen Erwachsenen mit Sicherheit falsch lagen, war die Prognose, dass er auf der Insel Gefährten, ja gar Freunde finden würde. Die anderen Kinder waren furchtbar, entweder zu nichts zu gebrauchen oder sogar gefährlich. Er würde sich wie üblich allein durchschlagen müssen. Hoffentlich ließen sie ihn in Ruhe. Höchstens Reto, der sich noch immer an seine Beine schmiegte, wäre ein würdiger Begleiter, aber er bezweifelte, dass sein Frauchen ihm den Hund noch viel länger anvertrauen würde.

Ein Polizist, das war Leon natürlich nicht entgangen, befand sich jedenfalls schon einmal an Bord. Bestimmt gab es Schmuggler oder Piraten auf der Insel. Vielleicht würde er ja die entscheidende Spur, den geheimen Unterschlupf oder gar einen Schatz entdecken. Beim Gedanken daran kribbelte seine Haut wie sonst nur an den spannendsten Stellen seiner Lieblingsgeschichten, die ihm seine Mutter noch immer vor dem Einschlafen vorlas.

Leon versuchte, noch ein wenig selbst zu lesen, doch er konnte sich nicht mehr konzentrieren, er war noch immer ganz am Anfang und die Buchstaben tanzten mal wieder vor seinen Augen. Die Frau, deren Namen er schon wieder vergessen hatte, war so freundlich gewesen, Reto bei ihm zu lassen, während sie sich mit langsamen Schritten in Richtung Toilette verabschiedet hatte. Eigentlich, dachte er, hätte ich sie fragen müssen, ob alles in Ordnung mit ihr war, denn sie wirkte irgendwie krank.

Auf den Gedanken, dass jemand das heftige Schaukeln des Schiffs anders als er nicht als angenehm und prickelnd im Magen empfinden könnte, ähnlich wie bei einer Karussell- oder Achterbahnfahrt, kam Leon nicht.

Noch bevor die Hundebesitzerin zurückgekehrt war, tauchte plötzlich Fabian auf. Obwohl der sich betont lässig gebende, junge Mann in seinem St.-Pauli-Totenkopfhoodie und mit dem auffälligen Augenbrauenpiercing es bestritten hatte und irgendetwas von wegen Gleichberechtigung und geteilter Verantwortung geredet hatte, stand für alle Kinder sofort fest, dass er der Chef war – der einzige unter den erwachsenen Mitreisenden, vor dem man sich besser in Acht nahm.

„Hier steckst du also, Leon Werth!“ Sie hatten sich nur einmal kurz vorgestellt, waren sich zuvor größtenteils noch nie begegnet und doch kannte er bereits jeden einzelnen Vor- und Nachnamen. Vermutlich hatte er vorab eine Liste samt Fotos bekommen und auswendig gelernt, weil er wusste, dass Standpauken immer mehr Eindruck machten, wenn man den Gescholtenen beim Namen nannte. „Wir vermissen dich auf dem Oberdeck. Lesen und dich verkriechen kannst du, wenn du wieder zu Hause bist. Oder bist du etwa nicht ganz seetüchtig, du Leichtmatrose? Ist dir schlecht?“

Er schüttelte mit dem Kopf.

„Na dann, ab nach oben mit dir. Die Nase in den Wind und nicht in die Bücher. Lese- und Landratten können wir auf unserer Expedition nicht gebrauchen!“

Was für ein Idiot, dachte sich Leon.

„Aber ich muss auf den Hund aufpassen.“

Erst jetzt schien dem Betreuer aufzufallen, wer da zu seinen Füßen lag, obwohl Reto nun wirklich alles andere als ein kleines Schoßhündchen war.

„Na so was, wo kommt der denn her?“

„Der gehört zu mir“, meldete sich die soeben zurückgekehrte Hundehalterin von hinten zu Wort. „Komm her, Reto!“

Sofort sprang er auf und lief zu seinem Frauchen. Leon spürte, wie sich sein Magen kurz zusammenzog, und es hatte nach wie vor nichts mit dem Wellengang zu tun.

Widerwillig stand er auf, streichelte im Vorbeigehen noch einmal Reto. „Du wirst ihn bestimmt bald wiedersehen, die Insel ist ja klein“, sagte die Frau tröstend, als habe sie seinen seltsamen Schmerz spüren können.

Sie fuhren nun bereits ganz nah an der Insel entlang. Die Wellen bezwangen mühelos den äußeren Deich, das graue Meerwasser flutete die dunkelgrünen bis herbstbraunen Wiesen im Vorland, ebenso wie es die Gesichter der Kinder benetzte, ihre Lippen salzig schmecken ließ, so als hätten sie heftig geweint und sich die Tränen nicht abgewischt. Doch bis auf Leon schienen alle bei bester Laune, selbst jene, die kurz zuvor noch ihren Mageninhalt der Nordsee anvertraut hatten, lachten und kreischten bereits wieder lautstark im Wettstreit mit den Horden von Seevögeln, die über ihren Köpfen hinwegzogen. Noch nie hatte Leon so viele auf einmal gesehen.

Am Anleger erwarteten sie zwei Traktoren mit großen Anhängern. In dem einen verstauten sie ihr Gepäck, in dem anderen nahmen sie auf zwei an den Seiten angebrachten Holzbänken Platz. Es passten nicht alle hinein, sodass die vier Betreuer und einige der Kinder draußen blieben und zu Fuß gehen würden. Leon bereute es, so früh eingestiegen zu sein. Nun war es zu spät. Er saß direkt neben einem verträumt wirkenden Jungen, der ihm auf der bisherigen Reise noch gar nicht aufgefallen war. Der Junge bohrte seelenruhig in der Nase, betrachtete das Ergebnis und verspeiste es schließlich. Auf den letzten Metern der Anreise und obwohl sie wieder festen Boden unter den Füßen hatten, drohte Leon nun doch noch übel zu werden.

Zum Glück lenkte sein Sitznachbar während der kurzen Fahrt sämtliche Aufmerksamkeit der anderen weg von Leon auf sich, doch obwohl sie ihn auslachten und auf den Namen ‚Popeljunge' tauften, setzte er seine Tätigkeit unbeeindruckt fort. Irgendetwas konnte mit ihm nicht stimmen, da war sich Leon sicher.

Das Landschulheim war größer als er erwartet hatte, geradezu prächtig thronte es in Alleinlage hinter dem Deich. Noch ohne die Geschichte des einstigen Kurhotels zu kennen, ahnte er, dass das Haus einmal etwas anderes gewesen war als das, wozu es derzeit und nun bereits seit vielen Jahrzehnten diente. Von innen jedoch erinnerte es mit seinen schlichten Holzmöbeln und dem beißenden Geruch nach Reinigungs- und Desinfektionsmitteln sofort an ähnliche Einrichtungen.

Auch wenn Leon das erste Mal an einer Ferienfreizeit teilnahm, hatte er mit der Klasse schon einige solcher Fahrten unternommen. Daher wusste er auch nur zu gut, was nun anstand: die heikle Aufteilung der Zimmer.

Obwohl die Wenigsten sich vor der Reise gekannt hatten – die Kinder stammten aus ganz unterschiedlichen Ecken Hamburgs – hatten sich bereits Grüppchen und Cliquen gebildet, streng nach Geschlechtern getrennt. Leon gehörte keiner an und hoffte inständig, es würde am Ende auf ein Zimmer in Einzelbelegung für ihn herauslaufen, doch er hatte die Rechnung ohne Fabian gemacht, der den ‚Wer mit wem'-Diskussionen ein jähes Ende bereitete, als er einen bereits fertigen, trotz allem Gerede über Mitbestimmungsrechte der Kinder nicht verhandelbaren Belegungsplan hervorholte.

Der Popeljunge hieß Manuel und war wie Leon zwölf. Viel mehr an vernünftigen Informationen war nicht aus ihm herauszubekommen. Er sprach langsam, laut und teilweise unzusammenhängend, hatte ganz offenbar eine geistige Behinderung und auch wenn Leon von seiner Mutter gelernt hatte, dass man niemanden wegen so etwas verurteilen durfte und es genauso wertvolle Menschen wie alle anderen waren, konnte er seinen Unmut über die Zuteilung kaum zurückhalten. Hielt ihn der Betreuer ebenfalls für zurückgeblieben? War ihm nicht klar, dass zumindest alle anderen das jetzt dachten, dass er nur noch aufgezogen werden würde?

Zunächst war auch das Zimmer eine Enttäuschung, hatte er doch gehofft, eines nach hinten raus mit Blick auf den Leuchtturm zu bekommen. Doch dann sah er mit seinem Fernglas über die Wiesen bis hinaus auf das Meer und erblickte in der Ferne die großen Containerschiffe. Von hier aus würde er auch nachts wunderbar beobachten können, wer sich der Insel womöglich heimlich und im Schutz der Dunkelheit näherte.

„Ich will auch gucken!", riss ihn Manuel aus seinen Überlegungen und tippte ihm dabei auch noch fordernd auf die Schulter.

Obwohl er die ermahnende Stimme seiner Mutter förmlich hören konnte, sagte er: „Kommt gar nicht in Frage!"

Zu seiner Überraschung ließ der Junge sofort von ihm ab und beschäftigte sich wieder mit sich selbst, leise vor sich hin redend. Leon war es nicht gewohnt, dass jemand auf ihn hörte. Eventuell war Manuel doch kein so schlechter Zimmergenosse. „Na gut, aber nur ganz kurz. Und binde es dir um, du darfst es auf keinen Fall fallen lassen."

Es dauerte ein wenig, bis Manuel verstand, wie das Fernglas funktionierte, doch dann war er begeistert, wollte es gar nicht mehr hergeben.

„Da hinten!", rief er plötzlich, so laut und aufgeregt, dass Leon fast die Ohren weh taten.

„Was ist denn da hinten?"

„Der Mann! Der guckt auch!"

Manuel hatte irgendetwas in den Wiesen vor dem Landschulheim fixiert, wo außer unzähliger Vögel und windschiefer Bodenvegetation mit bloßem Auge nichts und niemand zu erkennen war. Ungläubig nahm ihm Leon das Fernglas ab. Und sah es schließlich auch. Inmitten des Gestrüpps kauerte ein Mann, ebenfalls mit einem Fernglas, und spähte genau in ihre Richtung.

Instinktiv duckte Leon sich, als laufe er andernfalls Gefahr, bei etwas Verbotenem erwischt zu werden. Dabei verhielt sich viel mehr der Fremde auffällig, beobachtete er doch erkennbar weder Vögel noch Schiffe, sondern richtete seine neugierigen Blicke eindeutig auf die Kinder, die soeben ihr Quartier im Landschulheim bezogen hatten.

4

Erst nachdem sie die Insel betreten hatte, sah Martina, dass nicht alle, die trotz der Witterung die gesamte Überfahrt auf dem Oberdeck ausgeharrt hatten, zu den Kindern gehörten. Eine kleine Truppe, bestehend aus zwei älteren

Paaren in funktionaler Outdoor-Kleidung, ging mit ihr von Bord. Ohne den Weg zu kennen, folgte sie der Gruppe sowie den beiden Männern im Friesennerz, die zwei recht überdimensioniert erscheinende, silberfarbene Rollkoffer hinter sich herzogen, in Richtung des Deichs.

Der Postbote verteilte derweil bereits eine Sackkarre mit Paketen an am Anleger wartende Insulaner und setzte sich anschließend auf das am Wartehäuschen angeschlossene, gelbe Postrad, um seine Tour fortzusetzen und die restlichen Briefe zu verteilen. Der Polizist wurde von einem Mann abgeholt, der als einziges mit einem Auto aufwartete – ein Pickup, offenbar elektrisch angetrieben.

Die Kinder und ihr Gepäck wurden hingegen in die Anhänger zweier stinkender und lärmender Traktoren aus dem letzten Jahrhundert verladen. Martina war ein wenig enttäuscht, hatte sie doch von der autofreien Insel gelesen und gehofft, dem Motorenlärm und Dieselgestank der Stadt einmal völlig zu entkommen. Immerhin war das Kindergeschrei jetzt verstummt, übertönt durch das sich langsam entfernende Knattern der alten Trecker.

Hinter dem Deich auf einem Weg angelangt, studierte Martina die Hinweisschilder, die den Weg zu den einzelnen Gasthöfen und Sehenswürdigkeiten anzeigten. Die meisten Pfeile führten nach links, ein paar nach rechts. Es war vermutlich schwer bis unmöglich, sich auf dieser Insel zu verlaufen, dachte Martina. Hoffentlich würde sie trotzdem ein paar Herausforderungen für Reto finden, denn er musste natürlich auch im Urlaub seine Trainingseinheiten absolvieren.

„Machen Sie auch die Tour?", wandte sich einer der Männer aus der Rentnertruppe an sie.

Es stellte sich heraus, dass sie zunächst den gleichen Gasthof als Ziel hatten. Die beiden älteren Paare hatten für gleich nach dem Mittagessen einen geführten Inselrundgang beim Nationalparkzentrum gebucht und würden anschließend am frühen Nachmittag bei Niedrigwasser die Rückfahrt im Wattwagen antreten. Dankbar nahm sie das Angebot an, sich ihnen anschließen zu dürfen, denn anders als die gut vorbereitete Gruppe hatte sie spontan gebucht, nichts bis auf ihre Unterkunft reserviert und geplant. Die Auswahl an Aktivitäten, insbesondere während der Nebensaison, war auf einer so kleinen Insel vermutlich nicht besonders groß.

Die Pension Meyer glich von außen einem schlichten Bauernhaus mit zahlreichen An- und Nebenbauten, stellte sich im Inneren jedoch als modernes Hotel mit allen Annehmlichkeiten heraus. Im Zimmer, das ansprechend maritim eingerichtet und erst kürzlich renoviert worden war, lagen bereits eine Decke, zwei Näpfe und sogar ein Leckerli, das Reto sofort verputzte. Trotz dieser Aufmerksamkeiten war Martina etwas enttäuscht, denn der Blick auf die Scheune und das Feld mit der Pferdekoppel hinter dem Haus war denkbar unspektakulär. Sie bereute es, nicht für etwas mehr Geld ein Zimmer mit Meerblick genommen zu haben. Wenn das Wetter so trübe und kalt blieb, würde sie bestimmt einige Zeit im Bett mit einem guten Buch verbringen, und da wäre eine schöne Sicht aus dem Fenster eine willkommene Abwechslung gewesen.

Zunächst ging sie jedoch in die Gaststube. Die beiden Männer, nun nur in Adidas-Jacken, waren auch da – und schon beim Essen. Sie nickten ihr freundlich zu. Martina setzte sich zunächst an einen Zweiertisch, doch die geselligen Pensionäre luden sie sofort zu sich ein, schoben extra noch einen Stuhl dazu und beteuerten, sie würden sich auch durch Reto keinesfalls gestört fühlen. Zum Glück hatte sie ihn so gut erzogen, dass er niemals auf die Idee gekommen wäre, beim Essen zu betteln.

Ihr Magen hatte sich inzwischen wieder beruhigt und der übliche, nicht gerade bescheidene Appetit war zurück. Als sie die Karte sah, wusste sie, dass sie bei dermaßen deftiger Hausmannskost auch in diesem Urlaub nicht abnehmen würde. Selbst die Salate klangen reichhaltig, mit Fleischbeilagen, Krabben, Kraut, Brot. Da konnte sie auch gleich den Krustenbraten mit Kohl und Klößen bestellen. Immerhin hatte sie ja auf das Frühstück verzichtet.

Das Essen schmeckte köstlich, die Portion war üppig und obwohl sie satt war, ließ sie sich von ihrer Sitznachbarin überreden, zum Dessert die hausgemachte Rote Grütze nach Hamburger Art zu bestellen. „Die müssen Sie probieren, die essen wir immer, wenn wir hier sind."

„Kommen Sie oft nach Neuwerk?"

„Helmut und ich kommen jedes Jahr seit 1978 einmal rüber und Peter und Sylvia fahren auch schon mindestens zehn Jahre mit. Ist ja unsere Haus- und Hofinsel, als Cuxhavener", erklärte eine der Frauen.

Die Antwort überraschte sie nicht, denn sogar die Wirtin duzte die Gruppe, sprach mit ihnen wie mit alten Freunden, während sie sich gegenüber Martina zwar freundlich, aber eher norddeutsch-zurückhaltend gab.

Ein Klischee, welches auf ihre Tischnachbarn so gar nicht zutraf. Sie gehörten zu den Menschen, die gern und viel von sich erzählten. Martina war hingegen jemand, der lieber Fragen stellte als welche beantworten zu müssen. Dennoch war sie überrascht, dass sie sich überhaupt nicht nach ihrer Inselerfahrung erkundigten. Wobei ihre spärlichen Kindheitserinnerungen an Neuwerk mit der Fülle an Inselanekdoten, die sie nun serviert bekam, ohnehin kaum mithalten konnten.

„Eigentlich wollten wir schon früher fahren, im September. Wir saßen sogar schon auf der Kutsche, doch dann kamen wir zu diesem einen Priel, diesem komischen Loch, das war trotz Niedrigwasser so tief, dass die Fahrer umgedreht sind. Zum Glück hat es jetzt noch geklappt, so kurz vor Saisonende. Nur einmal waren wir noch später dran, da fuhr die Fähre schon nicht mehr und wir sind mit der Postkutsche rüber. Wir mussten dann sogar übernachten, weil das Wattenmeer vereist war. Sah aber toll aus, die Insel mal ganz in Weiß, das sieht man selten", fuhr die Frau fort.

„Ganz in Grau, so wie heute, das gibt es aber auch kaum. Ist ja auch einer der sonnigsten Orte Deutschlands. Letztes Jahr zum Beispiel, da hingen die Wolken den ganzen Tag über dem Festland, konnte man vom Deich aus wunderbar sehen, und hier – blauer Himmel", ergänzte Sylvia.

Wie zum Hohn begann es zu nieseln, der Wind klatschte in die Länge gezogene, schnittige Tropfen auf das Glas. Der andere Mann, Peter, sah besorgt aus dem Fenster. „Ich hoffe bloß, dass es nicht gewittert. Da sind doch mal irgendwann welche im Watt vom Blitz getroffen worden, sofort tot. Seitdem fahren sie nicht, wenn's donnert. Hatten wir vor drei Jahren. Obwohl ich dem Fahrer auf meiner Wetterapp genau zeigen konnte, dass das Gewitter zehn Kilometer entfernt vorbei zieht, mussten wir den Ausflug absagen." Er holte sein Smartphone heraus und tippte grobschlächtig auf dem Display herum. Martina wartete darauf, dass er etwas zur Gewitterwahrscheinlichkeit sagte, aber er fluchte bloß über den schlechten Empfang auf der Insel.

„Na solange es uns nicht wieder so ergeht wie das eine Mal in den Neunzigern", ergriff Helmut das Wort. „Mitten im Hochsommer war das, da fuhren die Wagen erst spät und nach dem Abendessen beim Alten Fischer sag ich zu meiner Frau: Komm, wir schaffen noch einen Absacker in der Turmschenke. Und noch einen. Und dann noch einen. Und dann fuhren die Wagen – aber ohne uns! Wir sind noch hinterher, angeheitert wie wir waren und mit den falschen Schuhen nach drei Schritten im Watt stecken geblieben. Konnten nur noch winken. Also, zurück auf die Insel, von oben bis unten eingesaut, ohne Wechselklamotten und noch dazu zur Hochsaison: Klar, dass niemand uns mehr ein Zimmer gegeben hat. Da blieb uns bloß der Heuboden, dabei bin ich allergisch gegen Gräser! Mich juckt es jetzt noch überall, wenn ich an die Nacht denke, schrecklich. Ich hab nur zu meiner Frau gesagt: Nie wieder, ich bin doch kein Pferd!"

„Aber ein Esel", konterte seine Gemahlin und selbst das anschließende, leicht wiehernde Lachen der beiden Paare wirkte so, als hätten alle Beteiligten diesen Scherz nicht zum ersten Mal gehört.

Nach dem Essen blieb noch etwas Zeit bis zum Beginn der Führung. Ihre neuen Bekannten machten keine Anstalten, aufzustehen und ließen Martina kaum zu Wort kommen, doch irgendwie schaffte sie es, sich kurz zu verabschieden. „Ich mach mich noch mal eben frisch.“

Das war zwar bloß ein Euphemismus für die drückende Blase, denn sie hatte sich, angesteckt von der Geselligkeit der anderen und entgegen ihrer ansonsten eher alkoholfreien Trinkgewohnheiten, zu einem halben Liter Alsterwasser hinreißen lassen. Sie war trotzdem froh, wieder für sich zu sein und überlegte bereits, unter dem Vorwand der Unpässlichkeit die Führung abzusagen.

Martina war nun schon etliche Jahre allein und hatte keine großen Ambitionen, etwas daran zu ändern, und doch fühlte sie sich noch immer ein wenig unwohl in der Gesellschaft glücklich vermählter Paare. Diese geschwätzigen Tanten mit ihren nicht weniger dampfplaudernden Alten waren zwar nun wirklich keine zu beneidenden Turteltäubchen, aber sie erinnerten Martina schmerzlich daran, was ihr in diesem Alter aller Voraussicht nach bevorstehen würde: ein einsamer Lebensabend. Nicht einmal mehr Reto könnte ihr dann noch Gesellschaft leisten.

Denn wenn sie schon glaubte, niemals mehr einen anderen Mann lieben zu können, dann erst recht keinen anderen Hund. Letzterer würde ihr schließlich im Gegensatz zum verflossenen Gatten auf ewig treu bleiben.

In Gedanken wie diesen versunken, irrte sich Martina in dem zwar nicht besonders großen, aber verwinkeltem Feriendomizil in der Tür und landete nicht wie erhofft im Flur, der zu ihrem Zimmer führte, sondern in einer fensterlosen Wäschekammer. Dampfende Hitze, Waschmaschinenlärm und grelles Neonlicht schlugen ihr entgegen und sie hätte die Tür sofort wieder zugemacht, wäre der Anblick, der sich ihr bot, nicht so überraschend gewesen. Und so kam es, dass sie den muskulösen jungen Mann, der mit freiem, vollständig austrainiertem Oberkörper das Bügelbrett gekonnt über eine Tischdecke gleiten ließ, einen Augenblick zu lang ansah.

Statt betreten wegzuschauen, schüchtern zu lächeln oder zumindest den Blick auf den von der Szenerie gänzlich unbeeindruckten Reto zu ihren Füßen zu lenken, wie es die meisten Menschen wohl getan hätten, grinste sie der Kerl – blonde kurze Haare, blaue Augen, keine zwanzig Jahre – direkt an, beinahe herausfordernd. Das irritierte sie fast noch mehr als die Tatsache, dass er seine Tätigkeit, der er trotz des anhaltenden Blickkontakts unbeirrt und ohne hinzusehen weiter nachging, halbnackt verrichtete.

„Entschuldigung, tut mir leid“, stammelte Martina, als wäre der Bügler durch sie in einer besonders intimen Tätigkeit gestört worden. Ohne ihn noch einmal anzusehen oder gar eine Reaktion abzuwarten, machte sie kehrt.

Die kurze Begegnung mit dem Waschbrettbauch in der Wäschekammer machte Martina schlagartig klar, dass es nicht nur, ja nicht einmal hauptsächlich Gesellschaft war, die ihr fehlte.

Da sie ahnte, dass nichts und niemand ihr in dieser Hinsicht Erleichterung oder gar Befriedigung verschaffen würde, zog sie dem angedachten, einsamen Nachmittag als vermeintlich Erkrankte im Hotelbett nun doch wieder den Inselrundgang mit den gänzlich unprickelnden Rentnern vor.

5

Der Führer, ein junger Mann mit gepflegtem, modischem Vollbart, der sich ihnen nur als Malte vorstellte, war nicht begeistert von der Anwesenheit Retos und verwechselte seine Menschenfreundlichkeit, seine offene Art gegenüber jedem, der nett zu ihm war, mit Ungezogenheit. „Ich kann Ihnen versichern, dass er die Vögel in Ruhe lassen wird. Er weicht mir nicht von der Seite."

Malte nickte, streichelte den ihm noch immer neugierig zugewandten Reto sogar einmal kurz, aber es war erkennbar, dass er Wildtiere den Haustieren vorzog.

„Sie kommen also schon seit so vielen Jahrzehnten nach Neuwerk und wollen trotzdem, dass ich Sie heute über die Insel führe?"

Obwohl er sich irrtümlich an Martina gewandt hatte, antwortete Sylvia. „Na ja, eine Führung haben wir noch nie gemacht, das ist mal was ganz anderes. Und euren Nationalpark gibt es ja auch noch gar nicht so lang."

„Seit 1990. Da war ich nicht einmal auf der Welt."

„Sehen Sie, dann können Sie heute bestimmt sogar noch etwas von uns lernen", sagte Helmut.

Der junge Führer lachte, doch sein betagter Gast hatte es offenbar ernst gemeint, glaubten er und seine Begleiter doch, jedem seiner anschließenden Ausführungen noch etwas hinzufügen zu müssen.

Die besserwisserischen Einschübe begannen bereits beim historischen Teil der Führung, der sie durch die sogenannte Zone zwei des Nationalparks führte, sprich jene Gebiete der Insel und des Wattenmeers, in denen – anders als in Zone eins – keine Wildnis herrschte, sondern es die vom Menschen geschaffene und mittlerweile unter Biosphärenreservat stehende Kulturlandschaft Neuwerks zu bestaunen galt.

Der Friedhof der Namenlosen etwa, auf dem angeschwemmte Leichen verunglückter Seeleute begraben lagen, sei gar nicht in Gänze namenlos, da man die Identität zumindest eines der Opfer kenne – ein junger Segler aus Bremen. Der Leuchtturm könne ebenfalls nicht mehr wirklich als solcher bezeichnet werden, da er seit einigen Jahren kein gültiges Seezeichen mehr war.

„Malte, wo kommen Sie her und was haben Sie gelernt?“, unterbrach Helmut den Führer zum wiederholten Mal, während dieser gerade einen kurzen Abriss der Neuwerker Geschichte vortrug. Hatten sich die Rentner beim Essen in ihrer Redseligkeit noch kaum voneinander unterschieden, so war es nun vor allem er – ein großgewachsener Mann mit ergrautem Haarkranz, Bierbauch und buschigen Augenbrauen – der unangenehm durch ständige Wortmeldungen auffiel. Selbst seine Frau, die von den anderen Angie gerufen wurde, sah ihn aus den Augenwinkeln vorwurfsvoll an.

„Warum fragen Sie?“

„Nun, ich tippe mal, Sie sind weder aus dieser Region noch Historiker. Sonst hätten sie wohl kaum behauptet, Neuwerk gehöre seit Jahrhunderten zu Hamburg. Zwischen 1937 und 1969 war das hier Cuxhavener Grund und Boden.“

„Ich bin übrigens Biologe und als Naturwissenschaftler durchaus gewohnt, präzise zu formulieren“, konterte der junge Mann. „Schließlich habe ich nicht behauptet, Neuwerk hätte seit Jahrhunderten ununterbrochen zu Hamburg gehört. Und Sie werden mir wohl Recht geben müssen, dass diese knapp zwei Jahrzehnte eher unbedeutend sind im Vergleich zu der langen Zeit ab 1316, dem Jahr, in dem dieses Fleckchen Erde Teil meiner Heimat, nämlich der Freien und Hansestadt Hamburg wurde.“

„Diese zwei ‚unbedeutenden Jahrzehnte‘ sind zufälligerweise meine Kindheit und Jugend, guter Mann! Mein Vater war bei den Cuxhavener Stadtwerken, er hat mit dafür gesorgt, dass diese Menschen hier Strom bekommen und fließendes Wasser haben. Von dort, wo ich aufgewachsen bin, kann man die Insel bei gutem Wetter sehen. Probieren Sie das mal aus Ihrer Heimatstadt. Es existiert nicht einmal eine Fährverbindung von hier nach Hamburg. Die meisten Hamburger wissen doch kaum, dass es Neuwerk gibt, geschweige denn, wo es liegt. Und wenn sie doch mal hinwollen, dann müssen sie erst 120 Kilometer die Elbe runter und unweigerlich durch Cuxhaven.“

„Das haben Exklaven so an sich.“

„Exklaven sind nicht mehr zeitgemäß. Kleinstaaterei wie zu Kaisers Zeiten.“

„Ohne Hamburg gäbe es hier vermutlich keinen Nationalpark.“

„Hamburg wollte Neuwerk doch bloß zurück, um hier einen Tiefseehafen zu bauen.“

„Sehen Sie hier irgendwo einen?“

Das Gespräch glich immer mehr einem aggressiv geführten Pingpongspiel. Helmut war leicht rot angelaufen. Martina überlegte, ob sie sich entschärfend einmischen sollte, etwa um nun doch endlich von ihrem Neuwerk-

Besuch als Kind im mittlerweile sich in Sichtweite befindlichen Landschulheim Meereswoge zu berichten – als Beleg, dass man auch als Hamburgerin durchaus in Berührung mit der Insel kommen konnte. Aber vermutlich würde der aufgebrachte Rentner auch dagegen etwas einzuwenden haben.

Seine Frau war es schließlich, die ihm Einhalt gebot. „Jetzt ist mal gut, Helmut! Und Sie, junger Mann, erzählen Sie uns doch lieber noch etwas mehr über die Vogelwelt."

„Vielleicht weihen Sie mich vorher in Ihren Wissensstand ein, ich will Sie ja nicht erneut langweilen. Also, was ist Ihnen über diese herbstlichen Gäste auf der Durchreise bereits bekannt?"

Er zeigte auf einen Schwarm, der in diesem Augenblick nur wenige Meter von ihnen entfernt über den Salzwiesen zum Start ansetzte und genoss die ahnungslosen Blicke seines Publikums.

„Ich sage nichts mehr, sonst bekomme ich bloß wieder Ärger mit meiner Frau", redete sich Helmut heraus. Das andere Paar, Sylvia und Peter, schmunzelte und schwieg.

„Ich hätte meine Fernbrille mitnehmen müssen", sagte Angie unbeeindruckt.

„Sind das Seemöwen?", wagte Martina einen Versuch.

„Fast. Es sind hauptsächlich Alpenstrandläufer. Sie fliegen zu dieser Jahreszeit in Tausenden in Richtung ihrer Überwinterungsgebiete in Afrika und machen hier Station. In den Salzwiesen und vor allem im Wattenmeer fressen sie sich so richtig satt, denn anders als man auf den ersten Blick vielleicht glauben möchte, steckt dieses eigentlich so lebensfeindliche Milieu voller bestens angepasster und äußerst nahrhafter Organismen: Wattwürmer, Krebstiere, Schnecken, Muscheln und so weiter."

Sie verließen den Deich und stiegen hinab in das Vorland. Anders als erhofft war es zwischen der nicht besonders hohen Vegetation kaum windgeschützter als auf dem Rest der Insel, der nasskalte Regen klatschte ihnen weiterhin unermüdlich ins Gesicht. Die dunkelbraun schimmernden Pflanzen erinnerten Martina an verblühendes Heidekraut.

„Weit gefehlt. Das würde hier keine drei Tage überleben. Dieser Bereich wird immer wieder von Salzwasser geflutet. Hier wachsen nur hochspezialisierte, unempfindliche Pflanzen wie die sogenannten Queller, die jetzt im Herbst ihre typisch leuchtend rote Farbe annehmen."

Obwohl das Wetter wenig einladend und die baumlose Landschaft mit den Gräsern karg war, hatte die ursprüngliche, raue Natur durchaus ihren Reiz. Auch ohne Blüten und Sonnenstrahlen erschien sie farbenfroh, wartete sie doch mit einer unglaublichen Vielfalt an unterschiedlichen Tönen von Grün über Braun bis hin zu Rot auf.

Sie liefen geradewegs auf die Ostbake zu, einem eindrucksvollen, geschätzte 30 Meter hohen Gebilde aus Holz, das in alten Zeiten der Schifffahrt als Orientierungshilfe gedient hatte. „2007 fiel die Ostbake dem Orkan Kyrill zum Opfer, doch glücklicherweise gelang es, sie als eines der Wahrzeichen der Insel originalgetreu abermals aufzubauen."

Nun konnte sich Helmut nicht länger zurückhalten. „Übrigens nicht zuletzt dank der großzügigen Spenden des Fördervereins Neuwerk, dem meine Frau und ich seit Gründung angehören", sagte er mit stolzgeschwellter Brust, als hätte er eigenhändig den Wiederaufbau getätigt.

„Überwiegend waren es dann aber doch die von Ihnen so geschmähten Hamburger, von denen das Geld kam", glaubte Malte klarstellen zu müssen.

„Aber nur, weil sie Bundesmittel aus dem Konjunkturprogramm und mächtig Druck von der Insel und ihren Freunden vom Festland vor Ort bekommen haben, sonst hätten die hohen Herren im fernen Senat keinen Finger gekrümmt."

Das Wortgefecht zwischen den beiden drohte gerade in eine zweite Runde zu gehen, da lenkte Reto zum Leidwesen Martinas und zur Erleichterung der restlichen Gruppe die Aufmerksamkeit mit einem beherzten Bellen auf sich. Er zog wie verrückt an der Leine und Martina hatte Mühe, ihn zurückzuhalten.

„Ich dachte, er wäre ein ganz Braver?", äußerte sich der Führer, der zunehmend von seiner Gruppe genervt schien. Ein paar abseits des Weges ausharrende Vögel waren bereits aufgescheucht davongeflogen.

„Er hat Witterung aufgenommen. Hier in der Nähe ist jemand."

„Ja, und zwar ein paar Tausend Alpenstrandläufer und Millionen anderer Vögel noch dazu, wie wir gerade gelernt haben", meldete sich Sylvia mal wieder zu Wort, um sich gleich im Anschluss mit einer besonders dümmlich-verstellten Piepsstimme an Reto zu wenden. „Na, die magst du wohl nicht besonders, die kleinen Federviecher, was?"

„Reto schlägt nicht an bei Tieren. Er ist ausgebildeter Rettungshund. Hier muss irgendwo ein Mensch sein, vermutlich in Not, verletzt, bewegungsunfähig."

„Ich sehe hier aber niemanden weit und breit", sagte Helmut. Martina ignorierte ihn ebenso wie der immer noch bellende Reto.

„Ich lasse ihn jetzt von der Leine."

„Nein, das werden Sie nicht tun. Niemand verlässt hier die Wege, schon gar keine Hunde. Das ist ein Nationalpark."

„Und das ist offenbar ein Notfall."

Sie tat, was sie angekündigt hatte, doch Malte stellte sich dem Hund in den Weg, griff ihm an sein Halsband. Perplex blieb Reto stehen. Er war es nicht gewohnt, dass ihn jemand an seiner Arbeit hinderte. Und schon gar nicht war er so erzogen, dass er sich gegen Menschen zur Wehr setzt. So blieb er stehen, stellte das Bellen ein und sah hilflos zu seinem Frauchen.

„Lassen Sie sofort meinen Hund los!" Jetzt war sie es, die rot anlief. Was bildete sich dieser Vogelkundler ein, den Wert eines potenziell gefährdeten Menschenlebens über irgendwelche Naturschutzvorschriften zu stellen?

Als er nach einigem Hin und Her endlich ihrer nachdrücklich vorgetragenen Bitte nachkam, machte Reto jedoch keine Anstalten mehr, seinen Fund anzuzeigen.

Martina war stinksauer. Ein solch mutwilliger Eingriff, eine derart gewaltige, ja beinahe gewalttätige Unterdrückung des mühsam verfeinerten Such- und Rettungsinstinktes des Tieres hatte, zumindest vorübergehend, jahrelanges Training zunichte gemacht. Offenbar war Reto dadurch dermaßen verunsichert, dass er das erlernte Verhalten ablegte und keine Anstalten mehr macht, seiner Spur zu folgen, obwohl er doch kurz zuvor noch unverkennbar Witterung aufgenommen hatte. Irgendwo hier im Gestrüpp *musste* eine Person sein, der sie nun nicht würden helfen können.

Auf den Gedanken, dass diese Person womöglich gar keine Hilfe benötigte, oder zumindest keine wollte, und sich längst genauso heimlich aus dem Staub gemacht wie sie sich zuvor angeschlichen hatte, kam Martina nicht. Noch nicht. Noch war die Insel überwiegend Natur für sie – und die Menschen darauf nicht geheimnisvoll oder gar bedrohlich, sondern höchstens lästig.

6

Leon wäre der Sache am liebsten gleich nachgegangen, doch er kam nicht einmal mehr dazu, ein weiteres Mal aus dem Fenster zu schauen. Maria, eine schwarzhaarige kolumbianische Austauschstudentin, betrat ohne zu klopfen das Zimmer von ihm und Manuel und machte ihnen in gebrochenem Deutsch klar, dass man auf sie im Speisesaal schon wartete.

Er eilte die knarzenden Treppen hinunter ins Erdgeschoss, wo es nach Bratfett roch. Eine freundlich lächelnde Frau mit langem grauen Haar füllte ihm den Teller mit Pommes, etwas undefinierbarem Frittierten und einem Alibi-Klecks Gemüse, eine Art Ratatouille.

Leon steuerte einen Vierertisch an, der mit zwei Mädchen besetzt war. Etwas, das man als Junge eigentlich nicht tat, aber zum einen waren kaum sonst noch Plätze frei und zum anderen wusste Leon aus Erfahrung, dass Mädchen manchmal gnädiger, toleranter als Jungen waren.

Die beiden Tischnachbarinnen hätten unterschiedlicher kaum sein können. Eine war kleiner als Leon, die andere einen Kopf größer, und wenn er nicht gewusst hätte, dass dreizehn das Höchstalter für die Teilnahme an der Ferienfahrt war, hätte er sie auf fünfzehn oder sechzehn geschätzt. Während die Kleine ein kindliches, buntes Kleid trug und nicht den geringsten Brustansatz hatte, zeichnete sich bei der Großen deutlich der Busen unter ihrem Spaghetti-Top ab. Ihr geschminktes Gesicht und das rosa gesträhnte Haar waren ebenfalls Hingucker, sodass Leon sich nach kurzem, aber anfänglich bei einer solchen Erscheinung unvermeidbarem Starren vornahm, am besten gar nicht mehr hinzusehen, was natürlich nicht weniger auffällig war.

Und so war es nicht verwunderlich, dass er sich von dem frühreifen Mädchen umgehend einen fiesen Spruch fing: „Warum setzt ihr euch zu uns? Wehe, wenn du oder dein Spasti-Kumpel uns anbaggern. Ich habe einen festen Freund, nur damit du‘s weißt."

Die Kleine kicherte bloß verlegen. „Ich bin kein Spasti", sagte Manuel, aber für seine Verhältnisse leise, reflexartig, eher zu sich selbst. Niemand beachtete ihn. Leon zog es vor, zu schweigen. Die Mädchen unterhielten sich flüsternd. Da der Geräuschpegel in dem gut gefüllten, nicht besonders großen Esszimmer hoch war, verstand Leon kein Wort.

Das Essen schmeckte furchtbar. Leon dachte daran, welche tollen Sachen seine Mutter ihm kochte und zum ersten Mal überkam ihn ein heftiges Heimweh.

Auf dem Tisch stand eine schon arg verbeulte Ketchupflasche aus Plastik, an deren Verschluss vertrocknete, rote Klumpen hingen. Umständlich versuchte Manuel, sich etwas davon über die Pommes zu machen. „Du musst richtig schütteln und fester drücken", sagte Leon.

Ein schwarzhaariger Junge vom Nebentisch drehte sich ruckartig zu ihnen um, als hätte er nur auf ein Stichwort gewartet. „Wer will mir richtig einen schütteln?"

Leon tat so, als hätte er nichts gehört, aber natürlich gab sich der Junge am Nebentisch damit nicht zufrieden. Mittlerweile hatte sich ein weiterer Junge umgedreht, ein großer mit blondierten Haaren, den Leon schon auf der Überfahrt als besonders auffällig identifiziert hatte.

„Oh ja, Spasti-Boy, drück fester!", schaltete er sich ein. Der gesamte, aus vier Jungen bestehende Nebentisch brach nun in schallendes Gelächter aus. Manuel zeigte sich scheinbar unbeeindruckt und quetschte in der Tat ebenso kräftig wie vergeblich die offenbar fast leere Ketchupflasche.

Es passierte das Unvermeidliche, es blieb nicht bei Worten. Der blondierte Junge stand auf und griff selbst nach dem Ketchup. „Warte, lass mich dir helfen!“

Tatsächlich gelang es ihm, den Rest aus der Flasche zu pressen, ein zu seiner Freude noch recht großer Klumpen, den er jedoch mit voller Absicht nicht auf dem Teller, sondern auf dem T-Shirt des gehandicapten Jungen platzierte.

Leon sah sich hilfesuchend um. Die grauhaarige Frau, die das Essen verteilt hatte, war nicht mehr da. Fabian hatte ihnen den Rücken zugewandt und unterhielt sich angeregt mit Maria, die zwar mit dem Gesicht in ihre Richtung saß, aber nur Augen für ihr Gegenüber hatte.

Manuel starrte entsetzt mit gesenktem Kopf auf den riesigen roten Fleck auf seinem Hemd. Es wirkte so, als würde er jeden Moment in Tränen ausbrechen, während alle anderen sichtbar amüsiert waren. Außer Leon. Und auch das Lächeln des anderen, kleineren Mädchens wirkte versteinert, künstlich. Leon spürte, dass er nicht der einzige war, der sich an diesem Tisch unwohl fühlte, doch er traute sich nicht, seinen Unmut zu äußern, um das Mädchen eventuell als Verbündete gegen die Quälgeister vom Nachbartisch zu gewinnen.

Als er schon nicht mehr damit rechnete und der blonde Junge, der Justin genannt wurde, gemeinsam mit dem dunkelhaarigen Scherzkeks („Oh nein, mach das weg, Justin, ich kann doch kein Blut sehen!“), der auf den Namen Serkan hörte, bereits weitere fiese Sprüche auf Kosten des armen Manuels vom Stapel gelassen hatten, kam doch noch die erhoffte Erwachsenen-Hilfe.

Herr Engel war der mitgereiste Vater eines anderen Jungen. Ein kleiner Mann mit randloser Brille, rundem Gesicht und einem wie eingebrannten Grinsen. Er war während der Fahrt kaum in Erscheinung getreten, doch schon wegen seines Auftretens war er Leon genauso unsympathisch wie der wichtigtuerische Fabian.

„Was ist denn hier passiert?“

„Der Spasti hat sich eingesaut“, sagte Justin.

„Justin, so darfst du ihn nicht nennen. Er kann nichts dafür und hat es bestimmt nicht mit Absicht gemacht.“ Die Tatsache, dass nicht einmal jetzt das dümmliche Grinsen aus seinem Gesicht verschwand, ließ seine Rüge kaum besonders nachdrücklich klingen. Dennoch verzogen sich die Jungen zum Glück wieder zurück an ihren Tisch.

„Ich bin kein Spasti. Ich habe mich nicht eingesaut.“ Nun hatte er wirklich Tränen in den Augen.

„Zieh dir bitte ein frisches Hemd an und wirf danach das Schmutzige in den großen Wäschekorb im Keller", sagte Herr Engel, deutlich lauter sprechend als zuvor, als ob der Junge schwerhörig wäre. „Kriegst du das hin?"

Er nickte und stand auf. Mit gesenktem Kopf und laufender Nase lief er davon, ohne einen Bissen von seinem mittlerweile erkalteten Essen angerührt zu haben.

Herr Engel achtete nicht weiter darauf, hatte er doch eine ganz andere Entdeckung gemacht: ein kleiner Ketchupspritzer auf dem T-Shirt des großen Mädchens, der ihr bislang nicht einmal selbst aufgefallen war.

Sie schrie laut auf, als säße ihr ein lebensgefährliches Insekt auf der Haut. „Igitt! Justin du Sau, ich mach dich fertig!"

Spätestens jetzt hätte Herrn Engel klar sein müssen, dass er den fiesen Jungen vom Nachbartisch viel zu glimpflich hatte davonkommen lassen, doch er ging gar nicht darauf ein, griff stattdessen nach einer Papierserviette, die er mit seiner Zunge befeuchtete. Nun war Leon der Appetit endgültig vergangen.

„Beruhige dich, Jessica, das kriegen wir wieder raus."

Das Mädchen entzog sich entrüstet dem widerlichen, speichelbenetzten Zellstofffetzen. „Lassen Sie das! Ich zieh das nicht mehr an." Nun stand auch sie auf, aber nicht ohne eine Handvoll der ebenfalls kaum angerührten Pommes zielsicher auf Justin zu schmeißen.

Unter dem abermaligen Gelächter, nunmehr des halben Speisesaals, erwiderte dieser den Beschuss, traf aber nur noch den Boden hinter der sich rasch entfernenden Jessica.

„Wunderbar, damit wäre die Frage geklärt, wer die Ehre hat, den ersten Putzdienst zu machen: Justin und Jessica haben sich freiwillig gemeldet. Wenn das mal kein Traumpaar ist", meldete sich Fabian nun doch zu Wort, eher amüsiert denn verärgert. Leon hatte Vorträge über den Wert von Lebensmitteln erwartet, mit denen man nicht spielte und die man nie und niemals auf den Boden schmiss, wie sie ihm seine Mutter in einer solchen Situation gehalten hätte, doch dieser selbst noch jugendliche Pädagoge schien offenbar anders gestrickt zu sein.

Für einen Jungen seines Kalibers protestierte Justin erstaunlich wenig gegen die Bestrafung. Vielleicht, dachte sich Leon, stand er ja wirklich auf diese furchtbare Jessica.

Er stocherte noch ein wenig in seinem Essen herum, bis Fabian der seit dem Vorfall noch unruhiger gewordenen Meute offiziell erlaubte, aufzustehen. Leon fühlte sich miserabel, weil er Manuel nicht verteidigt hatte, und nahm sich vor, ihn zu suchen.

Er sah sich zuerst oben in den Schlafsälen um, dann in den Badezimmern, dem kleinen Büro und schließlich im Keller, wo sich die Küche und ein Freizeitraum befanden. Nirgendwo eine Spur von Manuel. Doch dann sah er noch eine Tür – und vor allem hörte er etwas, ein anschwellendes Motorengeräusch ähnlich eines startenden Flugzeugs. Ein wenig zögerlich drückte er die Klinke hinunter. Und tatsächlich: Da saß er, auf einer laufenden Waschmaschine, ganz anders als erwartet war er wieder bester Laune. Er knabberte genüsslich an einem Schokoriegel und hatte, bis auf eine mit Delfinen verzierte Boxershorts, nichts an.

„Was machst du hier? Und warum hast du die Hose denn auch ausgezogen, die war doch gar nicht dreckig?“

Er zuckte bloß mit den Schultern und aß schmatzend weiter. Obwohl das kein schöner Anblick war, bekam auch Leon Appetit auf Schokolade und bereute, dass er über seinen bescheidenen süßen Proviant, den ihn seine Mutter zugestanden hatte, schon kurz hinter Hamburg im Bus hergefallen war.

„Hast du zufällig noch einen davon?“

Es dauerte ein wenig, bis Manuel verstand, was gemeint war, doch dann schüttelte er entschuldigend mit dem Kopf, streckte Leon aber freundlich den Rest seines angebissenen Riegels entgegen.

„Nein, danke.“

„Vielleicht bekomme ich später noch mehr“, sagte er.

„Von wem?“

Schlagartig verschwand der unbekümmerte Ausdruck aus dem Gesicht des nahezu unbekleideten Jungen. „Das darf ich nicht sagen.“

7

Nachdem sie sich kurz nach dem unschönen Zwischenfall in den Salzwiesen allesamt recht knapp voneinander verabschiedet hatten – die Rentner mussten dringend ihren Wattwagen erwischen, worüber niemand traurig zu sein schien – zeigte sich zum ersten Mal während Martinas bisherigen Stunden auf der Insel die tiefstehende Herbstsonne. Ein kleiner Spalt zwischen grauen, vom anhaltenden Wind in Eile vorbeigeschobenen Wolkenfetzen reichte, um die Landschaft in ein gnädiges Zauberlicht zu tauchen. Die Pfützen, die das Meer auf seinem Rückzug aus dem Watt zu vergessen haben schien, schimmerten rötlich.

In der Ferne sah Martina vor dem eindrucksvollen Landschulheim Kinder herumtoben, hörte leise ihre noch hohen Stimmen. Aus dieser sicheren Distanz wirkten sie gar nicht mehr bedrohlich, sondern eher friedlich. Eine Erinnerung aus ihrer eigenen Kindheit erreichte ihr Bewusstsein, mehr an ein

Gefühl als an ein Erlebnis: sie auf dem Deich im Sonnenuntergang. Keine Langeweile, aber auch keine Hektik, keine Sorgen. Oder höchstens ganz kleine. Sie hatte den ganzen Tag nach etwas gesucht, es aber nicht gefunden. Was das gewesen war, fiel ihr nicht mehr ein.

Reto schmiegte sich an sie. Die Insel hatte sich mit Abfahrt der Tagesgäste schlagartig geleert, es war bis auf die Kinder kaum noch jemand zu sehen und sie hatte das besonders geschützte Deichvorland wieder verlassen, also beschloss sie, dass es Zeit war, ihn von der Leine zu lassen.

Anders als befürchtet, schien der Zwischenfall mit dem Nationalpark-Ranger in den Salzwiesen Reto nur kurzzeitig aus der Form gebracht zu haben. Er rannte, wollte ständig spielen oder irgendetwas erkunden, und so brauchten sie für die überschaubare Strecke auf dem Deich einmal um die Insel fast zwei Stunden.

Allein mit Apportieren und anderen Spielchen, das wusste sie, würde sie einen so anspruchsvollen, intelligenten Hund wie Reto über die Dauer der gesamten Urlaubswoche gefährlich unterfordern. Sie musste sich bald um ein geeignetes Training kümmern.

Als die Sonne untergegangen oder auch bloß wieder hinter grauen Wolken verschwunden war, kehrte sie ins Hotel zurück. Auch wenn sie nicht wusste, für wen sie das eigentlich tat, machte sie sich hübsch, schminkte und frisierte sich, zog sich eine frische Bluse und eine saubere, gute Jeans an.

Als sie schließlich pünktlich um sechs Uhr die Gaststube betrat, war nur ein einziger Tisch besetzt. An ihm saßen die beiden Männer. Sie trugen nun zwei nicht identische, aber doch recht ähnliche Holzfällerhemden – und grüßten sie freundlich. Kurz überlegte Martina, sie zu fragen, ob sie sich dazusetzen durfte, aber dann kam auch schon die Wirtin und wies ihr einen bereits extra für sie eingedeckten, gemütlichen kleinen Tisch in der Ecke zu. Anderes Personal war nicht in Sicht – den Bügelburschen hatte sie seit der Begegnung nach dem Mittagessen nicht mehr gesehen. Sie bestellte bloß eine Suppe und ein Mineralwasser. Einen üppig bestückten Brotkorb und einen kleinen Topf randvoll mit herrlich frischem, selbstgemachtem Schmalz bekam sie ungefragt dazu.

Wie so oft war es Reto, der das Eis brach. Ein paar wohlgesinnte Blicke von dem kleineren, stämmigeren der beiden Männer, der ihnen zugewandt saß, hatten ausgereicht, um seine Aufmerksamkeit zu wecken. Martina hinderte ihn nicht daran, aufzustehen und seine Tischnachbarn auf seine Art zu begrüßen: durch ein beherztes Scheuern an den Beinen. Immerhin hatte sie ihm das Hochspringen erfolgreich abgewöhnt.

„Ein Border Collie, fünf Jahre alt", beantworte Martina die obligatorischen Fragen. Der Größere hatte sich umgedreht und sie gestellt, denn der andere Mann war inzwischen ganz versunken in das Liebkosen ihres Hundes, der die Streicheleinheiten wie üblich dankend annahm.

„Oh, ich dachte, die wären immer schwarz-weiß?", mischte sich der Kleinere nun doch in die Unterhaltung ein.

Martina musste schmunzeln, hatte sie sich doch tatsächlich immer einen Border Collie in genau dieser klassischen, aber natürlich nicht einzig möglichen Farbkombination gewünscht. Doch als sie den Welpen Reto zum ersten Mal sah, wenige Tage nach seiner Geburt, und er bereits genau den gleichen, unfassbar treuen und niedlichen Blick hatte, mit dem er heute noch jeden verzauberte, da waren ihr die Farben seines Fells – rotbraun und weiß – völlig gleichgültig gewesen.

Sie erzählte die Geschichte den beiden und obwohl sie offenbar keine großen Hundekenner waren – sie outeten sich nicht nur wie erwartet als Paar, sondern auch als Katzenbesitzer – zeigten sie sich interessiert und luden sie an ihren Tisch ein.

Schnell kamen sie auf Retos besondere Fähigkeiten und ihre ehrenamtliche Arbeit als ausgebildete Rettungshundeführerin zu sprechen. Nicht ohne Stolz erzählte sie von seinen Erfolgen, von stundenlang in Speisekammern eingeschlossenen, verwirrten Senioren, von ausgebüchsten Kindern in entlegenen Waldstücken, von verhinderten Suiziden entlaufener Psychiatriepatienten.

„Wart ihr auch schon mal zu spät, also hat Reto schon mal eine Leiche gefunden?"

„Er kann Leichen im wahrsten Sinne des Wortes nicht riechen. Wenn er bei einer Suche einen bestimmten Bereich meidet, ist das leider ein Anzeichen dafür, dass dort eine frische Leiche liegt. Ich gehe mit ihm auch nicht in die Trümmer, also nach Unfällen oder Naturkatastrophen. Das kann für die Tiere sehr traumatisierend sein und Reto ist in dieser Hinsicht besonders sensibel, weil er so ein großer Menschenfreund ist. Aber wie für Drogen und Waffen gibt es natürlich auch dafür spezialisierte, sehr gute Spürhunde."

Sie dachte unweigerlich an den einen Einsatz, einen ihrer ersten und beinahe auch ihr letzter. An den sie eigentlich nicht mehr denken, geschweige denn darüber reden wollte. Der nicht den Hund, wohl aber sie traumatisiert hatte. Und hoffte, die beiden Männer wären feinfühlig genug, nicht weiter in diese Richtung zu fragen.

Das waren sie zum Glück. „Dagegen sind die Talente unseres Katers ja überschaubar. Immerhin erschnüffelt Toni in Ermangelung von Mäusen oder Vögeln jedes noch so kleine Insekt in der Wohnung, jagt es, tötet es, knabbert kurz daran, spuckt es wieder aus und legt es uns auf den Bettvorleger."

Martina lachte. Ihr fiel auf, dass sie bislang zwar die Namen ihrer Tiere ausgetauscht, sich aber noch gar nicht vorgestellt hatten.

„Das ist David", sagte er und zeigte auf den Kleineren. „Und ich bin Goliath."

„Nicht dein Ernst, oder?"

Sein Partner rollte mit den Augen. „Ich hab ihm schon hundertmal gesagt, dass der Gag beschissen ist. Er heißt Felix. Und ich wirklich David. Zusammen sind wir die Diemels aus Delmenhorst bei Bremen. Auch wenn Dick und Doof von der Waterkant es besser treffen würde."

Erst jetzt fielen Martina die Eheringe der beiden auf. „Wann habt ihr geheiratet?"

„Morgen ist es genau ein Jahr her", sagte David.

„Unser erster Hochzeitstag", ergänzte Felix. Dabei sahen sie sich schüchtern lächelnd an, vermutlich in romantischen Erinnerungen an die Vermählung schwelgend. Martina konnte nicht anders als die beiden niedlich zu finden. Im Unterschied zu den anstrengenden, älteren Paaren vom Nachmittag war sie komischerweise trotz noch trauterer Zweisamkeit kein bisschen neidisch. Vielleicht lag es daran, dass die beiden als schwules Paar ohnehin in einer anderen Liga spielten.

„Warum ausgerechnet Neuwerk?"

„Wir sind verrückt nach Leuchttürmen. Hier steht immerhin einer der ältesten überhaupt. Und es ist mal etwas ganz anderes, schön einsam. Ganz anders als letztes Jahr, da waren wir auf Sylt."

„Oh, ich liebe Sylt! Habt ihr euch auf dem Hörnumer Leuchtturm das Jawort gegeben?"

„Genau. Im engsten Kreis, getraut von einem echten, pensionierten Kapitän. Wir waren seine ersten Schwulen! Er war aufgeregter als wir. So süß. Und danach noch mal offiziell auf dem Standesamt. Zwei Tage lang haben wir mit fünfzig Leuten auf der Insel gefeiert", erklärte Felix mit funkelnden Augen.

„Andere Paare zahlen Häuser ab, wir unsere Hochzeit", ergänzte David.

„Ja, wenn Sylt nicht selbst in der Nebensaison noch so teuer wäre, dann würde ich vermutlich jetzt dort sein. Oder auf Rügen. Überhaupt erstaunlich, wie viel an der Küste schon ausgebucht war. Liegt wohl daran, dass in den meisten Bundesländern gerade Herbstferien sind. Als meine Tochter noch in der Schule war, musste man immer um solche Zeiten kämpfen, doch jetzt ist das ganze Büro so überaltert, dass keiner mehr während der Ferien gehen will und sie mir die Woche Resturlaub praktisch aufgezwängt haben, so kurzfristig, dass ich bei der Buchung nicht mehr wählerisch sein konnte."

„Notnagel Neuwerk und Schwärmereien von Sylt. Lass das mal nicht Frau Meyer hören!", flüsterte Felix vergnügt.

Sie redeten noch ein wenig über Urlaub im Allgemeinen und Norddeutschland im Speziellen, kamen dabei schnell wieder auf die Leidenschaft der beiden zu sprechen – Leuchttürme. Auch Martina mochte die symbolträchtigen Bauwerke, konnte sich mit dem untypisch-klobigen, ursprünglich als Wehrturm errichteten Neuwerker Exemplar bislang allerdings wenig anfreunden.

„Okay, er ist anders. Aber er ist trotzdem schön. Alle Leuchttürme sind schön", sagte David.

„Und anders finden wir sowieso immer gut", fügte Felix mit einem Grinsen hinzu.

„Einer dieser alten Schlaumeier, mit denen ich heute Mittag einen Inselrundgang gemacht habe, hat behauptet, es wäre gar kein richtiger Leuchtturm mehr."

Die beiden Männer sahen zuerst Martina und dann sich entgeistert bis entsetzt an. Sie meinten es offenbar wirklich ernst mit ihrer Leidenschaft.

„Aber warum?", fragte David.

„Weil er kein gültiges Seezeichen mehr ist oder so."

„Heißt das, er leuchtet nicht mehr?"

Trotz ihrer maritimen Vorliebe schienen die beiden nicht die leiseste Ahnung von der Seefahrt zu besitzen. Martina allerdings auch nicht. Zum Glück war gerade die Bedienung am Tisch. Die sonst eher zurückhaltende Frau in den späten Dreißigern mit den streng nach hinten gebundenen, braunen Haaren und selbst zu jener späten Stunde noch perfekt weiß strahlenden Schürze hatte die Diskussion ihrer Gäste mitbekommen und ausnahmsweise beschlossen, sich einzumischen.

„Natürlich leuchtet er. Zugegeben, eher für die Gäste als für die Schiffe. Aber er leuchtet!"

Angeheitert vom Kräuterlikör aufs Haus, mit dem sie anstießen und von der Flasche Wein, die allerdings zuvor hauptsächlich die Männer geleert hatten – Martina war bemüht gewesen, sich zuruckzuhalten – schlugen die beiden vor, sich persönlich bei einem Verdauungsspaziergang davon zu überzeugen.

Da Martina ohnehin um Reto wegen noch einmal raus musste, kam ihr die Schnapsidee ihrer neuen Urlaubsbekanntschaften gelegen. Es war schon kurz nach neun und längst stockfinster, als sie die Pension Meyer verließen. Obwohl der Wind stark nachgelassen hatte, war die Luft kalt und feucht. Auch wenn man es kaum sah, musste es Nebel sein, der aufgezogen war.

Sie liefen auf dem sogenannten Mittelweg von der Nordseite der Insel, wo sich die meisten Höfe und damit auch ihre Unterkunft befanden, in Richtung der Turmwurt. Martina dachte an die gleichnamige, prächtige Straße in vornehmen Hamburger Stadtteil Harvestehude und es erschien ihr surreal, dass sie sich noch immer in derselben Stadt befand.

„Seht ihr schon was?", fragte einer der Männer, Martina war nicht sicher, welcher. Es war zu dunkel, um die Statur zu erkennen und in Stimmlage und Ausdrucksweise glichen sie sich auf ebenso erstaunliche Art wie in ihrem Modegeschmack.

„Da hinten!", rief der andere. Selbst die Stimmen wirkten wie von der Finsternis verschluckt.

„Aber das ist doch viel zu nah. Und außerdem leuchtet es durchgehend, blinken Leuchttürme nicht immer?"

Tatsächlich handelte es sich bloß um eine einsame Laterne, deren Pfahl durch den Nebel verschleiert wurde und erst zum Vorschein kam, als sie direkt daran vorbeigingen.

Es dauerte noch ein wenig, bis sie ein höheres, tatsächlich nicht durchgängig aktives Licht sahen. David und Felix gaben theatralische Freudenschreie von sich. Martina glaubte sogar zu hören, wie sie sich einen Schmatzer verpassten. Reto ließ sich von der guten Laune und von so viel Liebe erwartungsgemäß sofort anstecken und lief schwanzwedelnd zu den beiden.

Beschwingt setzten sie ihren Gang fort. Martina fiel noch etwas wieder ein, was die Cuxhavener ihr am Nachmittag erzählt hatten. „Es soll dort im Turm wohl sogar eine Kneipe geben."

„Wow, das hätte ich jetzt hier nun wirklich nicht erwartet! Ganz oben, so eine Art Rooftop-Bar?"

„Keine Ahnung."

„Hoffentlich haben sie ordentlich Prosecco da drinnen gebunkert. Dann feiern wir in unseren Hochzeitstag hinein!"

Wieder ein Kussgeräusch. Reto zog an der Leine, hatte es auf einmal eilig und Martina bereute, keine richtige Taschenlampe mitgenommen zu haben, denn da die nächste Laterne noch ein Stück entfernt war, hatte sie keine Ahnung, womit er sich am Wegesrand befasste. Hoffentlich nicht erneut eine falsche Fährte! Doch zum Glück bellte er nicht. Vielleicht war ihm, so wie ihr, bloß kalt und er wollte diesen Rundgang bald beenden. Nach Prosecco jedenfalls stand ihr der Sinn gewiss nicht, so süß die beiden auch waren.

Nach insgesamt knapp zehn Minuten Fußmarsch erreichten sie die besser beleuchtete Gegend am Fuße des Turmes, wo sich der Inselkaufmann, das Nationalparkzentrum, ein Gebäude der für die Insel zuständigen Hafenbehörde – die sogenannte Stackmeisterei – sowie ein alter Hof befanden, der ebenfalls zum Landschulheim umgebaut worden, zu dieser Zeit aber nicht belegt war.

„Turmschänke dauerhaft geschlossen", las David ernüchtert das Schild vor. Auch der Inselkaufmann, der am Mittag vor seinem Laden noch eine Art Biergarten für die Tagesgäste betrieben hatte, hatte um diese Zeit längst nicht mehr geöffnet.

Sie betrachteten noch eine Weile den für ein historisches Bauwerk dieser Art recht spärlich beleuchteten Turm und traten dann wohl oder übel den Rückweg an. Zum Glück war nicht mehr die Rede davon, ein anderes Lokal aufzusuchen, denn Martina hatte der Alkohol bloß müde gemacht, auf keinen Fall würde sie noch mehr davon trinken.

Kurz bevor sie wieder in der Dunkelheit des Mittelweges verschwinden würden, drehte sie sich noch einmal um, weil Reto erneut zog – und zwar nicht in Richtung Unterkunft, sondern zurück zum Turm. Die Männer hatten es nicht bemerkt, ihre Schritte entfernten sich langsam.

Martina leuchtete mit der schwachen Lampe ihres Mobiltelefons in Richtung des Hundes, konnte aber nichts erkennen. Außer dass Reto gar nicht wie üblich einem Geruch folgte, sondern den Kopf statt auf den Boden in den Himmel richtete.

Erst als auch sie nach oben blickte, entdeckte sie, was Retos Aufmerksamkeit erweckt hatte: Auf der eigentlich nur tagsüber zugänglichen Aussichtsplattform des aus dieser Distanz noch vergleichsweise gut zu sehenden Leuchtturms waren die Umrisse eines kleinen Menschen zu erkennen. Oder, genauer gesagt, die eines Kindes.

8

Die Kennenlern-Rallye war Kinderkram. Man hatte versucht, ihr einen wissenschaftlich-pädagogischen Anstrich zu geben, mit Wattwurm-Experimenten und Vogelbeobachtung, doch am Ende ging es wie immer um alberne Spielchen, Löcher buddeln, Wettrennen, Versteckspielen und dergleichen. Der unfassbaren Langsamkeit von Manuel geschuldet, wurde das Team von Leon letzter und entsprechend von den anderen verhöhnt. Da konnte Fabian noch so viel betonen, sie wären alle Gewinner, da jeder das Ziel erreicht habe.

Immerhin hatte er sich einen ersten Überblick verschaffen können. Die Insel war gar nicht so klein, wie er zunächst gedacht hatte. An Verstecken würde es nicht mangeln. Selbst in den so kargen Salzwiesen, wo sie unterschiedliche Vogelarten hatten erkennen und bestimmen müssen, konnte man sich hervorragend hinter allerlei Gestrüpp verbergen. Hätte der doofe Manuel sich nicht irgendwann freiwillig gezeigt – die anderen würden sie noch immer suchen.

Es gab auch einen kleinen Sportboothafen, an ganz anderer Stelle als an der, wo sie mit der Fähre angekommen waren. Hier müsste er sich noch einmal genauer umschauen. Die kleinen, wendigen Schiffchen eigneten sich hervorragend für Schmuggler. Es würde ihn nicht wundern, wenn eines davon dem Mann mit dem Fernglas gehörte, den sie heute Mittag beim Ausspionieren des Landschulheims entdeckt hatten.

Am Markantesten aber war natürlich der Turm. Wo sonst als hinter so mächtigem Gemäuer sollte man Schätze verstecken, geheime Verliese oder Gänge vermuten? Die Besichtigung war leider erst für einen der kommenden Tage geplant.

Zwischen der Rallye und dem Abendessen war noch etwas Zeit zur freien Verfügung. Es dämmerte bereits und Fabian hatte angeordnet, dass alle im oder zumindest in der Nähe des Hauses bleiben sollten. Da er jedoch mit ein paar Jungen im Keller Tischtennis spielte und auch die anderen Betreuer nirgendwo zu sehen waren, wäre es ein Leichtes gewesen, sich davonzuschleichen. Wenn da nicht Manuel gewesen wäre, der Leon wie eine Klette an den Beinen klebte.

Jeder Versuch, ihn abzuschütteln, scheiterte – auch daran, dass Leon es anders als die anderen Jungen nicht übers Herz brachte, ihn mit Beleidigungen oder gar körperlichen Attacken abzuweisen. Resigniert zog er sich aufs Zimmer zurück und las, doch er konnte sich kaum konzentrieren, denn statt es ihm gleich zu tun und auch etwas zu lesen, saß Manuel bloß auf dem unteren Bett, guckte zu ihm hinauf und gab in unregelmäßigen Abständen zusammenhanglose Laute von sich.

Für das Abendbrot rechnete Leon bereits nach den Tumulten beim Mittagessen mit dem Schlimmsten, doch es blieb erstaunlich ruhig. Die Kinder schienen erschöpft von der frischen Seeluft und dem langen Herumtoben bei der Rallye. Einige lachten zwar noch besonders aufgedreht, aber Fabian hatte darauf geachtet, dass die größten Störenfriede – Justin und Serkan – diesmal an einem Tisch saßen, der besonders weit von seinem entfernt war.

Die beiden Mädchen allerdings saßen wieder neben ihnen. „Verzieht euch", sagte die Größere.

„Verzieht ihr euch doch."

„Wir waren zuerst da."

„Na und?"

Niemand machte Anstalten aufzustehen – es waren abermals auch nicht viele andere Plätze frei – und so aßen sie schweigend nebeneinander. Von irgendwo winkte das dickliche, nach Schweiß riechende Mädchen, mit dem sie in der Rallye in einem Team gewesen waren und neben der tatsächlich noch ein freier Stuhl war, doch Leon tat so, als habe er sie nicht gesehen.

Er mochte es sich zwar nicht eingestehen, aber neben den beiden Grazien – so abweisend gerade die Größere mit den bunten Haaren auch war – erschien es ihm dann doch verlockender als an der Seite des anderen, wenig attraktiven Mädchens.

Immerhin schmeckte die zweite Mahlzeit im Landschulheim etwas besser. Was wohl vermutlich vor allem daran lag, dass man bei belegten Broten nicht viel falsch machen konnte. Die Grauhaarige, die sie am Mittag bedient hatte, freute sich, als Leon ihr seinen Teller leer zurückgab. Anders als die meisten Kinder, hatte er sogar artig das langweilige Gemüse bestehend aus Gurken- und Paprikascheiben gegessen.

Ab sofort, so verkündete es ausnahmsweise mal nicht Fabian, sondern Herr Engel, sei das Haus unter keinen Umständen mehr zu verlassen.

„Auch nicht, wenn‘s brennt?“, fragte Scherzkeks Serkan.

Herrn Engels Antwort ging im allgemeinen Gelächter unter.

Während die anderen im Hobbyraum Dart, Tischtennis, Billard oder zumindest Karten spielten, machte sich Leon schon bettfertig. Wie erwartet, tat Manuel das Gleiche. Zum Glück hatten sie das große Etagenbadezimmer noch für sich, so dass niemand sah, wie er ihm sogar dabei half, den Pyjama anzuziehen, weil er einfach nicht zusehen konnte, wie umständlich sich Manuel dabei anstellte.

Dachte er zumindest, denn auf einmal stand Herr Engel im Türrahmen.

„Vorbildlich, Leon!“

Er konnte nicht vermeiden, rot anzulaufen, dabei gab es doch eigentlich nichts, wofür er sich hätte schämen müssen.

„Wenn doch bloß mein Junge so vernünftig wäre wie du. Aber meine Frau lässt ihm viel zu viel durchgehen“, sagte er. Dabei gehörte sein Sohn – ein Elfjähriger namens Tobi, wie der Vater Brillenträger – noch zu den ruhigeren, angenehmeren, wie Leon fand.

Leon war froh, als Herr Engel kurz darauf eine gute Nacht wünschte und verschwand.

„Hat er dir vielleicht die Süßigkeiten gegeben?“, fragte er Manuel, doch der Junge schwieg weiterhin eisern. Vielleicht war es gar nicht so schlecht, dass er offenbar ein Geheimnis für sich behalten konnte, dachte sich Leon.

Es schien dann jedoch gar nicht nötig, ihn in irgendetwas einzuweihen, denn keine fünf Minuten nachdem sie ins Bett gegangen und das Licht ausgemacht hatten, schnarchte er bereits. Gut, dass Leon nicht wirklich vorhatte, zu schlafen, bei dieser Geräuschkulisse würde er ohnehin kein Auge zu tun können. Unbemerkt zog er sich wieder an, schnappte sich sein Fernglas mit Nachtsichtfunktion und schlich sich aus dem Zimmer, endlich einmal ohne die Begleitung des gehandicapten Gefährten.

Ohne dass ihn jemand daran gehindert oder auch nur gesehen hätte, verließ er das Landschulheim durch die nicht abgeschlossene Tür in den mittlerweile völlig dunklen, neblig-trüben Abend.

Leon wusste, in welcher Richtung der Leuchtturm zu sehen sein müsste, sah – wohl aufgrund des dichten Nebels – das Leuchtfeuer aber nicht und die Route über den Feldweg im Inselinneren dorthin wirkte besonders finster und bedrohlich, so dass er zu Anfang erst einmal beschloss, den offeneren Deich entlangzulaufen, von dem aus man zumindest die erleuchteten Fenster der Meereswoge noch eine Weile sehen würde.

Obwohl genau diese Entdeckung eines der Ziele seiner Expedition war, konnte Leon nicht fassen, was er da plötzlich im Licht seiner Taschenlampe keine drei Meter vor ihm auf dem Deich erblickte: Da stand, in einem knielangen Mantel, der Mann mit dem Fernglas! Er musste ihn kommen gesehen haben, wich aber dennoch nicht von der Stelle und schien durch sein ebenfalls nachtsichtfähiges Gerät Ausschau ins offene Meer zu halten.

„Hallo junger Kollege“, sagte er, mit fester, sonorer, aber freundlicher Stimme. Wie ein Ganove klang er nicht. Zumindest nicht wie die im Fernsehen oder Kino.

„Was machen Sie hier?“ Leon konnte nicht vermeiden, dass seine Stimme im Gegensatz zu der des Mannes hoch und aufgeregt klang.

„Ich denke, dasselbe wie du – ein bisschen umherschleichen. Ich will mir die Insel mal im Dunkeln ansehen. Es gibt schließlich auch nachtaktive Vögel.“

„Welche denn?“

Der Mann lachte, obwohl Leon die Frage ernst gemeint hatte. „Eine Menge.“ Er spürte, wie ihn etwas an der Hand berührte, und als er die Taschenlampe darauf richtete, sah er, dass es die Hand des Mannes war, der sie ihm entgegenstreckte. Zögerlich erwiderte er den Handschlag. „Ich bin Bill. Und wie heißt du?“

Es war besser, nicht die Wahrheit zu sagen, denn er wusste noch immer nicht, ob er dem Fremden trauen konnte. Zumal sein Name auch ausgedacht klang. „Manuel“, sagte er und bereute sofort, dass ihm auf die Schnelle nichts Besseres eingefallen war.

Der Mann lachte laut auf, als hätte er ihn durchschaut, doch dann sagte er bloß freundlich: „Sehr erfreut, Manuel.“

Leon wusste nicht, was er erwidern sollte und es entstand ein unangenehmes Schweigen, das schließlich der Mann brach. „So nett es mit dir ist, ich glaube, du solltest besser zu deinen Leuten zurückgehen. Die merken sonst, dass du weg bist.“

Das bezweifelte Leon. Normalerweise hörte er auf Erwachsene, doch der Aufforderung des Mannes würde er nicht nachkommen. Dazu war die Angelegenheit viel zu spannend. Niemals im Leben beobachtete der Mann Vögel. Er hatte ganz offenbar genauso wenig Ahnung von Vögeln wie er, wenn er nicht einmal eine einzige nachtaktive Art nennen konnte. Mal ganz davon abgesehen, dass man zu dieser Zeit im dichten Nebel weder welche hörte noch welche sah.

„Wir sehen uns bestimmt bald noch einmal am Tag, die Insel ist ja klein. Würde mich freuen. Und nun gehst du aber lieber ins Bett, junger Mann!“

Er ging nicht, er rannte. Irgendetwas stimmte mit diesem Kerl nicht! Da er kein großer Sportler war, kam er schnell außer Atem und verlangsamte seinen Schritt noch bevor er die Meereswoge wieder erreicht hatte.

Nach dem ersten Schock über die seltsame Begegnung bemühte er sich, wieder klar und logisch zu denken, wie es einem Nachwuchsdetektiv gebührte. Vielleicht war der Mann nicht der, für den er sich ausgab. Aber wie ein Schurke hatte er auch nicht gewirkt. Die stellten sich nicht kleinen Kindern per Handschlag vor. Es musste einer von den Guten gewesen sein. Der aus gutem Grund nicht ganz die Wahrheit gesagt hatte. Ein Geheimagent!

An Schlafen war nach der Aufregung nicht zu denken und er war sich sicher, dass ihn niemand vermissen würde, also beschloss er – wobei er sich wahnsinnig mutig vorkam – sein nächtliches Abenteuer noch ein wenig zu verlängern. Vielleicht würde er ja entdecken, wonach der Mann suchte. Aller Wahrscheinlichkeit nach Schmugglern, Schleppern, Schleusern. Auffällige Boote, Leuchtzeichen. Dinge die man anders als Vögel trotz des Nebels sehen konnte.

Er erreichte das Landschulheim und folgte anders als zuvor dem Weg ins Landesinnere, weil er in der Ferne meinte, nun doch ein schwaches Licht zu erkennen. Der Leuchtturm! Schon während der Rallye am Nachmittag hatten sie diesen Weg zum Turm genommen.

Natürlich war die Tür abgeschlossen. Doch in einigen der kleinen Fenster brannte noch Licht. Der Leuchtturmwärter war also noch wach, selbst wenn er irgendeinen Zugang fand, würde man ihn vermutlich erwischen. Es war kalt und Leon überkam bereits die Einsicht, dass seine Idee kindisch und undurchdacht war, da ging plötzlich die Tür auf und ein junges Paar verließ eng umschlungen den Turm. Intuitiv war er einen Schritt ins Dunkle zurückgegangen und tatsächlich waren sie so miteinander beschäftigt, dass sie ihn nicht bemerkten. Wie die Leuchtturmwärter wirkten sie nicht gerade.

Die knarzende Holztür war alt und schwer und fiel gemächlich ins Schloss zurück. Gerade noch rechtzeitig erreichte Leon sie, hielt sie zunächst fest, und als die beiden sich noch ein Stück entfernt und er sich abermals umgesehen hatte, öffnete er sie einen Spalt breit, gerade groß genug, um in das Treppenhaus dahinter zu gelangen.

Nach einigen hölzernen Stufen kam er in einen großen Raum, in dem sich eine Art Kiosk befand. Hinter dem Tresen löste man offenbar tagsüber die Eintrittskarten für den Aufstieg. Eine gedimmte Stehlampe erleuchtete die Auslage. Er widerstand der Versuchung, sich aus einer der Fruchtgummischalen zu bedienen. Von irgendwoher drangen gedämpft Stimmen. Es waren also noch immer Leute im erstaunlich geräumigen Turm. Der Wärter schien eine große Familie zu haben. Vielleicht waren es ja auch mehrere…

Dass der letzte Leuchtturmwärter 1971 in den Ruhestand gegangen war und das Denkmal mittlerweile wie fast jede Behausung der Insel als Feriendomizil genutzt wurde, hatte man den Kindern noch nicht erzählt.

Und so schlich er sich in ständiger Angst vor Entdeckung vor einem vermeintlich aufmerksam wachenden Wächter die 138 Stufen im engen, unbeleuchteten, verglasten Außenaufgang zur Aussichtsplattform hinauf.

Oben angekommen war er zunächst enttäuscht. Das Licht des Turms leuchtete, obwohl er sich jetzt oberhalb der dichten Nebelschicht befand, kaum heller als eine gewöhnliche Laterne. Trotz seines teuren Fernglases konnte er die Insel nicht überblicken, da sie größtenteils im Nebelsumpf versunken war. Das mochte im Sonnenaufgang seinen Zauber haben, jetzt in völliger, mondloser Dunkelheit war es ein einziges, beängstigendes Schwarz ohne Konturen.

Dann aber sah er nach oben, ganz ohne verzerrendes Fernglas, und entdeckte den Sternenhimmel. Obwohl er nur gute 40 Meter über der Erde war, fühlte er sich plötzlich wie im Himmel, buchstäblich über den Wolken. Es war ein beeindruckender Anblick. So etwas hatte er in der durch und durch und rund um die Uhr lichtkontaminierten Stadt nie zu Gesicht bekommen.

Er starrte so lange nach oben, versuchte vergeblich, die in der Schule gelernten Sternbilder zu erkennen, dass ihm bald der Nacken weh tat.

Erst als er aus weiter Ferne Geräusche hörte, leise Stimmen und Schritte, senkte er den Kopf wieder und richtete sein Blick auf das wenige an Inselboden, was er trotz der Witterung und Finsternis sehen konnte – den Bereich um die Laterne vor dem Turm. Drei Menschen standen dort. Und ein Hund.

Er nahm das Fernglas zur Hilfe. Es war Reto! Als würde er ihn auch sehen oder zumindest erahnen, schaute das Tier nach oben. Leon winkte, doch weder bellte der Hund noch sahen ihn sein Frauchen oder die zwei leicht angeheitert wirkenden Männer, die sich angeregt miteinander unterhielten.

Dafür machte Leon eine andere, unheimliche Entdeckung. Wenige Meter hinter den dreien entdeckte er eine Silhouette. Im Schutz der Nacht hatte sich jemand angeschlichen. Und obwohl er den Mann erst einmal aus weiter Ferne und ein zweites Mal in der Dunkelheit gesehen hatte, erkannte er ihn sofort am langen Mantel: Es musste Bill sein, der hier ganz offenbar Reto und seinen Begleitern nachspionierte.

Auf einmal war sich Leon doch nicht mehr so sicher, ob dieser mysteriöse Mann wirklich einer von den Guten war.

9

„Alles Gute, ihr beiden! Auf euch!"

Wie selbstverständlich hatte sich Martina am nächsten Morgen zu den Diemels an den Frühstückstisch gesetzt. Frau Meyer brachte eine Flasche Sekt aufs Haus vorbei, nachdem sie erfahren hatte, dass die beiden an diesem Tag etwas zu feiern hatten. Das war auch nicht zu übersehen: Sie trugen beide ihre Hochzeitsanzüge. Natürlich glichen sie sich, mit Ausnahme der Konfektionsgröße, bis ins Detail, selbst Krawatte und Tuch waren identisch. In den schnittigen Sakkos sahen sie aus wie zwei Spitzenmanager, was in der bäuerlich eingerichteten Gaststube seltsam deplatziert wirkte.

Martina hätte ihren Sekt gern zumindest mit Orangensaft gestreckt, doch da hatte ihr David bereits einen randvollen Kelch eingeschenkt. Während die beiden ihre nicht weniger gefüllten Schampusflöten auf Ex hinunterschluckten, nippte sie nur einmal kurz daran, und schon das genügte, ihren durch Wein und Schnaps vom Vortag hervorgerufenen Brummschädel noch zu verschlimmern.

„Was macht ihr denn heute Schönes?"

„Ich denke, wir beschäftigen uns den ganzen Tag mit Vögeln" sagte Felix, der bei den beiden wie üblich für die Zoten zuständig war. Sie prusteten beide los und auch Martina musste lachen.

„Ganz im Ernst. Wir fahren mit dem Wattwagen auf die Vogelinsel Scharhörn und machen da eine Führung. Da wohnt bis auf den Vogelwart kein Mensch, ein unberührtes Naturparadies", erklärte David.

„Wir könnten fragen, ob noch Platz im Wagen frei ist für euch", schlug Felix vor.

Martina winkte ab. Sie erzählte von ihrer Begegnung mit dem Nationalpark-Führer Malte und wie wenig begeistert er von Retos Anwesenheit gewesen war.

In diesem Moment ging die Tür des Gastraumes auf und der Bügelbursche trat ein, beladen mit einer großen Kiste frischem Gemüse. Obwohl er diesmal von draußen aus der herbstlichen Morgenkühle kam, trug er bloß ein enges T-Shirt und kurze Hosen. Martina konnte es nicht vermeiden, ihn von oben bis unten zu mustern. Auch die Männer, die mit dem Rücken zur Tür saßen, drehten sich um. Grußlos, aber freundlich grinsend ging er an ihr vorbei in Richtung Küche.

„Na, dann machst du dir halt hier einen schönen Tag. Gibt ja auch viel Nettes zu sehen", sagte David augenzwinkernd.

„Hat er dir da wirklich gerade zugelächelt? Seid ihr euch schon mal begegnet oder war das etwa Liebe auf den ersten Blick?"

Zuerst fühlte Martina sich peinlich berührt, ertappt, doch dann überwand sie sich und erzählte von ihrem Fauxpas am Vortag. „Da trug er tatsächlich noch weniger."

„Schatz, wenn du dir heute dein Hemd zerknitterst, macht das überhaupt nichts, ich bringe es freiwillig in die Wäschekammer!", wandte sich David an seinen Mann.

„Aber nur wenn du keinen zweiten Hochzeitstag mehr feiern willst!", erwiderte Felix. „Außerdem hat der Kerl eh bloß Augen für unsere Martina."

Martina schüttelte amüsiert den Kopf. Sie konnte sich gar nicht daran erinnern, wann sie sich das letzte Mal gemeinsam mit einer Freundin verschwörerisch über einen hübschen Mann ausgetauscht hatte, so lang war das her.

Nachdem sie sich von den beiden verabschiedet hatte und zu einem Spaziergang aufgebrochen war, hoffte sie tatsächlich ein wenig, dem gut gebauten Jüngling noch einmal zu begegnen. Nicht, weil sie sich irgendwelche absurden Hoffnungen machte. Sondern einfach, weil sie dann beim Abendessen wieder etwas Nettes zu erzählen gehabt hätte.

Tatsächlich begegnete sie dann aber einem noch jüngeren Kerlchen: dem lütten Leon, der sich gemeinsam mit ihr auf dem Unterdeck im Schiff verkrochen hatte. Wieder war er ganz allein und trotz des anhaltend trüben, aber immerhin trockenen Wetters und frischer, wiederaufkommender Winde, saß er lesend auf einer Bank am Deich in der Nähe des Landschulheims. Reto und er begrüßten sich sofort aufs Herzlichste und es dauerte eine Weile, bis er überhaupt Augen für sie hatte.

„Hallo Leon. Na, wieder ganz allein?"

„Jetzt nicht mehr", sagte er. Seine kleinen blauen Augen strahlten. Unverkennbar der Reto-Effekt.

„Gehen Sie Gassi mit ihm?", sagte er, und ohne eine Antwort abzuwarten fügte er hinzu: „Darf ich mitkommen? Bitte!"

„Klar kannst du mitkommen. Also, vorausgesetzt eure Betreuer haben euch Ausgang gegeben."

„Wir sind doch nicht im Gefängnis. Und auch nicht im Kindergarten. Solang wir pünktlich zum Essen oder zu den Ausflügen wieder da sind, dürfen wir uns tagsüber frei bewegen."

Martina dachte an ihre Beobachtung am Abend zuvor, den kleinen Körper auf dem großen Turm. „Habt ihr gestern auch zufällig mal abends einen Ausflug gemacht?"

„Nein, wieso?"

Er versuchte, eine ahnungslose Unschuldsmiene aufzusetzen, denn offenbar hatte sie ihn anders als er sie von oben – dank Fernglas und vor allem dem unverkennbaren Reto – nicht zweifelsfrei erkannt.

„Nun, ich war gestern nach dem Abendessen noch spazieren und habe mir eingebildet, ein Kind auf dem Turm zu sehen. Aber vielleicht habe ich auch bloß zu viel Rotwein getrunken", sagte sie lachend, obwohl sie sich ihrer Beobachtung recht sicher war. Auch wenn sie irrtümlich dachte, es wäre wohl eher eines der besonders frechen, draufgängerischen Kinder gewesen, das sich heimlich davongeschlichen und den Turm als eine Art Mutprobe bei Nacht bestiegen hatte.

„Haben Sie da zufällig auch einen Mann gesehen?"

Sie dachte an die Diemels, aber das waren ja zwei. „Wie soll der Mann denn ausgesehen haben?"

Leon fiel auf, dass er nicht in der Lage war, Bill näher zu beschreiben.

„Ach nichts, ist egal."

Nun war Martinas Neugierde allerdings geweckt. „Na komm, erzähl schon, was für einen Mann soll ich gesehen haben?"

„Ich weiß nicht genau, wie er aussieht. Erst war er immer zu weit weg und dann war es zu dunkel. Er hat mir die Hand gegeben und gesagt, er heißt Bill, aber ich wette, dass das nicht sein echter Name ist. Irgendwie war er komisch. Vielleicht ist er Geheimagent. Vielleicht aber auch Schmuggler."

Hatte das Kind nur eine lebhafte Fantasie? Oder wurde es tatsächlich von fremden Männern angequatscht? Beides hielt sie nicht für ausgeschlossen. Er war ein Einzelgänger. Wie sie von ihren Einsätzen wusste, waren das oftmals die besonders gefährdeten Kinder.

„Pass auf Leon, lass dich nicht von irgendwelchen Fremden ansprechen. Bleib immer in der Nähe der Gruppe. Besonders natürlich, wenn es dunkel ist. Selbst auf einer so kleinen Insel gibt es vielleicht etwas seltsame Menschen, die nichts Gutes im Sinn haben."

Leon nickte. „Sie klingen wie meine Mutter."

„Ich könnte ja auch deine Mutter sein."

„Aber Sie sind eine Fremde. Eigentlich dürfte ich dann ja auch nicht mit Ihnen reden."

Er sagte es scherzhaft, nicht altklug oder belehrend, und doch traf es Martina, machte sie nachdenklich.

„Du hast vollkommen recht. Wenn du mit mir Gassi gehen willst, sollte ich mich vorher deinen Betreuern vorstellen und wir sie um Erlaubnis fragen."

Schlagartig verzog sich das freundliche Gesicht des Jungen zu einer Fratze. „Nein! So war das nicht gemeint! Das war doch nur Spaß!"

Er war sich sicher, dass ihm Fabian bestimmt keine größeren Alleingänge erlauben würde. Es hatte Leon schon einiges an Mühe gekostet, Manuel loszuwerden. Auf keinen Fall wollte er früher als unbedingt nötig zurück zur gesamten Horde. „Die andern sind blöd. Sie ärgern mich nur. Ich will da jetzt nicht hin! Ich weiß, dass Sie zu den Guten gehören!"

„Woher willst du das wissen?"

„Weil Sie so einen lieben Hund haben. Böse Menschen haben keine lieben Hunde", sagte er und streichelte Reto. Nun klang er doch etwas altklug und trotzdem rührten Martina seine Worte.

„Na gut, aber wir bleiben in der Nähe."

Doch dann fiel ihr auf, dass vor dem Landschulheim der besonders geschützte Bereich des Nationalparks lag, in dem sie sich mit Reto besser nicht mehr blicken ließ, also liefen sie wohl oder übel doch noch ein Stück, bis sie die etwas öderen Weiden im nördlichen Vorland der Insel erreichten, auf denen anders als in der Zone zwei zumindest im Sommer noch Rinder vom Festland in mehr oder weniger harmonischer Gesellschaft mit den Pferden der Inselbauern grasten – meist ingorierten sie sich, doch ab und zu sah man ein Rind, das einer Stute die Hörner zeigte oder eine Kuh, die vor einem Hengst davonlief.

Da jetzt jedoch weit und breit weder Tiere noch andere Menschen in Sicht waren und Reto nach Bewegung gierte, löste sie die Leine und ließ ihn mit Leon spielen.

„Kann er Stöckchen holen?"

„Er kann noch ganz andere Sachen. Reto ist nicht nur ein lieber, sondern auch ein ganz besonders intelligenter Hund."

Sie erzählte ihm von seinen Fähigkeiten. Leon war begeistert. „Das heißt, er würde mich finden, egal wo ich mich verstecke?"

„Vermutlich ja."

„Auch ganz da hinten?" Er zeigte auf eine kleine, durchgehend mit Glasfenstern versehene Hütte, die mitten im Nirgendwo am etwa einen Kilometer entfernten Nordufer Neuwerks stand: das historische Badehaus, in dem sich einst Urlauber umkleiden konnten, die es gewagt hatten, trotz auf der gesamten Insel nicht vorhandenem Strand ins Wasser zu gehen.

„Natürlich auch dahinten."

„Dann müsst ihr euch jetzt umdrehen und kurz in die andere Richtung gehen, damit er mich nicht sieht, und nach fünf Minuten schickst du ihn dann los, okay?"

Martina wollte schon widersprechen, doch dann dachte sie kurz darüber nach und überlegte es sich anders. Sowohl der Junge als auch der Hund würden Spaß daran haben. Und Training, auch solch vergleichbar simples, tat Reto immer gut. Warum also nicht.

„Soll ich ein Kleidungsstück von mir hierlassen?" Leon hatte im Fernsehen schon öfter gesehen, wie die Polizei Hunde an den Klamotten von Verdächtigen schnuppern ließ, doch Martina schüttelte mit dem Kopf. „Das musst du nicht. Er kennt deinen Geruch längst. Außerdem ist er kein Mantrailer, sondern ein Flächensuchhund. Er riecht jeden Menschen, der sich irgendwo versteckt."

Auch wenn das nicht die optimale Übungsanordnung war, machten sie es so, wie Leon vorgeschlagen hatte. Martina ging mit Reto in die entgegengesetzte Richtung und der Junge lief zum Badehaus. Kurz bevor sie wieder den Deich erreichten, erteilte sie ihm den Suchbefehl. Auf der Stelle machte er sich auf den Weg zum Ufer.

Obwohl er mit Sicherheit spürte, dass es sich hier nicht um einen echten Einsatz handelte – keine anderen Hundeführer, keine Feuerwehr, kein aufgeregtes Gewusel an Hilfs- und Einsatzkräften – nahm er die Sache erstaunlich ernst, lief schnellen Schrittes und zielstrebig, so dass Martina Schwierigkeiten hatte, hinterherzukommen. Vielleicht war es aber auch nur der ungewohnte Sekt – sie hatte das Glas im Verlauf des Frühstücks doch noch ganz geleert – der sie etwas träger werden ließ.

Als sie schließlich das Badehaus erreichten, schien auch Retos Kondition zu schwinden. Denn statt wie üblich anzuschlagen sah er etwas hilflos zu seinem Frauchen.

„Nun komm schon, die Tür ist auf, geh rein! Such!"

Er tat, wie ihm befohlen. Doch wie Reto bereits gewusst hatte, bevor er das zugige Häuschen betreten hatte, gab es nichts zu melden. Es war leer und

Leon nicht mehr hier.

Trotz des am Ufer noch stärkeren, eisigen Herbstwindes überkam Martina ein kalter, plötzlicher Schweißausbruch, den sie auch nicht auf ihre Wechseljahre zurückführen konnte. Sondern einzig auf eine schlimme, panische Angst. Sie hatte einen schweren Fehler gemacht. Das Rauschen des sich langsam aber stetig wieder der Insel nähernden Meeres machte es ihr schlagartig klar.

Wenn der Junge sich auf der Suche nach einem originelleren Versteck ins von Gerüchen und Wasser gleichermaßen langsam überflutete Wattenmeer begeben hatte, gab es für Reto keine Chance, ihn zu finden.

Martina wusste als Landratte und Ostsee-Fan nicht viel über das Wattenmeer. Sie hatte kaum eine Ahnung von den Millionen kleiner Lebewesen, die es besiedelten. Wohl aber war ihr klar, dass es einem Menschen, der vom zurückkehrenden Wasser überrascht wurde, den Tod bringen konnte.

10

Reto spürte die Hilflosigkeit seines Frauchens, ihre wachsende Verzweiflung, und es machte ihm Angst. So kannte er sie nicht. Auf einmal war aus dem harmlosen Spiel, aus der einfachen Übung bitterer Ernst geworden.

Er war nun fünf Jahre alt, kein Anfänger mehr, immerhin hatte er bereits als Welpe mit dem Training begonnen. Und doch gab es Situationen, die ihn noch immer überforderten. Meistens lag es an Ablenkungen durch Menschen. Selten aber, wie in diesem Fall, war dieser Mensch Martina.

Ausgebildet und spezialisiert war er auf Menschen, die hilflos an einem unbekannten, oftmals schwer zugänglichen Ort ausharrten. Verletzte in Feldern, Verzweifelte auf Bäumen, Verwirrte in Kellern, Ausreißer in Baracken. Aber kleine Jungen, die Versteck mit ihm spielten, daran war er nicht gewöhnt. Im Verein gab es zwar auch Nachwuchsmitglieder, kaum älter als Leon, aber die hielten sich stets streng an die Versuchsordnung und verließen ihre Verstecke nicht, ehe er sie aufspürte.

Ihre Verunsicherung hatte sich auf ihn übertragen. Sie tat Dinge, die sie sonst nie tat: lautstark den Namen eines Vermissten rufen. Ihn in Richtung des Wassers lenken, in dem er sich unter anderen Umständen nur zu gern erfrischt hätte, das aber zum Aufspüren eines Gesuchten nun wirklich nicht der richtige Ort für ihn war.

Am meisten aber verwunderte es Reto, dass sie gar nicht mehr auf ihn achtete. Normalerweise galt ihm während eines Einsatzes ihre gesamte, ungeteilte Aufmerksamkeit, was er durchaus genoss. Doch jetzt stand sie mit dem

Rücken zu ihm, starrte auf das Meer und merkte dabei nicht einmal, dass er längst Witterung aufgenommen hatte. Landeinwärts.

Er wusste genau, dass es ihm nicht erlaubt war, auf eigene Faust loszuziehen, doch er sah keine andere Möglichkeit. Also ließ er sie am Ufer neben dem kleinen Badehaus zurück und folgte seiner Spur.

Immer wieder blieb er stehen und drehte sich um. Er war schon ein paar hundert Meter entfernt, da hatte sie ihn endlich bemerkt, rief nach ihm. Er widerstand dem Drang, umgehend zu ihr zu laufen. Obwohl es noch nichts zu vermelden gab, bellte er, aber nur einmal kurz.

Gott sei Dank kapierte sie es. Und kam im Laufschritt auf ihn zu.

„Fein, Reto! Such!"

Dann sah sie, was Reto schon längst gerochen hatte: den Kopf eines kleinen Menschen zwischen hohen Gräsern. Sie gab einen lauten Seufzer der Erleichterung von sich.

Der Junge hatte die beiden noch nicht gesehen. Je näher sie kamen, umso seltsamer erschien sein Verhalten. Er war in ein merkwürdiges Spiel vertieft, schnitt Grimassen und hampelte herum, unterhielt sich mit einem unsichtbaren Gegenüber. Der Wind wehte zu stark und in die falsche Richtung, um zu hören, was er sprach.

Auf den letzten Metern beschleunigte Reto. Er war erleichtert, den liebgewonnenen Jungen so gut gelaunt und unbeschadet anzutreffen. Die Panik seines Frauchens hatte auch ihn schon Schlimmes befürchten und Erinnerungen an seinen grausamsten Einsatz aufkommen lassen.

Als Leon Reto endlich registrierte, fiel die Begrüßung auf beiden Seiten herzlich aus. Er ließ sich sogar dazu hinreißen, ihm über das Gesicht zu schlecken – und anders als Martina hatte der Junge nichts dagegen, lachte noch breiter als zuvor.

Um den Mann, der wenige Meter entfernt zwischen dem Gebüsch mit seiner riesigen Spiegelreflexkamera hockte und munter ein Bild nach dem anderen schoss, scherte er sich genauso wenig wie Leon. Ganz anders Martina, die seine Anwesenheit erst durch das Klicken des Fotoapparats bemerkt hatte und sich gewaltig erschrak.

„Was machen Sie denn da?"

„Na, wonach sieht es denn aus?"

Der Mann richtete sich auf, ging auf Martina zu. Er hatte grau-weiß gelocktes, mittellanges Haar, einen zotteligen, aber in der heutigen Zeit vielleicht sogar als modern und gerade noch gepflegt durchgehenden Bart und trug einen Bundeswehr-Parka in Tarnfarben, der ihn in der Tat zwischen den Grüntönen der Neuwerker Landschaft fast unsichtbar machte.

„Keine Angst. Wenn du willst, werde ich alle Fotos deines Sohnes wieder löschen. Auch wenn das ein Jammer wäre, denn er ist in seiner unbedarften Natürlichkeit wahnsinnig fotogen."

Martina war erbost über die Dreistigkeit dieses Kerls, aber ein bisschen schmeichelte es ihr dennoch, dass er Leon für ihren Sohn hielt und sie duzte, als wäre sie noch ein junges Ding. Sie wollte etwas sagen, doch der Fotograf setzte seinen Monolog fort.

„Gestatten, die Dame, Willi ist mein Name, Inselfotograf, neuer alter Neuwerkmaler, Lebenskünstler aus Leidenschaft."

Und ein ziemlicher Schnacker, wie man in Hamburg sagte. Sie erwiderte seinen Händedruck noch immer skeptisch.

„Martina Martens. Ich bin übrigens nicht die Mutter. Der Junge kommt vom Landschulheim."

„Ah, die Gruppe aus der Meereswoge. Ich arbeite viel mit den Kindern von dort. Morgen früh werde ich die alle ohnehin besuchen und einen kleinen Mal-Workshop machen."

Diese Information ließ nun auch Leon hellhörig werden. „Dürfen wir dann auch fotografieren?"

„Nein, eigentlich male ich nur mit den Kids. Ihr porträtiert einander und ich euch. Da kann weniger kaputt gehen. Weißt du, dieses gute Stück hier hat mehr gekostet als du im Leben an Taschengeld bekommen hast, da lasse ich normalerweise keinen ran. Aber wer weiß, vielleicht mache ich ja mit dir mal eine Ausnahme", sagte er augenzwinkernd.

Leon nickte zufrieden. Vielleicht konnte er den Alten ja sogar überreden, ihm die Kamera auszuleihen. Mit seinem uralten Billig-Smartphone aus zweiter Hand konnte er kaum vernünftige Bilder machen. Und was nützten ihm seine Beobachtungen, wenn er keine Beweisaufnahmen der Ermittlungsergebnisse anfertigen konnte.

Der Fotograf machte nun aus nächster Nähe noch ein weiteres Bild von Leon, wie er den zu seinen Füßen liegenden Reto streichelte. „Herrlich, die beiden zusammen! Hat man schon mal so etwas Süßes gesehen?"

Er hielt sich seine Kamera vors linke Auge und begann im Stil eines Paparazzi in kürzester Folge weitere Aufnahmen zu schießen. Seine Modelle schienen sich nicht darum zu scheren, doch Martina warf ihm einen skeptischen Blick zu, den er aus dem rechten Augenwinkel durchaus wahrnahm, denn ohne seine Tätigkeit zu unterbrechen, sagte er: „Keine Angst, ich bringe Formulare in die Meereswoge mit. Wir sind hier schließlich in Deutschland. Formulare von der Wiege bis zur Bahre! Erst wenn ich die Unterschriften der Eltern irgendwann zurückbekomme, veröffentliche ich die Bilder. Wenn überhaupt. Die meisten meiner Werke dienen ohnehin bloß meiner Unterhaltung."

Martina wusste nicht, ob das die Sache unbedingt besser machte und der Fotograf schien zu spüren, dass sie noch immer Vorbehalte hatte. Er setzte die Kamera ab und sah sie direkt an.

„Bleibst du noch ein bisschen hier auf unserer Insel, schöne Frau? Dann lade ich dich herzlich in meine Galerie ein, dir ein Bild von meiner Arbeit zu machen! Ich wohne im Holzhaus im Wald."

Martina hatte nun bereits mehrere Runden um die Insel gedreht, aber dabei war ihr weder ein Holzhaus geschweige denn ein Wald aufgefallen – zumindest glaubte sie nicht, dass die lose Ansammlung einiger Bäume diese Bezeichnung rechtfertigte.

„Danke, mal sehen", sagte sie bloß. „Wir sollten jetzt gehen. Ich bringe dich zurück", wandte sie sich an Leon, der sofort das Gesicht verzog.

„Warum denn? Mittag ist erst in einer halben Stunde! Darf ich nicht noch ein bisschen mit Reto spielen?"

Die Art, wie er sie flehend ansah, ließ sie weich werden. „Na gut. Aber wir gehen trotzdem schon mal langsam wieder in die Richtung." Bloß weg von diesem Zottel!

Sofort hellte sich Leons Gesichtsausdruck wieder auf. Sein Lächeln war wie ein Geschenk, zart und unschuldig, obwohl er sich sicherlich – wie die kleine Episode gezeigt hatte – bereits der Wirkung seiner Gesten und Blicke bewusst war.

Martina musste sich eingestehen, dass sie schon vor der Begegnung mit dem Fotografen einen ganz ähnlichen Impuls verspürt hatte: ein Erinnerungsbild der beiden zu knipsen. Doch anders als der distanzlose Künstler war sie nicht der Typ dafür, Fremde zu fotografieren, schon gar keine Kinder.

Leon erinnerte sie, wie sollte es anders sein, an Anna, ihre Tochter, an diese unwiederbringlich vergangene Zeit, als ihr einziges Kind wirklich noch Kind gewesen war. Ach hätten sie doch bloß schon damals einen Hund wie Reto gehabt. Nichts passte besser zueinander als Kinder und Hunde – vorausgesetzt natürlich, beide waren einigermaßen erzogen. Doch ihr Ex-Mann war stets dagegen gewesen und hatte sich durchgesetzt. Heute war es ihr unverständlich, wie sie jemanden hatte lieben können, der keine Tiere mochte.

Während sie fast wie eine kleine Familie zu dritt den Deich entlang spazierten, nutzte sie die Gelegenheit, um ein bisschen mehr über den Jungen in Erfahrung zu bringen. Er kam wie sie aus Hamburg, sogar aus ihrer Nähe, zumindest räumlich, denn in jeder anderen Hinsicht trennten ihre Viertel Welten: Martina bewohnte ganz allein ein viel zu groß gewordenes, noch lange nicht abbezahltes Einfamilienhaus im gediegenen Marienthal und Leon lebte mit seiner Mutter im siebten Stock eines Hochhauses im verschrienen Jenfeld. Stolz erzählte er vom Blick – man konnte an klaren Tagen angeblich die Elbphilharmonie sehen. Vom Vater hingegen kein Wort. Da sie um die Brisanz solcher Trennungsthemen bei Kindern aus eigener schmerzlicher Erfahrung nur zu gut wusste, vermied sie jede Nachfrage.

Ohnehin hatte Leon schon wieder das Thema gewechselt und erzählte mit für ein Kind seines gar nicht mehr so jungen Alters in bemerkenswerter Hingabe von seinen Detektivspielen. Vielleicht unterschieden sich Jungen und Mädchen hier aber auch, denn wenn Martina sich richtig erinnerte, war Anna in diesem Alter schon nicht mehr an so etwas interessiert, sondern hatte bereits begonnen, für Boybands und Shopping zu schwärmen, während Leon noch immer vom Schatzsuchen und Verbrecherjagen träumte.

Apropos Verbrecher, hatte er nicht zuvor, vor der ganzen Aufregung mit der misslungenen Suchaktion, irgendetwas von einem ominösen Mann erzählt?

„Sag mal, Leon, du hast doch vorhin von einem seltsamen Kerl erzählt, der dir begegnet ist, wie hieß der noch gleich?

„Bill", antworte er ohne zu zögern.

„Kann das vielleicht dieser Willi gewesen sein?"

Er überlegte, kniff die Augen zu. Tatsächlich hatte er darüber noch nicht nachgedacht. Die Namen ähnelten sich, ohne Frage. Aber so alt war der vermeintliche Geheimagent doch bestimmt noch nicht gewesen. Auch die Stimme passte nicht. Also schüttelte er den Kopf, wenn auch etwas zögernd, denn er konnte nicht ganz ausschließen, dass sich der Mann bloß verstellt hatte. Erneut ärgerte er sich, dass er sich sein Aussehen nicht besser eingeprägt hatte. Das war eines Detektivs nicht würdig!

„Vielleicht begegnen Sie ihm ja heute. Machen Sie wieder einen Abendspaziergang mit den beiden Männern?"

Woher wusste Leon davon? Sie war sich sicher, ihm nichts von ihren angeheiterten Ausflugsbegleitern erzählt zu haben.

„Du warst doch nicht etwa das Kind auf dem Leuchtturm?"

Er grinste schelmisch. Sie würde ihn nicht verraten, da war er sich mittlerweile sicher.

Martina konnte es kaum glauben. Jedem anderen aus dieser wild gewordenen Kinderschar, die sie noch zu gut von der gemeinsamen Überfahrt in Erinnerung hatte, traute sie solche verrückten, nächtlichen Alleingänge eher zu als diesem verträumten Jungen. Bislang hatte sie seine Detektivgeschichten nicht ganz ernst genommen, sogar an der Existenz des merkwürdigen Mannes namens Bill gezweifelt. Doch jetzt weckte der kleine Leon auf einmal etwas in

Martina, von dem sie gedacht hatte, dass sie es – trotz allen Einsatzes für Menschen in Not – eigentlich nur noch für ihr geliebtes Tier empfinden würde: ihren Beschützerinstinkt.

Zuerst bläute sie ihm erneut ein, nie wieder eine solch waghalsige Aktion wie das Erklimmen des Turms ohne Erlaubnis und Aufsicht zu unternehmen, schon gar nicht in der Dunkelheit. Und dann sprach sie die zweite, vielleicht sogar noch größere Bedrohung an:

„War dieser Bill etwa auch da, auf dem Leuchtturm?"

„Nein, *auf* dem Leuchtturm war er nicht. Er war unten. Um genau zu sein, hinter Ihnen und den beiden Männern. Wirkte so, als würde er sie auch ausspionieren."

Obwohl das ja nun wirklich völlig abwegig klang, bekam Martina eine Gänsehaut – aber keine der angenehmen Sorte.

11

Die Nebelschwaden aus der Nacht hingen noch bis zum Vormittag über der Insel, dann erbarmte sich der zurückkehrende Wind und jagte sie fort. Am Nachmittag wurde aus dem Wind ein Sturm, Regen setzte ein. Das Wetter an der See änderte sich schnell, war eigentlich unvorhersehbar, und doch deutete an diesen trüben Herbsttagen nichts auf Besserung hin. Ganz im Gegenteil: Der Wetterdienst gab sogar eine Warnung für diesen und den nächsten Tag heraus.

Fabian und die Kinder schienen sich nicht an der Witterung zu stören. Da sie den einzigen wirklichen Schlechtwetter-Programmpunkt – eine ausführliche Führung durch die Ausstellung des Nationalparkhauses – bereits gleich nach dem Frühstück absolviert hatten und seine Schützlinge vom langen Zuhören und Stillstehen aufgekratzt waren, erlaubte er ihnen nach dem Essen, im Freien zu toben. Gummistiefel und Regenjacke vorausgesetzt.

Leon fragte, ob er drinnen bleiben und lesen durfte, und er fragte extra Maria und nicht Fabian, aber die hatte er schon ganz auf seine Linie gebracht. Sie sagte irgendetwas von „ein bissen spiele in die frisse Luft" und schickte ihn nach draußen in den strömenden Regen. Jede Sympathie, die er möglicherweise noch für die schöne junge Frau gehabt hatte, war in diesem Moment erloschen.

Wusste sie denn nicht, dass Kinder in diesem Alter nicht mehr spielten? Oder zumindest alles taten, um diesen Eindruck zu verhindern? Während die Mädchen kreischend und schnatternd unter einem Baum Zuflucht gesucht hatten, lieferten sich die Jungen eine erbarmungslose Schlammschlacht und bewarfen sich mit der klumpig-feucht gewordenen Erde auf der in Pfützen versunkenen Freifläche hinter dem Landschulheim. Es war in der Tat kein Spiel, es war ein Kampf. Und zwar darum, wer der Coolste, der Härteste, der Gemeinste war.

Erster Verlierer war, wie nicht anders zu erwarten, Manuel, der im Gegensatz zu Leon sich nicht geschickt genug in Deckung begab. Ein Erdbrocken traf ihn am Kopf. Er schrie laut, mehr vor Schreck denn vor Schmerz, und begann sofort zu weinen. Was die anderen jedoch nicht davon abhielt, nachzulegen. Obwohl die nächste Schmutzkugel an seiner Jacke abprallte, hatten sie aus ihrer Sicht einen Volltreffer damit gelandet und ihn endgültig zu Fall gebracht. Er verlor den Halt und landete in einer Pfütze. Statt umgehend aufzustehen, zappelte er und wand sich mehrfach umständlich, sodass er wirklich von Kopf bis Fuß nass und dreckig wurde.

Irgendjemand imitierte die Geräusche eines Schweins, vermutlich Serkan. Die anderen lachten. Niemand machte Anstalten, dem Jungen auf die Beine zu helfen. Auch Leon wartete lang, in der Hoffnung, sein zurückgebliebener Zimmergenosse würde es von alleine schaffen, doch als das nicht geschah, fasste er sich ein Herz und ging zu ihm. Wohl wissend, dass ihn das selbst zur Zielscheibe machte.

Manuel war schwerer als er dachte und half überhaupt nicht mit. „Lass ihn doch, die Spasti-Sau fühlt sich wohl im Dreck!“, rief Justin. Zum Glück schien er das Wort als Waffe in dieser Situation für angebrachter zu halten und sah davon ab, weiteren Schlamm in Richtung seines Opfers und dessen einzigen Helfers abzufeuern. Dafür schob er weitere verbale Geschütze auf: „Und du legst dich am besten gleich dazu zu deinem Freund, ihr Schwuchtel-Schweine!“

„Justin, du bist so ein Vollidiot, wusstest du das eigentlich?“

Es war die freche Jessica. Sie hatte den Schutz der Bäume verlassen. Ihr Schatten – das kleinere Mädchen, das auch bei den Mahlzeiten immer neben ihr saß – war ihr gefolgt. Zu dritt schafften sie es, den völlig apathischen Manuel aufzurichten. Als Justin die Sprache wiederfand und seine Pöbeleien fortsetzte, waren sie bereits an der Tür angelangt.

Die erste erwachsene Person, die ihnen begegnete, war Maria. „Dios mio, wie siehst du denn aus!“, rief sie. Und als wäre der Schmutz auf Kleidung, Haut und Haaren das größte Problem des verstörten Jungen fügte sie hinzu: „Zieh das sofort aus und wasche dich!“

Obwohl sich Manuel auch diesmal keine körperlichen Verletzungen zugezogen haben konnte, stützten ihn die Mädchen – eines links und eines rechts – denn er hatte nicht einmal den Antrieb und die Kraft, allein zu gehen. Leon war eigentlich überflüssig geworden, doch da er nicht die geringste Lust verspürte, wieder hinaus in das nasskalte Martyrium zu müssen, folgte er den Dreien.

Auf dem Weg zu den Badezimmern kam ihnen die Köchin mit den langen grauen Haaren entgegen, deren Namen er noch immer nicht kannte. Anders als Maria berührte sie der Anblick des ununterbrochen weinenden Jungen so sehr, dass sie selbst ein Gesicht zog, als würde sie gleich in Tränen ausbrechen. „Du Ärmster, was haben sie bloß mit dir gemacht?“

Zielstrebig ging sie auf ihn zu, zog ein Taschentuch hervor und begann bereits, ihm tränengetränkten Schlamm aus dem Gesicht zu wischen. Dankbar und erleichtert übergaben die Mädchen Manuel an die fürsorgliche Landschulheim-Wirtin.

„Denk jetzt bloß nicht, wir wären Freunde, nur weil ich Mitleid mit deinem Kumpel hatte“, kehrte Jessica zu gewohnter Kratzbürstigkeit zurück, kaum dass sie wieder nur noch zu dritt waren.

„Er ist nicht mein Kumpel. Bloß mein Zimmergenosse und wie du weißt, durften wir uns die auch nicht selbst aussuchen“, erwiderte Leon.

Sie reagierte nicht auf ihn, wandte sich ab. So weit, so normal. Doch dann geschah etwas Unerwartetes: Das frühreife Mädchen ließ nicht bloß Leon stehen, sondern auch seine kleinere Freundin. „Ich hab noch was zu tun. Allein.“

Schnellen Schrittes lief sie zum Ausgang, allerdings zu dem in Richtung des Deichs, nicht zur kleinen Pforte in den Hof, wo sich noch immer der Rest der Gruppe befand. Erst jetzt fiel Leon auf, dass sie zwar weder die vorgeschriebenen Gummistiefel noch eine Regenjacke trug, dafür aber eine Handtasche sowie einen für das nasskalte Wetter viel zu kurzen Rock samt hauchdünner Strumpfhose, in der Hand einen kleinen, ausfahrbaren Regenschirm in rosa, der bei diesem Wind doch eigentlich völlig nutzlos war.

„Was ist denn mit der los?“, sagte Leon.

„Keine Ahnung. Eigentlich ist sie voll okay, hast du ja gesehen. Aber ich glaube, sie hat Stress mit ihrem Freund. Kaum ist sie mal weg, hat der Mistkerl bei Insta Fotos mit `ner anderen. Bist du bei Insta?“

„Nein, warum?“ Das hatte ihn noch nie ein Mädchen gefragt. Mädchen seines Alters schienen ohnehin in einem Paralleluniversum zu leben.

„Nur so“, sagte sie. Und dann, flüsternd und sich ein Stückchen an ihn heranbeugend, als würde sie ihm ein großes Geheimnis anvertrauen. „Ich hab auch kein Insta.“

Das Paralleluniversum rückte kometenhaft ein Stück näher.

„Ich heiße übrigens Lotta. Also eigentlich Charlotte, aber alle nennen mich Lotta.“

„Ich weiß", sagte er, und als sie ihn dennoch abwartend ansah, dauerte es einen Moment, bis ihm einfiel, wie man auf so eine Vorstellung zu reagieren hatte. „Ich bin Leon… Und alle nennen mich Leon." Er lief rot an vor Scham über diesen dämlichen Satz, doch sie kicherte, als wäre es lustig gewesen. Auf die gleiche Art, wie sie auch lachte, wenn Jessica einen ihrer Sprüche brachte.

„Leon und Lotta, klingt doch gut."

Er dachte an den Deutschunterricht und obwohl das alles andere als sein Lieblingsfach war, hatte er einen Geistesblitz. „Eine Alliteration!"

Wieder kicherte sie. „Keine Ahnung, was das bedeutet, aber es klingt auch gut."

Er erklärte es ihr und sie war beeindruckt oder tat zumindest so. „Du bist schlau. Bestimmt, weil du liest. Willst du mal Schriftsteller werden?"

„Nein, Detektiv", antwortete er, wie aus der Pistole geschossen. Wieder kicherte sie, doch diesmal konnte sich Leon nicht darüber freuen. „Eigentlich bin ich das sogar schon."

Sie hob eine Augenbraue, was Leon entging, denn seitdem sie sich so dicht an ihn heran begeben hatte, war es ihm nicht mehr möglich, sie längere Zeit direkt anzusehen. Stattdessen richtete sich sein Blick auf den gewellten Linoleumboden des Flurs, in dem sie noch immer konspirativ beieinanderstanden.

„Was meinst du damit?"

Normalerweise war es tabu, Dritte in seine Ermittlungsergebnisse einzuweihen. Aber vielleicht konnte er Lotta als Informantin oder gar als Gehilfin gebrauchen. Und natürlich wollte er sie auch beeindrucken, also erzählte er von seinen Beobachtungen und der Begegnung mit Bill.

„Unheimlich. Vor allem, dass er mit seinem Fernglas direkt bei uns ins Fenster geguckt hat. Ich glaube, ich muss dir auch etwas erzählen."

Obwohl sie allein auf dem Flur waren, flüsterten sie, was die Sache noch spannender machte.

„Aber du darfst es nicht den anderen Jungs erzählen, versprochen?"

Er versprach es und ärgerte sich, sie nicht zu einem ähnlichen Schweigegelübde verpflichtet zu haben. Offenbar schienen ihre Informationen noch brisanter zu sein!

„Im oberen Badezimmer der Mädchen hat sich ein Spanner angeschlichen und uns beobachtet. Beim Duschen!"

Das war in der Tat ein brisantes, ebenso peinliches wie insgeheim schon ein wenig faszinierendes Thema für den Spätzünder Leon. „Wer?"

„Das ist es ja, wir wissen es nicht. Wir hatten die Tür zugemacht, ganz sicher. Und dann haben wir ihn im Spiegel gesehen."

„Wie sah er aus?"

„Keine Ahnung, es war nur kurz. Mehr ein Schatten. Außerdem war der Spiegel beschlagen."

„Bestimmt war es Justin. Oder sein Kumpel Serkan."

Lotta schüttelte energisch mit dem Kopf. „Es war ganz sicher ein Erwachsener. Für ein Kind war er zu groß!"

„Dann kommen ja nur Fabian oder Herr Engel in Frage", schlussfolgerte Leon.

„Denke ich nicht. Ich vermute eher, es war dieser Bill. Das ist bestimmt ein Perverser", sagte sie. „Und dir ist doch sicherlich auch schon aufgefallen, dass die Tür hier nie abgeschlossen ist."

Sie hatte recht. Sein Schluss war voreilig gewesen. Natürlich konnte es sich auch um einen Eindringling handeln.

Und plötzlich fiel ihm Manuel wieder ein und die Süßigkeiten, die er angeblich von jemandem bekommen hatte, dessen Namen er nicht nennen sollte. Genau vor solchen ‚Mitschnackern', die Kinder mit Naschkram anlockten, warnte seine Mutter ihn doch ständig.

Er glaubte dennoch nicht, dass es sich dabei um Bill handelte. Seine Intuition sagte ihm, dass dieser Mann vielleicht geheimnisvoll, aber nicht gestört war. Den Verdacht, dass es sich dabei bloß um Wunschdenken handeln könnte, verdrängte er.

Tatsächlich war der Wunsch des vaterlos aufwachsenden Jungen, den unbekannt und dennoch seltsam vertraut wirkenden Mann wiederzutreffen und an seiner Seite ein echtes Abenteuer zu erleben, größer als die Angst vor Abgründen wie denen, vor denen das Mädchen und selbst seine Mutter ihn gewarnt hatten.

12

In einem kleinen, unscheinbaren, und gerade deswegen für die Insel mit ihren weitläufigen Höfen untypischen Einfamilienhaus ganz in der Nähe ihrer Unterkunft stand ein Schild im Fenster, das Martinas Aufmerksamkeit weckte: „Bernsteinzimmer geöffnet. Eintritt 2 Euro."

Da das Wetter immer schlechter wurde und weder sie noch der eigentlich weniger empfindliche Reto Lust auf weitere Runden im Regen und mit Gegenwind hatten, brachte sie ihn ausnahmsweise auf ihr Zimmer, machte sich ein wenig hübsch und ging allein die wenigen Meter zum Nachbarhaus.

Neben der Tür stand ein Schild: ‚Bitte klingeln'. Es dauerte eine halbe

Ewigkeit, bis ihr jemand öffnete und ihre soeben gerichtete Frisur war vom Regen bereits wieder ruiniert, als die sehr alte Dame des Hauses sie schließlich einließ. Ihr gelocktes, aber dünnes und kurzes weißes Haar war dank üppig aufgesprühtem Haarspray im Gegensatz zu Martinas wetterbedingter Wuschelmähne makellos in Form. Sie trug ein altmodisches, aber elegantes, schwarzes Kleid. Das einzig Auffällige war, dass sie keine Schuhe anhatte, sondern sich nur auf Strumpfhosen bewegte. Martina dachte an ihre nassen Treter und ob sie sie lieber ausziehen sollte, doch irgendwie erschien ihr das dann doch zu intim.

Schon im Flur stand der erste verglaste Schrank mit Bernstein in sämtlichen Farben, Formen und Größen. Die Wände waren voll mit gerahmten Fotos und Zeitungsausschnitten. Sie erkannte die Hausherrin sowie manch prominenten Gast: Hamburger Größen aus Politik und Show der vergangenen Jahrzehnte. Die Dame führte sie in eine Art Wohnzimmer, in dem auf einem großen Tisch und mehreren Vitrinen unzählige weitere der orange schimmernden Steinchen lagen. Sie gab ihr die zwei Euro.

„Haben Sie die etwa alle selbst gefunden?"

„Die allermeisten, in über dreißig Jahren. Ich bin mit meinem Mann damals durchs Watt gewandert und habe einen ganz Kleinen entdeckt. Da hat es mich gepackt und ich wollte wieder los, noch mehr davon suchen. ‚Spinnst du', hat er gesagt. ‚Bernstein gibt es in der Ostsee, aber doch nicht in der Nordsee'. Ich habe trotzdem weitergemacht. Und ihm das Gegenteil bewiesen, wie Sie sehen."

Obwohl sie die Geschichte vermutlich schon tausende Male erzählt hatte, schien es ihr nichts auszumachen, leuchteten ihre von hunderten kleinen Falten gerahmten Augen sogar dabei. Martina hatte keine Ahnung von Bernstein, besaß auch keinerlei Schmuck aus diesem Material, und doch fand sie anerkennende Worte für die teilweise bizarren, vor allem aber in ihrer Menge außerordentlichen Funde der Dame.

Der Mann war einst Lehrer an der Inselschule gewesen und vor gar nicht langer Zeit verstorben. Und da machte es plötzlich Klick. Sie waren damals auch hier gewesen!

Freudig berichtete Martina der alten Frau von ihrer zurückgekehrten Kindheitserinnerung, auch wenn sie den Vortrag des Mannes über die Beschaffenheit und Entstehung von Bernstein als eher langweilig und die Räumlichkeiten gar nicht mehr in Erinnerung hatte. „Ich weiß noch, dass ich danach unbedingt einen Bernstein finden wollte, aber ich habe mich immer ein bisschen angestellt im Watt", erzählte sie.

„Dann gehen Sie doch heute noch mal los. Es gibt immer noch eine Menge Bernstein da draußen. Leider kann ich ja nicht mehr." Sie zeigte auf ihre Beine, die bis auf die fehlenden Hausschuhe tadellos aussahen, aber vermutlich dem hohen Alter geschuldet nicht mehr so wollten wie es der Kopf befahl. Vor der Tür war die Dame an diesem Tag ganz offenbar noch nicht gewesen, sonst hätte sie Martina kaum einen solchen Ratschlag erteilt. Das Wetter lud nun wirklich nicht zu Wattspaziergängen ein.

„Ich finde es sehr bewundernswert, dass Sie Ihre Funde noch immer der Öffentlichkeit präsentieren", versuchte Martina etwas Aufbauendes zu sagen.

„Es gibt ja sonst nicht viel zu sehen für die Touristen auf der Insel", entgegnete sie trocken.

„Empfangen Sie auch immer noch die Kinder vom Landschulheim?"

Sie schüttelte mit dem Kopf. Den Kindern Vorträge halten, dafür sei ihr Mann zuständig gewesen. Außerdem könne sie so viel Gewusel auf kleinem Raum nicht mehr so gut verkraften. Das verstand Martina nur zu gut.

Einige der Exemplare bot die Dame zum Verkauf an und noch ohne zu wissen, was sie damit eigentlich anstellen sollte, gönnte sie sich einen kleinen Bernstein als Souvenir.

Zum Kaffee war sie der einzige Gast in der Pension und als ihr Frau Meyer ein hausgemachtes Stück Friesentorte anbot, konnte sie nicht widerstehen. Danach zog sie sich auf ihr Zimmer zurück und las, während der Regen in teils horizontalen Schüben gegen das Fenster prasselte, der Wind ein schauriges Pfeifkonzert zum Besten gab und der Himmel immer finsterer wurde.

Reto lag geduldig zu ihren Füßen, doch sie wusste, dass er bald mal raus musste. Sie stand lustlos auf und zog sich an. Dankbar und freudig wie immer folgte er ihr.

Statt in Richtung des Anlegers wählte sie den Weg gen Osten, da sie so Wind und Regen in den Rücken und nicht ins Gesicht bekam, auch wenn sie die andere Richtung etwas lieber mochte. Denn auf dieser Seite gelangte man zu der besonders geschützten Zone, in der Reto angeschlagen hatte und an seiner Arbeit gehindert wurde und wohin es sie überhaupt nicht mehr zog. Also blieb sie hinter dem Deich und passierte die einzige etwas schmuddelige Ecke der Insel: Hier befanden sich die Kläranlage und der Müllplatz. Und passenderweise daneben ein Grundstück, auf dem ein paar ausrangierte Traktoren und anderer Unrat vor sich hin rosteten. Am Wegesrand stand ein ungepflegt aussehender Wohnwagen, den Martina bei Tag für schrottreif gehalten hatte, in dem nun zu ihrer Überraschung aber Licht brannte.

Das klapprige alte Ding wackelte sogar ein wenig. Erst dachte sie, vielleicht würden Kinder darin herumspringen, doch als sie näher kam und einen Blick durch das in keiner Weise sichtgeschützte Fenster war, sah sie zu ihrem Erstaunen den stark behaarten, aufrechten Rücken eines Mannes mit altersbefleckter Halbglatze, der sich in schnellem Rhythmus vor und zurück bewegte. Trotz der geschlossenen Fenster und des lärmenden Windes vernahm sie ein gedämpftes Stöhnen und Seufzen, hin und wieder sogar lustvolle, auffällig schrille Schreie, bestimmt nicht von dem Alten, sondern von einer Frau. Mit wem der Kerl sich vergnügte, konnte sie nicht erkennen und schamvoll berührt wandte sie den Blick ab, setzte ihren Gang eilig fort. Obwohl das halböffentliche Liebesspiel im Wohnwagen mindestens genauso indiskret wie sie war, fühlte sie sich wie eine Voyeurin.

Und wie eine Nonne noch dazu. Seit Jahren stellte sie sich auf Enthaltsamkeit bis ans Ende ihrer Tage ein, während andere sich bis ins hohe Alter noch zu vergnügen wussten. Der Ort des Techtelmechtels war alles andere als romantisch, der Alte nun wirklich nicht attraktiv und die Frau dazu nicht einmal sichtbar gewesen, und doch überkam sie ein Hauch von Neid.

Sie dachte an die alte Dame aus dem Bernsteinzimmer, die zwar verwitwet, aber immerhin bis vor kurzem mit ihrem Mann gelebt hatte. Und an die beiden Männer, die heute ihren ersten Hochzeitstag feierten und bestimmt einen Höhepunkt nach dem anderen miteinander erlebten.

Dann fiel ihr der knackige Bursche vom Gasthof Meyer wieder ein und obwohl ihr bewusst war, wie albern und unreif solche Träumereien waren, sehnte sie sich danach, ihn wiederzusehen, ihn zu berühren. Vielleicht mochte er ja reifere Frauen, immerhin hatte er sie angelächelt.

Auch wenn das alles eigentlich gar keine so wahnsinnig traurigen Gedanken waren, schmeckte sie, wie sich in die Regentropfen auf ihrer Lippe etwas Salziges mischte – eine selbstmitleidige Träne. Reto erkannte ihren Gemütszustand mit seinem in dieser Hinsicht unschlagbaren Instinkt sofort und schmiegte sich eng an Martinas Beine. Sie streichelte ihn und obwohl sein Fell durchnässt war und stank, tat es gut.

Dass sie in diesem Urlaub noch viele weitere Tränen vergießen würde und die diffuse Traurigkeit nur ein winziger Vorgeschmack auf das Leid war, das ihr an diesem eigentlich so friedlichen Ort noch bevorstand, das ahnte sie zu jenem Zeitpunkt noch nicht im Entferntesten.

13

Nachdem sie am Abend schon allein gegessen hatte, weil die Ehemänner ihren großen Tag im Nachbarlokal an einem romantischen Zweiertisch im Kerzenlicht gefeiert hatten, sah Martina sie auch am morgen darauf nur kurz. Sie erschienen spät und sichtlich verkatert am Frühstückstisch, hatten den Anlass offenbar ausgiebig begossen und waren für ihre Verhältnisse nicht besonders gesprächig.

Die anhaltend ungemütliche Witterung schien zumindest Reto nichts auszumachen, so dass sie abermals eine große Runde um die ganze Insel drehten und sogar zwischendurch ein paar kleinere Trainingseinheiten absolvierten. Der Hund hatte eine enorme Ausdauer und zwang wie üblich auch Martina, sich zu bewegen. Als sie am späten Vormittag endlich wieder die Pension ansteuerten, war sie auf beiden Seiten ihrer Kleidung nass – außen vom Regen, innen verschwitzt. Sie freute sich schon auf eine warme Dusche und auf ein gutes Buch, da sah sie, dass jemand vor der Tür des Gasthauses stand. Es war Leon, der offenbar sogar auf sie gewartet hatte, was sie durchaus rührte.

Nachdem der Junge sich zunächst ausgiebig mit Reto beschäftigt hatte, beschloss sie spontan, den Spaziergang doch noch etwas fortzusetzen und unterhielt sich dabei mit dem Jungen so vertraut als wären sie alte Bekannte. Sie begannen damit, einander zu erzählen, was sie seit ihrem Auseinandergehen am Vortag erlebt hatten.

Leon wurde hellhörig, als sie von dem Bernstein berichtete. „So etwas gibt es hier im Watt?"

Sie zeigte ihm das kleine Exemplar, das sie der Alten abgekauft hatte und noch immer in ihrer Hosentasche trug. Obwohl es wirklich winzig war, sah man Leon seine Begeisterung an. „Ich möchte unbedingt auch so einen finden!"

Sie überlegte, ob sie ihm den Stein einfach schenken sollte – und entschied sich dagegen. Mal abgesehen davon, dass sie es als Mutter selbst nicht gut gefunden hätte, wenn ihr Kind in diesem Alter Geschenke von Fremden annehmen würde, ahnte sie, dass der Wunsch, einen Bernstein zu *finden*, größer war als der, ihn zu besitzen.

„Wenn das Wetter besser wird und ihr eine Wattwanderung macht, kannst du ja mal Ausschau halten."

„Oh ja! Aber warum machen wir das nicht zusammen? Wir könnten gleich losgehen, es ist doch Ebbe. Vielleicht hilft uns Reto bei der Suche!"

Sie musste schmunzeln. Was das Wetter anging, war Leon genauso unbedarft wie die Bernsteinsammlerin. Und auch wenn in manchen der Steine kleine Lebewesen eingeschlossen waren – der Hund konnte vieles erschnüffeln, mit Sicherheit aber keinen Bernstein. „Außerdem ist das Watt für Reto kein guter Untergrund", erklärte sie, obwohl sie sich da gar nicht so sicher war und vor allem an ihre eigene Abneigung gegenüber dem schlickigen Untergrund dachte. Schon als Kind hatte sie den Schmutz, den Gestank und das mühselige Vorankommen nicht besonders gemocht.

Es dauerte einen Moment, bis der Junge seine Enttäuschung überwand und nicht mehr versuchte, sie zu einer Schatzsuche im Watt zu überreden. Sie lenkte ihn erfolgreich ab, indem sie das Gespräch auf sein Lieblingsthema brachte – seine merkwürdigen Detektivspielereien, die er weiterhin mit bleiernem Ernst betrieb und von denen sie noch immer nicht wusste, was davon Wirklichkeit und was Fantasie war. Am Vortag hatte sie ja bereits versucht, ihm Details zu diesem Typen namens Bill zu entlocken – vergeblich. Doch heute wusste er, zu ihrem Missfallen, neue Geschichten zu berichten.

„Ich habe ihn gestern Abend noch einmal gesehen."

„Bist du gestern etwa wieder bei Nacht und Nebel ausgebüxt?"

Sie versuchte, ihrer Sorge mit einem strengen Blick Nachdruck zu verleihen, doch Leon setzte bloß wieder sein spitzbübisches Lächeln auf, das sie nun schon bestens kannte und dass einem sofort jeden Anflug von Groll auf den niedlichen Jungen nahm.

„Es war nicht besonders nebelig diesmal. Ich habe sein Boot gefunden. Eine voll schnelle Yacht! Unten in dem kleinen Hafen, dort wo die Pferde ankommen."

„Bist du etwa an Bord gegangen?"

Jetzt war das Lächeln aus seinem Gesicht verschwunden. Betrübt schüttelte er mit dem Kopf. „Ich hab mich nicht getraut. Obwohl er es mir angeboten hat."

Etwas in Martinas Brust zog sich zusammen und löste sich sofort wieder, ein Gefühl wie beim Stolpern, kurz vor einem gerade noch abgefederten Sturz.

„Gott sei Dank. Leon, du musst mir versprechen, dass du dich von ihm fernhältst und umgehend einem Erwachsenen Bescheid sagst, wenn du ihn noch einmal siehst."

Ohne sich auch nur pro forma auf das Versprechen einzulassen, erwiderte er – nun wieder ganz der coole Detektiv und nicht das ängstliche Kind: „Sie denken auch, Bill wäre ein Perverser, nur weil er nett zu mir ist. Aber das glaube ich nicht. Er will bloß, dass ich ihm helfe. Er meinte, ich soll die Augen offen halten, ob mir was auffällt. Verdächtige Personen, nächtliche Lichter, Verstecke. Bill ist an einer wirklich großen Sache dran, er darf bloß nicht darüber reden. Das mit dem Vögel beobachten war bloß Tarnung, genau wie ich es gleich geahnt habe. Hat er zugegeben. Nur seinen echten Namen weiß ich noch immer nicht."

Martina ging gar nicht auf diesen Quatsch ein. Bestimmt war es ein Leichtes für solche Kerle, sich mit derartigen Märchen bei einem so abenteueraffinen, Geschichten liebenden Jungen einzuschmeicheln, ihn einzulullen, indem man sich auf sein Spiel einließ, ihn sogar um Hilfe bat.

„Wer denkt denn noch, er sei pervers?"

„Lotta. Sie glaubt, er hätte sie und ihre Freundin beim Duschen beobachtet, weil sie einen Schatten im Spiegel gesehen haben. Beweise gibt es dafür aber keine. Nicht einmal besonders starke Indizien, wenn Sie mich fragen."

Das wurde ja immer abenteuerlicher!

„Hat diese Lotta schon euren Betreuern Bescheid gesagt?"

Leon sah sie an, als wäre das ein völlig absurder Gedanke. „Natürlich nicht! Mal davon abgesehen, dass ihre Freundin Jessica ihr verboten hat, irgendjemandem davon zu erzählen und ich schon versprechen musste, es nicht weiterzusagen, würde das auch nichts bringen. Denn wenn es wirklich stimmt und der Spanner ein erwachsener Mann war, sind unsere beiden Betreuer die Hauptverdächtigen."

Sie kamen an einer Bank an, und obwohl sie noch nicht weit gegangen waren und das nasse Holz wenig einladend aussah, setzte sich Martina und deutete Leon an, es ihr gleich zu tun.

„Nun mal ganz langsam. Wie kommst du darauf, gab es da irgendwelche Auffälligkeiten?"

„Fabian ist ein Arsch. Aber der war's nicht. Ich denke, es war Herr Engel. Der macht zwar auf nett, ist aber irgendwie komisch. Er wollte Jessica mit einem angespuckten Taschentuch Ketchup wegwischen, direkt unter ihrem…" Er warf einen schüchternen Blick auf Martinas Brustregion, was ihm tatsächlich weniger peinlich erschien, als die entsprechende weibliche Körperregion klar aussprechen zu müssen. „Und dann ist er auch noch plötzlich im Bad aufgetaucht, als ich Manuel beim Ausziehen geholfen habe. Vielleicht war er es auch, der ihm die Süßigkeiten gegeben hat."

Martina blickte noch immer nicht durch. Das Einzige, was sie mit Sicherheit wusste, war, dass ihr die Richtung, in die Leons Geschichten abdrifteten, gar nicht gefiel. „Warum wieder anziehen? Und was für Süßigkeiten?"

Leon versuchte, ihr so sachlich und ruhig wie möglich von Manuel zu erzählen und wie er ihn gleich am ersten Tag in der Wäschekammer vorgefunden hatte, doch er spürte schon, dass Martina immer aufgeregter wurde. Zum einen war es natürlich gut, wenn Erwachsene interessiert waren an dem, was er zu erzählen hatte, aber zum anderen konnte es auch gefährlich werden, wenn sie glaubten, sich einmischen zu müssen und damit alles noch schlimmer machten. Also beendete er seine Ausführungen mit der eindringlichen Bitte, sie möge die Sache für sich behalten und vor allem nicht zu Fabian damit gehen. „Er ist echt ein Idiot. Außer für Maria interessiert er sich für niemanden von uns wirklich. Er würde nichts unternehmen und am Ende bloß noch mich bestrafen, weil ich mit Ihnen geredet habe. Dann dürften wir uns gar nicht mehr sehen."

Nachdem Martina durch gezieltes Nachfragen zum Glück recht schnell herausgefunden hatte, dass Maria immerhin erwachsen war, beruhigte sie sich zumindest ein bisschen.

Vielleicht war es wirklich besser, aufgrund bloßer Mutmaßungen der Kinder kein großes Fass aufzumachen. Auf keinen Fall wollte sie Leon in Schwierigkeiten bringen und dass sich sein ohnehin schon nicht einfacher Außenseiterstand in der Gruppe durch ihre Einmischung noch verschlimmerte. Und, wenn sie ganz ehrlich war, musste sie auch zugeben, dass sie die Gesellschaft des aufgeweckten Jungen auf der ansonsten eher langweiligen Insel genoss und diese nette Urlaubsbekanntschaft nicht durch blinden Aktionismus gefährden wollte.

Dennoch bläute sie ihm ein, in Zukunft noch vorsichtiger zu sein, sich sowohl von diesem Herrn Engel als auch von Bill fernzuhalten und ihr über alle verdächtigen Beobachtungen umgehend Bericht abzuliefern, um mit ihr über das weitere Vorgehen zu beraten. „Keine Alleingänge mehr, okay, Partner? Reto und ich sind ab sofort deine Führungsoffiziere."

Sie schmunzelte dabei, doch Leon nickte ernst. Ohne sich dessen bewusst zu sein, wandte Martina die gleiche Methode an, die sie dem mutmaßlichen Pädophilen unterstellte: Sie versuchte spielerisch, Leon auf ihre Seite zu ziehen. Allerdings nur aus dem hehren Beweggrund, ihn schützen zu wollen. Immerhin war sie ganz offenbar die einzige erwachsene Bezugsperson auf der Insel, die das Vertrauen des Jungen genoss.

Wie zum Beweis dieses Gedankens und ohne jene Vorankündigung lehnte sich Leon plötzlich zärtlich an sie, so wie es sonst nur noch Reto tat. Behutsam legte sie den Arm um seinen kleinen Körper. Obwohl der Wind noch immer erbarmungslos und eisig pfiff, wurde Martina ganz warm ums Herz.

14

Die Annäherung zwischen Martina und dem Jungen war nur von kurzer Dauer, denn Martinas Arm auf seiner Schulter hatte ihre Uhr in Leons Blickfeld gebracht und mit Schrecken stellte er fest, dass er seit fünf Minuten wieder im Landschulheim zu sein hatte.

So herzlich seine vorherige Geste war, so knapp fiel der Abschied aus. „Ich muss los, bis später!"

„Pass auf dich auf", rief sie ihm noch hinterher, doch der Wind hatte ihre Worte schon in eine andere Richtung fortgetragen und Leon sie nicht mehr gehört.

Erst da fiel ihr wieder ein, dass er ja am Morgen den Mal-Workshop mit dem aufdringlichen Fotografen Willi gehabt haben musste. Vor lauter Detektivgeschichten hatten sie darüber gar nicht gesprochen, dabei kam ihr gerade dieser Mann höchst verdächtig vor.

Sie setzte ihren Gang fort und obwohl es erst ihr dritter Tag auf der Insel war, kamen ihr bereits jeder Baum und jede Bank bekannt vor. Wie üblich machte sie die frische Seeluft hungrig und so kehrte sie zum Mittagessen in die Pension zurück.

Wieder waren die Diemels die einzigen anderen Gäste. Sie setzte sich zu ihnen. Der Kater schien verflogen zu sein, sie wirkten munter. „Das Schiff ist heute ausgefallen. Zu windig. Wattwagen kommen wohl auch keine. Sieht so aus, als hätten wir unsere Ruhe auf der Insel“, sagte David.

„Hoffentlich ist das Wetter spätestens bei unserer Abreise wieder besser“, sagte Martina.

Die Wirtin servierte ihren Salat – und Sülze mit Bauernbrot für die Männer. „Von mir aus dürfen Sie gern auch noch ein paar Tage verlängern, ich habe genug freie Zimmer“, mischte sie sich in das Gespräch ein.

„Aber ich nicht mehr genügend freie Tage“, gab Martina zu Bedenken. Ihr fiel auf, dass sie mit den Männern schon über alles Mögliche gesprochen hatte, aber gar nicht wusste, was sie beruflich machten, also fragte sie danach, sobald die Bedienung den Tisch wieder verlassen hatte.

„Rate mal!“, forderte sie Felix auf.

Sie sah sich intuitiv die Haarschnitte der beiden an. Unspektakuläre Maschinenschnitte, kaum gestylt. Frisöre waren sie schon mal nicht.

„Flugbegleiter?“

Die beiden brachen in schallendes Gelächter aus.

„Also habe ich recht?“

„Fast. David ist Bankkaufmann und ich bin technischer Zeichner.“

Martina schämte sich für ihr Klischeedenken.

„Wenigstens hast du nicht Frisör gesagt. Oder Florist. Wir können nämlich nicht einmal Magnolien von Lilien unterscheiden.“

Sie unterhielten sich noch ein wenig über typische Männer- und Frauenberufe und wie weit verbreitet Klischees doch noch immer seien. Die Männer erzählten außerdem von ihrem Engagement gegen Homophobie im Fußball bei einem *queeren* Fanclub ihres Lieblingsvereins SV Werder – doch da Martina von Fußball nun wirklich keine Ahnung hatte, war das Gespräch irgendwann bei ihr und ihrer Arbeit angelangt. Also bei ihrem Brötchenerwerb, auch wenn ihre Leidenschaft längst beinahe ausschließlich dem Ehrenamt galt.

Ohne es beabsichtigt zu haben, begann sie, sich ihren Job-Frust von der Seele zu reden. Sie hatte eine sichere Stelle als Angestellte bei einer städtischen Behörde und doch innerlich schon längst gekündigt. Ihre neue Chefin war eine hinterhältige, übereifrige Karrieristin, die – obwohl noch blutjung und unerfahren – alles besser zu wissen glaubte. Die meisten ihrer Kollegen hingegen waren faul, bequem, starr, stur und unflexibel. Das Schlimmste waren aber natürlich die Kunden, wie man Bürger heute in der Verwaltung unterwürfig nennen musste, die keinerlei Respekt oder gar Geduld mehr hatten und von denen man sich allerhand gefallen lassen musste…

„Weißt du was, Martina?", unterbrach sie David irgendwann. „Ich glaube, du brauchst jetzt mal einen Eiergrog. Wir haben gestern ja den Gasthof nebenan ausprobiert", er senkte die Stimme. „Ist ein Bruder oder Schwager von unser lieben Frau Meyer, glaube ich. Sind ja hier alle irgendwie verwandt. Aber da ist es deutlich uriger als hier. Wie wäre es, wenn wir unser Gespräch dort bei einem guten Gläschen fortsetzen würden?"

Sie schüttelte mit dem Kopf. Auf keinen Fall würde sie schon am frühen Nachmittag trinken!

„Der Kuchen sah auch gut aus!" Die beiden ließen nicht locker. Doch sie wurde das Gefühl nicht los, dass sie ihrer überdrüssig waren, nur bereit, sie weiter zu ertragen, wenn Alkohol oder andere Kalorien hinzukamen. Sie bereute, dass sie sich zu dem für die Männer bestimmt sterbenslangweiligen Monolog über ihre Arbeit hatte hinreißen lassen.

„Ich verzichte heute, danke. Ich will noch mal los."

Die beiden bewegten ihren Kopf synchron in Richtung der regenfeuchten Fensterscheibe. „Bei dem Wetter spazieren gehen?"

„Wer sagt denn, dass ich Spazieren gehen will? Vielleicht treffe ich ja jemanden", sagte sie süffisant. Anders als bei ihren vorherigen Ausführungen zur Arbeitswelt wirkten die beiden wieder hochinteressiert.

„Sag bloß, der Bauernbursche steht auf reifes Gemüse!"

David verpasste seiner frecheren besseren Hälfte einen Ellbogenschubser. „Schatz, das war aber nicht nett einer Dame gegenüber! Im Vergleich zu dir ist Martina ein ziemlich knackiges Früchtchen."

Martina musste schmunzeln. Die beiden waren einfach herrlich. „Nein, leider nicht der Jüngling. Ein alter Sack. Willi heißt er. Fotograf und Maler. Habe ihn gestern Morgen kennengelernt. Ich bin mir aber nicht sicher, ob er sich wirklich für mich interessiert."

Die beiden verzogen das Gesicht zu einer Fratze, als sie von der Begegnung erzählte und wie er den Jungen aus allen Perspektiven abgelichtet hatte. „Klingt leider ein bisschen nach Pädobär", sagte Felix.

„Igitt, Igitt", rief David. „Und diesen Nestbeschmutzer willst du wirklich besuchen?"

„Nur um mir selbst ein Bild zu machen."

„Aber bitte keinen Knabenakt!", polterte David und beide prusteten abermals trotz des alles andere als lustigen Themas los. Wenn Martina es nicht besser wüsste, hätte man glauben können, es wäre schon Eiergrog geflossen.

Nachdem sie sich von den Männern verabschiedet hatte, nahm sie den Mittelweg durch das Inselinnere. Auf einem Traktor kam ihr ein Mann entgegen. An der Beinahe-Glatze und der fleckigen Kopfhaut erkannte sie ihn: Es musste der aus dem Wohnwagen sein. Von vorn sah er zwar nicht ganz so alt aus – vielleicht etwas über fünfzig. Sein Dreitagebart wirkte ungepflegt. Sie hatten kurz Augenkontakt, reflexartig und wie auf der kleinen Insel üblich begrüßte sie ihn mit einem lauten „Moin", um gegen Wind und Motorengeräusche anzukommen, doch der Mann erwiderte den Gruß mit keiner Geste.

Es dauerte einen Moment, bis sie das Haus des Künstlers in der Nähe der Turmwurt fand. Die kleine, aber gut in Schuss wirkende, rot gestrichene Holzhütte mit einem gepflegten Garten, in dem diverse, undefinierbar abstrakte Skulpturen aus Stein standen, lag tatsächlich etwas abseits im einzigen kleinen Waldstück der Insel.

Martina suchte nach einer Klingel – vergeblich. Immerhin stand ein Name am Briefkasten: Wilhelm von Aschendorf. Als sie gerade klopfen wollte, ging die Tür auf. Der Herr des Hauses hatte sie bereits durchs Fenster erspäht.

„Ah, na sieh einer an, die Hundefrau, das gibt es doch gar nicht! Kommt rein, ihr beiden." Er strahlte über das gesamte Gesicht, schien nicht nur überrascht, sondern ernsthaft erfreut, ja beinahe erheitert über ihr Erscheinen. Damit hatte Martina nicht gerechnet.

Statt des Militärparkas trug er ein ursprünglich wohl weißes, nun aber fast vollständig mit Farbklecksen bedecktes T-Shirt und eine löchrige Jeans, die ebenfalls bunte Spritzer aufwies.

Über einen winzigen Flur, noch zusätzlich verengt von einem überquellenden Bücherregal, sah Martina in die geöffneten Türen eines dunklen Badezimmers, aus dem feuchte, abgestandene Luft kam, in eine schmale, holzvertäfelte Küche sowie in ein mit schlichtem Bett und Schrank bereits vollständig ausgefülltes Schlafzimmer. Er führte sie in das Wohnzimmer, das gleichzeitig sein Atelier war. Einen Fernseher, ein Sofa oder auch nur ein Regal gab es nicht. Buchstäblich jeder Quadratzentimeter an der Wand war mit Bildern, Fotos oder Collagen aus beidem behangen, selbst kleinste Lücken waren wie bei einem Puzzlespiel entsprechend mit kleinen Rahmen oder sogar ausgeschnittenen, behelfsmäßig angepinnten Leinwandfragmenten bedeckt.

Die größte Wand war einer Montage aus Fotografien unterschiedlicher Formate gewidmet, die allesamt Motive von der Insel zeigten. Der Leuchtturm, die Ostbake, das Wattenmeer, vor allem aber Pferde – und Kinder. Auf den anderen beiden Wänden hingen Ölgemälde, die fast ausschließlich entweder Pferde oder grob skizzierte, sehr frei interpretierte, aber stets erkennbar unbekleidete Körper zeigten. Damenkörper. Zum Glück, dachte sich Martina.

Bis sie die Staffelei vor dem Fenster sah, auf der bereits tiefblaue Pinselstriche die sehr rundlichen Wölbungen einer Frau andeuteten. Zu den Füßen der Frau zeichneten sich, in der gleichen Farbe, die im Vergleich zu den ausladenden Kurven der Frau unterproportional kleinen Umrisse eines Hundes ab. Und falls noch irgendein Zweifel bestand, wen der Künstler hier porträtierte: Am Rand der Staffelei war ein in mäßiger Qualität ausgedrucktes Foto befestigt, das Martina und Reto im Deichvorland zeigte. Sie war so konzentriert auf sein Geknipse des Jungen gewesen, dass sie sich gar nicht erinnern konnte, ebenfalls von ihm fotografiert worden zu sein.

„Ich hätte nicht damit gerechnet, dass du kommst."

„Wann hätten… hättest du mich denn dann gefragt, ob ich einverstanden bin, dass du mich malst?" Es kostete sie immer noch Überwindung, den Alten zu duzen.

Er lächelte bloß. „Schon mal was von Freiheit der Kunst gehört? Außerdem: Ich kann nichts dafür. Nicht ich finde meine Motive, sie finden mich!"

Er bot ihr die einzig einigermaßen bequem aussehende Sitzgelegenheit des Raumes an – einen abgewetzten, altmodischen Polstersessel, zu dessen Füßen ein fellartiger Teppich lag, auf dem es sich Reto bereits bequem gemacht hatte – und nahm selbst auf einem Klappstuhl nebst einem schlichten, dank zahlreicher Wurmlöcher durchaus antik anmutenden Holztisch Platz, auf dem eine Thermoskanne stand. „Kaffee?"

Er schmeckte heiß, alt und zu stark und der kunstvoll bedruckte Becher, in dem sie ihn serviert bekam, sah nicht gerade sauber aus. Trotzdem tat es gut, ihn zu trinken. Sie beruhigte sich langsam. Eigentlich war es ja ein Kompliment, dass er sie malte. Aber hatte sie wirklich so breite Hüften, so einen tief hängenden Busen?

„Gefällt es dir nicht?" Ihr kritischer Blick auf das unvollendete Porträt schien ihm nicht entgangen zu sein.

„Siehst du mich wirklich so?"

Statt zu antworten, nahm er sich ebenfalls einen Becher Kaffee und trank schlürfend davon. „Du darfst dich nicht davon irritieren lassen, dass ich ein Foto von dir aufgestellt habe. Es dient nicht als Vorlage, höchstens als Inspiration. Realitätstreue interessiert mich nicht. Ich sehe meine Modelle nicht, ich *spüre* sie eher."

Jetzt musste Martina lachen. Das klang nun wirklich absurd. Sie kannten einander gar nicht – und dieser Mann redete davon, sie *spüren* zu können.

„Trotzdem ist es gut, dass du hier bist." Er nahm lautstark einen weiteren Schluck Kaffee zu sich. „Wenn du magst, zieh dich doch schon mal aus."

Ohne sich um Martinas entglittene Gesichtszüge zu scheren und in einer Tonlage, als ob er sie fragen würde, ob sie noch einen Kaffee oder doch lieber einen Tee wollte, fügte er hinzu: „Willst du mir erst noch Modell stehen oder wollen wir gleich bumsen?"

15

Es dämmerte bereits, als Martina die Hütte des Künstlers verließ, so verwirrt wie seit Langem nicht mehr. Ziellos lief sie über das Waldstückchen und den kleinen Garten beim Turm in Richtung der Küste, versuchte vergeblich, ihre Gedanken und Gefühle zu ordnen.

Auf dem Deich blieb sie stehen und blickte auf die unruhig gewordene See, schon schwarz und finster bis auf die immer wieder aufbrausenden Schaumkronen der Wellen, die gegen die Steine brandeten. Der Wind auf dem Deich tat gut, denn er kühlte zumindest ihren vor Aufregung noch immer glühenden Kopf etwas ab. Sie wusste, diesmal waren es nicht die Wechseljahre, die sie dermaßen in Wallungen gebracht hatten. Sondern ein erloschen geglaubtes Feuer, das ausgerechnet auf diesem abgelegenen, von nichts als Wasser und Wind umgebenen Stück Erde wieder entfacht wurde.

Obwohl Reto ein dickes Fell besaß, sowohl was den Wind anging als auch die Stimmungen seines Frauchens, machte er ihr klar, dass er keine Lust auf weiteres Herumstehen hatte und reizte ausnahmsweise den Spielraum seiner Leine vollständig aus – im Versuch, Martina durch das Ziehen ein Aufbruchssignal zu geben. Und ein bisschen auch, um sie abzulenken, auf andere Gedanken zu bringen.

„Ist ja gut, ich weiß, du willst dich noch ein bisschen bewegen." Sie sah sich um. Weit und breit war niemand in Sicht, also beschloss sie, ihn von der Leine zu lassen. Doch statt sofort loszulaufen, blieb er stehen, ebenso wie sie.

„Okay, verstehe, du willst, dass ich mitkomme. Aber ich weiß gar nicht, wohin wir gehen sollen. Sollen wir umkehren, zurück zu diesem Willi?"

Reto mochte, wie jeder Hund, klare Ansagen. Imperativsätze mit hörbaren Ausrufezeichen am Ende. Fragen gestellt zu bekommen, geschweige denn Antworten zu liefern, war seine Sache nicht. Er gab ein unsicheres Winseln von sich. Martina deutete es als Nein.

„Du hast ja recht. Der Alte ist zum Heulen."

Sie wusste aus dem jahrelangen Training, dass es nicht gut für die Hunde war, sie zu sehr zu vermenschlichen, aber wenn man einsam war, ging es manchmal einfach nicht anders.

Endlich setzte sie sich in Bewegung. Anders als am Abend zuvor war der Himmel wolkenlos, am Horizont stand sogar noch ein tiefroter Streifen. Keine Spur von Nebel oder Regen, der noch immer anhaltende Sturm hatte alles weggefegt. Das kleine Licht des Leuchtturms war gut zu erkennen und gab Martina trotz des beißenden Windes ein gewisses Gefühl von Geborgenheit, als würde ihr das regelmäßige Blinken tatsächlich irgendeine Richtung weisen.

Sie kamen an dem kleinen Sporthafen vorbei und Martina dachte wieder an das, was Leon ihr erzählt hatte. Es hatten nur zwei Boote festgemacht: eines von der Feuerwehr und ein schlichtes Einmast-Segelschiff. Von der schnittigen Yacht dieses komischen Kerls keine Spur. Er musste inzwischen abgelegt haben. Hoffentlich hatte er die Insel für immer verlassen und ließ den Jungen in Ruhe. Doch war es nicht eigentlich schon den ganzen Tag viel zu stürmisch für ein solches Boot? Selbst die vergleichsweise große MS Flipper war ja ausgefallen. Vielleicht hatte der Kleine also doch zu viel Fantasie…

Obwohl der Weg durch das Inselinnere kürzer gewesen wäre, blieb sie auf dem Deich und setzte zu einer erneuten, zumindest hälftigen Inselumrundung gen Osten an. Es war Zufall, da der Wind in dieselbe Richtung blies und im Rücken wesentlich angenehmer als im Gesicht war, und doch kam es ihr auch gelegen, denn der Weg führte sie an der Meereswoge vorbei.

Sie blieb stehen und blickte in die Fenster des hell erleuchteten, aber bis auf eine grauhaarige Frau mit langen Haaren, die große Teller mit belegten Broten auf den Tischen verteilte, leeren Speisesaals. Obwohl Martina draußen im Dunkeln stand und vermutlich nicht zu erkennen war, sah die Frau plötzlich kurz auf und blickte zum Fenster, als würde sie spüren, dass sie jemand bei ihrer Tätigkeit beobachtete.

Sie ging schnell weiter. In den Zimmern auf den oberen Etagen brannte nirgendwo Licht. Von ihrem kleinen Liebling keine Spur. Dabei hätte sie ihn gern noch einmal gesehen, sich vergewissert, dass es ihm gut ging. Und ja, sie hätte ihn auch gern noch einmal umarmt, ihm gesagt, was für ein toller Junge er war und dass sie ihn sehr mochte, obwohl (oder vielleicht ja auch gerade weil) er so eine blühende Fantasie hatte, die ihr ein wenig Angst machte.

Aber wäre das nicht auch schon übergriffig? Sie dachte an die Frau vom Jugendamt, wie argwöhnisch sie Martina angesehen hatte, als der autistische Junge Vertrauen zu Reto und schließlich auch zu ihr gefasst hatte. „Autisten bloß nicht berühren! Kinder insgesamt *niemals* berühren, *immer* professionelle

Distanz waren!“, hatte sie von der Seite gekeift, als Martina zaghaft und nach langem nächtlichen Warten im buschigen Untergrund des Duvenstedter Brooks nach seiner Hand gegriffen hatte. Schließlich war es der Junge, der ihr die Entscheidung abgenommen und ihre ausgestreckte Hand erwidert hatte.

Ohne es zu wollen, wanderten ihre Gedanken – wie so oft wenn es dunkler wurde und sie noch dazu emotional angefasst war – zu ihrem schwärzesten Tag, ihrer ersten und bislang einzigen Leiche. Sie rief sich die Worte ihres Therapeuten in Erinnerung: den Gedankenkreislauf durch sofortige Ablenkung unterbrechen.

Aber das war ein bisschen, wie nicht an fliegende Elefanten zu denken.

Fast könnte man sagen, es kam ihr gelegen, dass sie in der Ferne nun doch herumschreiende Kinder hörte. Erst dachte sie, es wären die üblich überdrehten Spiele, doch je näher sie ihnen kam, umso deutlicher bemerkte sie, dass hier etwas nicht stimmte, etwas aus dem Ruder lief.

Es war auf dem Grundstück mit dem Wohnwagen neben der kleinen Mülldeponie und der Kläranlage, auf dem es selbst ein wenig wie auf dem Schrottplatz aussah. Diesmal brannte kein Licht im Wagen, so wie überhaupt mittlerweile alles im Halbdunkeln lag. Sie hörte die Stimmen nun deutlich, erkannte aber bloß die Umrisse der Kinder. Es waren zwei.

„Spasti-Boy, komm her. Wir wissen, dass du hier irgendwo bist.“

„Ey, Justin, wetten, der Behinderte steht hier irgendwo, hält sich die Augen zu wie so ein Dreijähriger und denkt, er ist unsichtbar?“, sagte der andere amüsiert.

Justin ignorierte ihn. Er sprach, beziehungsweise schrie wieder in Richtung des Dritten, nach dem sie offenbar suchten. „Das wird dir noch leid tun, dass du uns verpfiffen hast, du Bastard. Deinetwegen haben sie uns die Handys abgenommen.“

Die beiden Jungen durchkämmten unter weiteren Verfluchungen und Drohungen das Grundstück, in dem sie ihre Zielperson vermuteten, sahen hinter die Tonnen und in die Autowracks. Martina beobachtete sie aus sicherer Entfernung und obwohl die Szene eigentlich eher gewöhnlich für Kinder dieses Alters und gar nicht so bedrohlich wirkte, stand ihr abermals, wie schon nach dem Verlassen der Künstlerhütte, kalter Schweiß auf der Stirn. Was, wenn es Leon war, der sich vor ihnen versteckte?

Es gab nur einen Weg, das herauszufinden. Und gleichzeitig das Kind, wer auch immer es war, vor den beiden Piesackern zu beschützen. Sie mussten ihn vor den beiden finden. „Such, Reto!“

Das ließ er sich nicht zweimal sagen. Schnurstracks lief er auf das Gelände zu. Es dauerte einen Moment, bis die Jungen ihn entdeckten. „Was macht denn der Köter da?"

Reto ignorierte sie. Er wusste, dass er einen reglosen, sich irgendwo verbergenden, vielleicht sogar hilflosen Menschen suchte – und nicht zwei aufgekratzt herumschleichende, fluchende Bengel.

Es dauerte nicht lang, bis er eine Fährte aufgenommen hatte. Vor dem Wohnwagen blieb er bellend stehen. Selbst die Halbstarken kapierten, was das zu bedeuten hatte. „In dem Wohnwagen ist einer!"

Obwohl Reto sich nach Martina umsah, blieb sie, wo sie war. Sie hoffte, die beiden würden sich jetzt verziehen und sie könnte in Ruhe nachsehen, ob sich jemand – Leon? – im Wagen versteckte. Doch da kannte sie Justin schlecht.

„Bestimmt hat er sich da drin verkrochen."

„Und wenn's doch jemand anderes ist?"

„Komm, wir schauen nach."

„Digger, der Hund steht direkt vor der Tür!"

„Sei kein Schisser, Serkan. Der ist doch total harmlos." Tatsächlich war Retos Bellen nicht aggressiv. Im Gegenteil, er freute sich immer, wenn er jemanden aufgespürt hatte – und das hörte man auch. Daher wunderte es ihn, dass sein Frauchen sich nicht zeigte. Denn die geschlossene Wohnwagentür war zwar kein Hindernis für sein feines Näschen, wohl aber für seine Pfoten. Vergeblich versuchte er, sie damit aufzustoßen, um der sich zweifelsfrei dahinter verborgenen Person zur Hilfe zu eilen, wie er es gelernt hatte.

„Hör auf zu bellen, du blöde Töle, und hau ab!", rief Justin. Reto ignorierte ihn weiterhin. Er fühlte sich nicht im Geringsten angesprochen. So redeten die Menschen für gewöhnlich nicht mit ihm.

Haut ihr doch endlich ab, dachte sich Martina, noch immer unentdeckt von den beiden, die nur Augen für Reto und den Wohnwagen hatten.

Und dann geschah das Unfassbare. Das, wovon sie gehört und gelesen und fast beinahe soviel Angst wie vor einem erneuten Leichenfund hatte, wovon sie bislang aber zum Glück stets verschont geblieben war. Ihr geliebter Reto, der keiner Menschenseele etwas zu Leide tun konnte und nur helfen wollte, wurde angegriffen. Von einem durchgeknallten Dreizehnjährigen, der von irgendwoher einen Stein aufgelesen hatte und ihn in Richtung des Hundes warf.

Der Stein war groß, man hörte es daran, wie er lautstark zu Boden ging. Nur knapp verfehlte er sein Ziel. Reto heulte trotzdem laut auf, vor Schreck. Und Martina konnte sich nicht länger zurückhalten.

„Was fällt dir ein? Bist du völlig übergeschnappt?"

Die beiden drehten sich zu ihr um. Serkan nahm die Beine in die Hand.

„Komm, wir hauen ab“, rief er, doch sein Kumpel blieb unbeeindruckt stehen.

„Ist das Ihr Hund?“

Justin bückte sich. Hinter ihm war ein Haufen Steine, er nahm einen in jede Hand.

„Pfeifen Sie ihn zurück und hauen Sie beide ab. Sonst werfe ich ihm die auf den Dötz und sage allen, er hat mich angegriffen.“

Martina hatte keine Zeit, über ihre Worte nachzudenken, sie kamen einfach so aus ihr. Sogar ihre Stimme klang fremdartig dabei, tiefer als sonst. „Krümm ihm ein Haar und ich bringe dich um, ich schwör‘s dir.“

Sie stellte sich direkt vor ihren Hund. Lieber ließ sie sich den Schädel von dem irren Jungen zertrümmern, als dass sie riskierte, er könnte Reto verletzen.

16

Sogar der verhaltensauffällige, vergleichsweise skrupellose Justin schien zu kapieren, dass er sich mit der Falschen angelegt hatte. Nur halbherzig warf er die Steine in Richtung der beiden, wie eine leere Drohung gingen sie zwei Meter vor Martinas Füßen zu Boden. Dann folgte er endlich seinem Kumpel auf den Deich, kehrte zurück in Richtung Landschulheim, aber noch immer rannte er nicht, ahnend, dass Hund und vor allem Herrin nur auf die Defensive, nicht aber auf eine Verfolgungsjagd aus waren.

Martinas Herz schlug schnell, selbst als der Junge schon weit entfernt war und Reto sich bereits tröstend an sie schmiegte, obwohl er doch in viel größerer Gefahr als sie gewesen war. Sie war erschrocken, von den Steinen genauso wie von ihrer Reaktion, ihren Worten.

Wäre sie wirklich im Stande, ein Kind umzubringen? Sie hielt es für unmöglich, aber bis vor wenigen Minuten hätte sie auch gedacht, sie könne niemals eine Morddrohung aussprechen.

Über die ganze Aufregung hatte sie fast vergessen, dass es noch jemanden gab, den der fiese Junge in Angst und Schrecken versetzt hatte und der sich mutmaßlich im Wohnwagen hinter ihnen befand.

Sie klopfte. Keine Reaktion.

„Sie sind weg, du kannst rauskommen.“

Stille. Nur der Wind und das leichte Hecheln des Hundes an ihrer Seite, der sogar schon wieder freudig mit dem Schwanz wedelte. Sie versuchte, die Tür zu öffnen, rüttelte fest daran, doch sie war verschlossen, vermutlich von innen verriegelt.

„Leon, bist du das? Hier ist Martina!"

Mit der Taschenlampe ihres Smartphones leuchtete sie in das Fenster, doch anders als beim letzten Mal, als der ältere, munter kopulierende Mann ihr ungeniert den Rücken zugewandt hatte, waren diesmal die Vorhänge zugezogen.

Sie dachte daran, wie die furchtbaren Kinder den Jungen, den sie suchten, genannt hatten: Spasti-Boy. Vielleicht handelte es sich ja wirklich um Leons Zimmergenossen mit dem Handicap, von dem er ihr erzählt hatte. Leider fiel ihr der Name nicht mehr ein.

Es brachte nichts, weiter um den Wohnwagen zu schleichen, wenn das Kind sich bedroht fühlte und verstört war, würde es vermutlich nicht eher herauskommen, bis es eine wirklich vertraute Stimme hörte. Sie musste wohl oder übel nun doch den Kontakt zu den Betreuern im Landschulheim suchen, Verstärkung holen.

Reto verstand zum wiederholten Mal in diesem seltsamen Urlaub die Welt nicht mehr. Selbst bei einer Übung galt doch das Prinzip, dass man seinen Funden stets nachging, die Person barg und befreite – und nicht einfach abhaute. Ein letztes Mal bellte er zaghaft den Wohnwagen an, hinter dem sich der Gesuchte stillschweigend verbarg, dann folgte er resigniert seinem Frauchen durch die mittlerweile fast vollständige Finsternis zurück auf den immerhin spärlich beleuchteten Weg hinter dem Deich.

Unterwegs legte sich Martina die Worte zurecht. Wenn man Leons Ausführungen glauben schenkte, waren die Betreuer nicht ganz einfach.

Mittlerweile saßen die Kinder, das sah sie schon von Weitem durch die erleuchteten Fenster, im Speisesaal beim Abendbrot. Sie hielt sofort Ausschau nach Leon, konnte ihn aber nirgendwo entdecken. Hatte er vielleicht solche Angst vor den beiden Peinigern, dass er sich lieber versteckte, um nicht zurück zu müssen?

Eine Klingel gab es nicht, auf ihr Klopfen reagierte niemand, also trat sie einfach ein.

Obwohl sie so wenige Erinnerungen hatte, keine richtigen Bilder mehr im Kopf, und sich das Mobiliar in den letzten drei Jahrzehnten bestimmt verändert hatten, war es wie eine Zeitreise. Auf einmal war das Gefühl von damals wieder da. Abenteuerlust, Freiheit – aber auch Heimweh.

Es musste der Geruch sein. Diese Mischung aus chemischem Bodenreiniger und altem Gemäuer, aus Holzimitat und Linoleum, der Duft von frisch gebrühtem Hagebuttentee, der aus dem Speisesaal herüberkam, und der Gestank müffelnder Gummistiefel, die in Reih und Glied, nur halbherzig und oberflächlich vom Dreck befreit, im Flur standen.

„Wer sind Sie, was machen Sie hier?"

Er stand hinter ihr und Reto. Martina drehte sich um. Sie fühlte sich noch immer wie ein Kind – aber wie eines, das bei etwas Verbotenem erwischt wurde.

„Sind Sie Fabian?"

„Wer will das wissen?"

„Entschuldigen Sie." Sie versuchte sich an den Text zu erinnern, den sie sich zurechtgelegt hatte und wieder zu der selbstbewussten, erwachsenen Frau zu werden, die sie doch eigentlich war. Warum entschuldigte sie sich überhaupt bei dem Schlurchi? Offenbar war er unfähig, auf die ihm anvertrauten Kinder aufzupassen!

„Martina Martens ist mein Name. Ich habe geklopft, aber es hat mich niemand gehört. Es ist ein Notfall. Ich habe beobachtet, wie zwei Ihrer Kinder ein drittes bedroht und verfolgt haben. Es scheint sich in einem leeren Wohnwagen auf einem Grundstück hier in der Nähe verschanzt zu haben. Sie müssen mir helfen, es da rauszuholen, denn es macht mir nicht auf."

Statt nun endlich ein wenig zugänglicher, offener zu werden, sah sie der eigentlich so lässig mit Totenkopf-Kapuzenpullover und Jogginghose bekleidete junge Mann noch immer streng an. „Welches Kind soll das sein? Und sind Sie sicher, dass es noch immer da drin ist?"

„Wer es ist, weiß ich nicht. Vielleicht Leon. Aber dass da jemand drin ist, da bin ich mir zu hundert Prozent sicher."

Ohne ein weiteres Wort ging der Kerl an ihr vorbei in den Speisesaal hinein. Sie folgte ihm ungefragt. Es war laut und da sie in seinem Rücken stand, beachtete sie kaum jemand. Während Fabian die Kinder in schneller Folge ansah, um sie zu zählen, suchte Martina nur nach einem einzigen Gesicht.

„Vierzehn. Alle vollzählig."

Da sah es Martina auch. Ganz hinten in der Ecke und als einziges ohne weiteres Kind am Tisch saß Leon. Er hatte ihr den Rücken zugewandt, aber sie erkannte ihn mittlerweile auch von hinten. Sein Kopf war gebeugt, hängend. Es wirkte nicht so, als würde er essen. Irgendetwas stimmte hier nicht! Sie wollte zu ihm, doch Fabian hielt sie zurück.

„Ich sagte, wir sind vollzählig. Sie müssen sich geirrt haben. Und jetzt gehen Sie!"

Was erlaubte sich dieser Kerl, sie anzufassen und ihr Befehle zu erteilen?

„Lassen Sie mich bitte los, ich möchte zu Leon."

Sie spürte, wie ihr Blutdruck in die Höhe schnellte und Adrenalin durch ihren Körper floss, zum zweiten Mal an diesem Abend. Hektisch versuchte sie, sich aus dem Griff des Studenten zu befreien und erteilte ihm dabei einen kleinen Schubser. Der etwas schmächtige junge Mann war überrascht von der Gegenwehr und geriet kurz ins Schwanken, stieß dabei an einen leeren Stuhl, der lautstark zu Boden ging. Jetzt hatte nahezu der ganze Speiseaal die Augen auf die beiden ungebetenen Besucher gerichtet.

„Sag mal, hast du sie noch alle, du alte Hippe?“, fand Fabian die Sprache wieder, wenn auch keine besonders kultivierte. Einige Kinder blickten entsetzt und verängstigt, andere lachten. Der Bengel, der Reto beinahe schwer verletzt und bis eben noch lachend von anderen Kindern umringt am Tisch gesessen hatte, als wäre nichts gewesen, obwohl er Martina und Reto längst gesehen haben musste, stieß einen besonders hämischen Lacher aus. Martina war außer sich.

„Dieser Junge – Justin, glaube ich – hat meinen Hund mit Steinen beworfen.“

„Der Hund hat mich bedroht! Die Alte spinnt, die ist völlig verrückt, das sieht man doch, sie hat ihn auf mich gehetzt!“

Auch wenn es schwer fiel, versuchte Martina, die Ruhe wiederzugewinnen. Es ging hier nicht um den verhaltensgestörten Justin. Es ging um den armen Leon. Als einer der ganz Wenigen sah er noch immer nicht zu ihr, doch obwohl er am anderen Ende des Raumes saß, musste er mittlerweile etwas von dem Spektakel mitbekommen haben.

Sie wollte erneut zu ihm, doch Fabian hielt sie abermals davon ab, diesmal packte er kräftiger zu. Sie widerstand dem Drang, um sich zu schlagen, wollte vor den Kindern kein weiteres unwürdiges Kampfkunststück abliefern, aus dem sie nur als Verliererin hervorgehen konnte. Außerdem kam ein weiterer Mann herbeigeeilt, vermutlich Herr Engel, der sich ihr direkt in den Weg stellte.

„Lassen Sie die Kinder in Ruhe!“

Sie dachte an das, was ihr Leon erzählt hatte. „Das sagt der Richtige!“

„Es reicht! Raus, aber sofort!“, schrie Fabian und versuchte Martina, aus der Tür zu schieben. Doch sie hatte ein paar Pfunde mehr auf den Rippen als der junge Mann und bewegte sich keinen Zentimeter, leistete immerhin passiven Widerstand.

„Bevor ich nicht gesehen habe, dass es Leon gut geht, werde ich nicht gehen!“

Warum drehte er sich nicht endlich zumindest einmal kurz zu ihr um?

Nun machte auch der andere Mann einen Schritt auf sie zu, schien Fabian beim Rausschmiss unterstützen zu wollen. Doch genau das war der eine Schritt zu viel, der den Geduldsfaden reißen ließ. Bislang hatte er entsprechend seines Wesens und seiner Erziehung versucht, so ruhig wie möglich an ihrer Seite zu bleiben, doch jetzt tat er etwas völlig Ungewöhnliches, das nur dem außergewöhnlichen Stress geschuldet sein konnte, dem er und sein Frauchen an diesem Abend ausgesetzt waren: Zum ersten Mal in seinem Leben sah er sich genötigt, einen Menschen zu beißen, nicht besonders kräftig, aber kräftig genug, damit Fabian erneut von Martina abließ und laut aufschrie und Herr Engel wieder einen Schritt zurückwich.

Und Leon sich endlich umdrehte.

Sein Gesicht war gerötet, seine Wangen voller noch ganz frischer Tränen und niemals zuvor hatte Martina traurigere Augen gesehen. Für einen kurzen Moment trafen sich ihre Blicke inmitten all des Chaos um sie herum, doch dann senkte er erneut den Kopf, sah auf den Boden, als würde er sich schämen.

Er hätte aufstehen können, zu ihr eilen, sie umarmen oder zumindest seinen Betreuern sagen, dass sie Martina und Reto in Ruhe lassen sollten. Aber natürlich wusste sie, dass das zu viel verlangt war für einen so zierlichen, so zarten, so schutzlosen Jungen in einer Gruppe solch furchtbarer Menschen, die Großen genauso wie die Kleinen.

Sie hatten verloren. Es war Zeit zu gehen. Unter dem anhaltenden, völlig übertriebenen, unwürdigen Gejammer und Gepöbel des gebissenen Betreuers („Der Hund ist tollwütig, der gehört eingeschläfert! Und die Alte in die Geschlossene nach Ochsenzoll!") verließen Reto und sie beinahe fluchtartig das Landschulheim.

Vom Deich blickte sie im Schutz der Dunkelheit in die Scheiben des Speisesaals und sah, wie die grauhaarige Frau bei Leon stand, den Arm um ihn legte und zärtlich seine geröteten Wangen streichelte, während er noch immer zu Boden blickte. Obwohl sie es nicht mehr genau erkennen konnte, war sie sich sicher, dass er noch immer weinte.

Eigentlich hätte sie erleichtert sein müssen, dass sich jemand des Jungen annahm, zumindest versuchte, ihn zu trösten, doch stattdessen spürte sie selbst eine große Traurigkeit, die sich in ihre noch immer vorhandene Wut mischte – und zu ihrem Entsetzten gesellte sich dazu auch eine Spur von Eifersucht auf die ältere Dame.

Sie wandte den Blick ab, ohne zu ahnen, dass dies das letzte Mal gewesen sein würde, dass sie Leon lebend gesehen hatte.

17

Bei ihrer Ankunft in der Pension trafen sie die Wirtin, die bereits die Stühle im Gastzimmer auf die Tische stellte und ihnen verkündete, dass die Küche gerade Feierabend gemacht habe. „Aber nebenan bei meinem Schwager müssten Sie noch etwas bekommen. Ihre Bekannten sind auch da."

Martina hatte weder Appetit noch Lust auf Konversation. Am liebsten wäre sie sofort ins Bett gegangen, aber da es zu früh war und sie kein Auge zu tun würde, beschloss sie, mit einem Glas Rotwein nachzuhelfen.

Die Wirtschaft im Nachbarhof war urig und einladend, mit allerlei maritimem Krimskrams dekoriert und überwiegend in dunklem Holz gehalten. An einem großen Tresen saß einsam ein nicht unattraktiver Mann mit Lederjacke und Dreitagebart, vor ihm ein zur Hälfte geleertes Glas Bier. Er kam Martina bekannt vor, wie vermutlich mittlerweile fast alle Inselgesichter, ohne dass sie genau hätte sagen können, wo und wann sie ihn getroffen hatte.

Neben dem Tresen auf einem Barhocker saß ein älterer Mann am Akkordeon und spielte eine kitschige, leicht aus dem Takt geratene, aber durchaus eingängige, melancholische Melodie. Die Diemels waren abgesehen von dem Typen am Tresen, der dem Musiker den Rücken zuwandte, das einzige Publikum. Die beiden Männer saßen nebeneinander auf einer Eckbank, hielten Händchen und schunkelten. Sie waren dermaßen in die Musik vertieft und hatten wohl auch schon recht tief in das ein oder andere Glas geblickt, sodass sie Martina und Reto noch gar nicht wahrgenommen hatten.

„Einmal Neuwerk noch sehn, im blauen Meer, wie schön das wär", trällerte der Alte mit erstaunlich sonorer, kräftiger Stimme. David und Felix sangen lautstark und schief mit, aber mit einer Selbstverständlichkeit, als wäre der Song ein weltbekannter Klassiker und als befänden sie sich in einer Karaokebar auf dem Kiez.

Als er seine Darbietung beendet hatte, klatschten sie und riefen lautstark „Bravo! Zugabe!". Er deutete vergnügt eine Verbeugung an, schüttelte dann aber mit dem Kopf. „Das reicht für heute, Jungs. Außerdem habe ich Kundschaft." Er zeigte auf Martina.

Nicht weniger überschwänglich als den Senior-Entertainer, der nun hinter den Tresen zurückkehrte und wieder Wirt wurde, feierten die beiden ihr Wiedersehen, klatschten sogar, als würden sie und Reto auch gleich ein Kunststück vorführen. Sie bestanden darauf, dass sie sich zu ihnen setzte.

„Hauke, noch `ne Runde für alle!", rief Felix.

Der Wirt kam mit drei kleinen Gläsern klaren Schnapses zum Tisch, ein viertes stellte er dem Mann auf den Tresen. Für alle hieß schließlich für alle. Etwas überrascht hob er es, nickte dem großzügigen Spender einmal zu und leerte es in einem Zug.

Entgegen ihrer sonstigen, eher zurückhaltenden Trinkgewohnheiten tat Martina es ihm gleich. Der Schnaps brannte im Rachen wie Feuer. Vermutlich selbst destilliert, dachte sie sich. Hoffentlich ging er schnell ins Blut. Nüchtern war die gute Laune der Männer kaum zu ertragen. Sie orderte umgehend das ersehnte Glas Rotwein.

„Wie war dein Date mit dem Künstler?“, erkundigte sich David.

Es war schon seltsam. Bis vor ein paar Stunden erschien ihr die skurrile Zusammenkunft mit Willi von Aschendorf noch wie ein bedeutsames Ereignis, jetzt kam es ihr wie eine längst abgehakte Nebensächlichkeit, eine alte Geschichte vor, die sie den beiden ruhig erzählen konnte, dankbar für die Ablenkung.

„Ihr hattet recht. Er wollte wirklich was von mir. Als ich kam, war er gerade dabei, einen Akt von mir zu zeichnen.“

Wie nicht anders erwartet, prusteten die beiden los.

„Lass mich raten: Er hat dich gefragt, ob du Modell stehen kannst“, mutmaßte David.

„Auch. Aber vor allem wollte er mit mir bumsen.“

Die beiden sahen einander mit gespieltem Entsetzten an. „Martina, was sind das denn für Ausdrücke!“, sagte Felix.

„Das hätten wir von dir als bravem Mädchen gar nicht erwartet!“, ergänzte David.

Selbst unter erkennbar nicht gerade geringem Alkoholeinfluss gelang es den beiden, ihre übliche abwechselnde Sprechweise beizubehalten, als wären sie ein und dieselbe Person in zwei grundverschiedenen Körpern.

„Das waren nicht meine Worte. Genau so hat er es gefragt, *bumsen*. Ein Mann in seinem Alter! Natürlich hab ich‘s nicht getan. Bin davongelaufen.“

Beide ließen die Mundwinkel hängen, schienen enttäuscht zu sein, so dass sich Martina genötigt sah, sich zu erklären. „Der Typ könnte mein Vater sein. Er hat null Sex-Appeal.“ Sie beschrieb ihn erneut und detailreicher als beim ersten Mal, machte seine Augenbrauen noch ein bisschen buschiger, seine Haut noch ein wenig faltiger und dichtete ihm einen Mundgeruch an, der er bestimmt auch hatte, der ihr aber zum Glück in Ermangelung jeder Annäherung entgangen war.

„Immerhin ist er doch kein Pädo.“

„Oder er nimmt halt, was kommt.“

„Felix, ich bitte dich! Sei nicht schon wieder gemein zu unserer Martina. Denk daran, anders als wir flirtet sie sogar mit dem jungen Polen von nebenan!“

David sah seinen Mann mit diesmal nicht einmal gespieltem Argwohn an. „Woher willst du wissen, dass er Pole ist?“

„Ich habe ihn vorhin zufällig getroffen, als ich an der frischen Luft war. Er heißt übrigens Kamil und ist angeblich wirklich erst zarte 18 Jahre."

Bevor der sichtlich eifersüchtige Felix eine Chance hatte, etwas zu erwidern, trat plötzlich der Mann vom Tresen an ihren Tisch heran.

„Entschuldigt die Störung, aber ich habe zufällig euer Gespräch mit angehört über diesen Kamil. Hat er noch etwas von sich erzählt? Wo genau aus Polen er herkommt, zum Beispiel?"

Martina war überrascht, nicht nur von der Frage, sondern auch, mit welch klarer, fester Stimme der Mann sie vortrug. Anders als die beiden Diemels, die nur noch im Singsang sprachen, schien ihm der Alkohol nicht besonders zu Kopf gestiegen zu sein.

„Nein, hat er nicht. Warum fragen Sie, Herr Wachtmeister, hat sich der Bursche was zu Schulden kommen lassen?"

Jetzt fiel es ihr wieder ein. Der Mann war der Polizist, den sie bei ihrer Hinfahrt an Bord der Fähre gesehen hatte, nur ohne Uniform. Außerdem war er da noch akkurat rasiert gewesen. Doch er sah nicht ungepflegt aus. Die zeitlose Lederjacke und sein Stoppelbart unterstrichen seinen kantigen Körperbau und ließen ihn lässiger sowie jünger aussehen, als er vermutlich war. Martina schätzte ihn auf gut gehaltene Vierzig.

„Ich bin übrigens kein Wachtmeister, ich bin Polizeihauptkommissar Robert Bremer vom PK14 in Hamburg-Mitte und der zuständige *Bünabe*, sprich Bürgernaher Beamter, für Neuwerk", sagte er, aber nicht zu den Männern, denen er sich offenbar schon vorgestellt hatte, sondern zu Martina. „Ich glaube, wir haben uns schon auf der Überfahrt gesehen." Er streckte ihr die Hand entgegen. Sie nannte etwas verdutzt ihren Namen, denn sie war es nicht gewohnt, von der Ordnungsmacht per Handschlag begrüßt zu werden.

„Irgendwas stimmt mit dem Burschen drüben in eurer Pension nicht. Ich darf eigentlich nicht darüber reden und er hatte auch alle Papiere, aber sie wirkten selbst für osteuropäische Verhältnisse ziemlich selbstgemacht. Überprüfung durch die polnischen Kollegen läuft, ich hoffe, meine Dienststelle gibt mir morgen Bescheid, bevor die Fähre endlich wieder fährt. Also, falls er einem von euch noch mal begegnet, fragt ihn ruhig mal ganz diskret ein bisschen aus, wo er so herkommt und was er da so gemacht hat, bei euch ist er offenbar nicht ganz so auf den Mund gefallen wie bei mir."

„Oh, mir könnte er gern mal auf den Mund fallen!", rief David vergnügt.

Felix warf ihm einen vernichtenden Blick zu und wandte sich wieder an den Beamten. „Machen wir gern, Herr Büllerbu. Aber nur, wenn Sie mit uns ‚Lebenslang Grün-Weiß' singen!"

„Ach du meine Güte, ihr seid ja wirklich vom anderen Ufer, von der Weser! Werderaner auf Hamburger Boden, das sollte polizeilich verboten werden!“

Jetzt merkte Martina doch, dass der Beamte getrunken haben musste. Überhaupt wirkte es wenig professionell, dass er sie auf seinen Verdacht angesprochen und zum Spionieren angehalten hatte. Trotzdem fand sie ihn nicht unsympathisch.

Der Wirt kam mit Martinas Rotwein. „Jungs, der Mann heißt Bremer, damit ist er als HSV-Fan schon genug gestraft und der einzige, der ihn damit aufziehen darf, bin übrigens ich!“

Versöhnlich gaben die spendablen Eheleute eine weitere Runde aus. Den Polizist luden sie ein zu bleiben und er nahm an ihrem Tisch Platz, obwohl er ernsthaft geschockt von den Präferenzen der beiden zu sein schien – den fußballerischen.

„Sie sind aber hoffentlich keine *Werderette*, junge Dame?“

Eigentlich fand sie es schrecklich altbacken und heuchlerisch, wenn jemand – noch dazu jemand vermutlich Jüngeres – sie als Mittvierzigerin mit ‚junge Dame‘ ansprach, aber da der Alkohol langsam zu wirken begann und eine zur Abwechslung mal angenehme Wärme sie einlullte, störte sie sich nicht daran.

„Nein. Fußball ist aber insgesamt nicht gerade meine Leidenschaft.“

„Was ist denn deine Leidenschaft?“, sagte er – urplötzlich beim Du angelangt. Noch immer war Martina fasziniert von seiner festen Stimme, die selbst im offensichtlich angetrunkenen Status noch eine natürliche Autorität und Selbstsicherheit ausstrahlte.

Sie zeigte auf Reto, der es sich zu ihren Füßen unter dem Tisch gemütlich gemacht hatte und dabei war, sich langsam ein wenig von den Strapazen dieses denkwürdigen Abends zu erholen.

„Oh, der ist ja schön!“, sagte der Polizist anerkennend. Offenbar war ihm der Hund zuvor noch gar nicht aufgefallen. Endlich einmal ein Mann, der mehr auf sie als auf ihren Vierbeiner achtete, dachte sich Martina.

„Das ist ein Kollege von Ihnen!“, mischte sich einer der Jungs ein – vermutlich David. Martina hatte nicht so genau darauf geachtet, ihre Aufmerksamkeit galt nur noch dem gutaussehenden Polizisten.

„Ein Diensthund? Welche Staffel?“

„Nicht direkt. Wir arbeiten zwar oft mit euch zusammen, sind aber ein ehrenamtlicher Rettungsdienst. Reto ist Flächensuchhund.“

Polizeihauptkommissar Bremer schien ernsthaft beeindruckt und stellte einige sachkundige Nachfragen, da er selbst bereits an Suchaktionen der Hamburger Polizei beteiligt gewesen war. Er nannte die Fälle, doch an keinem davon hatten Reto und Martina mitgewirkt. Sie waren sich also vermutlich noch nie begegnet.

„Leider“, sagte er.

„Was nicht ist, kann ja noch werden“, sagte sie, und obwohl sie ja nur ein paar – sogar halbwegs berufliche – Freundlichkeiten austauschten, fühlte es sich vielversprechender und verheißungsvoller an als die eindeutigen Avancen des Aktmalers.

Natürlich war ihr der Ring an Robert Bremers rechter Hand nicht entgangen, lang genug hatte sie an selber Stelle einen getragen. Doch das machte die Angelegenheit eher noch entspannter. Niemand am Tisch war auf Brautschau. Sie waren alle nur ein paar Gestrandete auf dieser komischen Insel, die das Schicksal zumindest für einen Abend zusammengeführt hatte.

Die Mischung aus Alkohol, der ausgelassenen Stimmung der Diemels und des netten Plausches mit dem attraktiven Polizisten ließen Martina langsam lockerer werden und drängten den wahrlich beißenden Schmerz, den die Erinnerung an die unschönen Geschehnisse um und im Landschulheim hervorrief, in den Hintergrund.

Der Polizist erzählte von seiner Arbeit. Etwa alle zwei bis drei Wochen kam er nach Neuwerk, um nach dem Rechten zu sehen, Präsenz zu zeigen und den Menschen das Gefühl zu geben, dass der Hamburger Stadtstaat seine einzige Nordseeinsel nicht vergessen hatte, für die Sicherheit seiner Bewohner und Besucher sorgte. Manchmal war er nur für einige Stunden, manchmal auch für ein paar Tage vor Ort, was sowohl ermittlungs-, meist aber, wie diesmal, witterungsbedingt begründet sein konnte. Dann hatte er genügend Zeit, Touristen zu ermahnen, die sich nicht an die strengen Nationalparkregeln und Umweltvorschriften hielten oder die eine oder andere Streitigkeit zwischen den rund 30 Seelen, die hier dauerhaft lebten, zu schlichten.

„Aber seien wir mal ehrlich, meistens gibt es nicht viel zu tun und dann ist es eher wie Urlaub vom Alltag.“

„Und von deiner Frau.“

Robert Bremer sah sie irritiert an. Sofort bereute sie den flapsigen, anmaßenden Spruch. Ehe sie sich dafür entschuldigen oder zumindest die Situation mit einem Witz auflockern konnte, ging die Tür auf. Niemand hätte zu dieser Zeit und bei dem stürmischen Wetter, das draußen herrschte, mit weiteren Gästen gerechnet und so sahen alle gespannt zu den Neuankömmlingen.

Es waren, wie auf der Insel nicht anders zu erwarten, drei alte Bekannte: die ältere Frau mit den langen grauen Haaren aus dem Landschulheim, der Mann mit der Halbglatze aus dem Wohnwagen und Fabian, der jugendliche, gepiercte Betreuer im Sankt-Pauli-Kapuzenpullover, der vorneweg ging und besonders aufgebracht wirkte – vor allem, als er sah, wer an und unter einem der Tische saß.

Reto begrüßte seinen Feind mit einem abermals völlig untypischen, kräftigen Bellen und stellte sich schützend vor Martina, doch Fabian und seine Begleiter blieben, wo sie waren, im Eingangsbereich. Ihre Gesichter waren gerötet, sie wirkten außer Atem, waren gerannt oder zumindest schnell gegangen. Ganz offensichtlich hatten sie nicht die Absicht, gemütlich etwas zu trinken.

18

„Wer von denen ist es?", wandte sich Fabian an die Frau. Sie zeigte auf Robert Bremer.

„*Das* soll der Inselbulle sein?", sagte er und musterte ihn sowie das Glas vor ihm mit gespielter Ungläubigkeit, als ob die von ihm so verhassten Polizisten auch nach Feierabend immer Uniform zu tragen und nüchtern zu sein hätten.

Ohne Fabian auch nur anzusehen, wandte sich der Verschmähte an die Frau. „Ich bin zwar nicht im Dienst, aber ich nehme an, es ist ein Notfall. Lass mich raten, Alice, der Pauli-Zecke hier ist eines der Kinder davongelaufen?"

„Nicht eines", antwortete sie. „Zwei."

Schlagartig war Martina wieder nüchtern. Ihr platzte der Kopf, nicht vom Wein, sondern vor Sorge. „Ist einer davon zufällig Leon?"

Die ältere Dame, die der Polizist so vertraut beim Vornamen gerufen hatte, nickte. „Wissen Sie, wo er sein könnte?"

Eine böse, dunkle, tiefe Ahnung überkam sie, doch sie war unfähig, sie auszusprechen. Noch nicht. „Nein, leider nicht. Aber wir helfen natürlich beim Suchen. Wann und wo ist…"

„Kommt gar nicht in Frage", unterbrach sie Fabian mitten im Satz. „Sie lassen die Kinder ab sofort in Ruhe, Sie haben genug Unheil angerichtet. Schon vergessen, Ihr Kampfhund da hat mich gebissen!"

Wut stieg in ihr auf – und, was noch schlimmer war, ein leiser Zweifel, den die Worte des jungen Mannes in ihr gesät hatten. Trug sie vielleicht wirklich eine Mitschuld an seinem Verschwinden? Hätte sie nicht doch früher Alarm schlagen, ihn besser beschützen müssen?

Während die Diemels sich bloß ungläubig und leicht kopfschüttelnd ansahen, konnte Robert Bremer seine Verärgerung über den vorlauten Betreuer nicht länger zurückhalten.

„Jetzt hör mal zu, du Totenkopf-Rabauke, wenn hier jemand Unheil angerichtet hat, dann du, weil du deine Truppe nicht zusammengehalten hast. Ab sofort bestimme ich, wie die Suche läuft. Und meine Kollegin", er zeigte auf Martina, „ist ausgebildete Suchhundeführerin und wird uns sicherlich helfen können, falls die lütten Ausreißer nicht ohnehin wie üblich gleich von selbst wieder auftauchen. Ist das klar?"

Er hatte sie Kollegin genannt. Das machten die Beamten mit ihren ehrenamtlichen Helfern sonst prinzipiell nie. Es fühlte sich fast an wie eine Liebeserklärung. Die wohlige Wärme ereilte Martina abermals, wurde jedoch sofort wieder von der Sorge um Leon abgekühlt.

Fabian wollte etwas entgegnen, schien aber noch nach den geeigneten Widerworten zu suchen, so dass Alice ihm zuvor kam. „Wir haben schon das ganze Haus auf den Kopf gestellt, da sind sie nicht. Sie müssen sich irgendwo draußen herumtreiben. Und das bei dem Wetter!"

Martina sah auf den Mann, der hinter der Dame stand. Er hatte noch kein Wort gesagt.

„Habt ihr schon im Wohnwagen von dem Herrn dahinten nachgesehen?"

Alice drehte sich zu dem Mann um. „Waren die Kinder etwa bei dir, Frank?"

Wortloses, aber vehementes Kopfschütteln. Wenig glaubwürdig, befand Martina. Und beschloss, zu erzählen, was sie wusste: „Ich habe heute am frühen Abend zwei von den Kindern dort gesehen, wie sie einen anderen Jungen verfolgt und bedroht haben. Einer davon hieß Justin. Er hat sogar Steine nach meinem Hund geworfen! Das Opfer, vermutlich Leon, hat sich meiner Meinung nach im Wohnwagen versteckt und war so verängstigt, dass er erst wieder herausgekommen und zurück zum Landschulheim gegangen ist, nachdem ich gegangen bin, um Verstärkung zu holen. Er muss einen Schleichweg über die Felder genommen haben, denn als Reto und ich über den Weg am Deich in der Meereswoge ankamen, saß er schon wieder am Tisch. Weinend. Ich wollte mich ja um ihn kümmern, aber dieser junge Mann", sie zeigte auf Fabian, vermied es aber, ihm in die Augen zu sehen und suchte stattdessen Halt im festen Blick des Polizisten, „hat mich gewaltsam daran gehindert."

„Sie hat sich wie eine Verrückte aufgeführt und den Kindern Angst gemacht", versuchte Fabian, sich zu rechtfertigen.

„Dachte ich mir, dass der Hund nur beißt, wenn er einen guten Grund dazu hat", kommentierte der Polizist trocken. „Ich würde sagen, wir schauen uns als erstes mal bei Franks Wohnwagen um. Hauke, anschreiben bitte", wandte er sich an den Wirt hinter der Theke. „Wenn's läuft wie üblich, sind wir in 'ner Stunde wieder da und nehmen noch einen Absacker auf den Schrecken."

Er stand auf und Martina tat es ihm gleich.

„Sollen wir auch helfen?“, fragte David Diemel.

„Um Gottes Willen“, antwortete Robert Bremer, aber augenzwinkernd.

Ohne weitere Abschiedsworte brachen sie auf. Schon als der erste – Fabian – die Tür aufmachte, kam Martina, die mit Reto sicherheitshalber Abstand hielt und als Letzte den Raum verließ, die meeresfeuchte, senkrecht in die Gaststube wie ein ungebetener Gast hineinwehende Sturmluft entgegen. Die von der Decke hängenden Lampen begannen zu schwanken, irgendwo klimperten Gläser gegeneinander. Wahrlich kein Abend für nächtliche Erkundungsgänge. Sie beeilte sich, die Tür hinter sich zu schließen und folgte den anderen in die nasskalte Dunkelheit Richtung Deich.

„Wer ist das andere Kind, ein Kumpel von diesem Leon?“, erkundigte sich Robert Bremer. Das hätte Martina vor lauter Sorge um ihren Liebling beinahe schon wieder vergessen – die Dame hatte ja von zwei Verschwundenen gesprochen!

„Nein, eher nicht. Sie heißt Jessica.“ Die Frau senkte die Stimme, doch da Martina direkt hinter den beiden lief und der Wind ihr nicht nur Regen, sondern auch den Schall senkrecht um die Ohren blies, verstand sie trotzdem, was sie dem Polizisten zuraunte: „Ein ganz schönes Flittchen.“

„Ah, verstehe. Also hat sie vielleicht den Bengel verführt und sich irgendwo ein Liebesnest gesucht.“

Jetzt konnte Martina nicht anders, als sich einzuschalten. „Das kann ich mir bei Leon nun wirklich nicht vorstellen.“

Der Beamte drehte sich zu ihr und Reto um. „Woher kennen Sie den Jungen überhaupt?“

Er siezte sie wieder, doch noch schwerer wog ein gewisser Argwohn in seiner Stimme – nur kurz nachdem er sie so leidenschaftlich verteidigt hatte. Aber ja vielleicht auch nur, um den frechen Fabian in die Schranken zu weisen.

„Er stromerte allein über die Insel. Reto und er mochten sich sofort. Der Junge tat mir leid, deshalb habe ich ihm erlaubt, ein bisschen mit meinem Hund zu spielen und wir haben uns zwei Mal getroffen und ein bisschen unterhalten, mehr nicht.“

Es ärgerte sie, dass sie wirklich das Gefühl hatte, sich rechtfertigen zu müssen und dass sie, ohne es zu wollen und nahezu automatisch, die besondere Verbindung, die sie schon seit der Überfahrt mit dem einsamen Jungen verband, so heruntergespielt hatte.

Sie dachte an die Dinge, die Leon ihr über das Landschulheim und seine Betreuer anvertraut hatte. Auch der Name Jessica kam ihr bekannt vor, war das nicht das Mädchen gewesen, das einen Spanner in der Dusche bemerkt haben wollte?

Noch war es zu früh, den Polizisten damit zu konfrontieren, aber sollten sie die Kinder nicht schnell finden, dann würde ihr nichts anderes übrig bleiben.

Auch die anderen waren verstummt, es herrschte ein angespanntes Schweigen, bis sie endlich den Wohnwagenplatz des Glatzkopfes erreichten. Bereitwillig und noch immer ohne ein Wort gesagt zu haben, öffnete er die Tür. Der Inselpolizist trat als einziger ein, kam jedoch nach keiner halben Minute wieder heraus.

„Fehlanzeige."

„Soll ich noch mal mit dem Hund reingehen?"

„Nicht nötig. Da drin ist definitiv niemand. Ich befürchte, wir müssen doch die üblichen Unterschlüpfe abklappern."

„Konnte ich mir auch nicht denken, dass sie hier sind. Du schließt doch immer ab, nicht wahr, Schatz?", sagte die Frau und er nickte, als würde das irgendetwas beweisen. Und dann legte sie auch noch den Arm um ihn. Martina war überrascht – sie hätte nicht erwartet, dass ausgerechnet diese für ihr Alter gutaussehende und vor allem herzliche Dame die Gespielin des miesepetrigen, maulfaulen Kerls sein sollte.

„Habe ich doch gleich gesagt, dass die Hundefrau spinnt", keifte Fabian. Niemand ging auf ihn ein, also versuchte er es zur Abwechslung mit einer sachlich gestellten Frage. „Was sollen das für ‚übliche Unterschlüpfe' sein?"

„Meistens verstecken sich die Ausreißer in einer der Scheunen", erklärte die Frau, während sich die Truppe angeführt von Robert Bremer wieder in Bewegung setzte.

„Das ist der Vorteil einer so kleinen Insel: Weit können sie nicht gekommen sein. Hier ist noch nie ein Kind wirklich lang weg gewesen", fügte der Beamte beruhigend hinzu. Anders als Martina und vermutlich auch der unerfahrene, aufbrausende Betreuer schienen sich die Ortskundigen keine großen Sorgen um die verschwundenen Kinder zu machen.

Es gab auf der Insel etwa ein halbes Dutzend solcher Scheunen und ehemaligen Stallungen, die überwiegend nicht mehr für Tiere, sondern für Menschen eingesetzt wurden – als Heuhotels. Zu dieser Jahreszeit waren sie allesamt ge-, aber nur teilweise verschlossen. Zunächst suchten sie die offen stehenden ab – erfolglos. Danach klingelte der Polizist die teils schon schlafenden Bauern aus dem Bett, um sich auch die nicht so einfach zugänglichen Verschläge öffnen zu lassen.

Martina und der Polizist vereinbarten, dass Reto stets als erster seine Runde in den zu durchsuchenden Räumlichkeiten drehte. Fabian bestand jedoch darauf, dass der Rest der Truppe anschließend noch einmal alles durchkämmte, denn obwohl der Hund mittlerweile zu seiner friedfertigen Art zurückgekehrt war und auf Martinas Anweisung sogar den bedrohlich-unfreundlichen Betreuer in Ruhe ließ, zweifelte dieser an seiner Kompetenz.

„Wir vergeuden unsere Zeit. Hier ist niemand, wir sollten weiter."

„Gründlichkeit geht vor Schnelligkeit", sagte Robert Bremer. Und, etwas weniger belehrend: „Keine Sorge, wir finden sie schon. Vielleicht nicht so schnell wie ich gehofft habe, aber früher oder später haben wir hier noch jeden gefunden."

Sich keine Sorgen zu machen, war Martina in diesem Fall aber unmöglich. Anders als bei anderen Suchaktionen fehlte ihr die persönliche Distanz. Zum ersten Mal kannte sie eine der gesuchten Personen. Mit jeder Scheune und jedem Schuppen, den sie ergebnislos ohne eine Spur von Leon oder dem Mädchen wieder verließen, wuchs ihr Unbehagen und das mulmige Gefühl, dass hier etwas nicht stimmen konnte.

„Ich finde, wir sollten mit Reto noch einmal ins Landschulheim. Vielleicht haben die beiden dort irgendeinen Unterschlupf gefunden."

„Unmöglich. Wir haben jeden noch so abgelegenen Winkel zwei- bis dreimal abgesucht und das ganze Haus auf den Kopf gestellt", entgegnete Fabian.

„Wenn wir hier nicht bald fündig werden, machen wir es trotzdem", sagte Robert Bremer – zu Martinas Erleichterung. Ermutigt davon, dass er ihr zugestimmt hatte, ging sie noch einen Schritt weiter.

„Und falls sie nicht in der Meereswoge sind, müssten wir im Anschluss die Wohngebäude durchsuchen. Denn es ist schließlich auch möglich, dass sie sich gar nicht verstecken, sondern von jemandem gegen ihren Willen festgehalten werden."

Robert Bremer wollte gerade etwas erwidern, doch die ältere Dame kam ihm zuvor. „Sie verdächtigen doch nicht ernsthaft uns Neuwerker, Kinder zu entführen?"

„Das ist wirklich absurd. Bislang sind es doch eher gewisse Touristen, die durch völlig unangebrachte Nähe zu einigen meiner Kinder negativ auffallen", ließ Fabian eine weitere Spitze in Richtung Martina fallen.

„Sie sollten nicht von sich und Ihren Betreuern auf andere schließen", giftete sie zurück.

„Was wollen Sie mir damit unterstellen?"

Der Ton zwischen den beiden wurde wieder aggressiver, das konnte auch Reto nicht entgangen sein. Daher ging Martina davon aus, sein plötzlich einsetzendes, aufgeregtes Bellen gälte ihrer Verteidigung. Bis sie merkte, dass er gar nicht mehr an ihrer Seite stand. Obwohl sie noch keinen Suchbefehl erteilt hatte und sie die Scheune gerade erst betreten hatten, wusste er mittlerweile, wie der Hase lief und hatte auf eigene Faust mit dem Erschnüffeln der Örtlichkeiten begonnen. Es war die letzte auf ihrer Route – auf dem Grundstück des Meyerschen Hofes.

„Sieht so aus als könntet ihr aufhören zu streiten. Ich glaube, unser vierbeiniger Kollege hat da hinten gefunden, wonach wir suchen.“

Robert Bremer richtete seine Taschenlampe auf den rückwärtigen Bereich der nur spärlich von zwei Deckenstrahlern beleuchteten Scheune, so dass deutlicher zu sehen war, was dort verstreut im Heu lag: eilig ausgezogene, auf links gedrehte Jeans, ein T-Shirt, ein Knäuel, das sich bei genauerem Hinsehen als ein sehr kurzer Rock entpuppte. Dahinter zwei mit einer Plane abgedeckte Heuballen, vor denen ein nicht mehr bellender, aber freudig mit dem Schwanz wedelnder Reto saß.

„Ihr könnt rauskommen aus eurem Liebesnest, ihr beiden Turteltauben. Das Abenteuer ist vorbei, wir haben euch.“

19

Als erstes kroch die bloß mit Slip, BH und einem nur halb zugeknöpften Jeansjäckchen bekleidete Jessica unter der Plane hervor. Mit gesenktem Blick sah sie auf den Boden, vielleicht vor Scham, vielleicht aber auch nur, weil sie auf der Suche nach ihrem Rock war.

Dann raschelte es erneut, doch die zweite Person schien keinen Wert auf die Begegnung mit der Suchtruppe zu legen und verzichtete deshalb sogar aufs Anziehen. Die Silhouette eines halbnackten Jungen tauchte kurz am hinteren Scheunenrand auf und huschte dann in Richtung Wand, doch Robert Bremer durchkreuzte die Fluchtpläne und stellte sich dem Davonpirschenden geistesgegenwärtig in den Laufweg.

„Sachte, junger Mann, nur keine Eile.“

Wie sich Martina bereits gedacht hatte, war es nicht Leon, sondern ein viel größerer, älterer Junge. Und dennoch war sie überrascht, als sie erkannte, um wen es sich handelte.

„Sieh mal einer an, Kamil Norwid, mein polnischer Freund von heute morgen. Hab ich mir doch gleich gedacht, dass du kein Kind von Traurigkeit bist.“

„Lassen Sie mich los, ich habe nichts getan.“ Zum ersten Mal hörte Martina ihn sprechen. Er hatte einen leichten Akzent, war des Deutschen aber offenbar durchaus mächtig.

„Sieht aber leider nicht danach aus. Mit kleinen Mädchen im Heu rummachen ist kein Kavaliersdelikt."

„Kleines Mädchen? So ein Quatsch, sie ist doch schon siebzehn!"

„Ach ja, das hat sie dir erzählt? Und du hast es geglaubt?"

Jetzt senkte die frühreife Jessica wirklich schamvoll den Blick, obwohl sie ihren Rock inzwischen angezogen und ihre Jacke vollständig zugeknöpft hatte. Martina musste an ihre eigene Tochter denken, wie wenig sie doch über sie wusste und wie sehr sie hoffte, ihre ersten sexuellen Erfahrungen mochten weniger ernüchternd verlaufen sein als das gescheiterte Liebesabenteuer dieses Mädchens.

„Mitkommen, beide. Wir gehen jetzt in mein Dienstzimmer in der Stackmeisterei und nehmen eure Aussagen auf."

So lang konnte Martina unmöglich warten. Auch Fabian und seine Begleiterin machten einen unzufriedenen Eindruck. Einzig der Glatzkopf wirkte noch immer abwesend, so als ginge ihn das alles gar nichts an.

„Was ist mit Leon? Habt ihr ihn gesehen, ist er euch vielleicht gefolgt, hat euch beobachtet?", bestürmte Martina die beiden, wobei sie jedoch in erster Linie das Mädchen ansah, von dem sie sich eher Kooperationsbereitschaft erwartete.

Jessica schüttelte mit dem Kopf. „Was soll mit Leon sein?"

„Er ist verschwunden."

„Er versteckt sich bestimmt vor Justin, diesem Vollidioten."

Robert Bremer ließ den jungen Polen los, der nach seiner Überführung wohl keinen Sinn mehr in einer Flucht sah und stehen blieb. Der Polizist schien einzusehen, dass er für sein Verhör in diesem Notfall wohl aufs Dienstzimmer verzichten musste. „Wo könnte er sich denn verstecken?"

„Keine Ahnung."

„Wer könnte das wissen?"

Während Jessica noch überlegte, was sie darauf antworten sollte, mischte sich Fabian ein: „Wir haben schon alle Kinder befragt, niemand weiß etwas von einem Versteck."

„Mit dir rede ich gar nicht."

Ein freches Lächeln kehrte auf die Lippen des eben noch verschüchtert wirkenden Mädchens zurück. Es schien ihr zu gefallen, dass der Polizist keinen großen Respekt vor dem Junior-Pädagogen zeigte.

„Wir reden auch nicht mit den Betreuern. Die Erwachsenen haben keine Peilung, was bei uns abgeht."

Fabian wollte etwas erwidern, aber Robert Bremer schnitt ihm das Wort ab, pflaumte nun auch Jessica an: „Mit mir solltest du jetzt aber reden, wenn du nicht noch mehr Probleme als ohnehin schon haben willst. Also noch einmal: Wer könnte etwas wissen, hat Leon Freunde?"

„Nein, das ist voll der Einzelgänger. Deswegen ärgern sie ihn ja auch. Er ist irgendwie komisch, immer mit seinen Geschichten, dem Fernglas und dem Detektivkram…"

Der Polizist unternahm noch einen weiteren Anlauf, doch Jessica schien wirklich nicht die leiseste Ahnung zu haben, wo sich Leon aufhielt, also wandte er sich von ihr ab, um mit den anderen mit gedämpfter Stimme das weitere Vorgehen zu besprechen.

„Das war die letzte Scheune. Mehr offensichtliche Verstecke gibt es auf der Insel nicht. Aber vielleicht müssen wir ja tatsächlich nicht so weit in die Ferne. Wir bringen jetzt die Kleine nach Hause, ich schnappe mir diesen Justin und der Hund geht noch mal durch jeden Raum, womöglich steckt er ja doch irgendwo hinterm Schrank oder unterm Bett oder was weiß ich."

„Und was, wenn nicht?", sagte Fabian – und sprach, wer hätte das gedacht, Martina damit aus der Seele.

„Dann sehen wir weiter."

„Sollten wir nicht lieber jetzt schon Verstärkung anfordern? Laut Protokoll ist bei vermissten Kindern höchste Eile in den ersten Stunden…"

„Ich kenne das Protokoll", unterbrach Bremer sie. „Vor allem aber kenne ich die Insel. Bei diesem Wetter und mitten in der Nacht hilft mir auch ein Hubschrauber mit fünf völlig ortsunkundigen Kollegen aus der Stadt wenig."

„Dann müssen es eben mehr sein. Nachtsichtgeräte, Wärmebildkamera, eine ganze Hundestaffel – das große Besteck."

„Das mag auf dem Festland in der Fläche das Richtige sein, aber doch nicht hier. Die Insel ist winzig, er kann nicht weit gekommen sein."

„Und wenn er aufs Wasser raus ist, ins Watt?"

„Bei dem Sturm? Dann können wir eh nichts mehr für ihn tun."

Robert Bremer schien zu erahnen, welche Ängste seine Worte bei Martina ausgelöst hatten, also schob er schnell hinterher: „So blöd wird er schon nicht gewesen sein."

„Es sei denn, jemand hat ihn gezwungen."

„Wer soll so etwas getan haben, dieser Justin?"

„Ein Erwachsener."

Fabian mischte sich erneut ein. „Nun fangen Sie schon wieder mit den Anschuldigungen an! Nennen Sie doch mal Namen, wer soll denn das gewesen sein?"

Sie wollte gerade – endlich – von diesem Bill erzählen, da meldete sich der polnische Stallbursche zu Wort: „Entschuldigung, kann ich jetzt gehen? Mir ist ein bisschen kalt."

Robert Bremer drehte sich ruckartig zu ihm um. „Schade, dass es keine Arrestzelle auf der Insel gibt, sonst hättest du die Nacht dort verbracht. Aber ich weiß ja, wo ich dich finde, und du wirst von mir hören, das verspreche ich dir. Also wenn du nichts beizutragen hast zu der Suche nach dem Jungen, dann verschwinde. Und wehe, wenn ich dich auch nur in der Nähe der Meereswoge oder von einem der Kinder treffen sollte."

Wortlos verließ der inzwischen wieder immerhin mit Jeans und einem ärmellosen Unterhemd bekleidete junge Mann die Scheue, auch der Rest der Gruppe setzte sich langsam wieder in Bewegung. Die ältere Dame hatte ein großes Tuch, das sie zuvor unter ihrer Jacke getragen hatte, um das viel zu dünn angezogene Mädchen gelegt.

Draußen herrschte, passend zu Martinas Gemütszustand, Weltuntergangsstimmung. Der Regen, der in der Scheune noch ein gemütliches Prasseln auf das Wellblechdach gewesen war, peitschte nun mit voller Wucht wie aus Kübeln vom Himmel. Der Wind schien aus mehreren Richtungen gleichzeitig zu kommen und brannte wie Pfefferspray in den Augen. Obwohl sie ein ganzes Stück vom Ufer entfernt waren, tosten die Wellen dermaßen laut, dass man den Eindruck hatte, fast schon im Wasser zu stehen. Unweigerlich gingen alle schneller.

Martina, die eigentlich schon seit Jahren vom Glauben abgefallen war, betete, dass der Junge sich irgendwo in Sicherheit befand. Im Trockenen, an Land.

Aus der Ferne sah sie das Licht des Leuchtturms. Während die Bäume davor sich gefährlich hin- und herbewegten, stand das altehrwürdige Gebäude wie ein Fels in der Brandung. Sie erinnerte sich daran, wie sie ihn an ihrem ersten gemeinsamen Abend auf Neuwerk dort oben gesehen hatte.

„Wir müssen auch auf dem Leuchtturm suchen."

„Der hat doch schon längst geschlossen", sagte die Dame, die samt Jessica neben ihr ging und wohl als einzige ihre Worte verstanden hatte.

„Er hat es schon einmal geschafft, sich abends unbemerkt von euch davonzuschleichen und irgendwie da hoch zu kommen."

Die Frau antwortete nicht, obwohl sie ihre Worte vernommen haben musste, sie liefen schließlich direkt nebeneinander. Martina überlegte, ob sie sich angegriffen fühlte. Ob sie vielleicht, wie alle Erwachsenen aus der Meereswoge, eine Mitverantwortung für Leons Verschwinden trug.

„Sie haben ihn heute Abend doch noch getröstet, das habe ich durchs Fenster gesehen", unternahm sie einen neuen Versuch, mit der Alten ins Gespräch zu kommen. „Hat er Ihnen irgendetwas erzählt? Vielleicht von einem Mann namens Bill?“

Obwohl die nächste Laterne noch ein ganzes Stück entfernt war und sie den Weg zum Landschulheim nahezu im Dunkeln zurücklegten, sah Martina, wie die Frau den Kopf schüttelte. Dafür hatte der Wind offenbar Gesprächsfetzen zu dem vorangehenden Polizisten getragen, denn er drehte sich um.

„Wer ist dieser Bill?“

„Ein Mann mit einem Boot, der Leon angesprochen und sich zunächst als Vogelkundler, dann wohl als so etwas wie ein Geheimagent ausgegeben hat.“

„Und davon erzählen Sie mir erst jetzt?“

Martina musste schlucken, gegen den Kloß in ihrem Hals ankämpfen. „Ich bin mir nicht sicher, ob es den Mann überhaupt gibt. Leon hat eine große Fantasie. Dieser Bill könnte so etwas wie ein imaginärer Freund sein“, sagte Martina laut, gegen den Sturm nahezu anschreiend.

„Davon hat er *mir* aber nie etwas erzählt.“

„Mit dir redet auch keiner, Fabian.“

Martina wandte sich an das freche Mädchen: „Weißt du, wer Bill sein könnte? Vielleicht der Spanner, der euch in den Duschen beobachtet hat?“

Sie liefen jetzt direkt unter einer der Laternen vorbei, so dass Martina gut erkannte, wie sich sämtliche Blicke auf sie richteten. Sogar der ansonsten teilnahmslos wirkende Glatzkopf schien hellhörig geworden zu sein.

„Woher wissen Sie davon?“, fragte Jessica.

„Warum weiß ich nichts davon?“, fragte Fabian.

„Kein Schimmer, wer das war, wir konnten nur seinen Schatten erkennen. Auf jeden Fall ein Erwachsener, von der Größe her. Und wir haben es niemandem erzählt, weil‘s voll peinlich ist.“

„Woher wusste Leon dann davon?“

„Lotta muss sich bei ihm verquatscht haben.“

Der Weg machte eine Biegung und die hell erleuchteten Fenster der Meereswoge tauchten in ihrem Blickwinkel auf.

„Dann haben wir schon zwei da drinnen, die gleich ein Gespräch mit mir gewonnen haben: Justin und Lotta“, fasste Polizeihauptkommissar Bremer zusammen.

„Sollten wir uns nicht erst einmal ganz auf die Suche konzentrieren?“, gab Martina zu bedenken.

„Das wäre der Part von dir und Kommissar Rex. Wenn der Junge noch im Haus ist, werdet ihr ihn schon finden.“ Sein ständiges Wechseln zwischen Du und Sie, zwischen *bad cop* und *good cop*, machte Martina wahnsinnig, obwohl das doch an diesem Abend eigentlich ihr geringstes Problem sein sollte.

Endlich erreichten sie das Landschulheim, doch das erleichternde Gefühl, wieder im Trocknen zu sein, hielt nur kurz an. Mit jedem Raum, den Reto ohne das leiseste Bellen hinter sich ließ, wuchs Martinas Unwohlsein. Das Esszimmer im Erdgeschoss, wo trotz der späten Uhrzeit noch immer alle Kinder mit müden Augen unter der Aufsicht der nicht weniger aufgekratzt wirkenden Betreuer – der Austauschstudentin Maria und dem mitgereistem Vater Herrn Engel – zusammensaßen, die Aufenthaltsräume, die Küche im Keller, die Badezimmer, sämtliche Schlafsäle, ja sogar Abstellkammern und winzige Hohlräume unter den Treppen – nirgendwo eine Spur von Leon.

„Hab ich doch gleich gesagt", keifte Fabian rechthaberisch. „Hier ist er nicht. Lassen wir den Köter lieber mal draußen herumschnüffeln."

Martina entfuhr ein Lacher der Verzweiflung. „Es regnet in Strömen, es ist stockfinster, wir sind viel zu wenige für eine groß angelegte Flächensuche, selbst auf einer so kleinen Insel. Außerdem glaube ich kaum, dass er irgendwo da draußen ist. Wir müssen die Häuser durchsuchen. Irgendjemand hält ihn gegen seinen Willen fest, da bin ich mir inzwischen fast sicher."

Sie waren im Speisesaal zu einer improvisierten Lagebesprechung zusammengekommen. Die anderen Betreuer hatten begonnen, die übermüdeten, aber noch immer aufgedrehten Kinder ins Bett zu bringen.

„Zurück zu den Fakten. Alice und ich haben mit den Kindern gesprochen", sagte Robert Bremer. „Leon hat dem anderen Mädchen, Lotta, auch von diesem Bill erzählt, aber nichts über sein Aussehen oder gar seinen Aufenthaltsort verraten. Und dieser Justin gibt zu, dass er sauer auf Leon war, weil er sich verpfiffen fühlte und dass er ihn gemeinsam mit einem weiteren Jungen namens Serkan bis zu Franks Bungalow verfolgt hat. Dort will er dann von unserem Hund angegriffen und von seinem Frauchen unter Morddrohungen beinahe in die Flucht geschlagen worden sein."

Die Erinnerung an diese Episode ließ Martinas in den letzten Stunden ohnehin schon zu hohen Blutdruck in noch ungesündere Höhen schnellen.

„Ich glaube ihm natürlich kein Wort", schob der Polizist zum Glück sofort hinterher.

„Justin könnte Leon eingesperrt haben", mutmaßte Martina.

„Aber wo? Und wann? In Franks Wagen jedenfalls nicht, das haben wir ja überprüft. Außerdem, das war vor dem Essen – und zum Abendbrot waren beide ja wieder hier", sagte Alice, die Grauhaarige.

„Vielleicht geht es gar nicht nur um ihn. Er hat mir von einem anderen Jungen erzählt, der auch geärgert wurde." Martina dachte angestrengt nach, aber ihr Namensgedächtnis war eine Katastrophe, erst recht, wenn sie angespannt war. „Mir fällt leider nicht mehr ein, wie er hieß. Aber er hatte eine Behinderung."

Fabian gab einen genervten Seufzer von sich. Martina fragte sich, was er nun schon wieder für ein Problem hatte.

„Geht es etwas genauer?"

„Wieso, habt ihr hier mehrere Kinder mit Behinderung?", mischte sich Robert Bremer ein.

„Unser ganzer Verein engagiert sich ausschließlich für Kinder und Jugendliche mit Behinderungen!"

„Leon hat doch kein Handicap. Er wirkte auf mich körperlich wie geistig völlig gesund", wandte Martina ein.

„Es gibt nicht nur körperlich und geistig. Es gibt in unserer heutigen Gesellschaft vor allem soziale Handicaps. All unsere Kinder haben mindestens eine Lernbehinderung bis hin zu gravierenden Persönlichkeits- und Verhaltensstörungen."

Ihr fiel wieder ein, wie Justin und sein Kumpel ihr Opfer beim Wohnwagenplatz gerufen hatten. „Wer wird hier ‚Spasti-Boy' genannt?"

„Ich befürchte, das könnte Leon sein. Er ist sehr intelligent und feinfühlig, aber er hat manchmal schlimme Phasen, da ist er ganz in sich und seine Fantasiewelt versunken, führt Selbstgespräche, benimmt sich seltsam, bohrt geistesabwesend in der Nase oder kleckert herum. Wenn man ihn darauf anspricht, behauptet er, das wäre er nicht gewesen und denkt sich irgendwelche anderen Leute aus. Das haben die anderen natürlich mitbekommen."

Martina sah die ältere Frau unglaubwürdig an. Es kam ihr so vor, als würde diese Alice von einem ganz anderen Jungen sprechen. Das konnte doch nicht der Leon gewesen sein, den sie kennengelernt hatte.

War sie zuvor schon zutiefst besorgt um den niedlichen Jungen gewesen, so überkam sie nun die blanke Panik. Wenn er wirklich unter solchen Dingen litt, wäre es für einen Fremden vermutlich noch leichter als angenommen, ihn und seine lebendige Fantasie zu finsteren Zwecken zu manipulieren.

20

Da niemand eine bessere Idee hatte, hörten sie schließlich auf Martina, auch wenn keiner außer ihr es für wahrscheinlich hielt, dass der Junge ausgerechnet im Leuchtturm Zuflucht gesucht hatte. Außerdem wollten sie die Sportboote im Hafen überprüfen, auch wenn nach den Schilderungen der älteren Dame niemand mehr so recht an die Existenz des ominösen Bill glaubte.

Alice war bei den Kindern geblieben, so dass Martina nun die einzige Frau war. Der Umgangston war entsprechend mittlerweile genauso rau wie das

Wetter und die See.

„Warum sperrt ihr die Kinder nicht einfach nach dem Abendessen ein? Tür zu und fertig, dann hätten wir das ganze Theater hier nicht!"

„Schon mal was von Brandschutz und Fluchtwegen gehört? Mal davon abgesehen ist das ein Landschulheim, kein Knast, Bulle."

„Nenn mich noch einmal Bulle und es setzt was."

„Dein Freund und Helfer wie man ihn kennt und schätzt: der Gewalt stets zugeneigt."

„Und so was wie dich lässt man auf Kinder los!"

„Stopp!"

Völlig überrascht von diesem Ausruf verstummten die beiden Streithähne nicht bloß, sie blieben sogar stehen. Der ältere Mann mit der Halbglatze sprach also doch!

Das schien selbst den ortskundigen Beamten zu überraschen. „Frank, so sabbelig kenn' ich dich ja gar nicht", sagte er.

Ohne weitere Wortmeldungen setzten sie ihren Weg fort, vorbei am Friedhof der Namenlosen weiter hinter dem Deich in Richtung des Leuchtturms.

Auf Höhe der Stelle, von der aus der Wattwanderweg zum Festland abging und zu anderen Zeiten die Wattwagen ankamen, meldete sich Reto mit einem leisen Grunzen zu Wort. Jetzt war es Martina, die abrupt stehen blieb. „Wartet mal. Ich glaube, er hat Witterung aufgenommen."

„Sagtest du nicht, das funktioniert nicht, wenn es so stark regnet?"

Reto schnüffelte über den aufgeweichten Deichboden als wolle er dem zweibeinigen Kollegen das Gegenteil beweisen. Er hatte zwar schon länger keinen konkreten Suchbefehl bekommen und wusste, dass dies keine gewöhnlicher, nach strengen Vorgaben ablaufender Einsatz sein konnte, aber zweifellos war ihm auch klar, dass Frauchen noch immer nach jemandem Ausschau hielt. Der Hund war mindestens genauso bestrebt wie sie, nach dem Fund in der Scheune ein weiteres Erfolgserlebnis vermelden zu können, weshalb er trotz der widrigen Umstände jedem noch so kleinen menschlichen Geruchsfetzen nachging.

Diese Spur war frisch, sonst hätte er sie ignoriert, und er kannte, ja er mochte die Person, zu der sie ihn hoffentlich führte. Dankbar folgte er seinem Instinkt, vergaß dabei sogar, dass der böse Mann, den er aus unerfindlichen Gründen in Ruhe zu lassen hatte, ihm und seinem Frauchen ebenfalls noch immer an den Fersen klemmte.

Er führte die Gruppe ans Ufer. So sehr er sich auch anstrengte, hier endete die Spur. Durch den Sturm schienen die Gezeiten außer Gefecht gesetzt zu sein: Obwohl noch kein Hochwasser herrschte, war das Watt völlig von Wasser bedeckt und schlugen Wellen gegen den Deich.

„Falscher Alarm“, sagte Robert Bremer, halb feststellend, halb fragend, nachdem er mit seiner Taschenlampe den Bereich rings um den betrübt dreinschauenden Reto abgeleuchtet hatte.

„Hier ist definitiv jemand ins Wasser gegangen“, sagte Martina.

„Hier sind schon viele ins Wasser gegangen. Hier geht‘s schließlich zum Festland, wenn ich mich nicht täusche“, bemerkte Fabian in bekannt neunmalkluger Manier.

„Ich meine natürlich vor Kurzem. Bei dem Regen kann es nicht viel länger als eine halbe Stunde her sein, sonst hätte Reto keine Spur mehr gefunden.“ Martinas Stimmte bebte und sie hatte Mühe, laut genug zu sprechen, denn der Lärm des vom Sturm aufgewühlten Meeres war nahezu ohrenbetäubend.

„Das kann ja gar nicht sein, mitten in der Nacht und bei dem Wetter“, behauptete Fabian.

Robert Bremer, der als einziger aus der Truppe nicht bloß eine kleine Leuchte im Telefon, sondern eine vernünftige Taschenlampe besaß, begriff hingegen, was Martinas Worte bedeuteten und setzte das Ableuchten des Ufers fort.

„Wir müssen endlich Verstärkung hinzuziehen, Wasserschutzpolizei und DLRG verständigen!“ Martina war so aufgeregt, dass sie nicht vermeiden konnte, immer schneller und schriller zu sprechen.

„Bei dem Seegang legt kein Rettungsschiff ab.“

Stoisch suchte der Polizist weiter das Ufer und die ersten Meter des Watts ab.

„Es geht um Leben und Tod! Wir müssen es zumindest versuchen! Wenn Leon ins Wattenmeer gegangen ist…“

„Leon ist nie im Leben da rein gegangen“, unterbrach sie der Pädagoge, doch auch seine Stimme war noch aufgeregter als schon den ganzen Abend und verriet, dass es sich eher um Wunschdenken denn um Gewissheit handelte. Dennoch war er bemüht, entschlossen zu klingen und gab wie üblich contra: „Wir verschwenden unsere Zeit, lasst uns zum Leuchtturm!“

Das Licht des Turms, obwohl eher Symbol denn Seezeichen, schimmerte ganz in ihrer Nähe über ihren Köpfen in die finstere, mondlos-bewölkte Sturmnacht hinein und schickte bloß von Zeit zu Zeit einen winzigen Lichtstreifen auf das tosende Wattenmeer. Niemand von den drei so aufgeregt Diskutierenden und eifrig mit ihren Lampen Suchenden nahm es wahr. Nur der wie immer ein wenig hinter den anderen zurückgebliebene Frank achtete darauf.

Als das Leuchtfeuer für einen kurzen Augenblick die Umrisse des kleinen

Körpers zum Vorschein brachte, konnte der ansonsten zumindest in der Gesellschaft Fremder so schweigsame Frank nicht anders, als ein zweites Mal innerhalb so kurzer Zeit einen Laut von sich zu geben. Es war diesmal kein Wort, eher ein stumpfer Schrei.

Martina sah als erstes, was auch der ältere Mann gesehen hatte. Ohne auch nur eine Sekunde zu zögern, sprang sie ins völlig überspülte Watt. Die Wellen schlugen ihr das Wasser bis ins Gesicht, während sie der treibsandartige, schlammige Untergrund wie eine dunkle Kraft zu verschlucken versuchte. Mit fast übermenschlicher Anstrengung machte sie dennoch einen Schritt nach dem anderen, ohne ganz zu versinken. Sie spürte nicht einmal, dass sie ihre Schuhe längst verloren hatte, als sie endlich die nur wenige Meter vom Ufer entfernte Sandbank erreichte, auf der Leons lebloser Körper lag.

Robert Bremer war inzwischen dicht hinter ihr. Er wusste, wie tückisch das Watt bei dieser Witterung sein konnte und dass sie sich selbst in Gefahr brachten, doch auch er dachte nicht darüber nach. Mit einer Hand trug er den erstaunlich schweren, mit Wasser vollgesogenen Körper des Jungen, warf ihn sich wie einen Sack Reis über die Schulter, und mit der anderen half er Martina wieder aus dem Schlick heraus. Trotz des besseren Schuhwerks und der größeren Kraft kostete auch ihn jeder Schritt maximale Mühe. Dankbar nahm er wahr, dass Frank ihm entgegen gewatet kam, die Hände ausgestreckt, um ihm den Jungen abzunehmen.

Einzig der großmäulige Fabian stand regungslos am Ufer und hatte noch keinen einzigen Schritt ins Watt gemacht.

„Leg ihn ab, sofort!“, schrie Martina, kaum dass sie wieder festen Boden unter den Füßen hatte.

Ohne sich auch nur die Mühe zu machen, seinen Puls zu fühlen, begann sie mit dem Versuch, ihn wiederzubeleben. Obwohl sie unter Schock stand, funktionierte sie. Das Adrenalin hatte ungeahnte Kräfte freigesetzt. Auch wenn ihr Kopf sich leer anfühlte, war sie in der Lage, ihr erlerntes Rettungswissen anzuwenden: Herzmuskelmassage, Mund-zu-Mund-Betmung. Immer und immer wieder dieselbe Bewegungsabfolge.

„Wach auf, Leon! Komm schon! Du schaffst es! Bleib bei mir!“

Die Zeit schien stehen geblieben zu sein. Sie wusste nicht, wie oft und wie lang sie es schon probierte, sie wusste nur, sie durfte nicht aufhören. Der Junge durfte nicht sterben. Diesmal musste sie es schaffen.

Robert Bremer zog sie schließlich gewaltsam zur Seite. Reto bellte und winselte abwechselnd, machte aber keine Anstalten, sich mit dem Polizisten anzulegen, als ob er wüsste, dass der Mann sein Frauchen bloß schützen wollte.

„Es hat keinen Zweck! Er ist tot!“

Martina hörte seine Worte, er schrie ihr schließlich direkt ins Ohr, aber sie verstand dennoch nichts. Wollte es nicht verstehen. Sie versuchte, sich aus dem Griff des Polizisten zu lösen, doch er war zu stark. Nur ihren linken Arm konnte sie ein Stück weit befreien, griff damit nach dem erkalteten, aufgeweichten Körper des Jungen und berührte seine rechte Hand, die noch immer zu einer Faust geballt war.

Er hatte gekämpft, dachte sie sich. Mit Sicherheit war er nicht freiwillig ins Wasser gegangen. Egal wie viele imaginäre Freunde es ihm befohlen hatten.

Robert Bremer redete auf sie ein, versuchte, sie zu beruhigen, doch auch sie kämpfte. Gegen Tränen, gegen Wut, gehen die Ohnmacht. Und gegen den Gedanken, dass sie abermals zu spät war. Dass sie eine Mitschuld trug, weil sie ihn nicht hatte beschützen können, obwohl er ihr vertraut hatte.

Und da spürte sie, wie sich Leons Hand öffnete, und für einen Moment keimte die wieder Hoffnung wieder auf. Er lebte doch noch! Sie zog und rüttelte an ihm, rief seinen Namen, aber erhielt keine Reaktion.

„Bitte, du musst dich beruhigen! Wir können nichts mehr für ihn tun! Er ist ertrunken!“

„Aber seine Hand hat sich bewegt!“

„Ein postmortaler Reflex, ausgelöst durch deine Berührung“, sagte Robert Bremer und es klang genauso unglaublich kalt wie wahr. Langsam hörte sie auf zu zappeln und nach Leons Leiche zu greifen, so dass auch der Griff des Polizisten sich endlich lockerte.

Erst da wurde Martina bewusst, dass sie auch etwas in der Hand hatte, etwas kaltes, kleines. Es musste aus Leons Hand stammen, hinausgefallen in ihre, als sie sich geöffnet hatte. Es war ein winziger Stein.

Obwohl sie es in der Dunkelheit unmöglich erkennen konnte, war sie sich zu einhundert Prozent sicher, dass es kein gewöhnlicher war. Sondern ein kleiner Bernstein.

21

Es war Leon, der viel zu früh diese Welt verlassen hatte – doch auch in Martina starb etwas. Ein stechender Schmerz pochte in ihrem Kopf, der so stark und real war, dass sie wirklich glaubte, er würde sie umbringen.

Auf einmal war es tatsächlich so, als würde ihre Seele den Körper verlassen. Sie sah sich selbst von oben, wie sie neben Leons Leiche kauerte, hörte ihr vom Wind verschlucktes Weinen und Schluchzen nur noch wie aus der Ferne. Sie sah, wie Reto sich an sie schmiegte, im vergeblichen Versuch, sie zu trösten. Wie der Polizist aufgeregt in sein Handy sprach. Und wie die beiden anderen Männer, Fabian und Frank, mit fassungslosen, leeren Blicken ins Nichts starrten.

Dann erst fiel ihr Blick auf den Mann, der ein paar Meter entfernt stand, neben einer der Bänke auf dem Deich, am äußersten Rand des Lichtkegels der letzten Laterne, und die Szenerie zu beobachten schien. Sie zwang sich, in ihren von Schmerz und Schock zerfressenen Körper zurückzukehren und nahm ihre ganze Kraft und ihren gesamten Mut zusammen, um aufzustehen und zu ihm zu gehen.

Als er sah, dass sie in seine Richtung ging, lief er davon. Martina beschleunigte ihren Schritt, begann ebenfalls zu rennen. Es war dunkel, sie hatte außer seinem Mantel nichts von ihm erkannt und wusste nicht einmal, ob er noch vor ihr war oder ob er den Weg verlassen, die Richtung gewechselt hatte. Dennoch rannte sie weiter.

Sie gelangte an die Abzweigung, die zum Friedhof führte und blieb stehen. Noch immer war nichts von dem Mann zu sehen und doch sagte ihr ihre Intuition, dass er hier abgebogen war. Sie überquerte die kleine Holzbrücke über dem Graben, der die Gedenkstätte umgab. Das Streiflicht des Leuchtturms erschien ihr hier, trotz der Bäume, plötzlich heller als üblich. Oder war es tatsächlich Mondschein, der trotz des anhaltend schlechten Wetters durch irgendeine Wolkenlücke drang?

Ihr Gefühl hatte sie nicht getäuscht und dennoch fuhr ihr der Schreck in die Glieder, als sie die Umrisse des Mannes mit dem Mantel vor einem der Holzkreuze erkannte. Er schien sie wegen des anhaltenden Regens und Sturms nicht gehört zu haben, dachte wohl, er hätte sie abgehängt und stand regungslos vor dem anonymen Grab.

Sie schlich sich näher heran. Mit jedem Schritt stieg ihr Herzschlag. Er war größer und mit Sicherheit stärker als sie, aber Martina hatte den Überraschungsmoment auf ihrer Seite.

Ihre Finger waren nur noch Millimeter vom Rücken des Mannes entfernt, da erklang hinter ihr ein kräftiger, dumpfer und doch lauter Schlag. Und sofort noch einer. Und danach noch einer.

„Hallo, Frau Martens? Alles in Ordnung, sind Sie wach?"

Sie riss die Augen auf. Das Erste, was sie sah, war die blaue Tapete mit den kleinen Ankern. Dann Reto, wie er sie in freudiger Erwartung schwanzwedelnd ansah.

Wieder das Hämmern, noch lauter.

Es dauerte noch einige Sekundenbruchteile, bis sie begriff, wo sie war und dass jemand an der Tür klopfte.

Ein Albtraum. Alles nur ein Albtraum!

Doch als sie, im Pyjama und ohne sich im Geringsten über ihre völlig entrückte Frisur zu scheren, die Tür öffnete und die Frau sah, die davor stand, da wusste sie es wieder.

Leon war tot. Die Erkenntnis erwischte sie kälter als der eisige Wind, der durch die in den Hof führende Tür in das abgestandene Hotelzimmer strömte.

„KHK Kosslowski, LKA 41, Mordkommission. Sie erinnern sich?"

Jede verdammte Sekunde, an jedes Detail, für immer. Dachte Martina. Doch schaffte es nicht einmal, zu nicken.

„Kann ich reinkommen? Ich hätte noch ein paar Fragen. Und Sie waren heute Nacht bei meiner Ankunft ja leider nicht mehr vernehmungsfähig."

Noch immer hatte Martina kein Wort gesagt und doch stand die Frau schon mitten in ihrem Pensionszimmer. Klein, stoppelige, ergraute Kurzhaarfrisur, stechender Blick durch randlose Brillengläser. Sie sah noch genauso aus wie damals. Reto begrüßte sie prompt auch wie eine alte Freundin. Es gefiel ihr gar nicht, dass die beiden sich so gut verstanden. Aber ihr Hund war nun mal einfach deutlich sozialer als sein Frauchen.

„Was wollen Sie, haben Sie schon etwas herausgefunden?"

„Oh, Sie sprechen ja doch. Ich hatte schon Angst, der Sanitäter hätte ihnen eine Überdosis verabreicht."

Erst jetzt spürte Martina, dass ihr Schädel brummte, ähnlich wie nach einer Narkose. Krampfhaft versuchte sie, sich zu entsinnen, was genau wirklich passiert war, nachdem sie Leon gefunden hatten. Filmriss. Alles was sie spürte waren Trauer und Kopfschmerz und neblige Erinnerungen an schreckliche Dinge, von denen sie noch immer nicht mit Gewissheit sagen konnte, ob sie real oder geträumt waren.

„Hätte nicht gedacht, dass Sie noch als Rettungshundeführerin tätig sind, nach der Geschichte damals."

Martina dachte an den Therapeuten: Verdrängung, Ablenkung, sofort. Obwohl es fraglich war, ob das auch half, wenn das neue Thema mindestens genauso traumatisch war. „Haben Sie herausgefunden, was mit Leon passiert ist?"

„Sein Leichnam dürfte jetzt schon in Eppendorf liegen. Doch man muss kein Forensiker am UKE sein, um zu wissen, dass er ertrunken ist."

„Aber wieso ist er ins Wasser, mitten in der Nacht, bei dem Sturm?"

Kriminalhauptkommissarin Kosslowski zuckte mit den Schultern, mit einer Lässigkeit, die auf Martina beinahe obszön wirkte.

„Der Junge scheint ein bisschen speziell gewesen zu sein."

„Was soll das bedeuten?"

„Sagen Sie es mir. Sie kannten ihn, ich nicht."

Martina konnte dem bohrenden Blick der Polizistin nicht mehr standhalten und sah zur Seite. Da fiel ihr der kleine Bernstein auf, der auf dem Nachttisch lag. Hektisch durchwühlte sie ihre noch immer feuchten, völlig versandeten Anziehsachen vom Vortag, die auf einem Stuhl neben dem Bett lagen. Und tatsächlich, ein zweiter, noch kleinerer Bernstein kam zum Vorschein. Das hatte sie zumindest also nicht geträumt.

„Den hatte er in der Hand, als wir ihn aus dem Wasser gezogen haben."

„Sie haben Gegenstände von einem Leichenfundort entfernt beziehungsweise sogar der Leiche entnommen?"

„Ich… Ich wollte nicht, dass er verloren geht, ich habe ihn bloß gesichert. Er ist ihm aus der Hand gefallen."

Auch wenn es Martina schwer fiel, sich davon zu trennen, reichte sie der Beamtin den Stein, die ihn wenig enthusiastisch zuerst in einen kleinen Plastikbeutel und dann in ihre Handtasche steckte. „Ich glaube kaum, dass wir da noch irgendwelche interessanten Spuren drauf finden, aber nächstes Mal lassen Sie bitte trotzdem alles unverändert, bis wir eintreffen."

Martina versuchte sich zu sammeln, logisch zu denken. „Ich war bei dieser Frau mit dem Bernsteinzimmer am Tag davor und habe ihm gestern erzählt, dass sie die alle im Watt gefunden hat. Er wollte am liebsten sofort los und welche suchen. Ich musste es ihm regelrecht ausreden."

„Verstehe."

Daran hatte Martina ihre Zweifel. „Das kann aber nicht der Grund gewesen sein, warum er nachts ins Wasser gegangen ist. Leon ist… Leon war nicht blöd. Selbst wenn er die Gefahr unterschätzt haben sollte – er wusste, dass er im Dunklen und bei den Wassermengen niemals etwas im Watt finden würde. Jemand muss ihm den Bernstein geschenkt haben."

Frau Kosslowski sah sie abwartend mit unverändert stechendem Blick an. Martina hielt es für möglich, dass sie allein damit schon so manchen Mörder zum Reden gebracht hatte.

„Leon war sehr aufgeweckt, wortgewandt und offen gegenüber Fremden. Ich bin mir sicher, dass ich nicht der einzige erwachsene Mensch bin, mit dem er auf der Insel Kontakt hatte."

„Namen?"

Normalerweise hatte sie kein gutes Namensgedächtnis, aber zumindest den des dreisten Aktmalers würde sie so schnell nicht vergessen: „Der Künstler, zum Beispiel. Wilhelm von Aschendorf."

Sie notierte es sich. Immerhin. „Noch weitere Personen?"

„Er hat immer von diesem Bill erzählt. Angeblich ein Geheimagent, der sich als Vogelkundler tarnt und ihn in seine Ermittlungen einbezieht. Ich weiß, das klingt ausgedacht, aber mittlerweile glaube ich, es könnte diesen Mann doch gegeben haben. Das ist doch eine gängige Taktik von Triebtätern, dass sie sich das Vertrauen der Kinder mit solchen Geschichten erschleichen und dann…"

Martina wollte den Satz nicht zu Ende sprechen, ja nicht einmal zu Ende denken. Die Kommissarin schien ihr ohnehin wenig Gehör zu schenken, denn sie kramte in ihrer Handtasche und holte ein zerfleddertes Taschenbuch hervor.

„Der Kollege Bremer hat mir schon von ihrer Bill-Theorie berichtet. Aber spätestens seitdem ich das hier bei Leons Sachen gefunden habe, weiß ich, dass es den guten Mann definitiv nur im Reich der Fantasie gibt. Genauer: auf der ‚Insel der Abenteuer'. Aus mir heute unerfindlichen Gründen habe ich diesen Blyton-Quatsch als Kind auch verschlungen und erinnere mich sogar noch an die Figur in den Romanen."

„Okay, Leon mag eine große Fantasie gehabt haben, vielleicht auch eingebildete Freunde, aber ich bleibe dabei: Er ist nicht freiwillig und schon gar nicht ohne Grund ins Wasser gegangen. Die anderen haben ihn geärgert. Vielleicht war es also gar kein Unbekannter, der ihn dazu gebracht hat. Sondern dieser Justin und sein Kumpel. Oder einer der Betreuer steckt dahinter. Angeblich soll es einen Spanner im Landschulheim gegeben haben. Hat Ihnen Herr Bremer davon auch schon erzählt?"

„Ja, hat er. Es gibt aber keine Beweise für den Vorfall und vor allem keinen erkennbaren Zusammenhang mit Leons Tod. So wie es insgesamt bislang keinerlei Anzeichen für ein Verbrechen gibt. Wenn überhaupt, sprechen wir hier wohl von Verletzung der Aufsichtspflicht."

„Wie können Sie das jetzt schon sagen? Ermitteln Sie etwa nicht in alle Richtungen?"

Zum ersten Mal meinte Martina ein leichtes Zucken, ein Aufweichen der Härte im Blick der Kommissarin zu erkennen. Sie setzte sich auf den Stuhl, ohne Martinas Klamotten beiseite zu schieben.

„Wollen Sie sich nicht auch mal kurz hinsetzen?"

„Nein, ich will mich nicht hinsetzen. Und Sie sollten hier auch nicht sitzen, sondern Ihre Arbeit machen und denjenigen finden, der für Leons Tod verantwortlich ist!"

Sie hätte erwartet, dass die Kommissarin nach dieser Spitze wieder zu ihrer üblichen Härte zurückkehrte, doch sie täuschte sich.

„Wissen Sie, Frau Martens, ich verstehe das. Es ist normal, dass Sie so denken. Die meisten Menschen reagieren so, wenn jemand eines unnatürlichen Todes stirbt, noch dazu ein Kind. Aber glauben Sie mir, nach zwanzig Jahren bei der Mordkommission weiß ich: Es kann nicht immer einen Verantwortlichen geben. Zu den meisten Tragödien, den meisten Toten gibt es keine Täter. Unfälle passieren, sogar unschuldige Kinder lassen ihr Leben, ohne dass wir jemandem die Schuld daran geben können. Außer vielleicht dem verdammten Schicksal. Genau wie bei unserer ersten Begegnung im Niendorfer Gehege, als…"

„Ich möchte nicht mehr darüber reden. Das hat nichts mit diesem Fall hier zu tun", fiel ihr Martina ins Wort.

„Gut, dann gehe ich mal wieder. Der Schiffs- und Wattwagenverkehr ist witterungsbedingt immer noch eingestellt, aber Sie und der Hund können mit mir und meinen Kollegen im Hubschrauber zurückfliegen. Er ist in einer halben Stunde wieder da, schaffen Sie das?"

„Wir bleiben auf der Insel", entgegnete sie ohne zu zögern. „Anders als Sie sind wir hier noch nicht fertig."

„Womit?"

„Mit dem Urlaub."

Frau Kosslowski schüttelte ungläubig den Kopf.

„Na dann, schönen Urlaub noch." Und als sie schon an der wieder geöffneten Tür stand und der frostige Wind erneut in die noch immer abgestandene Schlafkammer blies, drehte sie sich noch einmal um. „Kollege Bremer wird auch noch ein paar Tage hier bleiben. Ich werde ihn bitten, ein Auge auf Sie zu haben. Und sollte mir zu Ohren kommen, dass Sie sich erneut in meine Ermittlungen einmischen, werde ich persönlich dafür sorgen, dass Sie nie wieder bei einem Sucheinsatz der Polizei dabei sind."

22

Die Entschlossenheit, mit der Martina gerade noch gegen die resolute Kripo-Frau standgehalten hatte, verflog innerhalb von Sekunden. Sie sank innerlich und äußerlich zusammen, ließ sich aufs Bett fallen, kaum dass die Tür wieder zu war, und begann hemmungslos zu weinen.

Als Reto sich anschickte, ihre Hand tröstend abzulenken, zog sie diese weg. Verwirrt und leise winselnd wich er zurück. Sofort tat es ihr leid. „Komm her, Reto, entschuldige. Du kannst nun wirklich nichts dafür. Du hast das sehr gut gemacht, gestern Abend."

Sie versuchte, sich zusammenzureißen. Schon um des Hundes wegen. Und für Leon. Er hatte davon geträumt, Detektiv zu sein und Fälle zu lösen. Nun würde sie sein Geheimnis klären. Das war sie ihm schuldig. Sie würde herausfinden, warum er sterben musste.

Denn natürlich gab es einen Grund dafür, auch wenn die Polizei das nicht zu scheren schien. Und vermutlich gab es auch einen, vielleicht sogar mehrere Schuldige. Sie verdrängte den Gedanken, dass sie dazugehören könnte – und die Suche auch dazu diente, ihr schlechtes Gewissen zu entlasten.

Sie ging ins Bad, nahm eine lange Dusche und zog frische Klamotten an. Sie suchte eine Weile nach ihren Schuhen, bis ihr wieder einfiel, dass sie die ja im Watt verloren hatte. Zum Glück hatte sie noch ein zweites, einigermaßen wetterfestes Paar dabei.

Es war schon neun Uhr und doch noch überhaupt nicht richtig hell. Der Himmel war noch genauso grau wie am Tag zuvor, obwohl der Wind mit aller Kraft über die Insel blies, hatten sich die schwarzen Wolken scheinbar über Neuwerk festgesetzt. Es regnete, wenn auch nur leicht. Ein lautes Knattern kündigte den Abflug des Polizeihelikopters vom Landeplatz beim Leuchtturm an.

Auf dem Hof in der Nähe der Stallung, in der sie ihn gestern in flagranti erwischt hatten, begegneten sie dem jungen Mann, Kamil, der eine Schubkarre mit Brennholz schob. Er sah zunächst sie und dann den Hund finster an. Und obwohl er den viel besseren Grund dazu gehabt hätte, war sie es, die beschämt wegsah. Nicht, weil sie ihn mit dem Mädchen erwischt hatte, sondern weil sie sich allen Ernstes bis vor Kurzem etwas auf das Lächeln dieses Lustmolchs eingebildet hatte.

Als sie den Frühstücksraum betrat, saßen die Diemels an ihrem üblichen Tisch und unterhielten sich gut gelaunt mit Frau Meyer, die ihnen gerade eine frische Kanne Kaffee brachte. Es erschien Martina unwirklich, ja unpassend, dass das Leben hier drin auf dem Gasthof offenbar einfach so weiterging, als wäre nichts passiert. Erst als die drei Notiz von ihr und Reto nahmen, verstummten sie, setzen eine ernste Miene auf.

„Moin, Frau Martens! Frühstücken Sie noch oder reisen Sie gleich ab?“

„Wir bleiben wie geplant bis Ende der Woche“, antwortete sie. Und da sie meinte, eine gewisse Irritation in den Augen der Wirtin zu erkennen, fügte sie noch hinzu: „Wenn es Ihnen recht ist, natürlich nur.“

„Selbstverständlich! Ich bin dankbar für jeden Gast. Wenn das Wetter nicht bald besser wird, muss ich die Speisekarte etwas ausdünnen, aber Vorräte haben wir auf Neuwerk für solche Fälle immer, verhungern werden Sie nicht.“

Obwohl Martina eigentlich nie über schlechten Appetit klagen konnte, war ihr der Gedanke an Essen in diesem Moment zuwider. Sie nickte bloß.

„Hast du etwa auch Flugangst?“, erkundigte sich David.

„Er traut sich nicht in den Hubschrauber. Deshalb bleiben wir auch noch, trotz der ganzen Sache. Alle anderen Touristen haben sie heute am frühen Morgen schon ausgeflogen, sogar die Kinder“, erklärte Felix.

Martina wunderte sich, dass sie nicht einmal den Hubschrauber gehört hatte. Sie musste wirklich tief geschlafen haben.

„Schrecklich, das alles“, resümierte David.

Eigentlich war ihr gar nicht nach der redseligen Gesellschaft der beiden und doch setzte sie sich zu ihnen. Sie hatten zum Glück genug Feingefühl, Martina nicht gleich mit weiteren Fragen zu bestürmen, sonder erkundigten sich zunächst lediglich ganz allgemein nach ihrem Befinden.

„Danke. Es geht schon wieder besser“, sagte sie, auch wenn es sich gelogen anfühlte. „Vermute ich zumindest, denn mir fehlen ein paar Stunden.“

„Willst du darüber reden?“, fragte David.

„Ich kann mich einfach nicht erinnern, was passiert ist, nachdem ich… Sie müssen mir was gegeben haben.“

„Dein Freund der Polizist hat gesagt, du hättest einen Nervenzusammenbruch gehabt. Sie wollten dich schon mit dem Rettungshubschrauber aufs Festland bringen, aber du sollst dich geweigert haben und dann hätten sie dich mit einer Beruhigungsspritze ins Bett gebracht.“

Martinas altbekannter Begleiter – das elendige Schamgefühl – kam zurück. Da starb ein Kind und wer machte den Rettungskräften auch noch zusätzliche Arbeit? Die Rettungshundeführerin!

„Was hat er euch noch erzählt?“

„Nicht viel. Er wirkte ziemlich fertig. Wollte bloß unsere Aussage aufnehmen, ob uns was aufgefallen ist.“

„Und, ist euch was aufgefallen?“

Sie schüttelten synchron mit dem Kopf.

„Er hat uns auch noch mal nach Kamil gefragt“, sagte Felix, mit gesenkter Stimme, obwohl von dem Burschen nichts zu sehen war. „Hat der etwa irgendwas mit der Sache zu tun?“

„Mit Leon wohl nicht. Aber mit dem wieder aufgetauchten Mädchen. Reto hat die beiden in der Scheune hinterm Heu entdeckt“, sagte Martina und konnte dabei nicht vermeiden, dass sich ihre Mundwinkel leicht anhoben. Nicht, weil sie die Erinnerung an die eher befremdliche Szene irgendwie belustigte, sondern weil sie ahnte, welch empörte Reaktionen das bei den beiden Männern hervorrufen würde.

„Das gibt es doch nicht! Die Heten-Schnitte hat einen perversen Frischfleisch-Fetisch!“, echauffierte sich Felix wie erwartet.

David hingen schlug einen anderen Ton an. „Ach was, die Kleine hat ihm bestimmt schöne Augen gemacht und sich als älter ausgegeben als sie ist. Hätte ich in dem Alter bei so einem Typen auch schon gern gemacht. Hab mich bloß nicht getraut“, sagte er.

Felix sah seinen Mann verständnislos an. „Du verteidigst den Kerl immer noch? Er scheint‘s dir ja wirklich angetan zu haben.“

„Quatsch. Ich will nur sagen, Kamil ist doch selber noch ein halbes Kind, ein Teenager. Der Altersunterschied zwischen den beiden dürfte jedenfalls geringer gewesen sein als der zwischen Martina und ihrem Nudisten-Maler.“

Martina war nicht in der Stimmung, um auf die Anspielung einzugehen. Sie musste daran denken, wie sie den Künstler bei der Kommissarin ohne jeden Beweis angeschwärzt hatte. Aber so wenig interessiert wie sie an der Klärung von Leons Todesumstände gewirkt hatte, würde sie dem vermutlich ohnehin nicht nachgehen.

„Ich traue ihm trotzdem nicht über den Weg. Erinnere dich daran, was der Inselpolizist über seine Papiere gesagt hat“, griff Felix das Thema Kamil wieder auf.

„Ich denke und hoffe, dass Robert Bremer jetzt andere Prioritäten als irgendwelche polnischen Papiere hat.“

Die beiden sahen sie abwartend, fragend an, als wäre ihnen tatsächlich nicht ganz klar, wovon sie sprach.

„Ein Kind ist gestorben und der oder die Verantwortlichen laufen frei herum!“, rief sie, fast vorwurfsvoll.

„Aber wenn ich den Polizisten richtig verstanden habe, ist der Junge davongelaufen und im Watt ertrunken“, sagte David.

„Also war es ein tragischer Unfall, aber dafür kann doch niemand etwas“, schlussfolgerte Felix, wobei sich in seine Feststellung schon ein leicht fragender Unterton gemischt hatte.

„Niemand kann wissen, ob er freiwillig ins Wasser ist. Wir wissen aktuell noch nicht einmal, wie und woran genau er gestorben ist. Und schon gar nicht, warum.“

Martina war sauer, doch sie versuchte, es sich nicht mehr anmerken zu lassen. Die beiden konnten schließlich nichts dafür. Es war die Polizei, die hier aus ihrer Sicht fahrlässig früh vollendete Tatsachen schaffte und voreilige Schlüsse verbreitete. Womöglich wollten sie sich komplizierte Ermittlungsarbeit auf dem abgelegenen Eiland ersparen und hatten deshalb auch bereits sämtliche Zeugen und Tatverdächtige aus dem Landschulheim ausgeflogen.

Aber Robert Bremer war noch da. Er war ihre letzte Chance.

„Ich muss jetzt los, mit dem Polizisten reden.“ Hastig und ohne ihr Brötchen angerührt oder ihren Kaffee ausgetrunken zu haben verabschiedete sie sich von den Männern und stand auf.

Die Diemels nickten ihr freundlich zu, doch Martina war klar, dass sich ihr Blick auf sie verändert hatte, sie vielleicht sogar etwas befremdet von ihrem Auftreten waren. Aber das scherte sie nicht. Die Zeit unbefangener Urlaubsbekanntschaften war ohnehin unwiederbringlich vorbei.

23

Martina überlegte, wo der Polizist wohl am ehesten anzutreffen sein mochte. Am wahrscheinlichsten erschien ihr das von ihm angesprochene Dienstzimmer in der Stackmeisterei. In der Kneipe würde er sich zu dieser frühen Stunde ja wohl kaum befinden.

Sie machte sich auf den Weg in Richtung Turmwurt, wo sich das Behördengebäude befand. Wie erwartet war sie außerhalb des Hofes weit und breit der einzige Mensch, der auf der Insel unterwegs war. Vor einem eingeschossigen, mit Efeu überwuchertem Bungalow, noch hinter dem Deich und kurz bevor sie auf den Mittelweg ins Inselinnere abbog, sah sie dann allerdings zu ihrer Überraschung doch noch jemanden: einen Jungen, der mit den Händen in den Hosentaschen und im dickem Pullover, aber ohne Jacke in dem verwilderten Garten zwischen dem Gestrüpp stand und neugierig, aber auch skeptisch in Retos Richtung blickte.

Von Größe, Statur und selbst der Haarfarbe her ähnelte er Leon und für einen winzigen Moment glaubte sie, dass er es war, doch noch bevor sie sich dem Haus näherte und das Gesicht des Jungen sah – anders als das von Leon wirkte es eher tumb – wurde ihr klar, wie absurd dieser Gedanken gewesen war.

„Moin“, sagte sie in seine Richtung, als sie unmittelbar an der Gartentür vorbeiging, doch statt ihren Gruß zu erwidern, kehrte der Junge auf dem Absatz um, rannte zur halboffenen Haustür und verschwand wortlos im Inneren des eingeschossigen Backsteinbaus. Womöglich hatte er nach den gestrigen Vorkommnissen, von denen mittlerweile bestimmt auch der letzte der rund 30 Insulaner Wind bekommen haben dürfte, die strikte Anweisung, das Haus nicht zu verlassen – und sich von Martina ertappt gefühlt.

Sie wusste bereits, dass einige Kinder dauerhaft auf Neuwerk lebten, immerhin gab es hier sogar eine Schule, wenn auch die kleinste Deutschlands. Aber es war das erste Mal, dass sie eines davon bewusst wahrnahm. Vermutlich war sie viel zu fixiert auf Leon gewesen.

Ach wenn er doch bloß auch so ängstlich, so vorsichtig wie dieses Kind gewesen wäre, dachte sie sich.

Dann wanderten ihre Gedanken zu Leons Eltern, vor allem zur Mutter. Die Vorstellung von dem, was sie jetzt durchmachte, ließ ihr ihre eigene Trauer um den Jungen, den sie gerade einmal ein paar Tage gekannt hatte, lächerlich erscheinen.

Das unerwartete Auftauchen eines weiteren Menschen riss sie aus ihren Überlegungen. Ein junger Mann mit Regenjacke, einem umgelegten Fernglas und albernem Safari-Hut kam ihr entgegen. Es dauerte einen Moment, bis sie ihn erkannte. Obwohl ihre letzte Begegnung erst drei Tage her war, kam es ihr vor wie die Erinnerung an ein anderes Leben, als wäre sie schon Wochen oder Monate auf dieser Insel, als würden die Uhren hier wirklich langsamer ticken. Es war der Ranger namens Malte, der sie am ersten Tag gemeinsam mit den nervigen Rentnern durch den Nationalpark geführt und sich mit Reto angelegt hatte. Entsprechend knurrend begrüßte der Hund ihn.

„Was machen Sie denn immer noch hier?"

„Urlaub", sah sie sich zum zweiten Mal an diesem Tag genötigt zu erklären, obwohl sich ihr Aufenthalt seit dem vorherigen Abend nun wirklich nicht mehr so anfühlte.

Weder der Mann noch Martina verspürten große Lust, stehen zu bleiben und die Unterhaltung fortzusetzen, also gingen sie schnell aneinander vorbei.

Schließlich erreichte sie das schmucklose, zweckmäßige Gebäude der für Neuwerk als Elbmündungsgebiet zuständigen Hafenbehörde, in der sie auch den Polizisten vermutete. Die Tür war verschlossen, also klingelte sie. Und als nach einer halben Minute noch immer kein Lebenszeichen aus dem Inneren des Gebäudes drang, klingelte sie erneut und anhaltend.

Nach dem dritten Klingeln hörte sie endlich Schritte und erkannte Umrisse hinter der milchverglasten Tür. Es war Robert Bremer persönlich, der ihr schließlich öffnete. Er hatte zwar seine Uniform an – oder zumindest Teile von ihr, denn eigentlich waren es nur ein weißes Hemd und eine dunkelblaue Hose – sah aber im Gegensatz zu gestern Abend in Zivil am Tresen deutlich benommener und verbrauchter aus.

„Störe ich?"

„Bis auf die Tatsache, dass ich gerade zum ersten Mal seit vierundzwanzig Stunden ein Auge zugetan habe – nein."

Auf den Gedanken, dass er sich nach dieser furchtbaren Nacht schlafen gelegt haben könnte, war Martina zuvor nicht gekommen.

„Tut mir leid. Auch wegen gestern", sagte sie schuldbewusst. „Soll ich später wiederkommen?"

„Na jetzt bin ich wach. Kommen Sie rein. Hunde sind hier eigentlich nicht erlaubt, aber es ist eh gerade keiner da, der sich daran stören könnte."

Sie gingen einen langen, gefliesten Flur entlang an zwei offen stehenden Türen in karge, unbesetzte Büros. Eine dritte mit der Aufschrift ‚Werkstatt' war geschlossen. Die vierte Tür führte in ein winziges Zimmer, eine Art Teeküche mit Waschbecken, Kühlschrank und Camping-Kochplatte. Dazu ein Plastik-Klappstuhl, ein winziger Tisch, mehrere Spinde – und ein Feldbett.

„Ich weiß, meine Rumpelkammer ist nicht gerade das Ritz-Carlton. Möchten Sie trotzdem einen Kaffee?"

Sie schüttelte den Kopf. Er machte sich dennoch an der kleinen, verdreckt-verkalkt aussehenden Maschine auf dem Kühlschrank zu schaffen.

„Setzen sie sich. Geht es Ihnen besser?"

Sie setzte sich auf den Plastikstuhl, während die Kaffeemaschine anfing, gurrend-pfeifende Geräusche zu machen. Robert Bremer sah ihr dabei zu, Martina den Rücken zugewandt. Reto legte sich auf den letzten freien Platz im Raum vor ihre Füße.

„Sie glauben also auch, dass es ein Unfall war?"

„Nach Mord sah es jedenfalls nicht aus."

„Was machen Sie dann noch hier?"

„Was ein Polizist immer machen sollte: die Stellung halten in stürmischen Zeiten."

Sie konnte sein Gesicht nicht sehen, aber sie war sich dennoch sicher, dass er wieder sein selbstbewusstes Lächeln aufgelegt hatte, was sie eigentlich sofort an ihm gemocht hatte, ihr aber in dieser Situation unpassend erschien.

„Okay, vielleicht kein Mord, aber es gibt ja auch noch fahrlässige Tötung. Oder Körperverletzung mit Todesfolge. Oder zumindest unterlassene Hilfeleistung. Von Verletzung der Aufsichtspflicht ganz zu schweigen."

„Sind Sie jetzt unter die Juristinnen gegangen?"

Die Maschine war winzig, aber er hatte offenbar so viel Pulver genommen, dass die braune Brühe noch immer nicht ganz durchgelaufen war. Wenigstens verbreitete sich langsam ein angenehmer, kräftiger Kaffeeduft in der abgestandenen Kammer.

„Ich will nur wissen, was gestern passiert ist. Und vor allem, warum es passiert ist."

„Ob Sie es mir glauben oder nicht: Das würde ich auch gern wissen. Aber dafür ist Ihre Bekannte zuständig, diese Kripo-Kollegin."

„Die Neuwerk bereits wieder verlassen hat."

Endlich war der Kaffee fertig. Er goss ihn sich in einen Becher mit der Aufschrift ‚Großstadtrevier' und dem ausgeblichenen Konterfei Jan Fedders ein.

„Gehen wir rüber in mein Dienstzimmer, da haben wir beide einen Stuhl."

Martina und Reto folgten ihm in eines der beiden Büros. Neben den zwei angekündigten Stühle befand sich kaum noch etwas darin. Ein Schreibtisch, auf dem nicht einmal ein Computer stand. Und ein Kleiderhaken, an dem der Rest seiner Uniform hing: die dunkelblaue Jacke mit drei weißen Sternen an der Schulterklappe und die Mütze mit dem Hamburger Wappen im Polizeistern. An den Wänden waren ein paar alte, verblichene Poster von Neuwerk angebracht.

„Sie muss schließlich die Angehörigen informieren, den Leichnam freigeben, den Bericht für die Staatsanwaltschaft schreiben, diesen ganzen Mist. Das geht nicht von Neuwerk aus, Sie sehen ja, wie wir hier ausgestattet sind. Sollte die Obduktion Ihre Theorie einer möglichen Fremdeinwirkung tatsächlich doch noch bestätigen, können Sie aber Gift drauf nehmen, dass sie zurückkommt. Und mit ihr eine Horde weiterer Kollegen, die die ganze Insel auf den Kopf stellt."

Es klang nicht gerade so, als wäre das in den Augen des Neuwerk-Polizisten ein wünschenswertes Szenario.

„Und bis dahin sollen wir abwarten und Kaffee trinken?"

„Haben Sie einen besseren Vorschlag?"

Immerhin hielt er ihr, anders als Frau Kosslowski, keine Vorträge, dass sie sich aus allem herauszuhalten hatte, sondern bat sie sogar um ihre Meinung. Auch wenn Martina ziemlich sicher war, dass er nicht derselben sein würde.

„Mit den Neuwerkern reden. Vielleicht hat irgendwer Leon ja vor seinem Tod noch gesehen oder eine andere hilfreiche Beobachtung gemacht. Ganz nebenbei könnte man Alibis einholen und überprüfen. Zumindest von denjenigen, die noch hier sind. In der Meereswoge ist ja leider keiner mehr, den man befragen könnte."

„Das stimmt nicht ganz. Dieser Fabian ist noch da, hat die Begleitung der Kinder bei der Evakuierung seinen Hiwis aufs Auge gedrückt. Er sagt, er will Alice und Frank jetzt nicht allein lassen und ihnen helfen, das Haus wieder herzurichten. Es gab wohl in der Nacht noch ein paar Sturmschäden. Aber wenn Sie mich fragen, dann ist er bloß zu feige, sich der Mutter zu stellen, die ihren Jungen verloren hat, und zögert seine Abreise deswegen hinaus."

Martina sagte nichts, denn sie wartete ja schließlich noch auf eine Antwort zu ihrem Vorschlag. Der Polizist merkte es, leerte seinen Kaffeebecher in einem Zug und stellte ihn schwungvoll vor sich auf dem Tisch ab.

„Also, wenn Sie mögen, gehen wir da jetzt zusammen hin und sprechen noch mal mit ihm in Ruhe über alles, was gestern passiert ist."

Es klang eher wie der Vorschlag einer therapeutischen Maßnahme denn wie ein ernsthafter Ermittlungsansatz. Dennoch willigte Martina sofort ein. Alles war besser als untätig herumzusitzen, selbst ein Treffen mit dem bescheuerten Pädagogen. Auch wenn Reto das vermutlich anders sah.

24

Auf dem Weg ins Landschulheim stellte Robert Bremer dann doch noch die Frage, von der Martina gehofft hatte, sie würde nicht kommen: „Woher kennen Sie sich eigentlich, Sie und die Kosslowski?"

„Von einem Sucheinsatz vor fast zwei Jahren im Niendorfer Gehege."

„Offenbar leider mit tödlichem Ausgang, wenn das LKA 41 ins Spiel kam."

Sie hatte nicht die geringste Lust, in dieser alten, längst nicht verheilten Wunde herumzuschürfen. Aber sie wollte auch nicht, dass der Polizist glaubte, sie würde ihm nichts anvertrauen oder sie gar für labil hielt – und er sie womöglich doch noch von seinen Nachforschungen zu Leons Tod ausschloss. Also überwand sie sich und erzählte eine entschärfte Kurzversion des traumatischen Vorfalls.

„Der Junge war kaum älter als Leon, dreizehn. Er hat sich an einem Baum erhängt. Laut Gerichtsmedizin keine fünf Minuten, bevor Reto ihn gefunden und ich ihn aus der Schlinge befreit habe. Fünf Minuten früher und er hätte noch Leben können."

„Scheiße. Das ist hart. Suizid ist immer hart. Hatte ich auch schon. Aber verdammt noch mal doch kein Kind! In bald 25 Dienstjahren hatte ich noch nie ein totes Kind. Bis gestern."

Er war der Erste, dem sie davon erzählte und der nicht glaubte, ihr staatstragend, unaufgefordert und unmittelbar-reflexhaft mitteilen zu müssen, dass sie daran keine Schuld traf. Sie war ihm sehr dankbar dafür. Und trotzdem bemüht, das Thema zu wechseln.

„Haben Sie Kinder?"

„Ja, einen Sohn. Aus dem Gröbsten raus. Er ist siebzehn, sehr vernünftig, unser Tom. Bald macht er sein Abi. Und Sie?"

„Eine Tochter, drei Jahre älter als Ihr Sohn. Anna. Ein tolles, intelligentes Mädchen. Sie studiert Medizin, aber in Göttingen. Gleich nach der Schule ist sie ausgezogen, seitdem sehen wir uns nur noch an hohen Feiertagen. Wenn überhaupt."

Hier hätte sie sich durchaus die übliche Reaktion gewünscht, nämlich die Nachfrage, wie früh sie denn ihr Kind bekommen hatte, wenn sie schon so eine große Tochter hatte, doch leider fiel es den Leuten in letzter Zeit immer seltener auf, was für eine verhältniswidrig junge Mutter sie einmal gewesen war.

„Ja ja, so läuft das", kommentierte er bloß. Damit schien das private Gespräch für Bremer beendet zu sein. Martina traute sich nicht, weitere Fragen zu stellen und so liefen sie den Rest des Weges bis zur Meereswoge schweigend nebeneinander durch den Nieselregen und lauschten dem Wind und den Vögeln. Wenn nicht so schreckliche Dinge passiert wären, hätte sie sogar Gefallen daran gefunden.

Als sie sich dem Gebäude näherten, suchte Martina die Fassade des ehemaligen Kurhotels mit den Augen nach Sturmschäden ab, entdeckte aber keine. Alles sah genauso aus wie immer. So wie überhaupt das Leben, der Lauf der Dinge an diesem Ort auf unerträglich gleichgültige Weise weiterliefen, obwohl doch gerade ein Kind auf grausamste Art von dieser Erde verschwunden war.

Während Martina nach dem Eintreten durch die wie üblich nicht verschlossene Haustür vor allem der altbekannte Putzmittelgeruch entgegenschlug, schien Reto noch etwas anderes zu erschnüffeln, was ihm gar nicht gefiel: seinen Inselrivalen Nummer eins. Die Abneigung war mittlerweile so groß, dass er von seinem Frauchen regelrecht genötigt werden musste, weiterzugehen.

„Du weißt doch, er tut mir nichts. Und dir auch nicht. Nun komm schon, Reto."

Sie erwartete, ihn irgendwo im Haus wichtigtuerisch herumwerkelnd anzutreffen und mit einem blöden Spruch begrüßt zu werden, doch da täuschte sie sich. Sie fanden ihn im kleinen Arbeitszimmer im Erdgeschoss, wo er mit dem Kopf auf der Tischplatte lag und diesen nicht einmal hob, als die beiden eintraten.

„Was wollen Sie denn noch von mir?", sagte er, ohne seine Besucher anzusehen.

Seine Stimme klang ganz anders als am Vortag – weicher, weinerlicher.

„Wir wollen über gestern reden. Die Zeit vor Leons Verschwinden noch einmal rekonstruieren. Vielleicht hilft uns das, besser zu verstehen, was passiert ist", erklärte der Polizist.

„Was soll das bringen? Er ist tot. Tot. Tot!"

Jetzt klang er nicht nur weinerlich, jetzt weinte er wirklich, aber nicht still und leise, sondern laut jammernd und schniefend.

„Reiß dich zusammen, Junge. Nimm dir ein Beispiel an Frau Martens. Die hat ihn gestern gefunden und rausgezogen, während du nur am Ufer rumgestanden bist. Sie hatte einen Zusammenbruch und steht jetzt trotzdem schon wieder hier."

Martina spürte, wie ihre Knie beim Gedanken an die geschilderten Ereignisse vom Vortag gleich wieder weicher wurden, ließ sich aber nichts anmerken, froh über seine anerkennenden Worte.

„Ich werde diesen Job kündigen, mein ganzes Studium aufgeben müssen. Nie wieder werde ich nach dieser Sache mit Kindern arbeiten können."

Endlich hob er den Kopf etwas, aber er sah weiterhin weder den Polizisten noch Martina an – und zum Glück auch nicht den in einigem Abstand im Türrahmen kritisch ausharrenden Reto.

„Es geht hier nicht um dich und dein Selbstmitleid", erwiderte Robert Bremer barsch. „Es geht um Leon und wie das passieren konnte."

„Das hab ich doch schon alles zigmal der Kripo-Tante erklärt. Ich weiß es nicht. Ich weiß es doch wirklich nicht! Wenn ich gewusst hätte, dass... Aber das konnte ich doch nicht wissen!"

„Was?", sagten Martina und der Polizist nahezu zeitgleich wie aus einem Mund.

„Na, dass er ins Watt geht natürlich, nachts, bei dem Wetter!"

„Ich meine, was hättest du getan, wenn du es gewusst hättest?", präzisierte der Polizist.

„Ihn nicht aus den Augen gelassen! Es verhindert! Ihn gerettet!"

„Wann genau ist Ihnen sein Fehlen aufgefallen? Und wann haben Sie ihn zum letzten Mal gesehen?", versuchte Martina, das Gespräch voranzubringen.

„Um kurz vor neun, als wir begonnen haben, die Kinder ins Bett zu schicken und er und Jessica nirgendwo aufzufinden waren. Und das letzte Mal gesehen, das dürfte kurz nach Ihrem Auftritt hier gewesen sein, also beim Abendbrot zwischen sechs und halb sieben. Danach ist ja Zeit zur freien Verfügung, da verteilen sich die Kinder im ganzen Haus. Ein paar waren im Hobbykeller zum Pingpong oder Tischkickern, andere im Lesezimmer oder im Speisesaal, einige schon auf die Zimmer gegangen..."

„Und wo warst du in der Zwischenzeit?"

„Mal hier, mal da."

„Geht's etwas genauer?", hakte Bremer nach.

Was nun folgte, wirkte auf Martina im Vergleich zu den eher unpräzisen und knappen vorherigen Angaben des jungen Pädagogen erstaunlich ausführlich und konkret, ja beinahe einstudiert oder zumindest so, als habe er es tatsächlich schon des öfteren erzählt: „Ich habe zuerst Alice mit dem Abräumen und in der Küche geholfen, bis sie um halb acht Feierabend gemacht hat und nach Hause ist. Dann bin ich kurz nebenan in den Hobbykeller, weil es da ziemlich laut war, und habe Justin und Serkan mal wieder ein bisschen bändigen müssen. Anschließend habe ich den Rest der Zeit bis zum Zubettbringen im Lesezimmer verbracht und gemeinsam mit Lotta, Elif, Sara sowie meiner Kollegin Maria Monopoly gespielt. Zwischendurch kamen manchmal Kinder, die etwas wollten, aber Leon war nicht dabei und insgesamt war es recht ruhig, ich habe nichts mehr von irgendwelchen Streitigkeiten oder Problemen geschweige denn davon, dass jemand abgehauen ist, mitbekommen."

Martina fiel wieder ein, was Jessica über die Betreuer gesagt hatte, nachdem sie in der Scheune von Reto erwischt wurde: ‚Die Erwachsenen haben keine Ahnung, was bei uns abgeht.' Aus dem Mund eines Teenagers war dieser Satz zweifellos eine allgemeingültige Wahrheit. Und doch wurde sie das Gefühl nicht los, dass dieser Fabian vielleicht nicht unbedingt etwas gewusst, aber doch zumindest geahnt hatte. Dass ihn anders als sie nicht nur ein diffuses schlechtes Gewissen quälte, sondern er sich einen ganz konkreten Vorwurf machte.

„Als ich hier war, wirkte Leon verstört, apathisch."

„Kein Wunder, bei Ihrem Auftritt", sagte er, aber im Vergleich zum Vortag klang es eher reflexhaft denn wirklich vorwurfsvoll. Er sah ihr immer noch nicht ins Gesicht, sondern fixierte einen unbestimmten Punkt an der Wand. Immerhin hatte er aufgehört zu weinen.

„Er schien mich aber gar nicht wahrzunehmen. Später sah ich von außen durchs Fenster, wie er von Ihrer Kollegin Alice getröstet wurde. Haben Sie davon auch nichts mitbekommen?"

„Doch, natürlich. Sie hatte den besten Draht zu ihm. Auch deswegen hab ich mich ja nicht mehr groß um Leon gekümmert, weil ich wusste, sie kümmert sich um ihn genauso wie…"

Er beendete den Satz nicht, sah auf einmal Robert Bremer an.

„Genauso wie *was*?", fragte der Polizist, genervt.

„…wie eine Mutter."

„Na, geht doch, mit den ganzen Sätzen."

Nach diesem seltsamen Dialog kehrte für einen Moment Schweigen ein, das Martina schließlich brach.

„Wir sollten noch mal mit dieser Alice reden. Sie muss doch wissen, was mit Leon passiert ist, warum er so komisch war. Ich bin mir außerdem immer noch ziemlich sicher, dass er sich kurz vor dem Abendessen im Wohnwagen ihres Partners versteckt hatte."

„Frank? Das ist doch nicht ihr Partner. Frank ist Alices Sohn", sah sich Robert Bremer veranlasst, klarzustellen. „Ich glaube kaum, dass er jemals eine Frau hatte. Der Kerl ist selbst für Neuwerker Verhältnisse ein ziemlicher Einsiedler."

Martina war verdutzt. Nicht nur, weil sie den Mann irrtümlich im etwa gleichen Alter wie seine Mutter verordnet hatte. Sondern auch, weil sie sich an ihre erste Beobachtung im Wohnwagen erinnerte und nun wieder völlig offen war, mit wem der wenig attraktive, seltsam schweigsame Glatzkopf Sex gehabt hatte.

Was, wenn er ähnlich wie Kamil Norwid den Reizen eines Teenagers erlegen war? Nur dass in seinem Fall der Akt wohl kaum einvernehmlich abgelaufen sein durfte…

Sie dachte daran, wie sie den Alten von hinten durchs Fenster des Wohnwagens beobachtet hatte, wie er sich rhythmisch vor und zurück bewegt und laut dabei gestöhnt hatte. Vielleicht waren die schrillen Schreie, die sie daneben noch vernommen hatte, gar keine lustvollen Geräusche einer Frau. Sondern die verzweifelten Laute eines missbrauchten Kindes. Vielleicht hatte sie deshalb die zweite Person nicht gesehen. Weil sie viel zu klein gewesen war.

Wieder hatte Martina das Gefühl, versagt zu haben.

25

Kaum hatten sie die Meereswoge verlassen, erzählte Martina dem Polizisten, was sie im Wohnwagen gesehen hatte und konfrontierte ihn mit ihrem schrecklichen Verdacht. Wie erwartet, nahm er Frank in Schutz.

„Aber sind es nicht meistens am Ende diejenigen, bei denen man es sich am wenigsten vorstellen kann? Und ja, ich bin mir ganz sicher, dass er sich nicht bloß mit sich selbst beschäftigt hat. Sein ganzer Körper war in Bewegung. Und die Stimme war schrill, definitiv nicht von ihm, sondern von einer Frau oder einem Kind."

„Er hat einen Fernseher da drin. Und bestimmt auch ein paar Pornos auf DVD."

Martina schwieg, denn diese Möglichkeit hatte sie in der Tat noch nicht bedacht. Doch je länger sie darüber nachdachte, umso sicherer war sie sich, dass die Schreie und das Stöhnen in ihrer Erinnerung so laut und lebensecht gewesen waren, dass sie nicht aus einem kleinen TV-Lautsprecher stammen konnten. Aber hatte sie nicht zunächst auch fest daran geglaubt, es wäre die Lust einer Frau gewesen – und war sich nun nahezu sicher, es hätte sich eher wie die Not eines Kindes angehört?

Erinnerungen waren trügerisch, das wusste sie nicht erst, seitdem sie sich in psychotherapeutischer Behandlung befand. Doch an irgendetwas musste man sich ja klammern. Und mit diesem Frank, da konnte Robert Bremer ihn für noch so harmlos halten, stimmte definitiv etwas nicht.

„Wir können das Thema ja mal ganz vorsichtig bei seiner Mutter anschneiden, also ohne gleich mit der Tür ins Haus zu fallen natürlich", schlug sie vor. „Womöglich hat sie ja doch mal etwas Auffälliges bei ihrem Sohn beobachtet."

„Vorsichtig anschneiden? So wie ich Sie bis jetzt kennengelernt habe, klingt das eher nicht nach Ihnen", erwiderte Robert Bremer mit einem verschmitzten Grinsen.

Martina lachte verlegen, doch dem Polizisten schien es ernst zu sein. „Wir sollten die arme Alice jetzt erst einmal in Ruhe lassen. Wahrscheinlich versucht sie, etwas zu schlafen. Und um ehrlich zu sein, würde ich mich gern auch noch ein bis zwei Stunden aufs Ohr legen. Vielleicht können wir sie später treffen."

Vergeblich versuchte sie, ihn noch umzustimmen, aber sein Entschluss schien festzustehen. Demonstrativ gähnend verabschiedete er sich von ihr, wimmelte sie nun doch regelrecht ab.

Wie der Polizist in einer solchen Lage an Schlaf denken konnte, war ihr ein Rätsel. Und es lag nicht daran, dass sie anders als er durchaus einen Großteil der Nacht im Bett verbracht hatte. Nach dem medikamentös herbeigeführten Beinahe-Koma war sie alles andere als erholt und spürte ebenfalls eine tiefe Müdigkeit. Aber sie war fest entschlossen, sich keine Rast zu gestatten, so lang sie nicht alles in ihrer Macht stehende versucht hatte, um die Umstände von Leons Tod zu klären.

Martina überlegte, ob sie sich allein auf den Weg zu dieser Alice machen sollte. Sie wusste zwar gar nicht, wo sie wohnte, aber es gab auf der Insel ja keine zwei Dutzend Häuser und sie schreckte auch nicht davor zurück, bei jedem einzelnen davon zu klingeln. Irgendwann würde sie ohnehin mit jedem Neuwerker reden müssen. Allerdings war ihr bewusst, dass man ihr als Touristin weniger anvertrauen würde, als wenn sie in Begleitung des allseits bekannten und von den meisten wohl auch respektierten Inselpolizisten auftrat. Und Robert Bremer hatte sie zwar vorerst vertröstet, aber ihr und vor allem weiteren Ermittlungen anders als Frau Kosslowski immerhin nicht gänzlich eine Absage erteilt.

Die Person, der Martina am ehesten zutraute, etwas mit Leons Tod zu tun zu haben, würde allerdings weder mit ihr noch mit der Polizei reden, sondern vermutlich aus gutem Grund weiterhin den großen Schweiger geben.

Dennoch beschloss sie, Frank einen weiteren Besuch abzustatten. Sollte er ruhig wissen, dass sie ihn im Auge hatte, ihm nicht traute, sein dunkles Geheimnis zumindest erahnte. Angst vor ihm hatte sie seltsamerweise trotz ihres Verdachtes nicht, glaubte sie doch, dass er viel zu feige war, um es mit Erwachsenen aufzunehmen und sich stattdessen lieber an wehrlosen Kindern ausließ.

Sie lief den altbekannten Weg vorbei an der Deponie und der Kläranlage zu dem schrottplatzartigen Brachgrundstück, auf dem sein Wohnwagen stand. Der Sturm hatte den Unrat – Plastikplanen, leere Farbeimer, vom Regen völlig aufgeweichte Kartons – auf dem gesamten Gelände verteilt. Ein wahrer Schandfleck auf der ansonsten so beschaulichen, naturbelassenen Nationalpark-Insel. Wieso war der Polizist bloß so nachsichtig diesem Typen gegenüber? Schon für diese Umweltsünden hätte er ihrer Meinung nach eine saftige Strafe verdient.

Sie klopfte an der Wohnwagentür. Am Tag wirkte das Fahrzeug noch heruntergekommener. Es war übersät mit Rostflecken und Beulen. Wie konnte man bloß hier wohnen? Warum lebte er nicht bei seiner Mutter? Sie würde es jedenfalls niemals zulassen, dass ihr Kind in einer solchen Notunterkunft hauste. Vielleicht ahnte diese Alice, wozu er im Stande war oder was für Neigungen ihn plagten, und hatte es mit ihm nicht mehr ausgehalten.

Niemand öffnete. Sie erteilte Reto einen Suchbefehl, um Gewissheit zu haben, ob Frank wirklich nicht zu Hause war oder bloß keinen Besuch empfangen wollte. Auch wenn der Hund das Grundstück nicht gerade in bester Erinnerung hatte – der wahnsinnige Justin hatte ihn hier mit Steinen beworfen – war er froh darüber, zum ersten Mal an diesem Tag gefordert zu werden, und machte sich sofort an die Arbeit, umkreiste den Wohnwagen einmal vollständig. Anders als beim letzten Mal fand er aber keinerlei frische Spuren, die auf die Anwesenheit eines Menschen hindeuteten.

Nur zu gern hätte Martina die Gelegenheit genutzt, sich in Ruhe im Inneren nach Spuren umzusehen und Beweise dafür zu finden, dass Leon hier gewesen war, vielleicht sogar gegen seinen Willen. Aber die Tür war abgeschlossen und trotz des desolaten Zustands des Wagens noch so stabil, dass auch kräftiges Rütteln und Ziehen daran nichts änderte.

Sie wandte sich stattdessen dem Fenster zu. Die Vorhänge waren diesmal wieder offen, doch im Inneren des Wagens war es dunkel. Sie musste ihr Gesicht gegen die nasse, dreckige Scheibe pressen, um überhaupt etwas zu erkennen.

Es war kein schöner Anblick. In der gepolsterten Sitzecke stapelte sich die schmutzige Wäsche. Auf dem Tisch lag ein Teller mit Essensresten. Das Regal dahinter platzte aus allen Nähten, war vollgestopft mit allerlei Unrat: leere Keksdosen, ausgeblichene Illustrierte, vergilbte Postkarten, undefinierbarer Plastikmüll.

Von Pornos keine Spur. Aber sie sah ja aus dieser Perspektive nicht einmal einen Fernseher. Dafür entdeckte sie ganz unten im Regal tatsächlich ein paar Bücher, etwa zehn Stück. Erstaunt nahm sie zur Kenntnis, dass es allesamt Kinderbücher waren. Keine Krimi-Abenteuer, wie Leon sie gelesen hatte, sondern Tiergeschichten und Fußballromane. Sie wirkten relativ neu, waren auf jeden Fall zu modern, um Überbleibsel aus Franks eigener Kindheit zu sein.

Natürlich war das noch kein Beweis für ihre Theorie. Aber immerhin ein Indiz dafür, dass der Mann womöglich wirklich Kinder in seinen Wohnwagen lockte. Selbst der sich dem seltsamen Kerl gegenüber so verständnisvoll gebende Polizeihauptkommissar Bremer würde das doch wohl hoffentlich einsehen.

„Komm Reto, wir gehen. Ich befürchte, wir müssen unseren Freund schon wieder wecken."

Auf dem Weg zurück zur Stackmeisterei durchs Inselinnere sah sie abermals schon von Weitem, wie jemand auf sie zukam. Da waren doch nur noch so wenige Menschen auf der Insel und trotzdem begegnete man ständig jemandem, dachte sie sich. Obwohl er immer näher kam, dauerte es eine Weile, bis sie den korpulenten Mann im knallgelben Friesennerz samt Kapuze erkannte: Es war David Diemel, der kleinere, stämmigere der beiden Ehemänner. Ein durchaus ungewohnter Anblick, die Jungs mal nicht im Doppelpack zu sehen.

„Was machst du denn hier, ganz allein?", rief sie ihm zu.

„Ich drehe noch eine Extra-Runde, muss mal was für meine schlanke Linie tun."

Sie war sich nicht sicher, ob er scherzte oder es ernst meinte. Und um ehrlich zu sein, es interessierte sie auch nicht besonders, sie hatte Wichtigeres zu tun. Aus Höflichkeit blieb sie dennoch kurz stehen.

„War nur ein Scherz. Ich wollte zum Inselkaufmann, unseren Pralinenvorrat auffüllen. Aber der faule Kerl hat zu. Falls du da auch gerade hin wolltest."

Martina schüttelte mit dem Kopf. „Ich muss noch mal mit dem Polizisten reden. Grüß deinen Mann von mir!"

„Mach ich. Sehen wir uns gleich zum Mittagessen im Gasthof? Heute gibt es Schweinebraten aus Hausschlachtung!"

„Kannst du eigentlich auch noch an etwas Anderes als Essen denken?", hätte sie am liebsten gesagt. Aber sie riss sich zusammen. „Eher nicht. Bei mir könnte es noch dauern."

Die letzten Worte hatte bereits der Wind verschluckt, denn sie war schon weitergegangen. Obwohl sie ahnte, dass Robert Bremer es anders als sie gar nicht eilig mit dem Wiedersehen und den weiteren Ermittlungen hatte.

Diesmal klingelte sie gleich mehrfach. Und lange warten musste sie auch nicht. Nur, dass zu ihrer Überraschung nicht der Polizist öffnete. Und auch kein anderer, unbekannter Mitarbeiter der Hafenbehörde. Sondern der alte Glatzen-Frank. Er trug einen fleckigen, verschlissenen Blaumann und verströmte eine faulige Duftwolke, als wäre er gerade einem Müllberg entsprungen. Sie war gar nicht auf die Idee gekommen, dass er womöglich trotz seines Alters und seiner ganzen Sonderbarkeit einer richtigen Arbeit nachging.

„Ich wollte zum *Bünabe* Bremer."

„Alle weg", nuschelte der Mann.

Sie überlegte, ob sie die Gelegenheit nutzen sollte, ihm ein paar Fragen zu stellen. Doch er hatte bereits mehr geredet als am gesamten Abend zuvor und es erschien ihr wenig wahrscheinlich, dass er ihr Antworten liefern würde, schon gar keine kompromittierenden. Er war nicht der Typ, der sich im Eifer des Gefechts verplapperte.

„Können Sie mir sagen, wo er ist?"

„Wer?" Er sah sie verdutzt an. Offenbar war er nicht nur schweigsam, sondern auch schwer von Begriff.

„Der Polizist!", wiederholte sie ungeduldig.

„Robert?" Er sprach so leise, dass sie ganz genau hinhören musste. Das war schon keine Schlichtheit oder Schüchternheit mehr, das musste doch eine geistige Behinderung sein.

„Ja, Robert!"

„Bei Mama."

26

Zum ersten Mal seit Leons Tod dachte Martina ernsthaft daran, abzureisen. Was tat sie hier noch? Alle schienen sich gegen sie verschworen zu haben. Es war falsch und naiv gewesen, zu glauben, der Inselpolizist stünde auf ihrer Seite. Er hatte nie ernsthaft vorgehabt, ihren Verdacht zu überprüfen. Stattdessen hatte er sie mit Absicht hingehalten und war sofort zu dieser Alice gegangen, höchstwahrscheinlich um sie und ihren bestenfalls nur behinderten, schlimmstenfalls kranken bis kriminellen Sohn zu warnen.

Sie hatte Frank noch gefragt, wo ‚Mama' denn wohnte, aber er war außerstande gewesen, es ihr schlüssig zu erklären, obwohl die Insel nun wirklich nicht groß war. Er hatte bloß umständlich mit den Händen gewedelt sowie in Richtung des Nordufers gezeigt, wo sich die meisten Häuser befanden.

Obwohl sie es vermutlich auch so gefunden hätte, entschloss sie sich dagegen, es zu versuchen. Was brachte ihr schon eine weitere Abfuhr oder gar ein

Eklat, sollte man ihr nicht einmal die Tür öffnen. Sie war offenbar mittlerweile unerwünscht auf der Insel.

Ohne genau zu wissen, warum, verließ sie die Turmwurt und lief über den Deich zu der Stelle, an der sie Leon gefunden hatten. Nichts deutete mehr auf den Schrecken der Nacht hin. Die Sturmflut war einer ganz gewöhnlichen Flut gewichen. Der sandige Untergrund war nun nicht nur stellenweise überspült, sonder lag völlig verdeckt unter dem noch immer rauen, aber nicht mehr unberechenbar aufschäumenden Meer. Der sonst so verlässliche Rhythmus der Gezeiten schien vom Unwetter außer Kraft gesetzt worden zu sein. So zugänglich und trocken wie in ihren ersten Urlaubstagen sah Martina das Watt überhaupt nicht mehr. Aber wenn man länger darüber nachdachte, war es eigentlich nie besonders zugänglich und trocken gewesen. So wie die ganze Ruhe und Harmonie, die Neuwerk ununterbrochen ausstrahlte, ihr mittlerweile wie eine höhnische Fata Morgana vorkamen.

Vielleicht wäre es besser gewesen, sie hätten Leons Leiche nie gefunden. So wie die der unzähligen Seeleute, die in diesen gefährlichen Gewässern kurz vor der Einfahrt in die sicheren Häfen der Elbe verunglückten und deren leblose Körper es nicht einmal mehr schafften, ans Ufer gespült zu werden, sondern die ihr Grab in tausenden hungrigen Mäulern teils winziger Meereslebewesen fanden.

Doch dann dachte sie an die Ungewissheit, die sie ein Leben lang quälen würde, und wusste, dass sie doch das Richtige getan hatten, dass es sogar Glück im Unglück war, dass er nicht tagelang oder gar für alle Tage als vermisst galt und so zu dem schlechten Gewissen auch noch das süße Gift der falschen Hoffnung gekommen wäre.

Gewohnheitsmäßig und um auf andere, weniger düstere Gedanken zu kommen sah sie auf ihr Handy. Obwohl sie an dieser Stelle ausnahmsweise ordentlichen Empfang hatte, gab es keinerlei neue Nachrichten. Woher sollten die auch kommen… Auf sozialen Netzwerken war sie kaum bis gar nicht aktiv. Martina gehörte noch zu denen, die das gesprochene Wort eines Telefonats ein paar schnell dahin getippten Emoticons vorzog.

Sie sah sich die Urlaubsbilder noch einmal an, die sie nirgendwo gepostet, aber immerhin ihrer Tochter vor ein paar Tagen geschickt hatte. Ein kleiner roter Sonnenstreifen am Himmel. Vogelschwärme über den Salzwiesen. Der Leuchtturm in der Dämmerung. Einziger Kommentar von Anna: Daumen nach oben, Smiley mit Herzen in den Augen und ein Kuss, immerhin auch mit Herzchen.

Spontan beschloss sie, Anna anzurufen. Wahrscheinlich saß sie in irgendeiner Vorlesung, das Semester hatte ja gerade erst wieder begonnen. Oder sie war mit ihren Kommilitoninnen unterwegs und hörte ihr Telefon wie so oft gar nicht. Doch immerhin würde sie selbst dann ihre Stimme hören, wenn auch nur die knappe Mailboxansage, die sie schon auswendig konnte.

„Mama?“ Stimmenwirrwarr im Hintergrund. Trotzdem hatte sie es gehört, war nach nur einem Klingeln ans Telefon gegangen. Die erste Freude seit vielen Stunden für Martina.

„Hallo Schatz. Schön, dass ich dich erwische. Was machst du gerade?“

„Ich steh in der Schlange in der Mensa. Alles okay bei dir?“

„Ja, ich wollte nur mal hören, wie es dir geht, meine liebe Anna.“

„Mir geht‘s gut. Aber du klingst irgendwie komisch, Mama.“

Sollte sie es ihr erzählen? Sie damit belasten? Anna nahm ihr die Entscheidung ab. „Sag mal, auf welcher Insel bist du noch mal gerade?“

„Neuwerk, mein Schatz. Hab ich dir doch geschrieben.“

„Scheiße. Das ist doch die mit dem toten Jungen, oder?“

„Woher weißt du davon?“

„Steht im Netz.“

Gab es denn überhaupt noch irgendetwas, das nicht im Netz stand? Eigentlich hätte sie es sich denken können, aber sie war dennoch überrascht, dass selbst von einem so abgelegenen Flecken Erde wie Neuwerk Nachrichten ihren Weg in die Welt fanden.

„Was steht denn da genau?“

„Warte, ich schick‘s dir. Hab ich gerade bei Twitter gesehen. Krass. Ich hoffe, du und Reto, ihr habt nicht…?“

„Doch, mein Schatz, haben wir. Leider ja. Aber keine Sorge, es geht mir gut.“

„Mensch, Mama! Du hättest dir wirklich lieber ein Schoßhündchen holen sollen statt ´nen verdammten Leichenspürhund.“

Eigentlich liebte Anna Reto, doch seit der Sache mit dem Suizid war sie strikt gegen Martinas Einsatz als Rettungshundeführerin. Und das obwohl sie ihr nicht einmal erzählt hatte, dass sie sich deswegen noch immer in Therapie befand.

„Sag das nicht, Schatz. Er ist kein Leichenspürhund. Er rettet Leben.“

„Ich weiß, Mama, ich weiß. Trotzdem. Du, ich muss auflegen, ich bin dran. Wir sprechen später. Pass auf dich auf, ja?“

„Du auch, mein Schatz.“

Kaum hatte sie aufgelegt, sah sie auf dem Display, dass sie eine neue Nachricht von Anna hatte. Wie schafften es die jungen Leute bloß, sogar auf ihren Handys herumzuspielen und Sachen zu verschicken, während sie damit telefonierten?

Sie öffnete die Nachricht, die nur aus einem weitergeleiteten Tweet bestand, der wiederum einen Link zu einem Online-Artikel der Hamburger Morgenpost beinhaltete. Schon das Vorschaubild trieb ihr die Tränen in die Augen: Es war ein Foto von Leon, wie er lächelnd in die Kamera sah, eindeutig schon vor einiger Zeit aufgenommen, denn er wirkte noch jünger, kindlicher und zerbrechlicher.

Als sie dann auch noch die knappe Überschrift las, gefror Martina endgültig der Atem: ‚Junge (12) auf Neuwerk ertrunken – war es Mord?'

Sie hatte Mühe, das Handy nicht fallen zu lassen, so sehr zitterten ihre Hände.

27

Die gestern am späten Abend bei Instagram aufgetauchten, verstörenden Gerüchte von einem toten Kind auf Neuwerk (mopo.de berichtete) wurden mittlerweile von der Polizei bestätigt. Doch der Fund der Leiche des zwölfjährigen Leon im Watt wirft Fragen auf. Ist der Junge aus Jenfeld, der seine Herbstferien gemeinsam mit dreizehn anderen Kindern im Landschulheim ‚Meereswoge' auf dem Hamburger Eiland verbracht hatte, wirklich trotz Sturmflut freiwillig aufs offene Meer hinaus? Polizeisprecherin Franziska Müller deutete genau das in einer ersten Erklärung an: „Wir ermitteln in alle Richtungen, müssen aber zunächst von einem tödlichen Unfallgeschehen ohne Fremdeinwirkung ausgehen." Die verzweifelte Mutter Saskia W. (36) widerspricht im Gespräch mit der Mopo vehement: „Mein Junge war vernünftig. Außerdem ein guter Schwimmer. Was die Polizei sagt, macht doch keinen Sinn. Ich bin mir sicher, jemand muss ihn ins Wasser geworfen haben."

Aktuell befindet sich Leons Leichnam zur Obduktion in der Pathologie des Universitätsklinikums Eppendorf. Dennoch scheinen sich die Behörden bereits festgelegt zu haben. Auch der für das Landschulheim zuständige Sozialsenator Walter Lüdig (64, SPD), der via Facebook den Angehörigen sein Mitgefühl aussprach, schrieb in seinem Post von einem „tragischen Unfall". „Ich werde genauestens untersuchen lassen, wie so etwas in städtischer Obhut passieren konnte und dafür sorgen, dass wir mögliche Schwachstellen in der Betreuung umgehend abstellen. Bis dahin werden wir keine Kinder mehr nach Neuwerk schicken."

Aufgrund der anhaltend schlechten Witterung ist Hamburgs einzige Nordseeinsel ohnehin noch immer vom Festland abgeschnitten und wird nur von Rettungshubschraubern angeflogen, die sämtliche noch verbliebenen Kinder, deren Betreuer sowie die meisten Urlauber am Morgen evakuierten. Der Presse war bislang noch kein Zutritt zur Insel möglich. Die Verantwortlichen des für die Ferienfreizeit zuständigen Trägervereins wollten sich zu dem Vorfall ebenso wenig äußern wie diverse telefonisch von der Morgenpost-Redaktion kontaktierte Insulaner. „Wir stehen alle unter Schock", sagte einer der rund 30 Neuwerker, der seinen Namen jedoch nicht veröffentlicht wissen will.

Ob nur unter Schock oder vielleicht bald auch unter Mordverdacht, wird sich zeigen.

„Typisch Städter, sogar im Urlaub nur mit dem Handy beschäftigt."

Abrupt drehte Martina sich um, steckte schnell ihr Telefon in die Hosentasche, als wäre sie bei etwas Verbotenem erwischt worden, noch immer mit leicht zitternden Händen. Es war der Inselfotograf und Aktmaler der hinter ihr stand, Wilhelm von Aschendorf, wie gewöhnlich im Tarnfarben-Parka. Der hatte ihr gerade noch gefehlt.

„Kein Angst, ich werde dir keine unanständigen Angebote mehr machen. Ich hoffe, du kannst einem alten, einsamen Mann noch mal verzeihen?"

Reto schien vom Auftauchen des schmierigen Künstlers anders als sein Frauchen begeistert und begrüßte ihn bereits durch inniges Reiben an den Beinen wie ein Schmusekätzchen.

„Ich habe wirklich gerade ganz andere Sorgen."

Er sah sie fragend an. Hatte er denn gar nicht mitbekommen, was für ein Drama sich in der Nacht zuvor keine fünfzig Meter von seinem Haus entfernt abgespielt hatte?

„Das tut mir leid. So große Sorgen, dass nicht einmal der wunderschöne Anblick der rauen Nordsee an einem windig-trüben Herbsttag sie vertreiben kann?"

Sie verspürte nicht die geringste Lust, es ihm zu erklären. Also reichte sie ihm einfach ihr Smartphone mit dem noch geöffneten Artikel. Umständlich, fast widerwillig nahm er in in die Hand als wäre es eine heiße Kartoffel.

„Was soll ich damit?"

„Lesen Sie den Artikel, dann wissen Sie es."

Er tat, wozu sie ihn aufgefordert hatte. Offenbar war er kurzsichtig, hielt sich das Display fast vor die Nase. Wie konnte er so bloß vernünftig seine Bilder malen und Fotos schießen?

„Ach du scheiße", murmelte er. „Ausgerechnet der kleine Leon."

„Wieso ausgerechnet?"

„Na ja, du kanntest ihn doch auch. Ein so niedliches Kind! Schrecklich. Es trifft immer die Falschen. Das Universum kann grauenvoll sein."

Der unveränderte Plauderton des Mannes und sein nach wie vor distanzloses Geduze, obwohl sie ihn ausdrücklich siezte, gingen Martina gehörig auf die Nerven.

„Das Universum ist grauenvoll? Ich würde eher sagen, derjenige, der das getan hat, ist grauenvoll. Und dass niemand etwas unternimmt, um seinen Tod aufzuklären, auch."

„Ach Süße, du darfst nicht alles glauben, was in der Zeitung steht, im Internet schon gar nicht. Die schreiben viel, wenn der Tag lang ist. Das war doch niemals Mord."

Sie versuchte, zu überhören, wie er sie genannt hatte und hoffte, es wäre bloß seine Art, tröstend sein zu wollen, und nicht doch eine erneute Anmache. Oder gar Hohn, weil sie seit mindestens zehn Jahren kein Mann mehr so genannt hatte.

„Woher wollen Sie das wissen? Außerdem behauptet das nicht die Zeitung, sondern die Mutter."

„Ich hab früher selbst mal für die Presse geknipst. Witwenschütteln nennt man das. Widerlich. Sie erzählen den Hinterbliebenen Schauergeschichten, von wegen die Polizei tut nichts, wir müssen Druck machen, nur damit die sich für ein Interview hergeben und vor allem Fotos des Toten rausrücken. Und dann wird ihnen in den Mund gelegt, was der Reporter hören will, nämlich immer das Schlimmste, denn nur das sorgt für Auflage."

„Das mag ja alles sein. Aber eine Mutter spürt so etwas. Und ich bin auch Mutter", sagte sie.

Er sah sie mitleidig wie ein kleines Kind an und streckte die Hand nach ihrer Schulter aus, doch sie wich zurück.

„Wo waren Sie eigentlich gestern Abend, als das alles passiert ist?"

Er lachte laut auf, zog seine Hand zurück. „Oh, ich bin jetzt der Hauptverdächtige?"

„Nein, aber wir hätten durchaus Ihre Unterstützung bei der Suche gebrauchen können", log sie. In Wahrheit war sie nicht einmal im Entferntesten auf den Gedanken gekommen, ihn um Hilfe zu bitten.

„Ihr hättet bloß bei mir klingeln brauchen. Ich war bei dem Wetter natürlich nicht mehr draußen, hab nichts von eurer Suche mitbekommen und bis spät in die Nacht gearbeitet, dann bin ich ins Bett und hab wie üblich geschlafen wie ein Stein. Und bevor du fragst: Zeugen gibt es dafür keine. Leider hat mal wieder niemand für mich Modell stehen wollen!"

Er lachte, aber es wirkte gekünstelt, er wirkte insgesamt nicht mehr so selbstbewusst und locker wie bis vor wenigen Augenblicken. Martinas kaum verhohlene Verdächtigungen schienen ihn schlimmer zu treffen als die Nachricht von Leons Tod.

„Nun gut, ich werd dann mal wieder. Wenn du dich ein bisschen beruhigt hast, komm gern vorbei."

Er streichelte zum Abschied noch einmal Reto, aber nicht mehr so herzlich, und auch der sensible Hund schien die Stimmungsschwankungen zu bemerken und ging kaum noch darauf ein.

Martina war froh, wieder allein zu sein. Sie lief zu einer Bank auf dem

Deich und nahm Platz, obwohl sie völlig durchnässt war und sich in den Wind nach wie vor feine Regentropfen mischten. Reto kroch darunter, auf der Suche nach einem einigermaßen trockenen Plätzchen.

Sie rief den Artikel nochmals auf, sah sich den Namen an, der darunter stand: Gentiana Ayhan. Man konnte ihn anklicken und der Autorin schreiben.

„Was meinst du, sollen wir uns bei der Zeitung melden?"

Erwartungsgemäß zeigte Reto keinerlei Reaktion und Martina ärgerte sich, dass sie nun offenbar auch zu diesen einsamen, traurigen Gestalten gehörte, die nicht nur ihre Tiere um Rat fragten, sondern auch noch ständig von sich und dem Hund als ‚wir' sprachen.

Sie dachte an ihre eigenen Erfahrungen mit den Medien. In der Behörde riefen, wenn sie Telefondienst hatte, neben den üblichen Bekloppten auch manchmal Journalisten an, wollten die Referatsleiterin sprechen. Irgendwelche Missstände oder Skandälchen gab es immer: lange Wartezeiten, hoher Krankenstand, Bürgerbeschwerden, drohende Streiks und dergleichen. Obwohl sie die strikte Anweisung hatte, die Reporter abzuwimmeln, an die Pressestelle zu verweisen und auf keinen Fall irgendetwas Inhaltliches zu sagen, hatten die Medienleute schon manchmal auf unangenehm penetrante Art versucht, sie zu irgendeiner Aussage hinzureißen oder zumindest doch noch an ihre Chefin durchgestellt zu werden, die sich selbstverständlich stets verleugnen ließ und ihr die Diskussionen überließ.

Nicht viel besser war es, wenn sie Einsätze mit der Staffel hatten. Oftmals behinderten Paparazzi oder TV-Leute, die den Polizeifunk abhörten, die Arbeit der Rettungskräfte, verunsicherten die Hunde mit ihren Blitzlichtern und Kameras. Dennoch hatte der Vereinsvorsitzende mal einem befreundeten Schreiber erlaubt, sie bei einer Suche zu begleiten. Er war tatsächlich sehr freundlich und interessiert, doch die Reportage, die in der Woche darauf in einem bekannten Stadtmagazin erschien, strotzte nur so vor Übertreibungen, Halbwahrheiten und Fehlern. Aus dem Flächensuchhund Reto war ein Mantrailer geworden, der vermisste Opa statt nur verirrt fast verhungert und sie selbst mit einem saublöden Satz zitiert: ‚Mein Hund ist der beste Partner, den ich jemals hatte.' So war das bestimmt niemals gefallen. Auch wenn es womöglich leider stimmte.

Es konnte also durchaus sein, dass Wilhelm von Aschendorf recht hatte, was die Presse anbelangte. Und doch war es vermutlich die einzige Chance, der Polizei, die an der Klärung dieses Todesfalls bislang kein großes Interesse gezeigt hatte, Druck zu machen.

Ein entferntes Geräusch riss sie aus ihren Überlegungen. Es dauerte einen Moment, bis sie verstand, wozu das langsam anschwellende Knattern gehörte und den Kopf hob. Da sah sie den Hubschrauber, der sich langsam der Insel näherte, konnte sogar die Aufschrift ‚Polizei' erkennen.

Und nicht einmal von diesem Fluglärm wollte der Maler in der Nacht etwas mitbekommen haben? Dann nahm er wohl jeden Abend ähnlich starke Drogen wie die, die sie ihr verabreicht hatten. Oder er trank sich in den Schlaf.

Wie auch immer: Entscheidend war, dass die von Martina so verschmähte Arbeit der Presse wohl doch schon Wirkung zeigte.

28

Die Kneipe war wesentlich besser besucht als am Abend zuvor und dennoch war die Stimmung schlechter. Wie erwartet saß Robert Bremer diesmal nicht an der Theke. Aber sie hatte zumindest gehofft, die Diemels wären wieder da. Etwas Ablenkung und zwei Paar verständnisvolle, offene Ohren hätten ihr nach diesem Tag gut getan. Doch bei den beiden schien an diesem Abend kein Kneipenbesuch anzustehen, sondern andere Vergnügen, wahrscheinlich kuschelten sie schon unter der Decke, sahen fern oder machten andere schöne Dinge, die junge, glückliche Paare eben so machten und die Martina eher aus Büchern und Filmen kannte denn aus eigener Erfahrung erinnerte.

Dafür waren zwei große Tische fast voll belegt. An dem einen saßen drei Männer und zwei Frauen, an dem anderen vier Männer. Das war schon beinahe ein Drittel der Neuwerker und doch war niemand von ihren Bekannten – von Aschendorf, Alice und Sohn, Kamil, Ranger Malte, Frau Meyer – dabei. Geredet wurde kaum und wenn nur gedämpft. In kleinen, langsamen Schlucken tranken die Einheimischen ihr Bier. Martina hatte das ungute Gefühl, dass die ausbleibenden Gespräche vielleicht auch mit ihrer Anwesenheit zu tun hatten.

Der Wirt, der gestern noch ausgelassen am Schifferklavier sein Repertoire zum Besten gegeben hatte, stand recht mürrisch hinter der Theke und begrüßte sie nur mit einem angedeuteten Nicken.

„Bekomme ich noch etwas zu essen?"

Kopfschütteln. Obwohl sie seit Stunden nichts zu tun hatte und bloß recht ziellos durch die Gegend irrte, war es ihr gelungen, an diesem Tag jede Mahlzeit zu verpassen. Langsam machte sich das Loch in ihrem Magen bemerkbar, war die leichte Übelkeit nicht mehr bloß auf die Nebenwirkungen der vorangegangenen Ereignisse zurückzuführen.

Sie bestellte eine heiße Milch mit Honig und blieb am Tresen sitzen. Immerhin stellte ihr der Wirt einen kleinen Teller mit Keksen dazu und brachte auch Reto eine Schale mit Wasser.

„Danke."

Er nickte wieder nur, aber etwas freundlicher. Trotzdem hatte er bislang kein Wort mit ihr gesprochen. So wie überhaupt seit Stunden niemand mehr mit ihr redete. Vergeblich hatte sie den ganzen Nachmittag über versucht, mit der Polizei ins Gespräch zu kommen und den neuesten Stand der Ermittlungen zu erfahren, doch Kosslowski und Bremer sah sie bloß von Weitem, wie sie von Haus zu Haus gingen und nun doch endlich Fragen zu stellen schienen.

Ein anderer, ihr unbekannter Beamter – wie die Kripo-Frau in zivil – hatte sie mehrfach abgewimmelt. „Wenn wir mit Ihnen reden wollen, kommen wir auf Sie zu." Er hatte ihr anders als seine Kollegin am morgen nicht einmal mehr angeboten, sie ausfliegen zu lassen.

Nachdem Martina recht schnell ihr Glas geleert hatte, überlegte sie kurz, noch etwas Härteres zu bestellen, wusste aber, dass sie es bereuen würde und wollte schon bezahlen, als plötzlich die Tür aufging. Alle Köpfe drehten sich zu der Kolonne aus vier Männern und einer Frau – Kriminalhauptkommissarin Kosslowski – die schwungvoll das Lokal betrat. Angeführt wurden sie von Robert Bremer, der als einziger der fünf uniformiert war, auch wenn er das Jackett gegen einen speckigen, durchnässten Regenmantel mit der fluoreszierenden Aufschrift „Polizei" getauscht hatte und unter der Kapuze auch keine Mütze mehr trug.

„Hauke, die Kollegen wollen über Nacht bleiben. Kann deine Tochter uns noch vier Zimmer zurecht machen? Ach ja, und was zu essen bräuchten wir auch."

„Sonst noch Wünsche?"

Frau Kosslowski fühlte sich offenbar von der rhetorischen Frage angesprochen. „Für mich bitte vegetarisch. Und keinen Tropfen Alkohol für meine Männer, egal wie lang sie noch bleiben. Auch nicht für unseren *Bünabe*. Wir befinden uns im Dienst."

Der scharfe Kommandoton, in dem sie mit dem Gastronomen sprach, verriet, dass es sich nicht etwa um einen Scherz, sondern um eine polizeiliche Anordnung handelte. Robert Bremer versuchte mit einem entschuldigenden Grinsen gegenüber dem Wirt die Situation aufzulockern, doch der Blick der Kommissarin blieb frostig.

Während der Kneipier wortlos in einem Nebenraum verschwand, saß Martina nun ganz allein am Tresen. Keiner der Polizisten hatte sie begrüßt. Sie setzten sich an den Tisch, der am weitesten von allen anderen entfernt stand, ganz in der Ecke. Martina folgte ihnen, stellte sich direkt vor den Tisch.

Reto kam ihr widerwillig hinterher, lustlos in einigem Abstand, als würde er ahnen, dass diese Konfrontation nicht gut ausgehen konnte.

„Warum ignorieren Sie mich eigentlich?"

„Frau Martens, was hatte ich Ihnen bezüglich der Behinderung polizeilicher Ermittlungen heute Morgen gesagt?"

Martina spürte, wie die Wut in ihr aufstieg. Sie hob die Stimme. „Ich habe ihn gefunden, seinen Körper aus dem Wasser gezogen und minutenlang vergeblich versucht, ihn wiederzubeleben. Glauben Sie nicht, dass ich das Recht habe, Sie zu fragen, warum Leon sterben musste? Sie unterstellen mir Behinderung Ihrer Ermittlung, drohen mir sogar, dabei wollten Sie bis vor ein paar Stunden doch nicht einmal ermitteln, weil angeblich ohnehin alles nur ein Unfall ist!"

„So ein Unsinn. Natürlich ermitteln wir auch Unfallursachen. Und gedroht habe ich niemandem. Ich mache Ihnen bloß deutlich, dass Sie aufhören sollten, sich irgendwelche polizeilichen Auskunfts- oder gar Ermittlungskompetenzen anzumaßen, nur weil Sie sich als Hobby einen Hund halten, mit dem Sie Leben retten wollen, aber stattdessen bloß Leichen finden!"

Nun platzte Martina wirklich der Kragen. Was erlaubte sich diese blöde Kuh eigentlich? „Ja, wir sind zu spät gekommen. Zweimal. Aber wir haben auch schon unzählige Menschenleben mit diesem ‚Hobby' gerettet, während sie von Berufs wegen immer erst auftauchen, wenn es nichts mehr zu retten gibt. Und dann versagen Sie auch noch bei der Aufklärung."

„Das ist schlicht und ergreifend nicht wahr. Ich würde wohl kaum diese Ermittlungen leiten, wenn meine Aufklärungsquote nicht überdurchschnittlich wäre."

„Ach ja? Der Vater des toten Jungen läuft noch immer frei herum."

„Sein Sohn hat sich umgebracht, schon vergessen?"

Natürlich hatte sie das nicht. Niemals würde sie das Bild des leblosen Körpers in der Schlinge an dem dicken Eichenast im Niendorfer Gehege vergessen können. An jedem einzelnen Tag dachte sie daran.

„Sein Vater hat ihn schwer misshandelt."

„Das kann man vermuten, ja. Aber in einem Rechtsstaat braucht man Beweise. Das sollten Sie wissen, Sie arbeiten doch auch im öffentlichen Dienst."

„Wenn Sie Ihre Arbeit richtig gemacht hätten, dann gäbe es Beweise."

„Wenn Sie Ihre Arbeit richtig gemacht hätten, dann würde er noch leben."

Das hatte gesessen. Ihre Wut wandelte sich schlagartig in etwas Schlimmeres, Abgründigeres, das allen Bemühungen ihres Therapeuten zum Trotz und entgegen jeder Vernunft ein überwältigendes Schuldgefühl in ihr hervorrief. Sie wusste, jeden Moment würde sie in Tränen ausbrechen, und nichts wäre peinlicher, als dies vor der Kommissarin zu tun, also machte sie das Zweitpeinlichste: davonlaufen.

Ohne auch nur auf den Gedanken zu kommen, ihre Milch zu bezahlen, rannte sie wie eine Wahnsinnige zurück zu ihrem Platz, schnappte sich ihre Jacke, rief den verdutzten Reto und verließ im Laufschritt das Lokal. Doch es war nicht der geprellte Wirt, der ihr nach draußen folgte. Es war Robert Bremer.

„Warten Sie!"

Ein Teil von ihr schickte ihn und alle Polizisten dieser Welt zur Hölle, der andere wünschte sich nichts sehnlicher, als dass er sie zurückhielt, sie tröstete, ihr sagte, dass es nicht ihre Schuld war. Sie blieb stehen, ließ sich von ihm einholen, noch immer mit aller Macht gegen die Tränen ankämpfend.

„Sagen Sie mir bitte, was passiert ist. Ich muss es wissen", flehte sie ihn an.

„Die Pathologie hat Spuren eines sehr starken Sedativgemisches in seinem Blut gefunden. Wir hatten keine Chance. Und er auch nicht. Er lag schon länger im Wasser, mindestens zwanzig Minuten. Aber er wird nicht viel gespürt haben."

Die ganze Zeit hatte sie genau so etwas geahnt. Und doch trafen sie diese Worte völlig unvorbereitet. Obwohl sie weit entfernt von der stürmischen See auf festem Grund hinter dem Deich stand, hatte sie das Gefühl, der Boden würde schwanken wie auf einem Schiff. Ihr wurde schwindelig. Sie suchte nach etwas, an dem sie sich festhalten konnte, doch außer dem Polizisten war da niemand, also griff sie nach seiner Hand.

Er schien sofort zu verstehen, was los war, trat dicht an sie heran und stützte sie mit beiden Armen. Sie roch sein kerniges Aftershave und hatte das Gefühl, genau das schon einmal erlebt zu haben. Auf keinen Fall wollte sie ein zweites Mal in Ohnmacht fallen. Sie konzentrierte sich auf ihre Atmung, versuchte, sich zu beruhigen, obwohl sich in ihrem Kopf noch immer alles viel zu schnell drehte.

„Wer war das?", wisperte sie.

„Wir haben keine Ahnung. Verwertbare Spuren an der Leiche gibt es leider keine, dafur hat das Wasser gesorgt. Mit dcn meisten auf der Insel haben wir jetzt geredet, niemand scheint ein Motiv zu haben. In der Zentrale in Alsterdorf überprüfen die Kollegen derzeit soweit möglich sämtliche Alibis und recherchieren die Vorgeschichten aller in Frage kommenden, auch von denen, die Neuwerk bereits wieder verlassen haben. Sie gehören zu denen, die erst morgen dran sind, weil man Sie logischerweise natürlich nicht für besonders verdächtig hält."

Die Aussicht darauf, dass die Polizei nun endlich ihre Arbeit machte, ließ sie tatsächlich etwas ruhiger werden, auch wenn sie offenbar noch völlig im Dunkeln tappten. Dennoch löste sie sich nicht aus dem festen Griff des Polizisten, wollte die Nähe noch so lang wie möglich auskosten, so viel wie möglich von ihm erfahren.

„Warum haben Sie mich heute Morgen angelogen? Sie haben sich gar nicht hingelegt, Sie sind gleich zu Alice. Ohne mich."

„Was Sie über Frank gesagt haben, hat mir keine Ruhe gelassen. Ich hätte eh nicht mehr schlafen können. Die beiden kenne ich schon so lang, ich wollte sie dann doch lieber allein sprechen. Aber er kann es nicht gewesen sein. Er hat ein Alibi."

„Lassen Sie mich raten: Seine Mutter hat es ihm gegeben."

Sein Nicken konnte sie nur erahnen, denn er schwieg und sie standen in der Dunkelheit des kurzen, unbeleuchteten Feldwegs zwischen dem Gasthof, in dem sie nächtigte, und der Nachbarwirtschaft, aus der sie soeben geflohen war.

„Kein Wort zur Kosslowski, dass ich Ihnen das alles erzählt habe. Offiziell habe ich Sie bloß nach Hause gebracht. Geht's wieder?"

Sie nickte, auch wenn er das in der Dunkelheit vermutlich ebenfalls nicht gesehen hatte. Gern hätte sie noch einen Moment oder vielleicht auch für immer in seinen starken Armen ausgeharrt, doch sie wusste, dass sie sich nun lösen musste, bevor er ihr zuvorkam.

Es waren nur noch wenige Meter bis zu dem Nebengebäude des Hofes, in dem sich ihr Zimmer befand und anders als am Vorabend war Martina durchaus wieder in der Lage, den Weg ins Bett allein zu finden. Dennoch begleitete er sie wie angekündigt bis vor die Tür.

„Sie haben mich gestern ins Bett gebracht, oder?"

„Ja. Erinnern Sie sich wieder?"

„Nur bruchstückhaft. Mussten Sie mich tragen?"

„Zusammen mit dem Sanitäter. Einer links und einer rechts."

Obwohl ihr eigentlich gar nicht mehr schwindelig war, griff sie erneut nach seiner Hand. Er nahm sie zögerlich, während sie ihn eher tätschelte, versuchte er, daraus so etwas wie einen Verabschiedungs-Handschlag zu machen. Sie spürte den Ring an seinem Finger.

„Es tut mir leid. Und: Danke."

„Ist schon okay."

Er hatte seinen Händedruck längst wieder gelockert, doch sie berührte ihn noch immer.

„Wollen Sie noch kurz mit rein kommen?"

„Ich muss wieder rüber", sagte er, bewegte sich aber kein Stück, schob auch ihre Hand nicht von seiner.

„Verstehe.“

Sie gab auf, ließ ihn los. Alles andere wäre anmaßend gewesen. Er fasste sich an die Mütze beziehungsweise an die Stelle, wo er sie normalerweise trug.

„Gute Nacht. Bis morgen.“

„Bis morgen“, sagte sie, doch da hatten ihn Wind, Regen und Dunkelheit schon wieder verschluckt.

In ihrem Zimmer angekommen, sank sie noch vor dem Erreichen des Bettes zusammen, hockte sich auf den Boden, kuschelte sich an Reto und fing hemmungslos an zu weinen.

Sie weinte um Leon, ja, aber – obwohl sie sich dafür schämte – auch um sich selbst, um ihr Versagen, ihre Einsamkeit.

29

Obwohl Martina durch und durch erschöpft und am Ende ihrer Kräfte war, fand sie lange keinen Schlaf. Sie wünschte, das Pensionszimmer würde über eine Minibar verfügen und verfluchte sich, weil sie in der Kneipe bloß Milch getrunken hatte.

Gegen Morgen, als es bereits wieder dämmerte, schlief sie dann doch endlich ein, wurde aber alsbald von Reto geweckt, der sich zur gewohnten Zeit auf seinen ersten Gang freute und sich ein bisschen sorgte, dass Frauchen noch im Bett lag, obwohl es schon hell wurde, was zumindest im Herbst- und Winterhalbjahr eigentlich nie vorkam.

Nach einer außergewöhnlich kurzen Runde zitternd und bibbernd durch dicken, feuchten Nebel, die Jacke bloß schnell über den Pyjama gezogen, gab Martina Reto zu fressen und duschte ausgiebig. Obwohl es schon nach neun war, bis sie schließlich zum Frühstück ging, schien sie die Erste zu sein. Erst als sie die wie üblich und trotz geringer Gästezahl und schwindenden Einkaufsmöglichkeiten üppigen Auslagen des Büfetts sah, bemerkte sie, wie hungrig sie war und griff hemmungslos zu.

Frau Meyer begrüßte sie freundlich, erkundigte sich, ob es ihr besser ging.

„Ja, danke“, log sie.

„Man merkt es, Sie haben wieder Appetit. Freut mich, dass Sie zugreifen. Dann habe ich das wenigstens nicht alles umsonst zubereitet.“

„Bin ich etwa die Einzige heute morgen?“

„Na ja, ich hoffe, die Diemels verschlafen nicht und kommen auch noch. Mehr Gäste sind es ja nicht mehr.“

An jedem anderen Morgen wäre die Konversation mit der ansonsten eher zurückhaltenden Gastgeberin an dieser Stelle vorbei gewesen. Doch heute schien die wie immer adrett im knöchellangen Kleid, gestärkter Bluse und blütenweißer Schürze gekleidete Dame des Hauses in Klönschnackstimmung zu sein.

„Bei meinem Schwager nebenan sind noch ein paar mehr Gäste, wie man hört. Die Polizisten haben hier übernachtet, nachdem sie uns gestern alle befragt haben. Sie glauben tatsächlich, irgendjemand hätte den armen Jungen umgebracht! Haben die mit Ihnen auch schon gesprochen?"

Martina schüttelte mit dem Kopf, während sie ein hartgekochtes Ei aus der Schale befreite und es sich aufs Brötchen legte. Sie verspürte nicht die geringste Lust, mit der Wirtin über dieses Thema zu reden. Schließlich war sie nicht an Klatsch interessiert, sondern an Fakten – und die würde sie wohl nur im Gespräch mit der Polizei erfahren, konkret: von ihrem einzigen, wenn auch nicht ganz einfachen Verbündeten Robert Bremer. Nur seinetwegen hatte sie noch nicht um die Ausreise gebeten, war sie überhaupt noch hier, hatte sie noch Hoffnung.

„Na dann machen Sie sich auf was gefasst. Die werden Sie bestimmt auch noch verhören. Und das nicht gerade freundlich. Vor allem diese Frau hat wirklich Haare auf den Zähnen, schreckt auch nicht vor Unterstellungen zurück. Mein Mann wäre fast ausgerastet. Nur weil er sich bis abends noch draußen im Stall um die Pferde gekümmert hat, meinten sie doch glatt, er habe kein Alibi."

Der letzte Satz ließ sie nun doch noch aufhorchen. Sie hatte bislang im Gasthof außer dem jungen Polen keinen einzigen weiteren dort arbeitenden Mann gesehen und war wie selbstverständlich davon ausgegangen, dass Frau Meyer alleinstehend, geschieden oder gar verwitwet war. Offenbar mied ihr Mann aber bloß den Kontakt mit Gästen. Das war natürlich noch lange kein Indiz dafür, dass er stattdessen lieber hinter kleinen Jungs her war. Und dennoch galt: Männer waren bei Tötungsdelikten prinzipiell immer verdächtiger, rein statistisch, das wusste sie. Und wer den ganzen Tag allein auf Feldern und in Scheunen unterwegs war, könnte Leon in der Tat bei seinen Streifzügen begegnet sein, das Interesse des neugierigen, kommunikativen Jungen geweckt haben. So sehr sie die Methoden und den Ton der Kommissarin auch verachtete – der Verdacht erschien ihr nicht unplausibel.

Die Dame schien Martinas Gedanken zumindest teilweise erraten zu haben. „Sie kennen ihn noch gar nicht, oder? Ich sag immer zu ihm: Zeig dich doch mal unseren Gästen, mach dich mal im Haus nützlich wie sich das für einen Gastgeber gehört. Aber er sitzt bloß den ganzen Tag auf seinem Traktor, kümmert sich um Feld und Vieh, als würden wir hier noch immer von der

Landwirtschaft leben. Dabei ist das doch heutzutage mehr ein teures Hobby als ein lohnender Beruf."

Martina wusste nicht recht, was sie sagen sollte. Es war ein bisschen wie beim Zahnarzt, sie hatte den Mund voll und konnte sich nicht dagegen wehren, bequatscht zu werden. Das merkte schließlich auch ihr Gegenüber.

„Nun, dann werde ich Sie mal in Ruhe frühstücken lassen. Weiterhin guten Appetit. Und falls Sie noch etwas brauchen – ich bin in der Küche."

Als sie dann ganz allein, vom Hund zu ihren Füßen einmal abgesehen, in der großen Stube saß, fühlte sich Martina aber auch nicht viel besser und wünschte sich, die beiden Männer würden bald kommen und ihr Gesellschaft leisten, sie mit etwas harmloserem, gänzlich unverdächtigem Geplauder auf andere Gedanken bringen. Doch obwohl sie sich wirklich Zeit ließ und ausgiebig und lang frühstückte, tauchten die beiden einfach nicht auf. Womöglich, dachte sie sich, hatten sie aufgrund des anhaltend trüben Wetters ihre Urlaubshöhepunkte ins Hotelbett verlegt und verschliefen nach langen, heißen Nächten nun sogar das Frühstück.

Als sie gerade zum dritten Mal ihr Schälchen randvoll mit hausgemachtem Sahnequark befüllte – wenn einen niemand dabei beobachtete, war es, als fielen die Kalorien nicht ganz so sehr ins Gewicht – hörte sie Schritte und Männerstimmen auf dem Flur. Aber es waren nicht die der Diemels.

Robert Bremer betrat den Frühstücksraum gemeinsam mit einem seiner Kollegen. Es war ausgerechnet der Beamte, der sie am Tag zuvor mehrfach daran gehindert hatte, selbst mit der Polizei zu sprechen. Ein bulliger, grobschlächtiger Typ, muskulös, aber aufgrund der schlichten Gesichtszüge alles andere als gutaussehend, obwohl er wahrscheinlich anderer Meinung war, trug er doch mit Absicht Hemd und Hose eine Nummer zu klein, damit sein gestählter Körper besser zur Geltung kam. Er wirkte eher wie ein Türsteher denn wie ein Kriminalkommissar.

Bremer hingegen sah besser denn je aus. Er hatte offenbar endlich etwas geschlafen, die Augenringe waren zumindest kleiner geworden. Und den kernigen Bart hatte er zum Glück nicht abrasiert, aber gestutzt. Außerdem trug er jetzt wie seine Kollegen zivil – ein frisches Hemd und die Lederjacke, die sie sofort an ihre erste Begegnung in der Kneipe erinnerte, als die Welt noch in Ordnung gewesen war.

Leider schienen ihn seine Kripo-Kollegen trotz des angeglichenen Looks aber noch immer nicht als gleichberechtigt anzusehen, denn als die Wirtin die beiden begrüßte und ihnen Kaffee anbot, den der Inselpolizist bereits dankend annehmen wollte, fiel ihm der andere sofort ins Wort.

„Keinen Kaffee für uns, danke. Bitte lassen Sie uns einem Moment mit

Frau Martens allein."

Er wartete, bis sie weg war, und wandte sich dann mit einem künstlich wirkenden, frostigen Lächeln an Martina. „So, Frau Martens. Jetzt haben wir Zeit für Sie und nehmen Ihre Aussage auf. Dürfen wir uns setzen?"

Ohne eine Antwort abzuwarten, nahm er an ihrem Tisch Platz.

„Haben Sie endlich eine Spur?"

„Die Fragen stelle ich."

„Also nein." Sie war nicht gewillt, sich von diesem – man konnte ihn nicht anders nennen – *Bullen* ebenso herabwürdigend behandeln zu lassen wie am Abend zuvor von seiner Vorgesetzten.

Er ließ sich jedoch nicht auf Diskussionen ein, holte ein Notizbuch hervor und begann ohne weitere Umschweife mit einer zunächst recht standardisiert wirkenden Befragung.

Martina sollte ihren gesamten Tagesablauf bis zu der Entdeckung von Leons Leiche noch einmal rekonstruieren. Sie erzählte so präzise wie möglich und glücklicherweise wirkte er zumindest interessiert, machte sich eifrig Notizen, sogar schon bevor sie zu den eigentlich entscheidenden Stellen – den Begegnungen mit den Kindern – kam.

„Dieser Künstler, von Aschendorf, was genau haben Sie gemacht, als Sie ihn an diesem Nachmittag besucht haben?"

„Wir… wir haben uns unterhalten."

„Worüber?"

„Kunst, Fotografie, die Insel. Smalltalk eben."

„Ist Ihnen irgendetwas besonders aufgefallen an ihm?"

„Verdächtigen Sie ihn etwa?"

Sie sah mit Absicht in die Augen des Nebenmannes, doch Robert Bremer verzog keine Miene, hatte kein Wort mehr gesagt, seitdem der andere es ihm abgeschnitten hatte.

„Frau Martens, beantworten Sie einfach meine Frage. Und zwar bitte nicht mit Gegenfragen."

„Also ich hielt ihn auch zunächst für verdächtig, weil er so verrückt danach war, Leon zu fotografieren."

„Zunächst. Aber nach Ihrem Besuch dann nicht mehr?"

„Nun ja, weniger zumindest."

„Können Sie das bitte konkretisieren?"

Obwohl es eigentlich keinerlei Grund für eine Frau gab, sich für das Begehren der Männer zu schämen, fühlte sie, wie sie rot anlief. „Er hat mir eindeutige Avancen gemacht."

Wieder konnte sie es nicht vermeiden, eher Robert denn ihr Gegenüber anzusehen und tatsächlich glaubte sie, eine Reaktion der Verwunderung oder gar Verärgerung in seinen Augen festzustellen.

„Sie haben mit ihm geschlafen?"

„Nein, natürlich nicht!", sagte sie, eine Spur zu empört, als wäre sie eine Art Nonne und der alte Maler ein Monster.

„Und warum macht ihn das jetzt weniger verdächtig? Männer, die bei erwachsenen Partnern keinen Erfolg haben, weichen oft auf leichter gefügig zu machende Kinder aus."

„Leon wurde missbraucht?"

„Das habe ich nicht behauptet", ruderte er zurück. Doch es war zu spät. Martina erschauderte. Wieder schienen sich ihre schlimmsten Befürchtungen bestätigt zu haben. Von wegen er habe nicht gelitten! Noch bevor jedes Leben aus seinem Körper gewichen war, hatte bereits jemand auf grauenvollste Art seine unschuldige Seele getötet.

30

Nur mit Mühe gelang es Martina, sich wieder auf die Fragen des Beamten zu konzentrieren. Zu tief saß der Schock darüber, was Leon höchstwahrscheinlich angetan wurde.

Es war eine Qual, alles noch einmal zu schildern. Die letzte, im Grunde genommen verhinderte Begegnung mit Leon im Speisesaal genauso wie die ermüdende Suche und ihr schreckliches Ende.

Als sie endlich dort und damit auch am Schluss ihrer Erzählung angelangt waren, fasste der Polizist noch einmal die aus seiner Sicht wichtigsten Punkte knapp zusammen, um sich zu versichern, dass er alles richtig notiert hatte, insbesondere die Zeiten. Dann legte er ihr sein mehrseitiges, kaum leserliches Gekritzel vor und bat um eine Unterschrift. Sie erkannte bloß, dass er in der ersten Person geschrieben hatte, als handele es sich um eine wörtliche Wiedergabe dessen, was sie gesagt hatte. Dabei war es natürlich nur ein kleiner, selektiver Teil ihrer Aussage.

„Ich werde mit Sicherheit nichts unterschreiben, was ich nicht einmal vernünftig lesen kann."

Der Polizist gab einen entnervten Seufzer von sich und klappte das Notizbuch wieder zu. Ein wenig wirkte es, als habe er damit gerechnet oder als passiere ihm das zumindest nicht zum ersten Mal. Offenbar hatte er zwar austrainierte Arme, aber kein ruhiges, zur Schönschrift neigendes Händchen.

„Kollege Bremer, Sie haben doch sicherlich eine bessere Schrift als ich, oder?"

Er zuckte mit den Schultern, doch sein höhergestellter Kollege schien seine Entscheidung schon getroffen zu haben.

„Ich muss weitermachen. Sie schreiben die Aussage bitte noch mal so hübsch und ordentlich auf, dass Frau Martens sie lesen und unterschreiben kann. Aber nur die wichtigen Punkte, Sie wissen ja, was wir brauchen. Und beeilen Sie sich, keine Privatgespräche, kein Kaffeekränzchen, verstanden? Wenn Sie fertig sind, melden Sie sich sofort bei der Einsatzleiterin. Die wird Ihnen sagen, wo wir Sie dann gegebenenfalls noch brauchen."

Er stand auf und verließ ohne weitere Abschiedsworte den Raum.

„So ein Arschloch", sagte Robert Bremer, kaum dass er weg war. Martina musste schmunzeln.

Leider begann er dann doch sofort damit, die ihm übertragene Aufgabe pflichtbewusst zu erfüllen und schnappte sich Stift und die zwei ausgerissenen, weißen Seiten, die der Polizist zurückgelassen hatte.

„Also, bringen wir es hinter uns. Fangen wir beim Maler an. Um wie viel Uhr waren Sie noch mal bei ihm?"

„Kurz nach vier. Verdächtigt ihr ihn?"

„Ich verdächtige ihn nicht. Die Kosslowski hat sich darauf versteift, aber ich glaube, sie irrt sich."

„Und warum?"

Er senkte die Stimme, obwohl sie nach wie vor allein im Raum waren. „Er ist einschlägig vorbestraft. In den Achtzigern hat er in so einer Hippie-Kommune auf dem Land gelebt und mit einer Dreizehnjährigen Sex gehabt – im Pferdestall! Das Mädchen und er standen unter Drogen. Trotzdem ist er damals noch irgendwie mit Bewährung davongekommen, weil er glaubhaft machen konnte, nicht gewusst zu haben, wie jung sie war und es wohl recht einvernehmlich ablief. Ein bisschen so wie bei unserem polnischen Stallburschen also."

Martina musste schlucken. Ihr wurde ganz anders beim Gedanken, dass sie allein beziehungsweise nur mit Reto im Haus eines solchen Typen gewesen war.

„Natürlich ist das trotzdem eine fiese Geschichte und der Typ äußerst schmierig. Aber er wirkt ziemlich heterosexuell, finden Sie nicht? Anders als andere auf dieser Insel…"

„Wen meinen Sie?"

Er blickte kurz in Richtung der Tür, um sicher zu gehen, dass nicht just in diesem Moment jemand den Gastraum betrat, doch es war niemand zu sehen und er setzte seine Enthüllungen im Flüsterton fort.

„Na wen wohl. Ihre beiden Freunde natürlich."

Martina war entrüstet. „Wie bitte? Nur weil sie schwul sind, heißt das doch noch lange nicht, dass sie auf kleine Jungs stehen!"

„Ist mir schon klar. Aber einer der beiden hat kein Alibi."

Sie sah ihn überrascht an. „Die beiden sind doch eigentlich immer zusammen."

„Ja, das haben sie zunächst auch angegeben. Aber dann haben wir die Aussage eines anderen Zeugen, der den Dicken draußen auf dem Hof getroffen haben will. Allein."

„Wer hat das behauptet?"

„Kamil Norwid. Er hat sich sogar kurz mit ihm unterhalten."

Sie erinnerte sich, dass David Diemel am Vortrag beim Frühstück sogar von dieser Begegnung berichtet hatte, doch davon erzählte sie Robert Bremer lieber nichts. Der Gedanke, einer der beiden Ehemänner könnte etwas mit dem Tod von Leon zu tun haben, war einfach absurd.

„Übrigens, mein Gefühl hat mich nicht getäuscht. Ganz koscher ist er wirklich nicht, denn ich habe heute die Rückmeldung von den polnischen Kollegen bekommen, dass es keinen Kamil Norwid mit seinem Geburtsdatum gibt. Also hat er wirklich falsche Papiere. Ich vermute, er ist in Wahrheit Ukrainer oder Weißrusse oder so und hat sich den Pass in Polen auf dem Schwarzmarkt besorgt, damit er ohne Probleme in der EU arbeiten kann."

„Werden Sie ihn deswegen festnehmen?" Obwohl er ein Tunichtgut war, der Teenager verführte, hatte sie – im Unterschied zu den meisten ihrer Kollegen auf dem Amt – immer ein wenig Mitgefühl mit Illegalen. Vielleicht lag es an den Geschichten ihrer inzwischen längst verstorbenen Großmutter, die in ihrer Jugend als Vertriebene selbst auf der Flucht gewesen war und ihr stets eindrucksvoll von den Entbehrlichkeiten eines Neuanfangs fernab der Heimat berichtet hatte.

„Nein, aber früher oder später wird er sicherlich abgeschoben werden. Ich wollte heute zumindest noch einmal mit ihm reden, aber er hat schon Feierabend gemacht und in seinem Zimmer schien er auch nicht zu sein. Na ja, weit wird er nicht kommen. Zurzeit haben wir andere Prioritäten."

„Also halten Sie ihn gar nicht mehr für verdachtig?"

„Die kleine Jessica hat angegeben, dass er sie an dem Abend nur etwa fünf Minuten allein gelassen hat. Kamil Norwid, oder wie auch immer er wirklich heißen mag, hat also ein fast wasserdichtes Alibi. Im Unterschied zu den Diemels."

Das ausführliche Update zu den Ermittlungen rund um den vermeintlichen Polen hatte dafür gesorgt, dass Martina schon beinahe wieder verdrängt hatte, welch abenteuerlichen Verdacht Robert Bremer da eigentlich gerade äußerte.

„Wieso kein Alibi? Das, was die beiden sich gegenseitig gegeben haben, ist doch nicht mehr oder weniger wert als das Alibi, was diese Jessica ihrem Liebhaber gegeben hat, oder?“

„Natürlich. Bloß, dass die Diemels bereits eingeräumt haben, zunächst nicht die Wahrheit gesagt zu haben. David Diemel behauptet jetzt, er wäre in dem Zeitraum, in dem Leon verschwunden ist, betäubt und ertränkt wurde, ziellos auf der Insel umher gelaufen. Es gab wohl einen kleinen Ehekrach. Erst am späteren Abend, als der Junge schon tot im Watt lag, haben sie sich wieder vertragen und sind rüber in die Kneipe zu Hauke, wo wir sie ja auch getroffen haben.“

„Klingt doch plausibel“, sagte Martina, obwohl sie sich bei den beiden einen ernsthaften Ehekrach eigentlich gar nicht vorstellen konnte, so harmonisch wie sie sie stets wirkten, sogar wenn sie kleine Frotzeleien austauschten. „Deshalb ist man doch noch lang nicht verdächtig.“

„Haben die beiden Ihnen eigentlich verraten, was sie in ihrer Freizeit so alles machen?“

„Ich weiß nur, dass sie Leuchttürme lieben. Und Fußballfans sind.“

„Nicht nur Fans, zumindest David Diemel. Er ist ehrenamtlicher Betreuer bei der D-Jugend eines Delmenhorster Vereins. Googeln Sie mal. Überall Bilder von ihm – mit kleinen Jungs in knappen Trikots.“

Davon hatten sie in der Tat nichts erzählt. „Na und?“

„Eine Bekannte von mir ist im Dezernat für Sexualstraftaten, spezialisiert auf Kindesmissbrauch. So ungefähr jeder zweite ihrer Kunden ist irgendwo Trainer oder Betreuer.“

„Das beweist doch alles noch gar nichts.“

„Klar, ist ja auch nur ein Verdacht. Aber passen Sie trotzdem ein bisschen auf, wenn Sie den beiden und besonders dem Dicken wieder begegnen, ja?“

Sie weigerte sich, auch nur über seinen unverschämten Ratschlag nachzudenken.

„Was ist mit diesem seltsamen Frank? Sein Alibi könnte genauso eine Gefälligkeit von seiner Mutter sein.“

„Es gibt nichts, das für ihn sprechen würde.“

Endlich kam sie dazu, ihm zu erzählen, was sie in seinem Wohnwagen gesehen hatte. Doch diesmal war es genau umgekehrt: Der Polizist versuchte, Martinas Anschuldigungen zu zerstreuen.

„Sie haben doch bestimmt gemerkt, dass Frank ein bisschen zurückgeblieben ist. Gut möglich, dass er die Kinderbücher selbst liest. Glauben Sie mir, er ist harmlos.“

Es war zwecklos, keiner der beiden wollte von den Verdächtigungen des jeweils anderen etwas wissen, also setzten sie die Arbeit fort. Am Ende waren die Notizen des Polizisten kaum leserlicher als die seines Kollegen, aber immerhin las er ihr alles noch einmal vor und sie unterschrieb es.

„Wie geht es jetzt weiter?"

„Das weiß ich nicht. Ich weiß nur, Sie sollten bald nach Hause fahren. Das Wetter soll morgen besser werden, dann können Sie hoffentlich einen Wattwagen nehmen."

Ohne eine Antwort abzuwarten und sich vernünftig von ihr zu verabschieden, ging er. Martinas Gefühle spielten verrückt, und es lag nicht einmal in erster Linie an den ganzen neuen und alten Verdächtigen auf der Insel – dem Maler, den Diemels, dem Glatzkopf – sondern an Robert Bremer. Gestern Abend war er ihr noch wie ein Retter in Not erschienen. Der einzige Mensch auf der Insel, dem sie wirklich vertrauen konnte. Und nun war sie ihm offenbar nur noch eine Last, wollte er sie loswerden.

Obwohl sie längst keinen Hunger mehr hatte, löffelte sie eilig die große Portion Sahnequark aus, die noch vor ihr auf dem Tisch stand.

Als sie fertig war und gerade aufstehen wollte – Reto wedelte bereits mit dem Schwanz und freute sich, dass die außergewöhnlich lange Frühstückssitzung endlich beendet schien – betrat erneut jemand den Raum.

Es waren die Diemels, wie immer im Partnerlook, heute mal wieder in Holzfällerhemden. Freundlich und freudig begrüßten sie Martina. In ihren unerhört gut gelaunten Gesichtern ließ rein gar nichts auf Ehekrach oder Schlimmeres schließen.

31

„Schade, heute scheint es keinen Sahnequark zu geben", stellte David bei seinem Gang ans Buffet fest und füllte stattdessen einen Korb mit Brötchen, während sein Mann ihnen beiden Kaffee einschenkte.

Abermals an diesem Morgen gesellten sich zwei Männer an ihren mittlerweile mit leeren Schalen und Tellern voll gestellten Frühstückstisch. Die zuvor noch so kommunikative und eigentlich immer aufmerksame Bedienung war seit dem Rausschmiss durch die Polizisten nicht wieder aufgetaucht, weder um den Tisch ein wenig abzuräumen, geschweige denn um den von Martina im Alleingang verspeisten Sahnequark wieder aufzufüllen.

Hatte sie sich vorhin noch die Gesellschaft der Eheleute gewünscht, so war ihr nach dem Verhör und vor allem den neuen, erschütternden Informationen eigentlich nicht mehr nach lockerer Konversation. Obwohl das im Urlaub ja eigentlich gar nicht ihre Aufgabe war, begann sie, ihr schmutziges Geschirr zusammenzustellen, um den Männern die Spuren ihrer morgendlichen Frust-Fressattacke nicht ganz so schonungslos zu hinterlassen. Reto bemerkte sofort Frauchens Aufbruchsstimmung und wedelte mit dem Schwanz, froh, dass er nach dem außergewöhnlich langen Herumsitzen endlich wieder die Chance auf Bewegung und Erleichterung bekommen würde. Sie nahm seine Leine in die Hand.

„Wollt ihr etwa schon gehen? Bleibt doch noch einen Moment! Wir sind so neugierig, wie es gelaufen ist", sagte Felix.

„Wir haben extra gewartet, bis die Polizei weg ist", fügte sein Mann im konspirativen Flüsterton hinzu. „Die haben uns gestern schon genug in die Mangel genommen. Furchtbar."

Martina ließ Retos Leine zu dessen Enttäuschung wieder los, lehnte sich zurück. „Ja, sie gehen nicht gerade besonders feinfühlig vor."

„Na dich werden sie ja wohl kaum verdächtigen, oder?", erkundigte sich David.

„Nein. Sie glauben wohl, es war der Maler."

„Aber du warst doch bei ihm an dem Abend, bist ja praktisch sein Alibi."

„Das war ja eher am Nachmittag, da war Leon noch gar nicht verschwunden. Er könnte es danach noch getan haben."

„Tja, fast wie bei mir. Ich hab den Fehler gemacht, an dem fraglichen Abend allein eine Runde an der frischen Luft zu drehen und davon zunächst nichts zu sagen", gab David freimütig zu. „Jetzt haben sie allen Ernstes angedeutet, ich könnte ja unterwegs den armen Jungen abgemurkst haben."

Martina entging nicht, wie Felix seinen Mann leicht vorwurfsvoll von der Seite ansah, so als wäre es ihm gar nicht recht, dass er so lapidar über den ungeheuerlichen Verdacht plauderte.

„Ich kann mir irgendwie gar nicht vorstellen, dass ihr beiden Krach hattet", verplapperte sich Martina.

„Woher weißt du das? Verbreitet die Polizei jetzt schon Details aus unserem Eheleben?", rief Felix. Zumindest aus seinem Gesicht war jegliche gute Laune verschwunden – ein durchaus ungewohnter Anblick.

„Nun krieg dich mal wieder ein, Schatz. Es war ja nichts Schlimmes." Und dann, an Martina gewandt: „Du hast ja bestimmt schon mitbekommen, dass er furchtbar eifersüchtig ist. Ich hab doch in der Kneipe erzählt, dass ich kurz zuvor auf meinem Spaziergang diesen knackigen Kamil getroffen habe. Mein lieber Mann scheint es für möglich zu halten, dass der kleine Pole an dem Abend mehrgleisig gefahren ist und ich ihn mal eben vernascht habe, während er nebenbei seine Teenie-Braut im Heu klar gemacht hat. Ist zwar fast genauso absurd wie die Mord-Theorie der Polizei, aber was soll's."

Felix waren die Aussagen seines Partners sichtlich unangenehm. „Ich finde wirklich, wir sollten das jetzt hier nicht alles noch einmal besprechen."

„Warum nicht, Schatz? Ich habe keine Geheimnisse!"

„Ach ja, und warum hast du mich dann gebeten, für dich zu lügen?"

„Weil ich genau *das* verhindern wollte. Wenn du schwul bist und mit Kindern arbeitest, stehst du doch sofort im Verdacht, sobald irgendetwas mit einem Jungen passiert."

Martina mischte sich ein, verspürte das dringende Bedürfnis, zu schlichten, da sie sich bewusst war, dass ihre Indiskretion erst zum erneuten Aufflammen der Auseinandersetzung zwischen den beiden geführt hatte. „Das kann ich gut verstehen. Die Unterstellungen und voreiligen Schlussfolgerungen der Polizei sind furchtbar. Trotzdem wäre es besser gewesen, wenn ihr gleich die Wahrheit gesagt hättet. Aber im Nachhinein ist natürlich leicht reden."

Immerhin, sie stimmten ihr beide zu. Dennoch war die Stimmung dahin, niemand wusste so recht, was er sagen sollte, so dass Martina sich nun doch auf den Weg machte.

„Reto muss dringend mal raus", erklärte sie, was noch nicht einmal gelogen war.

Draußen war es noch immer windig und wolkig, doch es hatte aufgehört zu regnen und es taten sich am Himmel zwischen all dem Grau ein paar blaue Risse auf.

Es gab so Vieles, was Martina glaubte, noch tun zu müssen, obwohl diese Sachen noch viel weniger als Abräumen irgendetwas mit Urlaub zu tun hatten. Aber an Erholung war ohnehin nicht mehr zu denken. Genauso wenig wie an Abreise. Zwar war die Insel längst kein Ferienparadies mehr für sie, sondern eher das Gegenteil. Aber sie glaubte, dass sie sich die Freiheit, wieder nach Hause zu gehen, erst verdient hatte, wenn Licht in das Dunkel um Leons Tod gekommen war.

Dazu wollte sie sich zum Beispiel ein eigenes Bild von Herrn Meyer machen. Sie wollte endlich mit dieser Alice über ihren merkwürdigen Sohn sprechen. Sie wollte herausfinden, ob nicht doch etwas an den Geschichten von Leons Bekanntschaft mit einem fremden Mann dran gewesen war, jetzt, wo sie nahezu sicher sein konnte, dass er einem Perversen zum Opfer gefallen war. Sie wollte endlich die Wahrheit herausfinden.

Doch dann, sie war noch immer auf dem Hof der Pension, geschah das, was sie so ziemlich als letztes wollte: Sie begegnete erneut Kommissarin Kosslowski. Schnellen, hektischen Schrittes näherte sie sich ihr.

Für einen Augenblick hatte sie die Hoffnung, dass es vorbei war. Dass sie ihn geschnappt hatten. Doch ihr wurde sofort klar, dass die Ermittlerin ihr so ziemlich als letztes oder nie Bescheid gesagt hätte.

„Wollen Sie zu mir?"

Es war offensichtlich, denn sie blieb direkt vor Martina stehen. Erst jetzt fiel ihr auf, dass die Beamtin ein Tablet in der Hand hatte. Sie streckte es ihr entgegen.

„Schauen Sie sich das Foto an. Welche dieser Kinder kennen Sie beziehungsweise kennen Sie nicht?"

Es handelte sich um ein Porträt der gesamten Gruppe, die allesamt Pinsel in den nach oben ausgestreckten Händen und mit Farbe bekleckste Kittel trugen. Die meisten machten alberne Fratzen, doch Leon sah traurig und ernst aus, stand ganz am Rand. Sie spürte, wie sich ihr Herz zusammenzog.

„Diese Foto hat der Maler gemacht, oder? Haben Sie jetzt irgendetwas gegen ihn in der Hand?"

„Hören Sie, ich habe keine Lust mehr, mich mit Ihnen zu streiten. Sie wissen, dass ich Ihnen nichts sagen darf und auch eigentlich gar nicht mehr mit Ihnen reden will. Aber es ist wichtig. Wirklich wichtig. Konzentrieren Sie sich bitte und sagen Sie mir, welche Kinder Sie wiedererkennen oder ob Ihnen irgendetwas anderes an dem Foto auffällt."

Sie nahm das Tablet in die eigenen Hände und zoomte mal hier, mal da heran, vermied es, sich den ebenso niedlichen wie traurigen Leon näher anzusehen, da ihr sonst vermutlich die Tränen gekommen wären.

„Außer Leon bin ich den Kindern ja kaum begegnet. Bloß auf dem Schiff und einmal kurz beim Abendbrot im Landschulheim. Da erinnere ich mich an kaum ein Gesicht, ehrlich gesagt. Bis auf die hier, natürlich." Sie zeigte auf Justin und seinen direkt neben ihm stehenden Kumpel Serkan. Wie nicht anders zu erwarten, waren sie die auffälligsten auf dem Bild, nicht nur weil ihre Kittel die wildesten Farbspritzer aufwiesen. Während Serkan dem ahnungslos bis treudoof in die Kamera grinsenden Jungen vor ihm vergleichsweise harmlose Hasenohren verpasst hatte, erkannte Martina bei näherem Heranfahren deutlich, dass Justin die Hand so um den Pinsel gelegt hatte, dass er dem Fotografen sowie damit auch allen Bildbetrachtern den erhobenen Stinkefinger zeigte.

„Ja, und das hier ist natürlich Jessica. Das war's leider auch schon. Sonst erkenne ich keinen. Was sollte mir denn auffallen, wen soll ich hier erkennen? Sie haben doch bestimmt alle identifiziert und vernommen, oder etwa nicht?"

Ungeduldig nahm die Polizistin ihr das Tablet ab.

„Es waren vierzehn. Immer nur vierzehn. Vierzehn Namen auf der Liste. Aber auf dem Bild sind es fünfzehn! Ein Kind zu viel!"

32

Kaum hatte Kommissarin Kosslowski ihre Entdeckung ausgesprochen, schien sie es auch schon wieder zu bereuen.

„Ach wissen Sie, vergessen Sie‘s“, sagte sie, fast schon vorwurfsvoll und schaltete den Bildschirm des Tablets ab.

Doch nichts stand Martina ferner als zu vergessen. Ihr Hirn arbeitete auf Hochtouren. Irgendetwas war da in ihrem Unterbewusstsein, doch sie konnte es noch nicht hervorholen.

„Warten Sie, zeigen Sie mir das Bild noch mal!“

Mit erkennbarem Widerwillen tat die Beamtin, worum Martina sie gebeten hatte.

Sie betrachtete die Gesichter erneut, eines nach dem anderen, nahm sich alle Zeit und versuchte, den genervten Blick der Polizistin, den sie aus dem Augenwinkel durchaus wahrnahm, zu ignorieren.

Die meisten unbekannten Gesichter blieben ihr auch nach längerem Überlegen fremd. Doch der eine oder die andere kam ihr dann plötzlich doch bekannt vor, etwa der Junge mit den Hasenohren oder ein pummeliges Mädchen mit Mondgesicht. Aber das reichte natürlich nicht, um per Ausschlussverfahren das eine, gänzlich unbekannte, mysteriöse fünfzehnte Kind ausfindig zu machen.

Doch dann fiel es ihr wie Schuppen von den Augen. Es waren gar nicht die vermeintlich Unbekannten. Es war eines der ihr geläufigen Gesichter, das nicht hineinpasste. Und zwar das etwas dümmlich grinsende mit den Hasenohren.

„Dieser Junge hier, der wohnt auf der Insel. Ich bin ihm gestern Vormittag begegnet.“

Die Kommissarin sah sie irritiert an, als hätte sie völligen Blödsinn geredet. Dabei war Martina sich nun ziemlich sicher – und hatte sogar eine plausible Erklärung. „Vielleicht durfte er den Workshop als Gast besuchen. Aber das können ihnen die Betreuer oder der Maler doch sicherlich besser als ich beantworten.“

Sie ging nicht darauf ein. „Wo genau sind Sie diesem Jungen begegnet?“

Martina überlegte. Es gab ja auf Neuwerk keine Straßennamen, ja eigentlich nicht einmal Straßen. Der Bungalow musste das letzte oder vorletzte Haus vor dem Abzweig zum Mittelweg gewesen sein, direkt hinter dem Deich.

Sie wollte bereits zu einer Wegbeschreibung ausholen, da hatte sie eine bessere Idee. Die Kommissarin schien keinen Schimmer zu haben, wer dieses Kind war oder wo es wohnte. Offenbar hatte sie – wie schon bei ihrer ersten Begegnung auf dem Festland – schlampig gearbeitet und nur die erwachsenen Neuwerker überprüft. Das war Martinas Chance, abermals einen Einblick in die Ermittlungen zu bekommen. „Ich führe Sie hin."

„Es genügt, wenn Sie mir sagen, welches Haus das war. Es gibt ja nicht all zu viele hier."

„Ich bin mir nicht mehr ganz sicher", log sie, „aber wenn ich es sehe, erkenne ich es vielleicht."

Kosslowski schien den Braten zu riechen, ließ sich aber aus Mangel an Alternativen dennoch darauf ein. „Na gut. Aber sie zeigen mir bloß das Haus und dann verschwinden Sie. Wo lang müssen wir?"

Nach der heftigen Auseinandersetzung zwischen den beiden Frauen am Tag zuvor in der Kneipe des alten Hauke grenzte es an ein Wunder, dass sie nun fast schon harmonisch wie zwei alte Freundinnen nebeneinander im Gleichschritt den Deich entlang wanderten, während Reto sich zwischen den beiden entlangschlängelte.

Martina sah den mit Efeu überwachsenen Bungalow schon von Weitem, ließ sich aber noch Zeit mit der Verkündung, bis sie unmittelbar an dem rostigen Tor zu dem völlig verwilderten Vorgarten angekommen waren. Von dem Jungen, der tags zuvor dort gespielt hatte, war nichts zu sehen. Es gab zumindest an der Pforte kein Schild und keine Klingel, nur einen Briefkasten, auf dem aber auch kein Name angebracht war, obwohl das Haus ja bewohnt sein musste.

„Das hier müsste es sein."

„Gut." Ein Dankeschön kam der alten Hexe nicht über die Lippen, dachte sich Martina und blieb einfach stehen. „Sie können jetzt gehen." Bitte gehörte offenbar genauso wenig zu ihrem Vokabular.

„Ich bleibe gern noch ein bisschen hier stehen."

„Nein, das machen Sie nicht."

Martina spürte, wie ihr das Blut in den Kopf stieß. Das war gar nicht gut für ihre Nerven, aber sie konnte die Unverschämtheiten dieser Frau einfach nicht unerwidert lassen, auch wenn dadurch erneut eine hässliche Eskalation drohte.

„Das ist ein öffentlicher Weg, ich bleibe hier solange stehen, wie ich möchte, oder wollen Sie mich deswegen verhaften?"

Auch Kommissarin Kosslowski wurde angespannter, sprach lauter.

„Zuerst erteile ich Ihnen hiermit einen Platzverweis, und wenn Sie sich daran nicht halten, kann ich Sie durchaus festnehmen lassen wegen Behinderung polizeilicher Ermittlungen, das sollten Sie eigentlich wissen."

Martina konnte nicht umher, als laut aufzulachen. Jetzt, wo diese alte Schabracke ganz allein war und nicht umzingelt von ihr beflissen untergebenen Männern so wie am Abend zuvor, fühlte sie sich noch eher in der Lage, es mit ihr aufzunehmen.

„Wenn Sie doch mal bloß mit der gleichen Konsequenz, mit der sie mich loswerden wollen, nach Tatverdächtigen suchen würden, statt irgendwelchen Kindern hinterherzujagen oder sich frühzeitig auf den falschen Verdächtigen einzuschießen."

„Frau Martens, ich habe ernsthafte Zweifel an Ihrer geistigen Gesundheit. Jetzt bilden Sie sich auch noch ein, zu wissen, wen ich verdächtige! Sie haben doch nicht die leiseste Ahnung, also unterlassen Sie die ständigen Unterstellungen und verschwinden Sie, bevor es unangenehm für Sie wird!"

Martina ahnte, dass es ein Fehler war, konnte der Versuchung aber nicht widerstehen und ließ die Katze aus dem Sack. „Der Maler war es nicht. Das ist ein Schürzenjäger. Er kann vielleicht gut mit Kindern umgehen, aber er ist hinter Rockzipfeln her und kein perverser Knabenmörder. Er hat überhaupt kein Motiv für so eine Tat."

„Okay, das reicht."

Sie griff in eine ihrer Manteltaschen, holte ihr Mobiltelefon hervor.

„Ich muss Sie sehen. Sofort."

Martina hörte eine männliche Stimme antworten, aber so gedämpft, dass sie die Person am anderen Ende der Leitung nicht erkannte.

„Das sage ich Ihnen gern gleich persönlich. Wo sind Sie?"

In diesem Moment öffnete sich die Tür zum Bungalow und ein Mann mit Telefon am Ohr trat auf die Schwelle. Trotz des ganzen, teilweise meterhohen Gestrüpps, das ihn teilweise verdeckte, erkannte Martina Frau Kosslowskis Kollegen sofort. Es war Robert Bremer.

33

„Was machen Sie denn *hier*?"

Frau Kosslowski schien noch überraschter als Martina. In ihren üblich erbarmungslos-erregten Domina-Gesichtsausdruck war erkennbar Verwirrung gekommen.

„Ich habe Familie Mehring besucht. Und Sie?"

Martina dachte angestrengt nach, ob sie diesen Namen schon einmal gehört hatte – doch auch wenn sie ein schlechtes Namensgedächtnis hatte, war sie sich ziemlich sicher, dass er zum ersten Mal fiel.

„Kommen Sie mal her, Bremer.“ Der Inselpolizist schloss die Tür und lief durch den Vorgarten zu den Frauen.

„Sie nehmen jetzt diese Dame mit, helfen ihr beim Kofferpacken, gehen dann zum Landeplatz, wohin ich Ihnen gleich einen Hubschrauber anfordern werde, der Sie beide zurück in die Stadt bringt. Damit ist der Urlaub von Frau Martens, der ich soeben einen Platzverweis für die gesamte Insel erteilt habe, genauso beendet wie Ihr Einsatz hier. Haben Sie mich verstanden?“

„Ehrlich gesagt, nein.“

„Oh, ich glaube doch. Sie haben Ermittlungsergebnisse an Unbefugte weitergegeben. Sie treffen sich privat mit Tatverdächtigen. Und vor allem habe ich Grund zur Annahme, dass Sie mir etwas Entscheidendes vorenthalten haben. Wenn sich das bewahrheitet, werde ich dafür sorgen, dass die Interne sich um Sie kümmert. Vorerst können Sie froh sein, dass ich Sie nur aus meinem Team werfe und Sie nicht gleich suspendieren lasse.“

Robert Bremer sah die Kommissarin entgeistert an. Martina würdigte er keines Blickes und doch glaubte sie zu wissen, was er dachte.

„Hören Sie, Frau Martens, ich weiß es nicht von Herrn Bremer. Er hat mir keinerlei Ermittlungsergebnisse mitgeteilt. Ich habe Ihren anderen Kollegen telefonieren hören, diesen etwas stämmigen, der mich befragt hat.“ Sie war beinahe selbst erstaunt, wie locker ihr gegenüber der Staatsmacht an diesem Tag eine Lüge nach der anderen über die Lippen kam, doch keiner der beiden Beamten ging auf das ein, was sie gesagt hatte. Sie behandelten Martina wie Luft. Immerhin versuchte dafür aber auch niemand, sie zu verjagen.

„Frau Kosslowski, jetzt hören Sie mir mal zu. Sie sind nicht meine Chefin, Sie sind nicht einmal ranghöher als ich, wir sind beide Hauptkommissare, Sie Kriminal- und ich Schutzpolizei, also können Sie mich gar nicht aus Ihrem Team werfen. Ich war nämlich nie Ihrem Team. Ich habe Sie lediglich auf Ihre Bitte hin als einziger ortskundiger Kollege unterstützt – so gut ich konnte und obwohl das eigentlich nicht zu meinen Aufgaben als *Bünabe* zählt. Der einzige, der mich hier nach Hause schicken kann, ist mein Vorgesetzter. Und den werde ich jetzt anrufen und ihm von Ihren untragbaren Unterstellungen berichten. Ich habe Ihnen mit Sicherheit nichts vorenthalten und schon gar keine Informationen weitergegeben. Mich mit den Neuwerkern zu treffen, gerade in diesen schweren Stunden, ist kein Privatvergnügen, sondern meine dienstliche Pflicht. Egal ob Sie von ihnen unter Generalverdacht gestellt werden oder nicht.“

Ein hämisches Grinsen machte sich auf dem Gesicht von Kriminalhauptkommissarin Kosslowski breit.

„Schade, dass es auf Neuwerk keine Kirche gibt. Mehr noch als zum *Büna-*

be hätten Sie das Zeug zum Pastor. Sind Sie jetzt fertig mit ihrer Märchen-Predigt? Dann telefonieren wir beide mit unseren Vorgesetzten und danach wird sich zeigen, wer den besseren Draht nach oben hat. Ich befürchte, wenn ich fertig bin, bleibt Ihnen wirklich nur noch Beten."

Tatsächlich griffen beide zu ihrer offenbar schärfsten Waffe – dem Handy. Martina nutzte die Gunst der Stunde und schlich sich samt Reto durch die nicht verschlossene Pforte in Richtung des Hauseingangs, was natürlich nicht unentdeckt blieb. Doch selbst Hauptkommissarin Kosslowski, die zuvor noch all ihre Energien darauf verschwendet hatte, Martina davon abzuhalten, sich auch nur in der Nähe dieses Hauses aufzuhalten, schien nun Wichtigeres zu tun zu haben und ignorierte den Alleingang ihrer Widersacherin, während sie mit ausladenden Gesten begann, ein hektisches Telefongespräch zu führen.

An der Tür gab es glücklicherweise doch eine Klingel. Nachdem sie gedrückt hatte und auf eine Antwort wartete, versuchte sie, einen Blick durch das Fenster zu erhaschen, doch der Vorhang war zugezogen. Dabei musste ja jemand zu Hause sein, immerhin hatten sie bis eben noch Besuch. Sie klingelte erneut.

Endlich hörte sie Schritte hinter der Tür, die sich kurz darauf einen Spalt breit öffnete. „Ja, bitte?", ertönte eine Frauenstimme.

Es dauerte einen Moment, bis sie aus der Dunkelheit des Hauses nur schemenhaft herausschimmernden, langen grauen Haare richtig zuordnen konnte.

34

„Alice? Alice Mehring?"

„Ja. Frau Martens, nicht wahr? Kommen Sie rein, schnell."

Der Wohnraum wirkte wenig einladend. Er war zwar nicht unbedingt dreckig oder unordentlich, aber viel zu vollgestellt. Das schlichte Billy-Regal an der Wand quoll über, auf dem Boden standen stapelweise Kisten mit Klamotten, Kartons mit Papieren und Bücher, so dass fast jeder Quadratzentimeter des Raumes mit irgendetwas belegt war.

„Sie müssen mir helfen. Diese Kommissarin da draußen…", sie zeigte auf die verschlossenen Vorhänge, durch die sie offenbar zuvor gespäht haben musste. „Sie wird mir meinen Sohn wegnehmen."

„Hat er denn etwas getan?"

„Nicht Frank. Meinen anderen Sohn. Der hat aber genauso wenig getan wie Frank."

„Ich wusste gar nicht, dass sie noch ein zweites Kind haben."

„Das weiß außerhalb der Insel niemand. Es darf auch niemand wissen.

Sonst nehmen sie ihn mir weg!"

„Aber warum?"

„Er hat ebenfalls eine Behinderung. Ich war schon sehr alt, als ich ihn bekam. Vielleicht sind es auch meine Gene, keine Ahnung. Jedenfalls ist er speziell."

„Aber das ist doch kein Grund, ihn zu verstecken!"

„Das Jugendamt würde ihn mir wegnehmen, so wie damals Frank. Das Heim hat Frank kaputt gemacht, er hat sich nie davon erholt. Sind Sie Mutter?"

Martina nickte.

„Dann müssen Sie das doch verstehen! Ein Kind gehört zu seiner Mutter!"

Die ältere Frau sah sie flehentlich an. Kurz war Martina versucht, Alice Mehring nach dem Vater ihrer Kinder zu fragen, doch dann dachte sie daran, wie unangenehm dieses Thema für sie selbst spätestens seit der Scheidung war und ließ es bleiben.

„Natürlich, das verstehe ich. Aber ein Kind braucht doch auch Schulbildung, soziale Kontakte, medizinische Betreuung..."

„Das hat er doch alles! Er geht auf die Inselschule, hat viele Freunde. Die Lehrerin hat mir sogar einen Arzt in Cuxhaven vermittelt, der keine Fragen stellt und auch Patienten ohne Papiere behandelt. Und in den Ferien kommt er mit mir auf die Arbeit, er wohnt dann sogar dort, ist einfach ein Kind mehr im Landschulheim. Alle hier wissen Bescheid. Die Neuwerker halten zusammen. Wir regeln die Dinge hier noch unter uns, helfen uns gegenseitig. Nie gab es Probleme, bis... Bis diese schreckliche Sache passiert ist."

„Robert Bremer weiß also auch Bescheid."

„Schon sein Vorgänger wusste es. Als er neu war, hat er noch versucht, mich zu überreden, zu den Ämtern zu gehen. Doch dann hat er gemerkt, dass ich eher sterben werde, als dass ich meinen kleinen Jungen auch noch verliere und dass es ihm hier gut geht, er alles hat was er braucht. Also hat er mich auch nicht verraten."

Irgendetwas stimmte an der Geschichte nicht. Es war Martina so, als würde eine entscheidende Information fehlen, um wirklich zu verstehen, warum all diese Leute etwas so Verrücktes taten wie ein Kind vor der Außenwelt zu verstecken. Sie wurde das Gefühl nicht los, dass es mit dem Vater zu tun hatte, aber sie traute sich nicht, zu fragen. Vielleicht war sie wirklich bloß nicht in der Lage, sich in die Köpfe der über Jahrhunderte von der Außenwelt recht abgeschieden lebenden Insulaner zu versetzen, für die scheinbar andere Gesetze galten als für die Menschen aus der Stadt.

„Wo ist das Kind jetzt?"

„Nicht hier. Ich habe ihm gesagt, er soll sich erst einmal woanders verstecken."

„Und wo soll das sein?"

Sie zuckte mit den Schultern. „Er kennt Neuwerk wie seine Westentasche. Nicht einmal mir zeigt er seine Unterschlüpfe."

„Sie schicken Ihren Jungen allein da raus, obwohl ein mutmaßlicher Mörder und Kinderschänder frei auf dieser Insel herumläuft?"

Jedes Verständnis, das sie gerade noch versucht hatte, für die verzweifelte Mutter aufzubringen, war bereits wieder verflogen. Diese Frau musste wahnsinnig sein! Schuldbewusst sah sie zu Boden, antwortete nicht.

„Die Kommissarin wird jeden Moment klingeln und Sie zu dem Jungen befragen."

„Sie werden doch dicht halten, Frau Martens, oder?"

„Selbst wenn – sie wird es herausfinden. Es geht außerdem gar nicht um mich. Zwei Staatsdiener, ein Polizist und eine Lehrerin, haben Sie gedeckt und könnten ihren Job deswegen verlieren."

„Nicht, wenn alle schweigen."

„Schweigen Sie eigentlich auch noch über etwas anderes?"

Es wurde höchste Zeit, dass sie zum eigentlichen Thema kamen. Die dramatische Lebensgeschichte dieser Frau war nicht ihre Baustelle. Es ging immer noch um den Tod eines unschuldigen Kindes und einen nach wie vor ungesühnten Mord.

„Ich weiß nicht, was Sie meinen."

„Ich meine, ob Sie vielleicht auch schweigen, um Ihren anderen Sohn zu schützen? War Frank wirklich vorgestern den ganzen Abend bei Ihnen?"

Ohne jede Vorankündigung brach die bislang trotz der heiklen Unterhaltung recht gefasst auftretende Frau in Tränen aus.

„Frank war es nicht. Er war es nicht! Er würde so etwas nie tun. Ich kenne doch meinen Sohn!"

Sie hatte die Frage nicht beantwortet. Martina stellte sie dennoch nicht erneut, denn sie wusste, das würde die Mutter nur zu weiteren Lügen zwingen. Die ausweichende Antwort war schon aufschlussreich genug gewesen. Jetzt galt es, den richtigen Ton zu treffen, die emotionale Ausnahmesituation auszunutzen und ihr so eventuell weitere Informationen zu entlocken.

„Natürlich kennen Sie Ihren Sohn. Sie wissen auch von seinen Neigungen, oder?"

„Er kann doch keiner Seele was zu Leide tun. Das müssen Sie mir glauben, er ist unschuldig, vom Gemüt her doch selbst noch ein Kind!"

Wieder eine ausweichende Antwort, die in Martinas Ohren wie ein Eingeständnis klang. Sie zitterte vor Aufregung. Noch ein, zwei Fragen und eine weitere Lebenslüge dieser Frau würde wie ein Kartenhaus in sich zusammenfallen, die Wahrheit vermutlich doch noch ans Licht kommen und ihr von Anfang an gehegter Verdacht sich bestätigen.

Doch dann klingelte es an der Tür. Alice wischte sich die Tränen aus dem faltigen Gesicht und setzte binnen Sekunden wieder ihr übliches, freundlich-mildes Lächeln auf, als kehre sie zu einer einstudierten Rolle zurück. Das Momentum war vorüber und natürlich war Kommissarin Kosslowski daran schuld.

35

Zu Martinas Überraschung stand die Kripo-Beamtin nicht allein vor der Tür. Robert Bremer war dicht hinter hier. Anders als befürchtet hatte sie ihr Vorhaben, ihn von der Insel zu schmeißen, bei ihren Vorgesetzten (noch) nicht durchbekommen, was Martina natürlich freute.

Sie rechnete damit, dass die Beamtin stattdessen nun umso vehementer versuchen würde, sie loszuwerden, doch auch da irrte sie sich. Die neue Strategie schien daraus zu bestehen, Martina wie Luft zu behandeln.

„Dürfen wir reinkommen, Frau Mehring?"

„Selbstverständlich, Frau Kommissarin. Kann ich Ihnen etwas anbieten?"

„Nein, danke."

Noch bevor Robert Bremer hinter ihr die Haustür schloss, holte sie das Tablet hervor, zeigte Alice den Ausschnitt des Fotos mit dem Phantomjungen. „Wer ist dieses Kind hier?"

„Das ist doch eines von denen aus der Gruppe vom Landschulheim."

„Das ist mir schon klar. Aber wie heißt es?"

„Der Name ist mir entfallen, tut mir leid. Es sind so viele und man wird ja nicht jünger… Da fragen Sie besser Fabian."

Die Lüge kam ihr über die Lippen ohne mit der Wimper zu zucken und wie selbstverständlich spannte sie auch den jungen Betreuer in ihr abenteuerliches Geheimnis ein. Martina erinnerte sich daran, wie eiskalt Alice selbst in der Mordnacht gelogen hatte und, angesprochen auf einen Jungen mit Behinderung, dessen Eigenschaften kurzerhand einfach dem verschwundenen, vermeintlich völlig fantasierenden Leon in die Schuhe geschoben hatte, um von ihrem Sohn abzulenken.

Sie schien wirklich jahrelange Praxis darin zu haben, ihr eigenes Kind gegenüber Fremden zu verleugnen. Und konnte dabei auf ein ausgeklügeltes, durch Mitleid und Suiziddrohungen gefügig gemachtes Netzwerk an Helfern und Helfershelfern zurückgreifen – vom Polizisten bis zum Pädagogen.

„Ich will es aber von Ihnen wissen."

„Wie gesagt, ich weiß nicht…"

„Unsinn. Es gibt einen Zeugen, der das Kind in Ihrem Vorgarten gesehen hat", fiel ihr Kosslowski barsch ins Wort.

Selbst jetzt schaffte sie es, die direkt neben Alice Mehring stehende Martina keines Blickes zu würdigen, was ihr aber in diesem Fall ganz recht war.

„Die Kinder spielen überall auf der Insel, das ist doch normal."

„Der Junge wurde aber gestern Vormittag hier gesichtet. Da war die Gruppe längst abgereist."

„Das kann doch gar nicht sein. Wer behauptet das?"

„Verkaufen Sie mich nicht für dumm, Frau Mehring. Wir finden es so oder so heraus. In diesem Moment sprechen meine Kollegen mit Fabian Marlow. Also erzählen Sie mir jetzt lieber die Wahrheit."

Nach wie vor lächelte Alice, aber ihre Mundwinkel begannen, nervös zu zucken und Martina rechnete jeden Moment damit, dass sie erneut in Tränen ausbrechen würde.

Zum zweiten Mal innerhalb weniger Minuten verhinderte ein Klingeln weitere Enthüllungen. Diesmal war es nicht die Tür, sondern Frau Kosslowskis Mobiltelefon.

„Ja?"

Das Telefonat dauerte keine halbe Minute, schien aber dennoch recht aufschlussreich zu sein, denn Frau Kosslowski nickte zwischendurch mehrfach zufrieden, obwohl ihr Gesprächspartner das natürlich nicht sehen konnte.

„In Ordnung." Sie steckte das Handy wieder in die Jackentasche. „Das wird ja immer absurder. Fabian Marlow hat soeben gestanden, auf Ihren Wunsch hin ein weiteres Kind betreut zu haben, das nicht auf der Liste stand. Und zwar vermeintlich Ihren jüngeren, ebenfalls auf der Insel lebenden Sohn. Obwohl davon in keinem Geburts- oder Melderegister etwas zu finden ist. Und er hat noch etwas gesagt: Ihr mutmaßlicher Sohn hat sich mit dem Mordopfer ein Zimmer geteilt. Wenn ich mich richtig entsinne, hat Leon gern Detektiv gespielt. Musste er deswegen sterben, weil er Ihr Geheimnis erraten hat, nämlich die wahre Identität seines Zimmergenossen?"

Eigentlich hätte Alice Mehring spätestens jetzt allen Grund gehabt, erneut in Tränen auszubrechen, doch ihr Gesicht war wie versteinert. Sie schien unter Schock zu stehen, sagte gar nichts mehr.

„Frau Mehring, beantworten Sie bitte meine Frage. Haben Sie Leon umgebracht? Oder war es Ihr anderer Sohn? Hören Sie, wenn Sie es gestehen, kann die Sache vielleicht noch glimpflich für Sie und Ihre Kinder ausgehen. Ich nehme an, Sie wollten das nicht, es war ein Unfall, oder?"

Schweigen. Für Martina sich quälend lang anfühlende Augenblicke sagte niemand etwas. Sie und Robert Bremer waren in dieser Szene sowieso nur noch Statisten, stille, maximal geduldete Zuschauer. Frau Kosslowski schien die Situation zu genießen, konnte trotz der ernsten Lage ein triumphierendes, angedeutetes Lächeln nicht vermeiden. Offenbar glaubte sie, kurz vorm Geständnis und damit der Auflösung des Falls zu stehen. Doch Alice Mehring war schlau genug, um zu schweigen. Oder hatte vielleicht auch bloß keine Kraft mehr zum Reden.

„Gut, dann eben anders." Kosslowskis angedeutetes Lächeln war verschwunden, ihr Mund nahm wieder die üblich strenge Form an. „Wo ist der Junge? Da Sie nicht kooperieren und zudem unter Mordverdacht stehen, muss ich ihn sofort dem Kinder- und Jugendnotdienst übergeben."

Dieser Knopf stellte sich abermals als der richtige raus, um die ergraute Mutter nun doch zum Reden zu bekommen.

„Nein! Das dürfen Sie nicht tun! Bitte nicht!"

„Dann sagen Sie mir jetzt sofort, was mit Leon passiert ist."

„Ich weiß es doch nicht! Aber Frank hat nichts damit zu tun, er war die ganze Zeit bei mir."

„Wie Sie wollen."

Sie schob sich an den beiden Frauen vorbei, lief wie bei einem Hindernislauf geschickt um die zahlreichen Karton- und Kistenstapel herum auf die andere Seite des Wohnzimmers, öffnete zunächst die eine Tür, die in eine winzige Küche führte, warf einen Blick hinein, schloss die Tür wieder und öffnete die nächste, wohinter sich vermutlich Schlaf- und Badezimmer befanden, trat ein, doch auch von dort kam sie nach wenigen Augenblicken wieder zurück.

„Frau Martens, geben Sie Ihrem Hund einen Suchbefehl."

Jetzt auf einmal, dachte sich Martina. Natürlich hatte sie die Idee ebenfalls sofort gehabt. Die Mutter – die sie flehentlich-verzweifelt ansah – tat ihr zwar Leid, aber dennoch konnte sie nicht zulassen, dass sie möglicherweise den Mord an Leon deckte, nur um einen ihrer Söhne zu schützen. Obwohl sie also das Gleiche wollte wie die Kosslowski, die endlich Martinas von Anfang an geäußertem Verdacht nachging, beschloss sie, die kratzbürstige Kommissarin noch etwas zappeln zu lassen.

„Dazu müssten Sie aber erst einmal den Platzverweis, den Sie mir doch soeben erteilt haben, zurücknehmen. Und mir Ihr Wort geben, dass Sie Ihren Feldzug gegen *Bünabe* Bremer umgehend einstellen."

„Frau Martens, machen Sie sich um mich keine Gedanken und tun Sie einfach…“

Der Inselpolizist konnte seinen ersten Satz seit Minuten nicht beenden, denn die einsatzleitende Beamtin schnitt ihm das Wort ab: „Hören Sie, Frau Martens, Sie sind nicht in der Position, irgendwelche Forderungen zu stellen. Ich brauche Sie nicht. Ihr Hund, so niedlich er auch sein mag, hat ohnehin genauso wie Sie versagt. Wenn der Junge nicht bald auftaucht oder Frau Mehring ihn holt, werde ich lieber eine unserer Suchstaffeln aus der Stadt anfordern. Schließlich will ich das Kind diesmal lebendig finden.“

Sie konnte es einfach nicht lassen. Immer wieder schaffte es diese verabscheuungswürdige Person, Martinas wunden Punkt zu treffen. Eben hatte sie sich noch stark und selbstbewusst genug gefühlt, um es mit ihr aufzunehmen, und nun stand sie schon wieder kurz davor, zu weinen. Auf keinen Fall wollte sie ihr diesen Sieg gönnen, also drehte sie sich um und ging. Sie machte sich nicht einmal die Mühe, mit der Haustür zu knallen oder sie auch nur zu schließen, hatte sie doch die Hoffnung, Robert Bremer könnte ihr folgen, so wie am Abend zuvor in der Kneipe. Doch selbst als sie schon aus dem Vorgarten hinaus auf den Weg hinter dem Deich gegangen war, gab es nur einen, der ihr folgte: Reto.

Frau Kosslowski versuchte vermutlich weiterhin, mit perfiden Verhörmethoden Alice Mehring das Versteck des Kindes zu entlocken, auch wenn Martina es für gut möglich hielt, dass sie ihr zuvor die Wahrheit gesagt hatte und wirklich nicht wusste, wo ihr jüngerer Sohn sich gegenwärtig befand.

„Dann machen wir es eben allein. Wir finden ihn, bevor Sie ihn finden.“

Sie wusste, dass selbst eine so kleine Insel für ein einziges Tandem aus Rettungshund und -führer zu groß war, aber dank der Suche nach Leon kannte sich jetzt schon ein paar potenzielle Unterschlüpfe, die sie sich vornehmen konnten.

Auf den Gedanken, dass der Junge sich womöglich im Wohnwagen oder gar in Gesellschaft seines geistig beeinträchtigten Bruders Frank befinden könnte, kam sie nicht. Und auch wenn die Worte der Kommissarin sie abermals getroffen hatten, hielt Martina es für unwahrscheinlich bis ausgeschlossen, dass sich der Junge wirklich in Lebensgefahr befand. Was für Leon tödlicher Ernst gewesen war, dürfte für seinen ehemaligen Zimmergenossen bloß ein lustiges Versteckspiel auf Anweisung seiner Mutter sein – wie vermutlich seine ganze traurige Existenz auf dieser Insel.

Es gab schließlich nun nicht bloß einen Tatverdächtigen, sondern auch ein ganz konkretes Motiv, das weit über die dem Mann bisher unterstellte Perversion und Verrücktheit hinausging. Frank hatte seinen Bruder und seine Mutter auf diese abartige Art vermutlich zu beschützen versucht – und deshalb womöglich den pfiffigen Leon, der das Familiengeheimnis entschlüsselt haben musste, aus dem Weg geschafft. Da war Martina ausnahmsweise mit der Kommissarin einer Meinung. Seinen eigenen Bruder hingegen würde er ja wohl kaum gefangen halten oder ihm gar etwas antun.

Recht zuversichtlich, bald fündig zu werden und der Polizistin damit abermals eins auszuwischen sowie ihr zu beweisen, dass sie Reto und ihr Unrecht getan hatte, machte sich Martina also auf den Weg zur ersten, nächstgelegenen Scheune. Wie auf der Insel üblich, war sie nicht abgeschlossen. Irgendwo in der Ferne beim Haupthaus bellte der Hofhund an der Kette, der sie gewittert haben musste, doch niemand scherte sich darum.

Voller Tatendrang und Freude, endlich eine erneute Herausforderung gestellt zu bekommen, machte sich Reto an die Arbeit. Weder er noch sein Frauchen ahnten, dass auch diese Suche nicht mit dem gewünschten Ergebnis enden würde.

36

Die erste Scheune war leer. Der Schuppen daneben – verriegelt mit einem dicken Vorhängeschloss. Sie ließ Reto das Holzhäuschen trotzdem umrunden, doch er fand keine frischen menschlichen Spuren.

Eigentlich lagen auf dem Weg noch ein paar andere Grundstücke, doch aus einem Gefühl heraus beschloss sie, zurück zu ihrem Gasthof zu gehen und sich dort einmal umzusehen. Immerhin waren sie beim letzten Mal auf dem dortigen Heuboden fündig geworden. Vielleicht war dieser Ort ja nicht nur das Liebesnest des polnischen Adonis, sondern insgesamt ein beliebtes Versteck unter der jüngeren Inselbevölkerung.

Doch auch dort schlug Reto nicht an, obwohl er seine Nase in so ziemlich jeden Heuballen steckte. In einem davon schien er eine Entdeckung gemacht zu haben, denn er kehrte mit etwas im Maul zurück. Auch das war eine seiner positiven Eigenschaften, ein Nebenprodukt der vielen Suchaktionen: Er apportierte gern Gegenstände, nicht selten solche, die von ihren Besitzern längst als für immer verloren geglaubt waren.

In diesem Fall handelte es sich um ein Taschenmesser mit Holzgriff, auf dem in krakeligen Buchstaben die Initialen KB eingeritzt waren. Vermutlich hatte es irgendein Gast des Heuhotels in der letzten Saison verloren. Obwohl es nicht wertvoll aussah und sie keine Verwendung dafür hatte, steckte sie es ein – nicht, dass sich noch jemand damit verletzte, wenn hier mal wieder Kinder herumtobten.

Als sie die Scheune verließen, vergewisserte sie sich zunächst, dass niemand in der Nähe war, bevor sie sich mit Reto in die ebenfalls nicht abgeschlossenen Stallungen schlich. Im vorderen Bereich standen die Pferde des hofeigenen Fuhrbetriebes in Reih und Glied in ihren Boxen wie Reihenhausbewohner. Martina fragte sich, ob solche Nutztiere es auch mal genossen, während der jetzt anbrechenden Winterpause nur selten die Wattwagen über beschwerlichen Untergrund ziehen zu müssen oder ob sie sich vielleicht eher furchtbar langweilten. Sie kannte sich mit Pferden nicht gut aus, für sie hatte es immer schon nur Hunde gegeben, selbst als sie noch gar keinen besessen hatte.

Ihre Tochter hingegen war mal geritten, aber das war eine kurze Phase gewesen und sie hatte schnell feststellen müssen, dass es gar nicht so einfach war wie es sich in den entsprechenden Romanen anhörte, aus der Martina ihr als kleines Mädchen vorgelesen hatte.

Reto scherte sich trotz traumatischer Erfahrungen mit durchgegangenen Kutscher-Gäulen kaum um die Pferde, er interessierte sich entsprechend seiner Natur und Erziehung fast ausschließlich für Menschen. Während er erneut vergeblich nach Spuren eines solchen suchte, sahen ihn die großen Tiere mit einiger Skepsis an und auch wenn sie friedlich blieben und nicht einmal wieherten, war Martina froh, dass sie hinter ihren Gattern standen.

Sie gelangten in den rückwärtigen Bereich des schlauchartigen Stalls. Hier roch es besonders streng nach Pferdemist. Es gab keine Fenster, nur Dachluken, durch die wegen der anhaltenden Bewölkung bloß wenig Helligkeit eindrang und einen Lichtschalter hatte sie nicht gesehen, so dass sie zunächst dachte, das letzte, besonders große Gatter sei gar nicht besetzt und Reto bedenkenlos die Pforte öffnete.

Doch es dauerte nicht lang, da erkannte sie ihren Irrtum. Wie aus dem Nichts tauchte aus dem hintersten, dunkelsten Eck ein riesiges, schwarzes Pferd auf – unverkennbar ein Hengst. Er wieherte zwar nicht, gab aber ein nicht weniger bedrohlich klingendes Schnaufen von sich. Offenbar duldete er keinen Besuch auch nur in der Nähe seines Territoriums, stand vielleicht auch deshalb isoliert von der Gruppe. Ganz offensichtlich hielt sich dann hier auch kein Junge versteckt.

„Reto, komm her!“, rief sie ihn und öffnete die kleine Pforte. Doch statt schleunigst zu ihr zurückzukehren drehte Reto in aller Ruhe weiter seine Runde durch den Stall, schnupperte in jeder Ecke und näherte sich gefährlich dem schnaufenden Gaul.

Obwohl das Pferd fünfmal so groß war, schien es sich vom friedfertigen, aber selbstbewussten Reto bedroht zu fühlen, bewegte sich auf ihn zu, und zwar so, dass es den Hund in die Ecke drängte, aus der es selbst zuvor gekommen war. Martina rief ihn ein weiteres Mal, nachdrücklicher als zuvor, doch das Pferd stand nun zwischen ihr und ihrem Hund, schnitt ihm den Weg ab.

Der sonst so schweigsame Border Collie sah sich abermals genötigt, sich mit einem beherzten Bellen Gehör zu verschaffen. Das hätte er besser nicht tun sollen, denn umgehend antwortete das Pferd nun doch mit einem lauten, aggressiven Wiehern und begann mit den Hufen zu scharren. Angesteckt davon machten sich auch weitere Pferde bemerkbar, deren Geräuschpegel schnell zu einem aufgeregten Konzert aus Gewieher und Geschnaufe anstieg.

Martina musste schreien, damit Reto sie hörte. „Aus, Reto!" Doch weder der Hund noch das Pferd beruhigten sich. Jeden Moment drohte die Situation zu eskalieren, das Pferd auf den Hund loszugehen. Kalter Schweiß floss Martina über die Stirn. Reto hatte gegen ein Tier solchen Gewichts und solcher Größe keine Chance.

Auch wenn sie wusste, dass für sie das Gleiche galt, sah sie keine andere Möglichkeit, als selbst in den Ring zu steigen, um den Gaul abzulenken. Sie tat das, wovon sogar Ahnungslose wie sie wussten, dass man es niemals tun sollte: Sie näherte sich dem scheuenden Pferd von hinten. Doch sie konnte unmöglich zusehen, wie es Reto jeden Moment zertrampelte und nahm lieber in Kauf, selbst verletzt zu werden.

Das Ablenkungsmanöver ging schief. Der Hengst war ganz und gar auf den armen Hund fixiert, der es gewagt hatte, in sein Reich einzudringen und schien keine Notiz von dessen aufgeregt herbeieilendem Frauchen zu nehmen.

Doch dann ging alles sehr schnell. Nur knapp verfehlte das Huf des linken Hinterbeins Martinas Magengrube und traf stattdessen ihre angelegte Schutzhand. Dennoch war die Wucht des Aufpralls so groß, dass sie zu Boden ging.

Den Schmerz des Aufpralls auf dem harten, mit Pferdeurin verdreckten Boden spürte sie gar nicht, so groß waren der Schock und die Angst. Sie versuchte, sich wieder aufzuraffen, doch das Pferd stand nun direkt vor ihr und schien nur darauf zu lauern, dass sie sich bewegte, um sie erneut zu attackieren. Reto war vom Bellen zum Winseln übergegangen, sich der Gefahr bewusst, in der sich sein geliebtes Frauchen befand. Doch der Gaul hatte sie beide unter Kontrolle – nur sich selbst offenbar nicht mehr.

Er bäumte sich auf, stellte sich auf die Hinterbeine wie das Tier im Ferrari-Logo. Es sah beeindruckend aus, beinahe elegant, wäre die Situation nicht so furchtbar ausweglos, ja sogar lebensbedrohlich gewesen.

37

Plötzlich ertönte ein lauter Knall wie aus einem Luftgewehr. Das stolze Pferd setzte zu einem letzten, lauten Stöhnen an und sackte binnen weniger Sekunden wie ein Häufchen Elend in sich zusammen, zum Glück einige Zentimeter von Hund und Frau entfernt und ohne diese auch nur zu berühren.

Es dauerte einen Moment, bis Martina den Grund erkannt hatte: In seinem Fell steckte ein Pfeil, der gleichzeitig eine überdimensionierte Spritze war. Sie raffte sich auf, so schnell sie konnte. Endlich traute sich Reto um das mittlerweile leblose Pferd herum zu ihr, schmiegte sich an sie. Obwohl die Gefahr gebannt schien, retteten sie sich so schnell wie möglich hinter die Pforte.

„Sünd Se rappelig, dat Se da rin gahn, bobento mitsamt de Köter?"

Die Stimme gehörte zu einem Mann um die sechzig mit Mütze und grüner Latzhose, der im Stallflur stand, mit einem länglichen Betäubungsgewehr in der Hand. Obwohl sie so langsam ziemlich jedem Neuwerker mindestens einmal begegnet sein musste, kam er ihr nicht bekannt vor. Für den Mann der Wirtin, die sie etwa in ihrem Alter oder ein wenig darüber verortete, sah er eigentlich ein wenig zu alt aus, für einen Vater oder Schwiegervater wiederum deutlich zu jung.

„Entschuldigen Sie. Und danke, dass Sie uns gerettet haben."

Der Mann ging an ihnen vorbei, öffnete die Pforte in den letzten Stall erneut, zog den Pfeil aus dem Tier und streichelte es, als wäre es ein Schoßhündchen.

„Dat löpt sik t'recht, min Groter. Nu slap di eerstmal ut."

Martina wollte seine Ablenkung nutzen und den Stall möglichst unauffällig verlassen, doch er schien es zu bemerken.

„Oogenblick, de Daam. Wat wullt Se egens hier?"

„Ich bin Gast hier auf dem Hof."

„Un mi, mi höört de Hoff. Uterdem, ik kenn Se. Hier deit de Gäst nix to biestern hebben."

„Biestern?"

„Söken."

Es war äußerst ungewohnt für einen Stadtmenschen wie sie, dass jemand durchgehend Plattdeutsch sprach. In Hamburg taten das höchstens noch ein paar sehr alte Leute. Martina hatte es – obwohl keine *Quiddje*, sondern gebürtige Hamburger *Deern* – nie sprechen gelernt, verstand es jedoch einigermaßen, war sogar bereits ein paar Mal im Ohnsorg-Theater gewesen und hatte schon als Kind die Stücke mit Heidi Kabel immer gern gemeinsam mit ihrer Großmutter im Fernsehen gesehen.

„Wie gesagt, es tut mir leid, Herr Meyer. Ich wollte mir bloß mal Ihre Pferde ansehen."

„Se söken doch wat! Ik hebb Se tovör al beleuert, as Se samt de Köter in'e Schüün gahn sünd. Is dat woll Se ehrs Schuld, dat de Polizei mi op'n Kieker hett? Hat mien Frau, de gammelig Witsch, mol weller slecht vun mi vör de Gäst klöönt?"

„Beruhigen Sie sich", sagte Martina, obwohl ihr Herz selbst nach dem brenzligen Zwischenfall außergewöhnlich schnell schlug. Dennoch war sie geistesgegenwärtig genug, um die Vorlage, die er ihr gegeben hatte, zu nutzen. „Ihre Frau hat mir gar nichts erzählt. Und ich verdächtige Sie auch überhaupt nicht. Wenn Sie es genau wissen wollen, dann suche ich den Sohn von Alice Mehring. Also nicht Frank, sondern den Jüngeren."

Ihr fiel auf, dass sie noch immer nicht wusste, wie er eigentlich hieß. Oder hatte sie ihr schlechtes Namensgedächtnis nur mal wieder im Stich gelassen?

„Se deit vun'e Jung weten?"

Martina nickte.

„Dat hebb ik alltiet seggt. Jichtenswann deit dat allens rutkamen. Aver op mi höört ja keeneen."

„Nun, Frau Mehring hat es mir selbst verraten. Sie macht sich nämlich Sorgen, weil er weggelaufen ist und hat mich und meinen Hund um Hilfe bei der Suche gebeten", log sie, zumindest teilweise.

„Wat hebb ik dor mit to doon? Sünd doch al genoog Schendarme op't Eiland, de de Butscher söken könen."

Sie verließen gemeinsam den Pferdestall und Martina atmete auf. Endlich wieder an der frischen Luft. Vielleicht war sein – aus Martinas Sicht völlig nachvollziehbarer – Ärger über die Polizei ja eine Möglichkeit, doch noch an Informationen heranzukommen.

„Ich will den Jungen aber finden, bevor die Polizei ihn findet und ihn selbst zu Leons Tod befragen, schließlich hat er sich ein Zimmer mit ihm geteilt und weiß vielleicht, wer der Mörder ist. Ich habe nämlich das Gefühl, dass die Polizei bislang nicht besonders gut arbeitet und mehr Schaden durch falsche Verdächtigungen sowie voreilige Schlüsse anrichtet als wirklich zur Aufklärung beiträgt."

Zu Martinas Erstaunen setzte der eben so grimmige Mann ein Lächeln auf, wenn auch ein schiefes.

„Dor sünd wi beid utnahmswies up'n Bredd."

Es dauerte einen Moment, bis sie verstanden hatte, was er meinte – für diese Redensart gab es im Hochdeutschen nun wirklich keine Entsprechung.

„Wenn Sie der Polizei also auch nicht vertrauten, dann sollten Sie mir in der Tat helfen. Wo könnte er sein?"

„Sien Mudder mutt dat doch weten. Se versteckt de Jung van Geburt af van de Frömden, van de ja alltied mehr hier rumtrampelt. Dit Fruusminsch hett keen Verantwoordung. Na mien Verstand un vun de meeste Mannen hier mutt man‘t Wiev un ehr heel Sipp vun‘t Eiland smieten. Al ehr Vadder, uns leev Heer hebb em selig, harr ‘n Schruuv löss hatt. Aver as altied, hebbt se de Froonslüüd met ehr Geföhlsduselee un Mitleed dörsett."

Das war zwar immer noch nicht die Antwort auf das, was Martina in diesem Moment am meisten interessierte, und doch machten sie die Worte des Mannes neugierig.

„Warum wollten Sie die Familie loswerden? Und wer ist eigentlich der Vater der beiden?"

„Dat hett Se keenen vertellt, wat?"

„Erzählen Sie es mir!"

„En Deubel worr ik doon! Dat geiht Se nix an. För Klöönsnack met‘e Gäst is mien Olle tostännig."

Das war‘s also, dachte sich Martina. Die Plauderlaune des Griesgrams war schon wieder verflogen. Obwohl er bislang kein gutes Haar an der Mutter gelassen hatte und trotz seiner Andeutungen, schien er verärgert ob ihrer neugierigen Nachfragen zu Vater und Familiengeschichte und sah sie wieder fast so böse an wie am Anfang ihrer Begegnung, bevor er sich abrupt von ihr abwandte.

„Na dann werde ich wohl mal besser Ihre Frau fragen, ob sie eine Ahnung hat, wo er sein könnte. Danke nochmals und schönen Tag noch", rief sie ihm nach, ohne eine Antwort zu erwarten, doch er drehte sich tatsächlich noch einmal um.

„Wacht Se! Ik glööv, ik weet waar de Jung hen is."

Sie wurde aus dem Kerl einfach nicht schlau. Erst schickte er sie zum Teufel und jetzt wollte er ihr auf einmal doch noch helfen. „Ach ja, wohin denn?"

„Na Scharhörn. He hett sik düsse Sommer al eenmal op de Anhanger verstappt, as ik met‘e Trecker dat Eten un Drinken röver fahren hatt. Dör Tofall hebb ik em funnen, as we al daar weren. De Vagelwart hett mi vertellt, dat he em af un an heemlich besöcht."

Martina erinnerte sich an den Ausflug, den die Diemels an ihrem Hochzeitstag dorthin unternommen hatten. Leider war sie nicht mitgefahren, so dass sie sich gezwungen sah, dem alten Plattschnacker eine weitere Frage zu stellen. „Wie komme ich am besten dorthin?"

„Na över‘t Watt. Dat Smuddelwedder is daarher wesen, wi harrn bold Ebb, sachs hett sik de Jung even op de Padd maakt."

„Und wenn ihn jemand mitgenommen hat?“

„Um disse Johrstiet fahrt daar keeneen mehr hen. De Vagelwart hett to, Winterpaus. Anners is daar ja nix.“

„Können Sie mich denn hinfahren?“

Herr Meyer schüttelte mit dem Kopf. „Ik hebb to doon. Uterdem, ahn‘t Geleid vun‘e Vagelwart dörven daar sowieso keeneen Touristen hen.“

„Aber wir müssen doch dem Jungen helfen. Das ist doch viel zu gefährlich, ganz allein auf dem Weg durch den Watt zu einer unbewohnten Vogelinsel!“

„De Butscher is twoors nich een van‘e Scharpsten, aver he‘s alltied noch een Neewarker. He kennt‘e Tiden. Se mööt sik also keenen Sörg maken. He ward weerkomen.“

Damit schien die Unterhaltung nun wirklich beendet zu sein. Martina versuchte erst gar nicht mehr, ihn abermals hinzuhalten. Sie hatte keine Zeit zu verlieren.

„Komm Reto, wir machen eine Wattwanderung.“

Der Hund war noch immer besonders anschmiegsam nach der gefährlichen Begegnung mit dem Gaul und sie sich sicher, dass ihm ein längerer Gang an der frischen Meeresluft ganz ohne Begegnungen mit feindseligen Lebewesen gut tun würde.

Obwohl Martina bereits Bekanntschaft mit der Nordsee bei Niedrigwasser geschlossen hatte und wenig Lust verspürte, diese Erfahrung zu vertiefen, war sie sich darüber im Klaren, dass eine Wattwanderung niemals ein Spaziergang, sondern immer eine Herausforderung mit teils lebensgefährlichen Tücken war. Vor allem für zwei unbedarfte Landratten und Ostsee-Freunde wie Martina und Reto.

38

Es war nicht so, dass Martina sich gar nicht vorbereitet hätte. Natürlich kannte sie die Horrorgeschichten von Touristen, die überstürzt zur Unzeit und in völliger Selbstüberschätzung zu Wattwanderungen aufbrachen, von der Flut überrascht wurden und, wenn überhaupt, mit dem Rettungsboot zurückkehrten.

Sie war noch kurz in ihrem Zimmer gewesen, wo ein aktueller Tidekalender auslag und sie sich vergewissert hatte, dass die Behauptung des Alten zutreffend gewesen war: In etwas weniger als drei Stunden würde das Niedrigwasser kommen. Die Wetterverhältnisse hatten sich im Laufe des Vormittags beruhigt, der Nebel verflogen, der Wind war endlich moderater, der Himmel zwar trüb, aber trocken und nicht mehr tiefschwarz.

Eine kurze Internetrecherche hatte ergeben, dass für den jeweils acht Kilometer langen Hin- und Rückweg zu Fuß nach Scharhörn inklusive Besichtigung gut vier Stunden veranschlagt waren. Den Hinweis, dass die Tour nur nach vorheriger Anmeldung beim Vogelwart und mit einem erfahrenen Führer durchgeführt werden durfte, hatte sie auch gelesen, aber ignoriert. Immerhin war die Route durchgehend in geringen Abständen mit sogenannten Buschpricken gekennzeichnet, so dass man sich eigentlich nicht verlaufen konnte.

Auch ihre Kleidung entsprach, anders als bei dem ebenso überhasteten wie vergeblichen Rettungseinsatz im Watt anderthalb Tage zuvor, im Großen und Ganzen den gängigen Empfehlungen. Um nicht wieder barfuß dazustehen, trug sie ihre Wanderschuhe gut verschnürt und festsitzend, dazu Thermounterwäsche und schnelltrocknende Funktionskleidung statt Jeans und Bluse. In ihrem Rucksack befanden sich unter anderem ausreichend Wasser für sie und Reto sowie eine Tafel Schokolade, die eigentlich für den Jungen geplant war – falls es einer kleinen Bestechung bedurfte, um ihn zurückzuholen – notfalls aber auch ihr als Energie liefernde Wegzehrung dienen konnte.

Die ersten Meter waren trotzdem ernüchternd. Martina fragte sich, warum bloß so viele Urlauber es als Wohltat empfanden, auf solch sumpfigem Untergrund zu wandern, wo doch jeder Schritt doppelt so viel Anstrengung kostete wie auf dem Festland.

Ihre Schuhe verlor sie diesmal zwar nicht, doch Schutz vor Wasser und Feuchtigkeit boten sie nur bedingt, denn schon bald bekam sie nasse Socken und wenig später kalte Füße. Außerdem waren die Schuhe schon älter und die Sohle an einer Stelle abgelaufen, sodass sie auf der rechten Seite jede Muschel – von denen es eine Menge gab – schmerzhaft spürte.

Noch schmerzhafter waren bloß die Gedanken an den armen Leon, die seit ihrem Aufbruch wieder so präsent wie lange nicht mehr waren. Sie erinnerte sich daran, wie gern er eine solche Wattwanderung mit ihr unternommen hätte. Ganz bewusst sah sie nicht zu der Stelle, an der sie ihn gefunden hatten, obwohl sie zwangslaufig daran vorbeikam. Stattdessen hielt sie den Kopf gesenkt, ließ ihren Blick über den Boden schweifen auf der Suche nach einem Bernstein.

Sie fand erwartungsgemäß keinen, doch nach einigen Minuten hatte sie immerhin das Gefühl, es würde besser, der Boden etwas fester, je mehr das Wasser abfloss. Vielleicht gewöhnte sie sich aber auch nur daran, ließ sich vom leichtfüßigen Reto anstecken, der ganz in seinem Element schien und von gelegentlichen noch überfluteten Stellen, die Martina weiträumig zu umgehen versuchte, angetan war und keine Pfütze ausließ.

Der Weg führte zunächst ein ganzes Stück parallel zum westlichen Ufer der Insel, jedoch in einigem Abstand hinter der auch bei Ebbe nicht ausgetrockneten Fahrrinne der Fähre. Obwohl der Sturm überstanden schien, war das Schiff noch nicht wieder zu sehen. Gut möglich, dass das ohnehin laut Fahrplan unmittelbar bevorstehende Saisonende aufgrund der zurückliegenden Unwetter vorzeitig eingeläutet worden war und Martina und Reto die Insel bald wohl oder übel mithilfe ihrer Pferde-Freunde verlassen mussten.

Sie kamen an dem futuristisch anmutenden, mit allerlei Antennen ausgestatteten Radarturm vorbei, während sich im Hintergrund schon in einiger Entfernung die Silhouette seines – technisch gesehenen – Vorgängers, des Leuchtturms, abzeichnete. Vögel in großen Schwärmen kreisten über der Insel. Aus dieser Distanz wurde ihr erst wieder klar, wie klein Neuwerk war und wie sehr sie sich in den letzten zwei Tagen doch im Kreis gedreht hatte, immer wieder auf denselben Pfaden, gedanklich wie räumlich. Obwohl es ohne Zweifel nach wie vor ein wunderschöner Flecken Erde war, fühlte es sich gut an, endlich einen neuen Weg einzuschlagen.

Zum ersten Mal seit langem war sie zuversichtlich, auf der richtigen Spur zu sein. Obwohl vom Jungen, den sie suchte, rein gar nichts zu sehen war, auch keine Fußabdrücke. Wahrscheinlich war er ihr ein gutes Stück voraus. Die einzigen Hinweise auf menschliche Aktivitäten zwischen all den Muschelresten, Wattwurm-Kothaufen und sonstigen bizarren Formen im Sand waren die Radabdrücke des Traktors, die sich nach vielen Versorgungsfahrten auf stets der gleichen Fährte wohl tiefer in den Meeresboden gedrückt hatten, sodass sie dem Anschein nach die Gezeiten überdauert haben mussten – anders als die leichten Schritte eines Kindes, dessen Abdrücke vom erst langsam abfließenden Wasser offenbar sofort wieder überspült worden waren.

So wie sich auch Martinas Stimmung mit jedem Schritt trotz aller Schwere in Kopf und Füßen langsam aufhellte, so geschah es auch am Himmel. Zuerst waren es nur ein paar vereinzelte Strahlen, die durch kleine Lücken in der Wolkendecke farbige Flecken in das ansonsten noch immer überwiegend graue Wattenmeer zauberten, doch Stück für Stück riss der Himmel auf und tauchte die maritime Landschaft in ein mildes, warmes Licht. Das noch vorhandene Wasser funkelte blau, der Sand bekam eine gelbliche Nunance. Es war wunderschön.

Der Weg führte nun nicht mehr parallel zum Ufer, sondern entfernte sich zunehmend von Neuwerk. Martina sah nicht mehr zurück, fixierte ihren Blick auch nicht mehr so angespannt auf den Boden, sondern ließ ihn schweifen in die schier endlose Weite des Watts, das sich an einem nicht genau definierbaren Punkt des Horizonts mit der auflockernden Wolkendecke vermengte wie ein Gemälde in verwaschenen Pastellfarben.

Und mit der Landschaft weitete sich auch etwas in ihrem Herzen. Ihr Kopf mit all den Sorgen und schmerzhaften Erinnerungen an die traumatischen Erlebnisse der letzten Tage wurde ein wenig leichter, sie geriet in eine beinahe meditative Stimmung und fragte sich, warum sie nicht schon längst einmal auf den Gedanken gekommen war, eine solche Wattwanderung zu unternehmen.

Sie sah den Priel schon von Weitem, war auch hier fasziniert vom Farben- und Lichtspiel des Wassers, in dem sich Wolken und Himmel spiegelten, und verschwendete keinen Gedanken daran, dass sie dieses von den Gezeiten scheinbar gänzlich unbeeindruckte Gewässer irgendwie queren musste.

Ihre Füße waren schwer und feucht und trotzdem hatte sie das Gefühl, in dieser Art Trance, in die sie sich seit einiger Zeit begeben hatte, jedes Hindernis mühelos passieren zu können. Beinahe wie Jesus schritt sie zum Weg über das Wasser an – und musste abrupt feststellen, dass die irdischen Gesetze weiterhin für sie galten. Sie versank sofort fast bis zu den Knöcheln. Ein Zucken ging durch den ganzen Körper. Eiskaltes Wasser fand den Weg auf ihre Haut, da half auch keine Funktionswäsche. Nur mit Mühe konnte sie sich wieder herausziehen, zurück auf die Abbruchkante. Das war nicht einfach eine tiefere Stelle. Es war wie ein Fluss im offenem Meer.

Sie versuchte, sich nicht entmutigen zu lassen. „Komm, Reto, da drüben sieht es nicht mehr ganz so breit aus, da können wir vielleicht besser rüber."

Dem Hund schien das Ganze zwar weniger auszumachen, er war ohnehin schon so gut wie bis zum Kopf im Wasser und wäre mühelos an die andere Seite geschwommen, doch natürlich gehorchte er und begleitete sein Frauchen erstmalig abseits des gekennzeichneten Weges zu einer vermeintlich leichter passierbaren Stelle.

Ein Irrglaube, wie sich herausstellte. Vielleicht mochte der Priel hier etwas enger sein, niedriger stand das Wasser keinesfalls, eher im Gegenteil, sie hatte das Gefühl, noch tiefer zu versinken als beim ersten Mal. Wieder dauerte es, bis sie sich aus dem schlickigen Gewässer befreit hatte und wieder trat sie einen Rückzieher an.

Mit wachsender Anspannung – die meditative Ruhe hatte sie leider bereits wieder verlassen – lief sie ein weiteres Stück am Ufer des Priels entlang, immer auf der Suche nach einer Art Sandbank oder ein besonders engen Stelle, die man womöglich springend oder zumindest mit wenigen Schritten überqueren konnte, doch das Hindernis wurde eher größer denn kleiner.

Sie sah auf die Uhr. Viel zu viel Zeit hatten sie bereits an dieser Stelle vergeudet. Von Scharhörn war noch nichts in Sicht, sie musste sich also beeilen, um auch den Rückweg noch gefahrenlos zu schaffen.

Selbst für einen dickbereiften Traktor, der ja nun eigentlich kein seetüchtiges Fahrzeug war, erschien ihr diese Hürde beachtlich – ein Wunder, dass der Junge das auf sich genommen hatte. Aber Kinder waren ja oftmals in vielerlei Hinsicht hart im Nehmen und unerschrocken, was Naturgewalten betraf.

Sie biss die Zähne zusammen und setzte abermals entgegen so ziemlich jedem Instinkt einen Fuß in das nasskalte Wasser.

39

Es rächte sich, dass Martina eine Warmduscherin war und absolut allergisch auf kaltes Wasser reagierte. Selbst ihre geliebte, badewannenwarme Ostsee im Sommer verleitete sie nur selten dazu, schwimmen zu gehen. Thermalquellen und heiße Bäder – das war schon eher ihre Welt. Die erfrischend-eisigen Nordseeströmungen waren eine Qual für sie. Es fühlte sich an, als würde jemand mit spitzen Scherben über jede Pore ihrer Haut fahren. Sie konnte nicht vermeiden, einen Schmerzensschrei von sich zu geben. Reto, der geschützt von seinem dicken Fell mühelos neben ihr schwamm, sah sie mitleidig an.

Es dauerte eine gefühlte Ewigkeit, bis sie den Priel endlich passiert hatte, denn anders als ihr Hund schwamm sie nicht, sondern versuchte logischerweise, aufrecht zu gehen, um nicht noch tiefer in das kalte Wasser gezogen zu werden. Aber der Boden war nachgiebig, schien sie immer wieder am Fortkommen hindern zu wollen. Ihre Schuhe und ihre Klamotten waren alles andere als unterwasserfest und bremsten sie zusätzlich.

Auch als sie endlich wieder vergleichsweise festen Boden unter ihren Füßen hatte, ging es nicht besonders schnell voran. Ihre Beine schmerzten noch immer und das Gehen fiel ihr schwer. Die Klamotten hatten sich mit Wasser vollgesogen und sie fühlte sich schwer wie ein Sack Zement. Die tiefstehende Herbstsonne wärmte sie kaum, sie zitterte noch immer am ganzen Körper.

Der Hund schmiegte sich tröstend an sie, doch er war nass und kalt und stank, so dass sie ihn, obwohl es ihr fast das Herz brach, zurückwies. „Nicht jetzt, Reto. Wir müssen weiter."

Die wie Besen aussehenden Pricken aus in den Sand gesteckten Holzstangen mit an den oberen Enden zusammengebundenen Zweigen hatte sie aus den Augen verloren, doch sie wusste ja, dass sie bloß dem Prielverlauf folgen musste, um zurück zum Weg zu kommen. Aber schon nach wenigen Metern stellte sie fest, dass sich das Gewässer teilte. Von der anderen Seite war ihr das gar nicht aufgefallen. Um zu der Stelle zurückzukehren, an der sie von der

Route abgekommen war, hätte sie nun erneut durch knöcheltiefes Wasser warten müssen, worauf sie nicht die geringste Lust verspürte. Also beschloss sie, einfach dem abgehenden Fließgewässer zu folgen, in der Hoffnung, dass auch dieses demnächst wieder auf dem gekennzeichneten Pfad münden würde und sie sich mit ihrem Umweg dann sogar eine weitere Querung gespart hatte.

Obwohl ihr die grobe Himmelsrichtung, in die sie nun liefen, durchaus stimmig vorkam, hatte sie sich, was die Entfernung betraf, verschätzt und war offenbar erneut auf einem Umweg, denn weit und breit war nichts von den Buschpricken, geschweige denn von der Vogelinsel in Sicht.

Sie tat das, was moderne Menschen in der heutigen Zeit immer taten, wenn sie nicht mehr weiterwussten – sie verließ sich auf die Technik. Ihr Handy brauchte nicht lang, um sie zu orten, doch Wege im Watt kannte es nicht. Um den Pfeil, der ihren Standort auf der Karte markierte, war nichts als blau, so als ob sie längst im offenen Meer versunken wäre. Selbst die Satellitenbilder halfen nur bedingt, waren zu unscharf, teils gar bei Flut aufgenommen. Immerhin wusste sie dank der Kompassfunktion nun genau, in welche Richtung sie zu gehen hatte.

So sehr sie es auch herbeisehnte, gelang es ihr nicht mehr, die entspannte Wanderstimmung der ersten Kilometer wiederherzustellen. Und es lag nicht nur daran, dass ihre ab der Hüfte nassen Klamotten entgegen der vollmundigen Herstellerversprechen kein bisschen trocknen wollten. Es war vor allem die Angst, den engen Zeitplan, den die Tide vorgab, durch ihre Umwege nicht einhalten zu können.

Sie beruhigte sich erst ein wenig, als sie in der Ferne zunächst die Markierungen und schon bald auch die beiden Vogelinseln sah. Nigehörn, eine 1989 angelegte, kreisrunde künstliche Insel, ließ sie links liegen und näherte sich Scharhörn. Martina hatte von der bewegten Geschichte des Eilands gelesen. Seit Jahrhunderten war die an der Einfahrt von der hohen See hinein in die Außenelbe gelegene Platte ein Albtraum für Seefahrer. Bis in die 1960er-Jahre kam es immer wieder zu Schiffsbrüchen. Im Zweiten Weltkrieg waren dort sogar Soldaten stationiert gewesen, die Bunker bauten und eine Flakstellung installierten.

Mittlerweile gehörte die nur rund 40 Hektar große, aufgrund von Wind und Wetter ständig wandernde Insel ganz den Vögeln und der Natur. Mit einer Ausnahme, die Martina schon schemenhaft erkennen konnte: die kleine Behausung des Vogelwarts. Bestimmt hatte der Junge dort Unterschlumpf gesucht. Es gab wohl im Umkreis mehrerer Seemeilen kein besseres Versteck als diesen Ort fernab jeder Zivilisation.

Je näher sie der Insel kam, umso mehr Vögel sah sie. Jetzt im Herbst waren es besonders viele, die hier auf dem Weg von Nord nach Süd einen Zwischenstopp einlegten, sich an den zahlreich vorhandenen Wattwürmern vor dem Weiterflug stärkten. Obwohl die vogelkundliche Führung mit dem Nationalparkranger erst ein paar Tage zurück lag, konnte sie die Arten schon wieder kaum zuordnen. Waren es Alpenstrandläufer? Oder Knutts? Einzig die Austernfischer mit ihrem langen und äußert markanten, orangeroten Schnabel erkannte sie sofort wieder.

Die Vegetation hingegen war noch unspektakulärer als auf Neuwerk, Bäume gab es keine, dafür allerlei grünes, inzwischen verblühtes Gestrüpp, vor allem Stranddisteln.

Langsam wurde aus dem beschwerlichen Wattuntergrund wieder ein leichtfüßig zu erklimmender Sandstrand und schließlich gänzlich trockener Sand. Der zum Schutz vor Sturmfluten auf Stelzen stehende Wohncontainer in der Inselmitte war nun deutlich zu erkennen. Doch es war nicht das einzige, was Martina sah. Zuerst dachte sie, es wären bloß zwei große Räder, doch als sie näher kam, erkannte sie, was hinter dem Container stand und durch das Holzgestell durchschimmerte: Es war ein Traktor.

Noch dazu einer, der ihr bekannt vorkam. Vom Hof, auf dem sie gastierte.

Die Reifenspuren, die sie auf dem Weg gesehen hatte, waren also doch frisch! War der Alte unbemerkt eiligst vorausgefahren, während sie die Route noch auf ihrem Zimmer studiert hatte? Und wenn ja, warum? Wollte er nun doch den Jungen zurückholen? Oder hatte er sie gar in eine Falle gelockt, war Herr Meyer etwa tatsächlich Leons Möder? Hatte er ihn genauso betäubt wie er das durchgegangene Pferd betäubt hatte?

Vielleicht hatte er geahnt, dass er sie mit seiner Aussage zu einer Wattwanderung nach Scharhörn anstacheln würde und wollte die Gelegenheit nutzen, um sich sowohl eines lästigen Zeugens zu entledigen, als auch einer nicht minder lästigen Schnüfflerin wie ihr…

Es gab nur einen Weg, das herauszufinden. Das grummelnde Bauchgefühl, das ihr riet, auf der Stelle umzudrehen, um so noch eine Chance zu haben, Neuwerk zu Fuß vor Rückkehr des Wassers zu erreichen, tat sie als Feigheit ab und setzte den Weg zur Inselmitte fort.

Mit jedem Schritt, den sie sich dem Container näherte, erhöhte sich ihr Herzschlag ebenso wie die Anzahl der abstrusen Gedanken. Was, wenn sie dort den Alten auf frischer Tat ertappte, wie er sich nun auch noch an einem anderen Kind verging oder es vielleicht sogar schon getötet hatte?

Obwohl sie mittlerweile vor Aufregung schwitzte, zitterte sie gleichzeitig wieder stärker und hätte nicht mehr genau sagen können, ob sie noch fror oder ob ihr heiß war, während sie die kleine Holztreppe zur Containertür hinaufstieg. Es gab zwar ein Fenster, aber darin spiegelten sich nur die Wolken und es lag zu weit von ihrem Standort entfernt, um aus der Nähe einen besseren Einblick zu erhaschen.

Sie wusste auch so, dass der Container nicht leer sein konnte. Zum einen natürlich weil der Traktor davor stand. Und zum anderen, weil sie mittlerweile, auch ohne einen Suchbefehl erteilt zu haben, sehen konnte, dass Reto jemanden witterte. Seine Körpersprache verriet ihr sogar, dass es eine Person sein musste, deren Geruch ihm bereits vertraut war.

Vorsichtig drückte sie die Klinke nach unten und stellte fest, dass nicht abgeschlossen war. Entweder sie wurde wirklich bereits erwartet oder derjenige, der sich hinter der Tür verbarg, wähnte sich auf der einsamen Insel in Sicherheit vor ungebetenem Besuch.

Die Tür ging nach außen auf, so dass sie einen Schritt zurück machen musste. In Inneren des Containers war es vergleichsweise dunkel. Und trotzdem erkannte sie sofort, wer sie aus großen, ungläubigen Augen anstarrte. Es war weder der kleine Junge noch der alte Landwirt. Sondern kein geringerer als Kamil Norwid.

40

„Was wollen Sie hier?“

„Dasselbe könnte ich dich fragen.“

Eigentlich war Martina eine große Freundin höflicher Umgangsformen, aber bei dem Burschen kam ihr das Sie einfach nicht mehr über die Lippen. Er machte keine Anstalten, sie hineinzubitten, also betrat sie den Raum unaufgefordert, schloss die Tür hinter sich. Der Container war funktional eingerichtet, eher wie ein Büro- denn wie ein Wohnraum. Es gab einen großen Schreibtisch, ein Bücherregal, aber auch eine Kochnische und ein Feldbett, auf dem der junge Mann saß, noch immer verdutzt aus der Wäsche guckend. Und das war durchaus wörtlich zu verstehen, denn er trug bloß ein Unterhemd und eine Jogginghose. Ein kleiner, auf Hochtouren laufender Heizlüfter stand in der Ecke und sorgte dafür, dass es im Container warm genug für einen solchen Kleidungsstil war. Offenbar schien zumindest die Stromversorgung hier draußen gesichert zu sein.

„Eigentlich suche ich jemand anderen. Einen Jungen. Den kleinen Sohn von Alice Mehring.“

„Hier ist kein kleiner Junge.“

„Das sehe ich auch.“

Tatsächlich bot der Raum keinerlei Platz für Verstecke. Der einzige Schrank stand halboffen und schien leergeräumt zu sein. Der Vogelwart hatte seine Sachen zum Saisonende vermutlich wieder mitgenommen. Stattdessen stand eine große, prall gefüllte Reisetasche neben dem Feldbett und eine Reihe Konserven, Tütensuppen, Wasserflaschen und Bierdosen neben der winzigen, aus einem Regalbrett mit Campingkocher, Abwascheimer und etwas Geschirr bestehenden Küchenzeile.

„Hier versteckst du dich also vor der Polizei."

„Sie haben keine Ahnung."

„Oh doch, ich bin ganz gut informiert. Wie du weißt, unterstützen Reto und ich die Ermittlungen. Der Inselpolizist Robert Bremer hat mir von deinem kleinen Passproblem erzählt."

Er schien nicht überrascht zu sein – oder ließ es sich zumindest nicht anmerken.

„Weiß er, dass Sie hier sind? Oder sonst irgendjemand?"

Martina zögerte mit der Antwort, dachte darüber nach, ob es vielleicht besser wäre, in diesem Punkt von der Wahrheit abzuweichen. Doch sie hatte offenbar schon zu lang überlegt: „Also nicht", schlussfolgerte Kamil. „Das ist gut."

Seiner Aussage entnahm sie durchaus so etwas wie einen bedrohlichen Unterton. Sie durfte sich jetzt keinen Fehler mehr erlauben, damit der junge Mann nicht noch auf dumme Gedanken kam.

„Hör zu, Kamil. Oder wie auch immer du in Wahrheit heißt. Mir ist dein Pass völlig egal. Mich interessiert nur Leons Mörder. Und ich muss hier wieder weg, bevor die Flut kommt. Das klappt zeitlich wohl leider nur noch dann gefahrlos, wenn du mich fährst. Du kannst mich vor der Insel absetzen und würdest es trotzdem mit dem Traktor noch rechtzeitig zurückschaffen. Oder, besser noch, du stellst dich einfach. Denn auch wenn ich dich nicht verrate, werden sie früher oder später darauf kommen, dass du hier bist. Du wärst nämlich nicht der erste Bengel von der Insel, der auf die Idee kommt, sich hier zu verstecken. Bloß dass du dann nicht nur die Abschiebung, sondern Gefängnis riskierst, wegen Einbruchs und Diebstahls des Traktors."

„Sag ich doch: Sie haben keine Ahnung. Geben Sie mir bitte Ihr Telefon."

„Warum sollte ich?"

Zum ersten Mal seit ihrem unverhofften Wiedersehen setzte er wieder sein unverschämtes, freches und, wie Martina zugeben musste, auch unwiderstehliches Lächeln ein.

„Weil mir Frauen normalerweise jeden Wunsch erfüllen."

Sie konnte nicht anders als laut aufzulachen.

„Du bist zwar ein hübsches Kerlchen, aber auch ein bisschen einfältig, kann das sein?"

„Mein Deutsch ist nicht perfekt", untertrieb er maßlos, denn bis auf einen leichten Akzent sprach er fehlerfrei und flüssig. „Aber ich glaube, *einfältig*, das ist kein nettes Wort, oder?"

„Mir mein Handy wegnehmen zu wollen, ist aber auch nicht so nett."

„Sie bekommen es ja wieder, ich würde es nur gern mal ausleihen."

„Gut, dann ist es ja sicher kein Problem, wenn ich vorher noch kurz einen Anruf damit mache."

„Ich glaube nicht, dass Sie hier Empfang haben."

„Wozu willst du es dann haben?"

„Nur, um sicher zu gehen."

Das Grinsen, mit dem er seine Forderungen vortrug, konnte nicht darüber hinwegtäuschen, dass er es ernst meinte. Sie musste hier raus. Martina warf einen verstohlenen Blick hinüber auf das Bett, suchte den Schlüssel für den Traktor, ohne genau zu wissen, wie so ein Ding überhaupt aussah und ob sie das Teil würde fahren können. Auf dem Bett lag nichts und die Wölbung in seiner Hose war schwerlich einem Schlüssel geschuldet. Sie beeilte sich, woanders hinzusehen.

„Glotzen Sie mir nicht auf die Hose, sondern geben Sie mir einfach Ihr Telefon. Bitte. Sie bekommen es auch gleich zurück."

Martina errötete, halb vor Aufregung, halb vor Scham.

„Nein, das werde ich nicht. Und wenn du mir zu nah kommst, dann lass ich meinen Hund auf dich los."

Wieder lachte Kamil, durchschaute den Bluff, indem er sich an Reto wandte, ihn freundlich ansah und die Hand zu ihm ausstreckte. Sofort kam er angelaufen, ließ sich von ihm streicheln. Bei einem dermaßen treuherzigen Border Collie bedurfte es für dafür nicht einmal eines Leckerlis.

„Immerhin gehorcht mir Ihr Hund."

Erst als Martina Reto mit schriller Stimme rief, ließ er verwundert von dem jungen Mann ab und trottete gemütlich zu seinem Frauchen zurück. Sie überlegte, was sie tun sollte. Davonlaufen ohne jede Fluchtmöglichkeit als die aufkommende Flut erschien ihr wenig erfolgsversprechend. Aber dem präpotenten Jüngling weiter ausgeliefert zu sein, war unter diesen Umständen auch keine besonders rosige Aussicht.

Er bückte sich zu seiner Sporttasche, die neben ihm auf dem Boden stand und wühlte darin, als würde er nach etwas suchen. Martina bemerkte, wie ausgebeult und vollgestopft sie war. Anhand der Umrisse erkannte sie, dass es sich beim Inhalt nicht bloß um Klamotten handeln konnte.

Instinktiv machte sie einen Schritt zurück, griff durch die Regenhose hindurch in ihre innere Hosentasche, in der sich noch immer der Gegenstand befand, den sie am Morgen auf dem Heuboden gefunden und eingesteckt hatte: das kleine Taschenmesser. Sie klappte es auf und stellte fest, dass es leider nicht besonders scharf wirkte.

Obwohl er ihre Aktion aus dem Augenwinkel mit Sicherheit bemerkt haben durfte, kramte er weiter in der Tasche, ohne zu ihr aufzusehen. Statt endlich die Flucht zu ergreifen, starrte sie gebannt hinüber zu ihm, ihre nahezu stumpfe Waffe in der zitternden Hand vor sich haltend, als ob sie das gegen einen kräftigen, möglicherweise gleich sogar ernsthaft bewaffneten jungen Mann in irgendeiner Weise schützen würde.

Das Objekt, das er nach langer, umständlicher Suche schließlich aus der Tasche hervorholte, stellte sich zu Martinas Erleichterung glücklicherweise nicht als Revolver heraus. Sondern als Snack-Salami. Noch immer ohne Martina zu beachten, holte er das Würstchen aus der Alu-Verpackung und reichte es in Retos Richtung. Sie war so aufgeregt, dass sie ganz vergaß, ihn zurückzuhalten und ehe sie sich versah, hatte er sich nun doch sein Bestechungs-Leckerli einverleibt.

„Vergessen Sie das mit dem Handy. Gehen Sie ruhig, wenn Sie wollen, und rufen Sie an, wen Sie mögen. Viel Glück. Tut mir leid, wenn ich Ihnen Angst gemacht haben sollte."

Martina war perplex. Sie traute dem Braten nicht so recht und klammerte sich immer noch an das Messer.

„Was ist da noch in der Tasche?"

Kaum hatte sie es ausgesprochen, da bereute sie es auch schon wieder. Ihre verdammte Neugierde würde sie noch irgendwann ins Grab bringen.

„Das geht Sie gar nichts an."

Bei den dicken Batzen, die sie darin auszumachen glaubte, handelte es sich mit Sicherheit nicht bloß um weiteren Reiseproviant. Womöglich hatte Leon doch recht gehabt mit seinem Verdacht und es gab auf der Insel Schmuggler, oder, moderner ausgedrückt: Drogenkuriere.

Und ein solcher Verbrecher wollte sie einfach so gehen lassen, obwohl sie sein Versteck entdeckt hatte? Die Angst, geradewegs in eine Falle zu laufen, hinderte sie daran, wirklich das Weite zu suchen.

„Na gut, ich zeige es Ihnen. Aber nur, wenn Sie mir vorher das Messer geben. Wo haben Sie das gefunden? Ich hab es schon überall gesucht. Ist zwar nicht besonders scharf, aber da hängen Erinnerungen dran."

Er hatte es also in der Scheune verloren! K wie Kamil, natürlich. Obwohl sie noch immer neugierig war und er sich alles andere als aggressiv verhielt, wagte sie es nicht, ihn nach dem zweiten Buchstaben, dem B, zu fragen. Ein irrationaler Glaube an die Schutzfunktion des Messers hielt sie davon ab, sich auf seinen Vorschlag einzulassen.

„Vergiss es. Ist mir egal, was da drin ist. Wir gehen jetzt."

Er zuckte bloß mit den Schultern. Martina ging dennoch weiterhin davon aus, dass er sich jeden Moment auf sie stürzen und sie gewaltsam überwältigen sowie an der Flucht hindern würde und war erstaunt, dass sie ungehindert den Container verlassen konnte.

Die kalte Luft ließ sie sofort wieder spüren, wie klamm ihre Klamotten noch immer waren. Am ganzen Körper zitternd stieg sie die Stufen hinab auf den sandigen Boden. Sie blickte zurück. Er war ihr tatsächlich nicht gefolgt. Noch nicht.

Martina kletterte in den Führerstand des unmittelbar vor der Behausung geparkten Traktors. Reto blieb winselnd am Boden zurück. Der Zündschlüssel steckte leider nicht. Mal ganz davon abgesehen, dass sie keine Ahnung hatte, wie man so ein Ding fuhr.

Sie sprang wieder hinaus, vergewisserte sich erneut, dass er ihr nicht folgte und holte ihr Handy hervor. Wie befürchtet hatte sie an dieser Stelle nicht einen mickrigen Balken Empfang.

Hektisch lief sie weiter, war bald wieder am Ufer an der Stelle angelangt, an der sie zuvor angekommen war, und hielt das Telefon so hoch sie konnte, ohne dass sich daran etwas änderte. Dafür bemerkte sie umso deutlicher, dass es für eine Rückkehr zu Fuß zu spät war – das Wasser war bereits sichtbar im Anmarsch, obwohl es nach ihren Berechnungen eigentlich noch gar nicht soweit sein durfte. Es war auch wieder windiger geworden, vermutlich hatte das die Rückkehr des Meeres beschleunigt.

Auch wenn sie sich wenig davon versprach, begann sie, das kleine Eiland ganz zu umrunden, in der Hoffnung an irgendeiner Stelle doch noch eine Verbindung zustande zu bekommen. Ohne Erfolg.

Sie war gestrandet. Auf einer einsamen Insel mit nichts als einem gutaussehenden, geheimnisvollen und verwegenen Jüngling. Was klang wie eine kühne Mädchenfantasie, war für Martina ein wahr gewordener Albtraum.

41

„Fahr mich zurück. Sofort!"

Es hatte sie einiges an Überwindung gekostet, zu ihm zurückzukehren, da sie ahnte, dass er genau auf eine solche Niederlage ihrerseits spekuliert hatte. Und in der Tat war der nachdenkliche Gesichtsausdruck, mit dem er sie eben noch entlassen hatte, wieder verschwunden und sein charakteristisches Grinsen zurück.

„Ich befürchte, das wird nichts."

„Dann gib mir den Schlüssel für den Traktor."

„Und wie soll ich hier dann wieder weg kommen? Außerdem glaube ich nicht, dass Sie das allein schaffen."

„Einen Traktor zu fahren, kann ja nicht besonders schwer sein."

„Wenn das Wasser so schnell steigt wie jetzt, ist es lebensgefährlich. Ich fahre Sie morgen. Heute müssen Sie wohl hier bleiben. Aber keine Angst, es gibt genügend zu essen und zu trinken. Und Sie dürfen auch das Bett haben. Ich schlafe auf dem Boden."

Auch wenn ihr vor der Vorstellung graute, die Nacht an diesem Ort zu verbringen, musste sie sich eingestehen, dass er vermutlich recht hatte – es war zu spät für eine Rückkehr. Sie hatten auf dem Hinweg einfach viel zu lang gebraucht. Auf keinen Fall wollte sie das Risiko eingehen, im Wattenmeer zu ertrinken.

Sie taxierte ihr mutmaßliches Nachtlager, hoffte, die Bettwäsche wäre einigermaßen frisch gewaschen. Dabei fiel ihr das Buch auf, das auf der Steppdecke neben dem jungen Mann lag. Ein Drogenkurier, der las – damit hatte sie nicht gerechnet. Sie versuchte, Titel und Autor auf dem Buchrücken zu entziffern, aber die Schrift war zu klein.

„Ich habe noch mehr dabei, falls Sie lesen möchten."

Der aufmerksame junge Mann hatte offenbar bessere Augen als Martina. Ständig bemerkte er, worauf sie ihren Blick richtete.

Abermals machte er sich an der Sporttasche zu schaffen. Anders als zuvor, öffnete er den Reißverschluss diesmal fast vollständig und Martina erkannte nun endlich, womit das Gepäckstück so gut befüllt war, dass es sich schon ausbeulte: Bücher! Sie war beeindruckt. Und schämte sich für das, was sie gedacht hatte.

„Allerdings sind die nicht auf Deutsch. Sprechen Sie Polnisch?"

„Du bist also doch Pole?"

Er nickte. „Was dachten Sie denn?"

„Polen gehört doch zur EU. Warum fälschst du deinen Pass, wenn du legal ohne Probleme in Deutschland leben kannst?"

Er zuckte mit den Schultern, hob lässig die Augenbrauen.

„Weil ich es kann. Ist doch spannend, sich eine neue Identität zu geben. Ich habe den alten Pass meiner Mutter genommen, eine halbe Stunde mit Photoshop und etwas Kleber gebastelt – und fertig ist mein neues Leben. Schauen Sie mal."

Er reichte ihr das Buch, das neben ihm auf dem Bett lag. Es hieß schlicht ‚Poezje'. Das Entscheidende aber war der Name des Verfassers: Cyprian Kamil Norwid! Martina blätterte das Buch auf, wie erwartet waren es ausschließlich Gedichte. Hin und wieder schmückten sogar Zeichnungen das Buch. Sie musste schmunzeln. Das hätte sie ihm nun wirklich nicht zugetraut, dass der hübsche Junge sich nach einem Poeten benannt hatte. Wie man sich doch in den Menschen täuschen konnte.

„Einer der größten Dichter Polens. Völlig verkannt zu Lebzeiten. Mein Vorbild."

„Schreibst du selbst?"

„Ja. Aber ich komme viel zu selten dazu. Deshalb bin ich hier. Denn hier habe ich meine Ruhe. Normalerweise."

Sie lächelten beide. „Tut mir leid, dass ich den großen Künstler von der Arbeit abhalte."

„Ist schon in Ordnung. Wenn Sie wollen, lese ich Ihnen etwas vor."

„Aber ich kann kein Wort Polnisch."

„Ich mag polnische Gedichte, aber ich schreibe meistens auf Deutsch."

Sie war zwar neugierig auf das, was er verfasste, aber noch mehr interessierte sie zunächst seine weiterhin reichlich rätselhafte Geschichte. „Oh, dann lebst du schon lange in Deutschland, oder?"

„Mein halbes Leben."

„Wie ist dein echter Name? Lass mich raten, irgendetwas mit K und B?"

„Wird das ein Verhör, Frau Kommissarin?"

„Wenn wir hier schon die nächsten Stunden miteinander verbringen, wüsste ich bloß gern, mit wem ich es zu tun habe."

„Kamil. So heiße ich wirklich. Der Nachname spielt doch keine Rolle. Und Sie, wie heißen Sie eigentlich?"

„Martina Martens." Sie zögerte kurz, doch dann gab sie sich einen Ruck, was war schon dabei. Sie war ja nun wirklich noch keine Oma. „Aber bitte, sag doch Martina."

Er reichte ihr feierlich die Hand. „Freut mich sehr, Martina."

Wie nicht anders erwartet, hatte er einen verbindlichen, zugreifenden Händedruck. Im Anschluss streckte er sie auch dem Hund entgegen, der sie prompt ableckte. „Und wie heißt der Assistenz-Kommissar?"

„Er heißt Reto. Und würde sich übrigens sehr über etwas zu trinken freuen."

Kamil füllte eine Müslischale mit Mineralwasser aus der Plastikflasche und griff anschließend nach den Bierdosen. „Möchtest du auch eine, Martina?"

Sie blickte auf den kleinen Wasserkocher, der auf der Küchenzeile stand.

„Du hättest nicht zufällig einen Tee?"

Er durchwühlte den Schrank und fand tatsächlich eine Packung, in der sich noch genau ein Beutel befand.

Als der Tee fertig war, wollte sie sich mit ihrer dampfenden Tasse auf den ungemütlich-klapprig aussehenden, einzigen Stuhl des Raumes setzten – doch Kamil bot ihr, ganz Gentleman, sofort einen Platz auf dem Bett an.

Statt dann selbst mit dem Klappstuhl Vorlieb zu nehmen, rutschte er bloß ein Stück und blieb damit auf der Pritsche dicht neben ihr sitzen. Er nippte lässig an seiner Bierdose, während sie ihren wenig aromatischen, da vermutlich schon länger liegenden Kräutertee schlürfte. Dennoch tat die Wärme gut. Sowohl die des Heißgetränks, als auch jene, die von dem durch Kamils Körper vorgewärmten Bett ausging.

Außerdem spürte sie im Rücken das Gebläse des kleinen, noch immer auf Hochtouren laufenden Heizlüfters und hatte das angenehme Gefühl, dass ihre Klamotten endlich richtig trocken wurden.

„Woher kommt eigentlich der Strom?"

„Auf dem Dach sind solche, wie sagt man, Solardinger."

„Solarzellen. Aber die Sonne scheint doch gar nicht mehr."

„Deshalb heize ich auch jetzt, so lang es noch geht. Wenn es dann bald dunkel wird, gibt es vielleicht gar keinen Strom mehr."

Die Aussicht auf eine kalte, finstere Nacht ließ sie trotz der mittlerweile in die Höhe geschnellten Körpertemperatur erschaudern. Als hätte er ihre Gedanken erraten, sagte er, wie üblich spitzbübisch grinsend: „Na ja, jetzt sind wir ja zu zweit und können uns gegenseitig wärmen."

Sie verdrängte das aufkommende Kribbeln, indem sie sich klar machte, dass er natürlich nur gescherzt habe musste. Dennoch wechselte sie lieber das Thema.

„Willst du eigentlich immer noch mein Telefon haben?"

„Bringt doch nichts. Ich habe ja gesehen, dass du auch nirgendwo telefonieren kannst. Keine Ahnung, wie der Vogelwart das gemacht hat, aber der hat seine Bestellungen immer telefonisch auf dem Hof durchgegeben. Vermutlich sind wir beide einfach beim falschen Anbieter."

„Was hättest du denn gemacht, wenn ich doch Empfang gehabt hätte?"

„Jemanden angerufen."

Sie war erstaunt von dieser eigentlich so naheliegenden Antwort, war sie doch davon ausgegangen, er wäre vor allem daran interessiert gewesen, dass keine Telefonate zustande kamen, damit sein Versteck nicht oder zumindest nicht so schnell aufflog.

„Und wen?"

„Du bist aber wirklich neugierig."

„Deine kleine Freundin vielleicht, diese Jessica?"

Sie bereute es sofort, diesen Verdacht ausgesprochen und ihn damit im Tonfall einer eifersüchtigen Mutti an die Peinlichkeit erinnert zu haben, bei der Reto und sie ihn und das Mädchen in flagranti ertappt hatten.

Doch er schien nicht verärgert zu sein, konterte mit einer Gegenfrage. „Und wen würdest du jetzt gern anrufen? Wahrscheinlich den Inselpolizisten, deinen persönlichen Freund und Helfer, oder? Damit er dich rettet und den bösen Polen endlich festnimmt?"

„Na ja, hauptsächlich, damit er sich keine Sorgen um mich macht. Und dich wollte ich nie verraten, Kamil."

„Das soll ich glauben? Eben wolltest du mich noch mit meinem eigenen Messer umbringen."

Sie griff in die Hosentasche, wollte es ihm reichen, doch er schüttelte den Kopf.

„Hab's mir überlegt, ich will es doch nicht mehr. So gute Erinnerungen sind es auch wieder nicht. Behalte es und erinnere dich lieber an mich. Hättest du mich wirklich damit abgestochen?"

„Ich wollte mich bloß verteidigen können." Sie gestand, was ihr durch den Kopf gegangen war, der Revolver und die vermeintlichen Drogenpakete in der Tasche. Es klang im Nachhinein so absurd, dass sie beide darüber lachen mussten.

„Also, auch wenn das jetzt deine Klischees bestätigt – ein bisschen Gras hab ich wirklich dabei. Wollen wir uns das teilen?"

„Um Gottes Willen! Und wehe, wenn du hier drinnen rauchst, dann kann ich nachher kein Auge zu tun."

„Na dann gehen wir eben raus."

Er holte einen vorbereiteten Joint aus einem Seitenfach seiner Sporttasche hervor, stand auf und zog sich seine Jacke über. Martina blieb wo sie war. Die eben aufgekommene Sympathie für den jungen Mann ließ schon wieder nach. Poesie hin oder her, er war also doch ein ganz normaler, dummer Jugendlicher, der sich die Birne wegkiffte.

Wobei, wenn sie ehrlich war, hatte auch sie in seinem Alter selbst die eine oder andere Tüte geraucht. Doch diese Zeiten waren natürlich längst und unwiderruflich vorüber. Dachte sie zumindest…

42

Reto folgte Kamil zur Tür und sah Martina von dort aus ebenso auffordernd an wie er. „Siehst du, dein Hund möchte auch mitkommen."

Eigentlich fühlte sie sich in der Wärme ganz wohl, doch auf keinen Fall wollte sie Reto allein mit Kamil gehen lassen oder ihm schon wieder den Spaß verderben müssen, also zog auch sie sich die Jacke an.

Die tiefstehende Sonne hatte gerade mal wieder eine Lücke zwischen den vom Wind zerfetzten Wolken gefunden, die bereits in ein dunkelrotes Licht getaucht waren. Die Gräser und Büsche der kleinen Insel verbeugten sich bei jeder Böe, während die zahlreichen gefiederten Einwohner ein aufgeregtes, vorabendliches Vogelkonzert zum Besten gaben.

Kamil zündete sich den Joint an. Der Wind blies Martina den süßlichen Geruch direkt ins Gesicht – und mit ihm einen Schwall an Erinnerungen an längst vergessen geglaubte Jugendsünden.

Kaum dass er den ersten Zug genommen hatte, reichte er ihr den Joint, doch sie lehnte ab.

„Du weißt aber schon, dass man blöd davon wird?"

Er antwortete nicht, nahm stattdessen einen weiteren Zug.

„Ist es nicht wunderschön hier?"

Martina nickte. Sie liefen eine Weile schweigend nebeneinander den Trampelpfad zum Ufer entlang. Reto zwängte sich zwischen die beiden, sich abwechselnd an ihr, dann an ihm reibend. Es war, als wolle er den Familienhund spielen, eine Art Bindeglied zwischen den zwei sich einander noch immer fremden, aber langsam Vertrauen fassenden Menschen schmieden.

„Was führt eigentlich einen so jungen Menschen wie dich an einen so einsamen Ort wie diesen?"

„Ich finde, das ist genau der richtige Platz für mich. Ich wollte schon immer auf eine einsame Insel. Außerdem war ich in der Stadt bei meiner sogenannten Familie und meinen sogenannten Freunden einsamer als hier. Kennst du das, wenn man zwar nicht allein, aber trotzdem einsam ist?"

Ja, das kannte sie, und es beschrieb ziemlich genau ihre letzten Ehejahre vor der Scheidung. Doch davon erzählte sie ihm lieber nichts. „Na ja, ich habe immerhin Reto."

„Und sonst niemanden?"

„Meine Tochter, aber die ist ausgezogen."

„Und dein Mann?"

„Der auch. Wir haben uns scheiden lassen." Nun waren sie also doch bei dem Thema, das sie eigentlich hatte vermeiden wollen.

„Das ist schade."

„Danke für die Anteilnahme, aber die Scheidung war das Beste, das mir passieren konnte. Denn sonst hätte ich nie Reto haben können, mein Ex-Mann mag nämlich keine Hunde."

„Ich meinte auch eher, schade für mich. Es war nämlich schon immer mein Traum, mal eine Nacht mit einer verheirateten Frau zu verbringen."

Sie lachte, ohne dass er diesmal ebenfalls darin einstimmte. Hatte er diesen Quatsch etwa ernst gemeint? Sie fragte lieber nicht nach.

Als sie am Ufer angelangt waren und das mittlerweile fast vollständig zurückgekehrte Wasser schon begann, ihre Schuhe zu umspülen, kehrte auch die Kälte in ihre Klamotten zurück. Kamil schien zu bemerken, dass sie zitterte und gab erneut den Kavalier, zog sich seine Jacke aus und wollte sie ihr reichen, doch sie winkte ab. Mal ganz davon abgesehen, dass sie dieses taillierte Modell ohnehin kaum über ihre eigene hätte streifen können, ohne danach wie eine Presswurst auszusehen, durfte sie nicht zulassen, dass er nur im Unterhemd bekleidet bei gefühlten fünf Grad durch die Gegend lief.

„Das ist lieb von dir, aber es geht schon. Zieh deine Jacke bloß schnell wieder an. Auf die Gefahr hin, wie deine Mama zu klingen: Du bist viel zu dünn angezogen und wirst dich erkälten."

Er zog sich wieder an. „Meine Mutter hat so etwas nie zu mir gesagt. Ihr war es völlig egal, was ich anhatte. Sie trug ja selber kaum etwas."

„Oh, das tut mir leid. Bist du von zu Hause abgehauen?"

„Das muss dir nicht leid tun. Meine Mutter und ich, wir sind fertig miteinander. Geschiedene Leute, wie man sagt. Und die Scheidung war das Beste, was mir passieren konnte."

Obwohl das wirklich todtraurig war Martina ganz anders wurde, beim Gedanken, dass ihre Tochter jemals so etwas über sie sagen könnte, mussten sie beide schmunzeln.

Martina wollte eigentlich gern wieder zurück ins Warme, doch der offenbar völlig unverfrorene Reto genoss gerade ein Bad in den Wellen der Nordsee und wirkte dabei fast genauso entspannt wie der noch immer genüsslich kiffende Kamil.

„Dann probier wenigstens mal. Da wird einem auch warm von. Oder du vergisst zumindest, dass dir kalt ist."

Sie war mittlerweile überzeugte, ja beinahe militante Nichtraucherin und beschwerte sich jedes Mal sofort beim Personalrat, wenn ihre Kollegen im Winter mal wieder unerlaubt den Sozialraum oder die Teeküche vollqualmten, weil sie zu bequem waren, vor die Tür zu gehen. Außerdem hatte sie ihrer Tochter stets flammende Vorträge über die Gefahren gehalten, die von jeglichen Sucht- und Rauschmitteln ausgingen.

Doch Kind und Kollegen waren weit weg.

„Na gut. Einmal ist keinmal."

Sie wollte die Tüte Kamil sofort zurückgeben, doch nun war er es, der abwinkte. „Ist doch kaum noch was drin."

„Zu viel für mich. Nun nimm schon!"

Er schüttelte mit dem Kopf, steckte die Hände in die Jackentaschen. Da sie den Nationalpark auf keinen Fall mit einem Haschzigarettenstummel verunstalten wollte, behielt sie den erst knapp zur Hälfte aufgerauchten Joint in der Hand.

Und obwohl sie sich das Gegenteil vorgenommen hatte, zog sie erneut daran. Für dieses kindische Verhalten konnte sie noch nicht einmal das Dope verantwortlich machen, denn sie spürte zwar den vertrauten Geschmack, aber noch keinerlei Wirkung. Wahrscheinlich gestreckter, billiger Stoff, dachte sie.

Außerdem war ihr natürlich immer noch kalt. Kamil merkte es – und legte den Arm um sie, rieb ihn an ihrem Rücken, über den ihr sogleich ein angenehmer Schauder lief.

„Wenn du schon meine Jacke nicht willst, muss ich dich halt so wärmen."

Kurz überlegte sie, seine Hand dennoch wieder wegzuschieben, entschied sich dann aber dagegen. Natürlich war ein solcher Körperkontakt mit einem jungen Mann für eine Frau ihres Alters nicht weniger unangebracht als das Kiffen, aber angenehm war es trotzdem.

Sie standen noch eine Weile dicht aneinander am Wasser, bis Reto zu ihnen zurückkehrte und sich direkt vor ihnen ausschüttelte, so dass beide einen Schritt zurück machten, obwohl es ohnehin schon zu spät war und der Hund bereits eine ordentliche Portion sandiges Nordseewasser auf ihren Hosen verteilt hatte.

Sie machten sich auf den Rückweg. Nach einigen Metern kam er dann doch, der Rausch. Erstaunlich stark und plötzlich. Sie hatte Mühe, die wenigen Stufen zurück in den Container zu gehen, so sehr schwankte und drehte sich auf einmal alles in ihrem Kopf. Obwohl das eigentlich gar nicht lustig war, ließ sie sich lachend auf das Bett fallen, kaum dass sie oben waren.

„Haut ganz schön rein, was?"

Martina hatte es gar nicht bemerkt, aber plötzlich lag auch Kamil neben ihr, ohne Jacke und Sekunden später sogar ohne Unterhemd, das er ebenfalls einfach auf den Boden pfefferte.

„Verdammt warm hier drinnen", sagte er, dabei war sie sich ziemlich sicher, dass er nur mal wieder einen Grund suchte, seinen perfekt durchtrainierten Oberkörper zur Schau zu stellen.

So ein Angeber, dachte sie sich.

„Na ja, die ganze Mühe muss sich ja auch mal lohnen. Ich trainiere fast jeden Tag ein bis zwei Stunden."

Erst an dieser Reaktion fiel ihr auf, dass sie laut gedacht haben musste. Anstatt sich wie üblich zu schämen, lächelte sie bloß. „Ich muss zugeben, es sieht wirklich verdammt gut aus."

Wieder hatte sie ihre Gedanken einfach ausgeplaudert. Und es störte sie nicht einmal mehr. Was ein bisschen THC doch noch so alles bewirken konnte!

„Willst du mal anfassen?"

Er spannte nacheinander einzelne Muskelgruppen an, posierte wie ein Bodybuilder bei der Preisverleihung, während sie Bizeps, Trizeps und Co. anerkennend betätschelte. Es war bizarr, eine Mischung aus Anatomiestunde im Biologieunterricht und Fleischbeschau im Männerstriplokal. Aber natürlich war es irgendwie auch erregend. Sie musste an die Diemels denken, wie blass vor Neid die Jungs wohl wären, wenn sie wüssten, was sie da gerade tat.

Und dann, ohne jede Vorankündigung, berührte er sie ein weiteres Mal. Allerdings nicht am Rücken, sondern auf der anderen Seite. Er fuhr mit der Hand über ihren Pullover, strich sanft über ihre linke Brust. Unter normalen Umständen und jedem anderen Typen hätte sie für eine solch unverschämte Grabschrei reflexatig eine Backpfeife verpasst, aber durch die Droge und vermutlich auch die Erregung waren ihre Abwehrmechanismen geschwächt, ihre Reaktionszeit verlangsamt.

„Was machst du da?"

„Darf ich?"

„Das fragt man eine Frau, bevor man sie berührt."

Er nahm die Hand von ihrer Brust und die plötzliche Abwesenheit fühlte sich irgendwie fast genauso falsch an wie zuvor die Berührung. Zum ersten Mal sah er sie ein wenig verunsichert, fast schüchtern an.

„Tut mir leid. Ich habe keine Erfahrung mit Frauen."

Sie musste lachen. „Das glaube ich dir nicht."

„Es stimmt aber. Bis jetzt waren es alles Mädchen. Aber du bist eine richtige Frau."

„Und wie kommt das? Bist du denn etwa noch kein richtiger Mann?" Sie warf einen Blick auf seine Muskeln, seinen durch und durch männlichen Körper. Und nahm seine rechte Hand, legte sie wieder auf ihre linke Brust. Diesmal fühlte es sich besser an, erstaunlich selbstverständlich.

„Na ja, noch nicht ganz. Ich bin ja erst siebzehn."

Das Herz unter ihrer Brust hörte vor Schreck beinahe auf zu schlagen.

43

Durch das kleine, lang nicht mehr geputzte und von der Kälte beschlagene Fenster drangen bereits ein paar Sonnenstrahlen, als Martina die Augen aufmachte.

Die ersten Sekunden waren noch angenehm, eine Schwebezustand zwischen Traum und Realität, ein Rest von Rausch und Exzess. Doch in dem Augenblick, in dem ihr wieder einfiel, wo sie sich befand und was geschehen war – geschehen sein musste – spürte sie schlagartig die Schmerzen: Der Kopf drohte zu explodieren, jeder einzelne Muskel schien verspannt zu sein, sie hatte einen widerlichen Geschmack auf der Zunge, der Magen kniff, die Augen brannten, die Blase drückte.

Kamil lag zusammengekrochen zu ihren Füßen auf dem Bettvorleger und schnarchte, mit dem Rücken leicht an den ebenfalls noch schlafenden Reto gekuschelt, ein Klamottenknäuel als Kopfkissen. Wie konnte er in solch unbequemer Lage überhaupt ein Auge zutun? Und fror er nicht fürchterlich? Der Container war abgekühlt, der Heizlüfter längst aus. Martina fröstelte am ganzen Körper, obwohl sie anders als er eine Decke hatte.

Sie stand langsam auf, nahm die Füße von der harten, engen Pritsche und wäre, beim Versuch, über Hund und Junge zu steigen, beinahe auf eine leere Bierdose getreten. Rund ein halbes Dutzend lagen auf dem Boden. Sie konnte sich nicht mehr genau daran erinnern, wie viele davon sie und wie viele er getrunken hatte, befürchtete aber, ein nicht gerade kleiner Anteil fiel auf sie.

Auch deshalb eilte es mit dem Toilettengang. Nur dass der Container über keinerlei sanitäre Einrichtung verfügte, ja nicht einmal über fließendes Wasser. Sie erinnerte sich an einen winzigen Holzverschlag, den sie als einzige andere menschengemachte Behausung auf der Insel am Tag zuvor ausgemacht hatte. Was sie bislang für eine Art Schuppen gehalten habe musste, war hoffentlich das Klo.

Sie streifte sich die Jacke über und schlich zur Tür. Reto wurde wach und gesellte sich zu ihr, während Kamil noch immer schnarchte.

Scharhörn im Morgenlicht war mindestens genauso schön wie in der Abendsonne. Die Vögel waren erstaunlich leise, vielleicht größtenteils schon weitergezogen. Aber Meer und Wind vereinigten sich zu einem sanft rauschenden Pfeifkonzert und obwohl es kühl war, tat die frische Seebrise Martina gut.

Alles andere als frisch roch das Plumpsklo. Eine Zumutung. Trotzdem war es eine Wohltat, sich zu erleichtern. Wenn sie sich jetzt doch bloß noch waschen, eine warme Dusche nehmen könnte…

Als sie wieder draußen war und in Richtung des Watts blickte, erkannte sie, dass der Meeresspiegel bereits sank, das Wasser auf dem Rückzug war. Sie hatte den Tidekalender nicht im Kopf, doch wusste auch so, dass sie bald los mussten.

Zum Glück war Kamil nun doch aufgewacht. Mehr oder weniger zumindest. Obwohl er um so vieles jünger war als sie, schien er nicht weniger fertig zu sein. Er reckte sich, gähnte, bekam die Augen kaum auf und den Mund auch nicht.

Mit einem schüchternen „Moin“ begrüßten sie einander. Jetzt im nüchternen Zustand erschien es ihr undenkbar, wie nah sie einander gekommen waren. Die Erinnerung an den zurückliegenden Abend und die Nacht waren bruchstückhaft und Martina nicht einmal traurig deswegen – sie wollte auch eigentlich gar nicht mehr wissen, was genau sie getan hatten.

Natürlich sah er selbst in diesem verkaterten, verpennten Zustand umwerfend aus und dennoch wollte sie dringender denn je weg, nach Hause, diese peinliche Episode vergessen, am liebsten ungeschehen machen. Sie war sich sicher, dass er es genau so empfand, es ihm ebenso unangenehm war.

Doch da hatte sie sich offenbar getäuscht. „Das war wirklich schön gestern“, sagte er, noch immer etwas benommen, aber bereits wieder mit dem üblichen Lächeln auf den Lippen.

Ein Teil in Martinas Herz hätte ihn jetzt gern in den Arm genommen, ihn geküsst, ihm gesagt, dass sie hier bleiben wollte, für immer, nur mit ihm. Doch der andere Teil, der vernünftige, übernahm das Kommando.

„Wir müssen los, Kamil. Das Niedrigwasser kommt.“

Erstaunlicherweise erwiderte er nichts mehr, sondern beeilte sich, seine Sachen zusammenzupacken, die Klamotten genauso wie die Bücher. Er schien sein Versprechen, sie schnellstmöglich nach Neuwerk zurückzufahren, also zu halten. Auch wenn ihm dort als minderjähriger Ausreißer mit gefälschtem Pass und geklautem Traktor nicht nur die sofortige Entlassung, sondern vermutlich auch die Rückkehr in sein altes, verhasstes-verkorkstes Familienleben drohte.

Die Fahrt mit dem Traktor übers Watt war um einiges entspannter als der Fußweg am Tag zuvor und dennoch nicht frei von Tücken. Mehrfach stand das Wasser bis fast in den Führerstand, das Durchfahren der Priele erwies sich als Herausforderung, doch obwohl Kamil noch nicht einmal einen Führerschein besaß, war er ein geschickter Fahrer und brachte sich, Martina und Reto sicher und sogar einigermaßen trocken von einer auf die andere Insel.

Die eigentlich so herbeigesehnte Rückkehr auf das im Vergleich zu Scharhörn geradezu riesige Eiland Neuwerk fühlte sich nach dieser unwahrscheinlichen Nacht bedrückender als erwartet an. Das Panorama war noch genauso schön, vielleicht jetzt bei gutem Wetter und Sonnenschein sogar noch schöner als am Tag zuvor, und doch waren ihre Gedanken finster, die Erinnerung an Leon und seinen schrecklichen, vermutlich noch immer nicht aufgeklärten Tod schlagartig wieder präsent.

Sie hatte ein bisschen erwartet, die Polizei – in Gestalt des sie bereits voller Sorge suchenden Robert Bremer – würde sie in Empfang nehmen, kaum dass sie an Land gingen, doch sie erblickten keine Menschenseele, während sie mit dem Traktor als wäre nichts geschehen über die Feldwege zurück zum Hof fuhren. Waren die Ermittler vielleicht doch schon wieder abgereist? Und hatte denn niemand ihretwegen eine Suchaktion gestartet?

Als sie ihr Ziel erreichten, schien sie doch jemand zu erwarten. Vor dem Traktorschuppen stand der ausschließlich Platt sprechende Hofpatriarch.

„Nu kiek di dat mol an!"

„Ich kann Ihnen das erklären."

„Dat will ik goor nich höörn. Kamil, du büst op de Stell künnigt. Un Se, Fru Martens, Se doon mien Grundstück ok verlaten. Ji hebbt en Viddelstünn, um joon Kraam bi´n Wickel to kriegen."

Martina war entrüstet. Sie fühlte sich von dem Alten behandelt wie ein kleines Kind und versuchte, ihm zu erklären, was geschehen war – die zensierte Version natürlich. Aber er ließ sie nicht einmal ausreden.

„Vertellt dat'e Polizei. Ik schall ji nämlich beid anzeigen."

„Gut, dann rufen Sie doch Herrn Bremer an und wir klären die Sache."

„Dat gifft nix mehr to klaren. Sükse Gäst un sükse Mitarbeiders as ji, de mi achtergahnt doon en mien Egendoom stehlt, kann ik nich bruken."

Offenbar ging er spätestens seit ihrer gemeinsamen Rückkehr davon aus, Kamil und sie hätten auch die Hinfahrt gemeinsam unternommen.

„Chef, Frau Martens hat damit nichts zu tun. Sie ist nach mir zu Fuß rüber. Ich habe sie bloß zurückgefahren."

„Vertell mi keenen Döntje. Se hett dat doch ok bi mi versöcht, mi baadt, se to fahren. Klor, dat du keenen Rockslippen en Begehr utslagen kanns. Dat weer'n Fehler, dat ik di nich stracks utbroot hebb, wi de met dat Deern in'e Schüün spiekert hest."

„Und wo sollen wir hin?", schaltete sich Martina wieder ein.

„Nich mien Probleem. Ji schallt al een finnen, dat ju op't Fastland brengt. Mien Trecker un mien Peer op jeden Fall nich mehr."

„Aber das müsste ja sofort sein, denn wenn ich das richtig sehe, haben wir nicht mehr so viel Zeit, bevor das Hochwasser zurückkehrt."

„Ik segg doch, nich mien Probleem."

Zum ersten Mal seit langer Zeit hatte Martina das Gefühl, es wäre wirklich besser, Neuwerk so schnell wie möglich zu verlassen. Und ausgerechnet jetzt, wo das Unwetter überstanden war, waren die Möglichkeiten dazu beschränkter denn je. Die Fähre war in die Winterpause gegangen, ihr Gastgeber weigerte sich, sie zu kutschieren und weit und breit war kein Polizist mehr in Sicht, der ihr einen Hubschrauberflug zurück in die Stadt hätte anbieten können. Wobei letzteres wegen Reto trotz aller Schnelligkeit nicht ihre präferierte Option war.

Vergeblich versuchte sie, noch eine Nacht rauszuschlagen, um sich in Ruhe ihre Rückreise organisieren zu können. Sie verlangte, mit seiner deutlich zugänglicheren, aber leider nirgendwo zu sehenden Frau sprechen zu dürfen, doch davon wollte er genauso wenig wissen wie von dem Vorschlag, den *Bünabe* Bremer anzurufen.

„Es hat keinen Zweck, Martina. Ich kenne noch ein paar Leute, wir werden schon irgendwo unterkommen."

Anders als sie hatte Kamil aus naheliegenden Gründen kein Interesse daran, die Polizei zur Klärung des Sachverhalts hinzuzuziehen und da sie schließlich versprochen hatte, ihn nicht zu verraten, beharrte auch sie nicht mehr darauf und tat, wozu man sie aufgefordert hatte.

In ihrem Zimmer war es angenehm warm und am liebsten hätte sie eine heiße Dusche genommen und sich danach ins Bett gelegt, doch der Hausherr stand in der offenen Tür und beobachtete sie ungeduldig, also beeilte sie sich, alles zusammenzupacken.

Nach einer Weile ging er, vermutlich um sich zu überzeugen, dass Kamil das Gleiche wie sie tat. Sie nutzte die Chance, wenigstens kurz ins Bad zu gehen, sich mit warmen Wasser das Gesicht zu waschen und die Zähne zu putzen. Als sie sich im Spiegel sah, traf sie fast der Schlag. Ihre Haare standen in alle Richtungen ab, ihre Augenringe hatten die Ausmaße von Untertassen. Schnell nahm sie die Bürste und etwas Schminke, versuchte zu retten, was noch zu retten war.

Es dauerte nicht lang, da kam der Alte wieder, Kamil im Schlepptau. Sie packte eilig ihren Kulturbeutel zusammen, stopfte ihn in den Koffer und machte sich samt Reto auf den Weg in den Hof, wo die beiden sie erwarteten.

Sie drückte ihm den Schlüssel in die Hand. „Das gibt eine schlechte Bewertung im Netz, darauf können Sie sich verlassen."

„Lever slecht Beweertung as slecht Gäst."

Er drehte sich um und ging. Was für ein Dickschädel! Martina und Kamil sahen sich trotz ihrer misslichen Lage grinsend an. Es fühlte sich ein bisschen an wie von der Schule fliegen. Kurz tauchten wieder die Bilder des Vortages in ihrem Kopf auf und mit ihnen der Wunsch, etwas noch Wilderes, Verboteneres als Kiffen zu tun – etwa gemeinsam durchzubrennen.

Der elektrisch betriebene Pick-up der Hafenbehörde hatte sich so leise dem Anwesen genähert, dass sie ihn erst hörten, als er direkt auf sie zukam. Am Steuer saß Frau Kosslowski, begleitet wurde sie von Robert Bremer. Immerhin, er war noch im Dienst und arbeitete sogar wieder mit der alten Dragona zusammen, dachte sich Martina.

Kamil ließ Koffer und Sporttasche stehen, kaum dass er registriert hatte, wer da im Anflug war und nahm die Beine in die Hand. Doch er kam nicht weit, denn sie standen in einer Sackgasse, mit dem Rücken zur Wand, direkt vor den verschiedenen Gebäudeteilen des Hofes. Der einzige Fluchtweg war von dem Auto abgeschnitten. Er versuchte, daran vorbeizukommen, doch Robert Bremer schnappte ihn mühelos und hielt ihn recht rabiat fest – der sogenannte Polizeigriff.

„Kamil Bartnicki, Sie sind vorläufig festgenommen", schaltete sich die Kommissarin ein. „Wegen des dringenden Tatverdachts der Urkundenfälschung, des Diebstahls – und des Mordes an Leon Werth."

44

„Wo waren Sie?"

„Warum haben Sie ihn festgenommen?"

Beide waren sauer und es grenzte an ein Wunder, dass sie überhaupt miteinander sprachen. Während Kamils Verhaftung hatte er Martina nicht ein einziges Mal in die Augen gesehen, obwohl sie fortlaufend seinen Namen gerufen hatte.

Nun, wo der Polizeihubschrauber längst abgehoben war, vermutlich mit Kamil in Handschellen, begleitet von Kommissarin Kosslowski, und nachdem Martina eine halbe Stunde lang vor der Stackmeisterei ausgeharrt hatte, ohne dass jemand auf ihr Klingeln reagiert hätte, war er doch noch aufgetaucht.

„Ich stehe kurz vor der Suspendierung und da glauben Sie, ich würde Ihnen abermals vorschriftswidrig Ermittlungsergebnisse anvertrauen?"

„Als ob das meine Schuld wäre. Den Ärger haben Sie doch vor allem, weil Sie den Phantomjungen von Alice Mehring gedeckt haben. Ist der eigentlich wieder aufgetaucht?"

„Nein. Obwohl wir ab gestern Nachmittag bis tief in die Nacht hinein die ganze Insel nach Manuel abgesucht haben. Mit Wärmebild-Hubschrauber und Hundestaffel aus der Stadt. Ohne Ergebnis. Wir haben zwei Boote draußen seit heute Morgen, müssen also erneut vom Schlimmsten ausgehen. Trotzdem hätten wir hier jede Hilfe bei der Suche gebrauchen können. Also noch einmal: Wo zur Hölle haben Sie und dieser Kamil sich in den letzten 24 Stunden verkrochen?"

Martina war so schockiert von dem, was er erzählt hatte, dass sie gar nicht auf die Frage einging.

„Das heißt, Sie glauben, der Kleine ist nicht weggelaufen, um sich zu verstecken, sondern ihm wurde dasselbe angetan wie Leon?"

„Ich weiß nicht, was ich noch glauben soll. Ich weiß nur, dass wir die Hoffnung nicht aufgeben dürfen, schon wegen Alice."

Robert Bremer wirkte betroffen und auch in Martinas Hals bildete sich ein Kloß. Obwohl sie diesen Jungen nicht gekannt, nur einmal kurz gesehen hatte, war die Vorstellung unerträglich, dass Leons Mörder frei herumlief und erneut zugeschlagen hatte.

„Kamil war es nicht. Sie haben den Falschen."

„Woher wollen Sie das wissen? Was haben Sie überhaupt mit ihm zu schaffen, können Sie mir das vielleicht endlich mal erklären?"

„Hat Ihnen das Herr Meyer nicht erzählt? Ich dachte, er bezichtigt Kamil und mich des gemeinschaftlichen Traktordiebstahls und hätte mich bei Ihnen angezeigt."

„Hat er nicht. Und selbst wenn, glauben Sie, bei einem toten und einem vermissten Kind habe ich die Zeit, mich um so etwas zu kümmern? Also, wo sind Sie hingefahren mit dem Traktor, aufs Festland? Warum mit Kamil? Und weshalb kommen Sie überhaupt zurück?"

Sie erzählte, was wirklich passiert war, berichtete von ihrem abenteuerlichen Trip nach Scharhörn, der Begegnung im Vogelwartquartier und der ungeplanten Übernachtung. Natürlich ohne die pikanten Details. Anders als erhofft, wurde der Polizist danach allerdings auch nicht wirklich freundlicher, auch wenn er immerhin so etwas wie Sorge um Martina erkennen ließ: „Was für eine saublöde Aktion! Im Alleingang durchs Watt, Sie hätten draufgehen können!"

Deutlich mehr noch interessierte ihn aber die Information von Kamils Unterschlupf auf der Insel. „Ich muss die Kollegen informieren, die müssen sofort da rüber."

„Warum? Sie glauben doch nicht etwa, dass der Junge da ist? Kennen Sie Scharhörn? Selbst wenn Kamil ihn entführt haben sollte – dorthin bestimmt nicht. Ich habe jeden Winkel des Eilands gesehen, da gibt es keine Verstecke."

„Wer weiß, vielleicht hat er ihn verbuddelt, bevor Sie angekommen sind."

„Das ist doch absurd, warum sollte er das getan haben?"

Robert Bremer schien selbst nicht besonders überzeugt von dieser Theorie zu sein. Zumindest ging er nicht näher darauf ein. „Wie auch immer, wir müssen die Spurensicherung hinschicken. Vielleicht finden sie dort weitere DNA."

Sie dachte daran, welche Spuren sie dort vor allem entdecken würden, nicht nur von Kamil, sondern auch von ihr – Bierdosen, Cannabisreste, womöglich noch Peinlicheres – und fühlte sich schon jetzt ertappt, bloßgestellt. Doch da war noch etwas in Robert Bremers letztem Satz, das sie hatte hellhörig werden lassen.

„Weitere DNA sagen Sie? Wo haben Sie denn noch welche gefunden? Ich dachte, auf Leons Leichnam waren keine verwertbaren Spuren?"

Robert Bremer stöhnte. Er schien sich über sich selbst zu ärgern, weil er sich verplappert hatte. „Vergessen Sie, was ich gesagt habe."

„Ich glaube, ich verstehe. Sie haben Leons Sachen aus dem Landschulheim ausgewertet und an irgendetwas die DNA von Kamil gefunden. Aber das beweist doch noch gar nichts – höchstens, dass sie sich mal begegnet sind. Und Kamil hatte immerhin sehr engen Kontakt mit einem der anderen Kinder, da kann es doch Kreuzkontaminationen geben, nicht wahr?"

„Egal wie viel Sie hier spekulieren, Sie erfahren dazu von mir nichts mehr. Sie können sich aber sicher sein, dass wir ihn nicht festgenommen hätten, wenn es keine stichhaltigen Anhaltspunkte gäbe, die für ihn als Täter sprechen. Man kann von Kosslowski menschlich halten was man will, aber sie ist keine schlechte Polizistin, sonst hätte man ihr nicht die Einsatzleitung übertragen. Ich hoffe, sie grillt den Burschen gerade richtig im Verhör, damit er uns verrät, wo er Manuel hingebracht hat."

„Und ich hoffe, Sie verlassen sich nicht darauf, sondern suchen weiter nach dem Jungen. Und nach dem Täter. Kamil ist es jedenfalls nicht."

„Was macht Sie da so sicher? Er ist kein Kind von Traurigkeit, das sollte Ihnen langsam klar sein, nicht nur, weil er kleine Mädchen verführt, den Traktor geklaut hat und in den Container eingebrochen ist. Das mit den falschen Papieren wissen Sie ja schon. Es hat übrigens rein gar nichts mit Arbeits- oder Aufenthaltserlaubnis zu tun, er ist einfach ein Ausreißer, wollte sich älter machen, seine Vorgeschichte verschleiern. Vielleicht ist ihm Leon, der kleine Hobby-Detektiv, ja auf die Schliche gekommen, hat ihn bei irgendetwas ertappt, und musste deshalb sterben. Kamil ist sogar ebenfalls noch minderjährig und trotzdem bereits mehrfach nach Jugendstrafrecht verurteilt worden: Diebstahl, Drogen, Schlägereien…"

Zumindest von Letzterem war Martina überrascht, denn bislang war sie davon ausgegangen, er würde seine Muckis nur einsetzen, um Mädels zu beeindrucken – und nicht, um sich zu prügeln.

„Deswegen ist er aber noch lange kein Mörder."

„Das wird sich zeigen."

Martina zitterte, halb vor Aufregung, halb weil sie noch immer im zugigen Eingangsbereich des Behördenflachbaus standen. Robert Bremer machte anders als bei ihrem letzten Besuch keine Anstalten, sie ins Warme hineinzubitten und obwohl das Wetter mittlerweile besser war, sogar die Sonne schien, war es eisig kalt.

Erst jetzt schien ihm aufzufallen, dass sie ihren großen Rollkoffer dabei hatte.

„Reisen Sie jetzt doch ab?"

Das war die Chance, ihr von dem Rauswurf zu erzählen und ihn um Hilfe zu bitten, um den ihr schon vor Tagen angebotenen Flug auf Staatskosten zurück nach Hamburg. Oder alternativ zumindest nach einem Schlafplatz und Hilfe beim Finden eines Fuhrunternehmers zu fragen, der sie bei nächster Gelegenheit am kommenden Tag nach Cuxhaven kutschieren könnte. Doch aus Stolz und Trotz ließ sie die Gelegenheit verstreichen – auch weil sie insgeheim hoffte, er würde von sich aus fragen, ob sie Unterstützung benötigte, sie endlich hereinbitten, ihr zu starken Kaffee aus der schmuddeligen Maschine anbieten.

„Nein, ich brauche bloß mal einen Tapetenwechsel und suche mir eine neue Unterkunft."

Er sah sie irritiert an, wusste zurecht nicht ganz, was er von einer derart dämlichen Aussage halten sollte.

„Aha. Na dann, viel Glück. Ich muss dann auch mal weitermachen, die Kollegen informieren über Ihren kleinen Ausflug. Was auch immer Sie jetzt vorhaben, lassen Sie es lieber und fahren Sie schnellstmöglich nach Hause. Kosslowski hatte in einem wohl leider doch recht: Eine Hilfe sind Sie uns nicht mehr, eher im Gegenteil."

In dem Augenblick, in dem die Tür zurück ins Schloss fiel und sie seine Umrisse langsam hinter dem Milchglas verschwinden sah, brach Martina zum x-ten Mal während dieses verflixten Urlaubs ins Tränen aus.

45

Innerhalb kürzester Zeit waren zwei attraktive Männer in Martinas ansonsten so einsames, asketisches Leben getreten – und genauso schnell wieder verschwunden. Der blutjunge Kamil war ihr in Handschellen entrissen worden und nun hatte sich auch der bislang stets loyale Polizist von ihr abgewandt.

Und dann war da auch noch die größte aller Ungerechtigkeiten: Ein Kind wurde umgebracht, ein weiteres war verschwunden. Statt nach dem Täter zu suchen, nahm die Polizei einen Unschuldigen fest. Martina war sich absolut sicher, dass Kamil den Jungen nichts angetan hatte. Nicht nur, weil sie ihn für außerstande hielt, ein Mörder zu sein, sondern auch, weil sie kein Motiv erkennen konnte. Natürlich, er hatte Geheimnisse und einiges auf dem Kerbholz, aber sie wusste ja nun, was geschah, wenn man ihm auf die Schliche kam. Wäre er der skrupellose Typ, für den die Polizei ihn offenbar hielt, dann hätte er ihr auf der einsamen Vogelinsel mühelos alle Knochen brechen können. Stattdessen hatte er ihr bloß das Herz gebrochen.

Reto versuchte auf seine rührige Art, sein Frauchen zu trösten. Er schmiegte sich an sie, und als er merkte, dass nicht einmal das half, führte er einen seltsamen Tanz auf, der daraus bestand, schwanzwedelnd und Männchen machend um die weinende Martina herumzuhüpfen. Sie kannte dieses Verhalten aus ähnlichen Situationen in der Vergangenheit und wusste es mittlerweile zu interpretieren: Er versuchte, sie abzulenken, ihre Aufmerksamkeit auf sich statt auf ihre Trauer zu lenken.

Tatsächlich gelang ihm das sogar. „Ist schon gut, Reto, ich hör ja auf. Ich weiß, es ist furchtbar mit mir."

Sie wischte sich die Tränen aus dem Gesicht, nahm ihren Rollkoffer und schob ihn über das holprige Kopfsteinpflaster der Turmwurt. Es hallte so laut, als würde sie mit Stöckelschuhen auf Holzboden durch einen leeren Raum laufen.

Zu ihrem Erstaunen sah sie, dass der Inselkaufmann geöffnet hatte. In den vergangenen Tagen, in denen Neuwerk wegen des Unwetters vom Festland abgeschnitten und schließlich die Urlauber sogar per Hubschrauber evakuiert worden waren, hatte er immer geschlossen gehabt.

Es war der erste Tag ihres Urlaubs, an dem sie kein Frühstücksbuffet erwartet hatte und ihre letzte Mahlzeit – eine Tütensuppe im Vogelwartcontainer auf Scharhörn und eine geteilte Tafel Schokolade als Spätfolge des Kiffens zu nächtlicher Uhrzeit – lag bereits ein halbe Ewigkeit zurück. Appetit hatte sie zwar keinen, aber ihr Magen machte schon seit längerem seltsame Geräusche und daher ahnte sie, dass es an der Zeit war, ihn mal wieder zu befüllen. Vielleicht würde sie dadurch wieder etwas neue Kraft schöpfen.

Das einzige Geschäft der Insel war eine Mischung aus Tante-Emma-Laden, Souvenirshop, Kiosk und Biergarten. In den wenigen Regalen lag eng beieinander so ziemlich alles, was Inselbesucher und -bewohner mutmaßlich brauchten. Dazu gab es am Tresen Getränke und kleine Speisen zum sofortigen Verzehr.

Der Kaufmann, ein vollbärtiger, ergrauter Endfünfziger im kratzig aussehenden Wollpullover, stand hinter der Kasse und begrüßte sie mit einem freundlichen „Moin, die Dame“, war aber ansonsten inseltypisch maulfaul.

„Moin, der Herr! Schön, dass Sie geöffnet haben. Ich hatte befürchtet, Sie sind schon in der Winterpause.“

„Ich öffne immer.“

Sie verzichtete darauf, ihn daran zu erinnern, dass das nicht sein konnte, schließlich war sie mehrfach in den letzten Tagen während der Öffnungszeiten an dem geschlossenen Laden vorbei gekommen.

„Sind denn überhaupt noch Gäste da?“

„Nur Sie, die Polizei und diese Reporterin. Ach ja, und die beiden Männer, sollten sie ihre Flugangst nicht inzwischen überwunden haben.“

„Was für eine Reporterin?“

„Keine Ahnung. Ich gebe keine Interviews.“

„Wo ist die Reporterin untergekommen?“

Er zeigte in die Richtung des benachbarten Leuchtturms und tippte dann Martinas Einkäufe in seine altmodische, nach jeder Preiseingabe laut ratternde Registrierkasse ein. Die gesamte Ladeneinrichtung war wie aus der Zeit gefallen: Leuchtstoffröhren, Linoleumboden, emaillierte Werbetafeln, Preisschilder aus der Etikettierpistole.

„Sonst noch was bei Ihnen?“

Sie kaufte für den vor der Tür angeleinten Reto noch eine Wurst. Obwohl sie ausreichend Trockenfutter im Koffer mit sich herumschleppte, war sie der Meinung, er hätte sich nach all den Strapazen mal wieder einen Leckerbissen verdient.

Martina setzte sich mit einem dampfenden Becher Kaffee und einem frisch belegten Bismarckbrötchen auf eine der allesamt unbesetzten Bänke in die Sonne. Obwohl sie alle Zeit der Welt hatten, fiel sie genauso eilig über ihren Hering her wie Reto zu ihren Füßen über die Wurst. Auch den Kaffee leerte sie im Nu, den eigentlich als Dessert vorgesehenen Schokoriegel steckte sie erst einmal in die Hosentasche für später. Sie hatte jetzt immerhin ein Ziel. Im Leuchtturm nahm man offenbar noch Übernachtungsgäste an.

Eine Frau, kaum jünger als der Inselkaufmann, erwartete sie in einer Art Hausmantel im ersten Stock am Ende der hölzernen Treppe in der Rezeption. Obwohl Martina sich nicht erinnern konnte, ihr schon einmal begegnet zu sein, erkannte die Frau sie sofort. „Sie sind also auch noch hier! Wollen Sie noch mal die Aussicht genießen, bevor Sie nach Hause fahren? Heute ist es endlich wieder möglich!“

„Das stimmt, aber ich wollte Sie eigentlich um etwas anderes bitten. Hätten Sie noch ein freies Zimmer für mich?“

„Aber Sie sind doch drüben auf dem Hof von Meyers?"

Offenbar hatte der Inselfunk die Nachricht ihres Rauswurfes zum Glück noch nicht bis zur Pensionswirtin des Leuchtturms getragen.

„Ja, aber…" Nachdem die Geschichte mit dem Tapetenwechsel bei Robert Bremer nicht besonders gut angekommen war, musste sie sich besser schnell etwas Schlüssigeres einfallen lassen. „Aber ich wollte unbedingt auch noch einmal in diesem tollen Leuchtturm übernachten."

Die Dame runzelte ein wenig die Stirn, stellte aber zum Glück keine Nachfragen, sondern begann, in einem vor ihr liegenden Kalender zu blättern. Dabei wusste Martina doch vom Inselkaufmann, dass sie maximal ein vermietetes Zimmer haben konnte. Die Polizisten waren schließlich im Nachbarhof ihrer ehemaligen Unterkunft untergebracht.

„Nun, ich muss mal nachsehen. Wie lang wollten Sie bleiben?"

„Mindestens bis morgen, vielleicht auch zwei Nächte." Mit Grauen dachte sie daran, dass ihre Urlaubswoche sich dem Ende neigte, sie in zwei Tagen wieder im Amt erscheinen musste. Auch wenn ihr Neuwerk-Aufenthalt sich zu einem Albtraum entwickelt hatte, war der Gedanke an die Rückkehr in ihr altes Leben auch keine besonders verlockende Alternative. Dennoch sprach sie das Thema an: „Ich muss mir aber erst noch eine Rückfahrt organisieren, vielleicht können Sie mir da helfen?"

Spätestens jetzt musste der Frau klar sein, dass etwas nicht stimmte, denn um An- und Abreise auf die Insel kümmerte sich für gewöhnlich der Gastgeber.

„Das kriegen wir schon hin. Und um ehrlich zu sein, ausgebucht sind wir nicht. Aber mein Sohn hat bereits begonnen, in vielen Zimmern Renovierungen für die nächste Saison durchzuführen, die kann ich nicht mehr vermieten. Ich hätte nur noch eines der einfacheren. Mit Bad und Toilette auf dem Flur."

Sie hatte keine Ahnung, ob das stimmte oder ob die Frau nur keine Hunde mochte und ihnen deswegen kein besseres Zimmer geben wollte. Aber sie war weder in der Position noch in der Stimmung, um zu diskutieren, also stimmte sie zu.

Das Zimmer war in der Tat sehr schlicht gehalten, ein schmales Einzelbett, ein kleiner Schrank, ein Tisch, ein Stuhl, ein Waschbecken. Die einzige Beleuchtung stammte von einer antik anmutenden Stehlampe mit plüschigem Schirm. Passenderweise war in Hamburgs ältestem Gebäude auch das Mobiliar in die Jahre gekommen. Im Vergleich zu der Behausung, in der sie die letzte Nacht verbracht hatte, war es trotzdem der pure Luxus. Außerdem hatte sie aus der kleinen Luke anders als in ihrer vorherigen Unterkunft freien Blick aufs Meer, so hoch im Turm befand sie sich bereits.

Martina machte sich nicht einmal die Mühe, ihren Koffer auszupacken, sondern entblößte sich sofort bis auf die Unterwäsche, befreite sich endlich aus den schon viel zu lang getragenen, völlig sandig-schlammigen und nach dem nasskalten Marsch durchs Watt gefühlt nie mehr so richtig getrockneten Klamotten.

Sie schnappte sich das auf dem Bett liegende, eingerollte Badehandtuch, wies Reto an, auf sie zu warten – auch wenn er dem Gestank nach zu urteilen ebenfalls eine Dusche hätte vertragen können – und machte sich allein auf Socken über die knarzenden Holzdielen des Flurs auf dem Weg ins gegenüberliegende Gemeinschaftsbad. Die Tür stand einen Spalt breit auf.

„Können Sie nicht anklopfen?"

Martina wäre vor Schreck fast das Handtuch aus der Hand gefallen. Aus der gefliesten Badewanne ragte inmitten von riesigen Schaumburgen der Kopf einer jungen Frau mit geschminktem Gesicht und hochgesteckten, blondierten Haaren hervor. Es musste die Reporterin sein.

46

„Entschuldigung, aber die Tür war offen."

„Die Tür ist kaputt, hat man Ihnen das nicht gesagt?"

Nein, das hatte man nicht. Peinlich berührt drehte Martina um, obwohl es ja gar nicht ihre Schuld war.

„Ich müsste wirklich dringend duschen. Wie lang brauchen Sie denn noch?", fragte sie, als sie wieder vor der in der Tat nicht richtig schließenden Tür stand.

„Sagen Sie, sind Sie nicht die Frau mit dem Hund?"

„Äh, ja, wieso?"

„Geben Sie mir fünf Minuten! Ich hab sie schon überall gesucht. Mit Ihnen will ich mich unbedingt noch unterhalten."

Ich mich aber nicht mit dir, dachte sich Martina. Sie wollte doch nur duschen!

Sie ging zurück in ihr Zimmer, legte sich aufs Bett und merkte erst da, wie müde sie war. Gerade als ihr die Augen zufielen, klopfte es. „Bad ist frei!"

Benommen machte sie sich auf den Weg, stieg in die Wanne und stellte zu spät fest, dass sie besser vorher noch einmal sauber gemacht hätte. Überall zwischen den noch nicht einmal ganz abgeflossenen Schaumpfützen lagen die langen, wasserstoffhellen Haare der fremden Frau. Es roch aufdringlich nach Badeölen, Bodylotion und feuchtem Handtuch. Sie ekelte sich ein wenig. Trotzdem taten ihr das heiße Wasser und vor allem im Anschluss die frischen

Sachen aus dem Koffer gut. Eine saubere Hose befand sich darin allerdings leider nicht mehr, also legte sie sich nur in Unterwäsche aufs Bett, wäre fast eingeschlafen, als das Klopfen der Reporterin sie abermals davon abhielt.

Eigentlich hatte sie nicht die geringste Lust auf eine Fragestunde. Doch sie rief sich in Erinnerung, was die Artikel der Presse bewirken konnten: Sie setzten die Polizei unter Druck. Und das schien ihr nötiger denn je, jetzt wo sie ihrer Meinung nach den Falschen festgenommen hatten. Schnell zog sie sich die wattverschmutzte Hose und eine zerknitterte Bluse über.

„Herein!"

Die Frau streckte bloß ihren Kopf durch die Tür. Ihre blonde Mähne trug sie nun wallend offen, die Lippen sahen noch roter aus als zuvor in der Badewanne.

„Könnten Sie vielleicht in mein Zimmer kommen? Ich habe eine Hundehaarallergie." Sie zeigte auf den friedlich schlummernden Reto am Fuße des Bettes.

Gut, dass ich keine Blondinenhaarallergie habe, dachte sich Martina, sagte aber bloß: „Meinetwegen."

Das Zimmer der Reporterin war genauso klein wie das von Martina und doch wirkte es noch deutlich beengter. Auf dem Boden verteilt lagen Klamotten, das Bett sah aus, als hätte jemand ein Beautycase kopfüber darauf ausgeleert – Schminksachen, Bürsten, Cremes verteilten sich überall zwischen der ungemachten Decke. Auf dem kleinen Schreibtisch daneben war jeder Quadratzentimeter belegt mit Elektronik aller Art: Laptop, Tablet, Powerbank, Ladekabel, Profi-Kamera, Smartphone und sogar ein kleiner, tragbarer Fotodrucker. Am auffälligsten aber war die Wand. Sie war kreuz und quer vollgehängt mit handgeschriebenen Zetteln und ausgedruckten Bildern. Als wäre das nicht schon chaotisch genug, waren dazwischen auch noch Post-Its mit aufgemalten Pfeilen angebracht, die von einem auf den anderen Zettel führten.

Auf einem davon erkannte Martina ein Bild von sich und Reto wieder. Es war ein Ausdruck des vor einiger Zeit über ihr ehrenamtliches Engagement erschienenen Artikels. Der mit dem peinlichen Partner-Zitat…

„Schön, dass wir uns endlich kennen lernen, Frau Martens. Mein Name ist Gentiana Ayhan. Seit Tagen versuche ich, nach Neuwerk zu kommen. Aber die schotten die Insel völlig ab, nicht einmal die Postkutsche wollte mich mitnehmen. Zum Glück hab ich während meines Praktikums bei der Deutschen Zeitung auf Mallorca den Bootsführerschein gemacht. Inzwischen schreibe ich übrigens für die Hamburger Morgenpost."

„Ich weiß, ich habe Ihre Artikel gelesen. Aber woher wissen Sie von mir?" Sie zeigte auf das Porträt. Es war bei einem Übungseinsatz im Alstertal entstanden, an einem windigen Tag, und ihre Frisur sah alles andere als vorteilhaft aus, gerade wenn man es mit der perfekt frisierten Haarpracht der Reporterin vor ihr verglich. Zu allem Überfluss hatte sie natürlich auch kein Gramm zu viel, trug trotz der herbstlichen Jahreszeit einen Minirock, darunter hautfarbene Strumpfhosen, und einen bauchfreien Pullover. Nicht gerade das typische Neuwerk-Outfit.

„War nicht schwer, das herauszufinden. Auch wenn die Leute hier nicht besonders gesprächig sind, waren meine Recherchen bislang recht ergiebig, wie Sie sehen. Nur eines ist mir leider entgangen: Wen die Polizei vor etwa anderthalb Stunden ausgeflogen hat. Haben Sie davon zufällig etwas mitbekommen?"

Sie wollte Kamil schützen, war sie doch von seiner Unschuld überzeugt. Aber würde es die Presse nicht ohnehin bald herausfinden, vermutlich sogar von der Polizei selbst? Dann war es vielleicht besser, wenn sie auch ihre Version kannten – oder zumindest den Teil davon, über den sie sprechen konnte, ohne vor Scham im Boden zu versinken. Seinen Namen konnte sie ja vorerst aus dem Spiel lassen. „Sie haben einen jungen Mann festgenommen, der auf einem der Höfe hier arbeitet. Aber ich bin mir ziemlich sicher, dass er es nicht war."

Gentiana Ayhan sah zu ihrer Wand. Martina versuchte, ihrem Blick zu folgen, verlor sich aber in dem unübersichtlichen Gekritzel. „Sie meinen Kamil, den polnischen Ausreißer-Jungen?"

Gab es irgendwen auf dieser Insel, von dem diese Frau noch nichts wusste? Das war ja wirklich unheimlich, in welch kurzer Zeit sie sich einen Überblick verschafft hatte, sogar über Leute, die sich während der letzten 24 Stunden überwiegend nicht auf Neuwerk aufgehalten hatten.

„Ja, den meine ich."

„Wo war der eigentlich? Etwa mit Ihnen untergetaucht?"

Der etwas süffisante Ton gefiel Martina gar nicht.

„Wir haben tatsächlich beide unfreiwillig die Nacht auf der Vogelinsel Scharhörn verbracht. Wir wurden von der Flut überrascht, haben es nicht mehr rechtzeitig zurück nach Neuwerk geschafft. Ich bin gestern dorthin, weil ich gehofft hatte, dort vielleicht Manuel zu finden. Stattdessen traf ich auf Kamil, der sich da versteckt hat. Ich weiß, das hört sich verdächtig an, und er ist sicherlich auch kein Unschuldslamm, aber für den Mord an Leon hat er kein Motiv und ich traue es ihm auch nicht zu."

„Verstehe. Ich glaube auch nicht, dass er es war."

Martina wartete ab, ob auf diese Aussage noch eine Begründung folgte, doch die Reporterin schwieg, schien eine dramatische Sprechpause einlegen zu wollen, denn sie sah Martina aus ihren auffällig geschminkten Augen herausfordernd an.

„Wir zwei sollten auf jeden Fall zusammenarbeiten. Denn ich denke, wir wissen beide, wer der Mörder ist.“

Erst da fiel Martina das mit Rotstift umkreiste Foto ganz außen an der Wand auf. Es zeigte einen von weitem aufgenommenen, der Kamera abgewandten Mann, doch auch ohne das Gesicht zu erkennen, wusste sie sofort, um wen es sich handelte. Gentiana Ayhan und Martina hatten in der Tat denselben Verdacht. Die fehlenden Haare und vor allem der Wohnwagen im Hintergrund ließen keinen Zweifel zu.

47

Woher wusste die Frau, wen sie verdächtigte, und warum tat sie dasselbe? Diese Fragen spukten Martina im Kopf herum, ohne dass sie in der Lage gewesen wäre, sie auszusprechen. Doch die Reporterin redete zum Glück auch ungefragt.

„Ihr Freund, der schnuckelige Bünabe, hat mir erzählt, dass sie auch Frank Mehring im Verdacht haben. Er hält ihn aber für unschuldig.“

„Robert Bremer hat mit Ihnen über mich gesprochen?“

„Nur kurz. Er schien sich bloß Sorgen zu machen, weil Sie plötzlich auch noch verschwunden waren. Hat mich gestern Abend in der Kneipe noch gefragt, ob ich weiß, wo Sie sind.“

Es tat gut zu hören, dass er ihr Fehlen trotz der Aufregung um das deutlich dramatischere Verschwinden eines zweiten Kindes bemerkt, sie womöglich sogar vermisst hatte. Auch wenn es Martina gleichzeitig gar nicht passte, dass er sich stattdessen mit der hübschen Journalistin unterhalten hatte. Besonders, nachdem er ihr nun wohl endgültig einen Korb erteilt hatte.

„Was wissen Sie über Frank?“, wechselte sie lieber das Thema.

„Zurückgeblieben, Außenseiter, nie eine Frau abbekommen, hochgradig verdächtig, da bloß ein Gefälligkeits-Alibi der ebenfalls seltsamen Mutter. Alles, was ich auch geschrieben habe.“

Martina musste einräumen, dass sie noch gar nicht daran gedacht hatte, nachzugucken, ob heute ein neuer Artikel erschienen war. Gentiana Ayhan tat ein wenig beleidigt.

„Sollten Sie nachholen. Steht immer noch ganz oben, wird geklickt wie blöd. Das ist aber auch eine Wahnsinns-Story. Ein Kind wird ermordet. Und dann verschwindet eins, das es offiziell gar nicht gibt. Das alles im entlegensten Stadtteil Hamburgs, von dem geschätzte zwei Drittel unserer Leser ebenfalls nicht einmal genau wussten, dass er existiert. Und ich bin bislang die einzige Reporterin, die es hierher geschafft hat!"

Es bestätigte all ihre Vorurteile über sensationsgierige Medienmenschen, wie gut gelaunt, ja fast stolz diese Frau die schrecklichsten Ereignisse aufzählte, als würde sie von der Handlung eines spannenden Films berichten.

„Sie haben das Geheimnis von Alice Mehring verraten?"

„Na ja, die Polizei hat es getan. Es gab eine Pressemitteilung dazu. Sie mussten ja die Suchmaßnamen irgendwie erklären. Aber es sind noch genügend Fragen offen. Zum Beispiel, wer der Vater der beiden ist. Und vor allem, ob Frank nun auch hinter dem Verschwinden seines kleinen Bruders steckt und wann sie den Kerl endlich festnehmen, bevor noch mehr Kinder sterben müssen."

Offenbar sah die Schreiberin es schon als erwiesen an, dass Frank Leon *und* Manuel umgebracht hatte. Obwohl Martina von Anfang an ganz ähnliche Überlegungen hatte, ging ihr das alles zu schnell. „Woher nehmen Sie die Gewissheit, dass er es war?"

„Mal davon abgesehen, dass er genau so aussieht, wie man sich einen Triebtäter vorstellt – gestern bei der Suche nach seinem Bruder war er nicht gerade kooperativ. Dass er nicht mit mir reden wollte, okay. Aber er hat auch der Polizei den Zutritt verweigert, als sie seinen Wohnwagen durchsuchen wollten. Nur mit Bremer hat er gesprochen und nicht einmal der konnte ihn dazu bewegen, der Durchsuchung zuzustimmen. Immerhin habe ich gesehen, dass er ihn kurz rein gelassen hat, wahrscheinlich um sich zu überzeugen, dass Manuel nicht da ist. Was natürlich nichts beweist, er könnte ihn sonstwo vergraben haben. Aber Sie können sich sicher sein, die Kosslowski wird einen richterlichen Beschluss erwirken und spätestens morgen stellt die KTU den Wohnwagen auf den Kopf. Irgendetwas an DNA von dem toten Jungen werden sie bestimmt finden und dann kriegen sie ihn."

Das klang schlüssig, fast zu schlüssig. Ihr fiel wieder ein, was Robert Bremer herausgerutscht war. „Die einzige DNA-Spur deutet bislang aber leider auf jemand anderes hin." Sie erklärte der Reporterin ihre Vermutung – die Theorie von Leons Klamotten im Landschulheim und der Kreuzkontaminationen mit Kamil über den Umweg der frühreifen Jessica.

„Kreuzkontamination? Das ist Quatsch. Wenn sie ihn festnehmen, dann hat er direkten Kontakt mit Leon gehabt und es bei der ersten Vernehmung verschwiegen. Was hat er Ihnen über den Abend erzählt, hat er ein Alibi?"

Offenbar wusste Gentiana Ayhan vieles, aber nicht alles. Sie kannte Kamils Geschichte als Ausreißer, doch seine Liebhaberqualitäten waren ihr fremd. Kein Wort würde sie darüber von Martina erfahren, schon aus Selbstschutz.

„Er hat ein Alibi."

„Geht es etwas genauer?"

Sie schüttelte eiligst mit dem Kopf. Jetzt musste sie aufpassen, was sie sagte, um sich nicht doch zu verplappern. „Wir haben nicht über die Tatnacht gesprochen." Das war nicht einmal gelogen. Sie hatten das Thema auf Scharhörn vermieden.

„Woher wissen Sie dann überhaupt, dass er eines hat?"

„Von meinem Freund Robert Bremer."

Zu Martinas Erleichterung stellte die Reporterin dazu keine weiteren Fragen. Sie schien angestrengt nachzudenken, zupfte sich zuerst den Minirock zurecht und fuhr dann mit ihren künstlichen Fingernägeln durch die dampfgeglätteten Prachthaare.

„Das ist mir irgendwie alles zu dünn für einen neuen Täter. Ich bleibe bei *freaky Franky*, so lange nicht mehr zu diesem Kamil durchsickert. Für mein nächstes Stück habe ich ohnehin etwas viel Besseres als *Whodunit*."

Wieder schwieg sie für einen Moment, lächelte Martina dabei mit verführerischem Augenaufschlag an. Sie wurde daraus ebenso wenig schlau wie aus ihrem Gerede zuvor.

„Richtig was fürs Herz. Was für eine schöne Geschichte. Glauben Sie mir, das wird toll!"

„Ich habe keine Ahnung, wovon Sie reden", gab Martina freimütig zu.

„Na von Ihnen und Ihrem Hund natürlich!"

„Ich möchte nicht in die Zeitung", beeilte sie sich, klarzustellen. Die Reporterin sah sie mit nicht einmal gespielt wirkendem Entsetzen an.

„Aber warum denn nicht?"

Eigentlich hatte sich Martina ja vorgenommen, es sich mit der Reporterin nicht zu verscherzen, um auf der Suche nach der Wahrheit wenigstens noch eine Verbündete zu haben, die ihr helfen konnte, der Polizei Druck zu machen. Aber diese Frau wurde ihr von Sekunde zu Sekunde unsympathischer und schien an Wahrheitssuche ohnehin ein eher zweitrangiges Interesse zu haben.

„Irgendetwas stimmt bei Ihnen nicht, Frau Ayhan. Mein Hund und ich waren zu spät. Wir haben einen toten Jungen aus dem Watt gezogen, der betäubt und kaltblütig ertränkt, vermutlich zuvor sogar missbraucht wurde. Mein Leben ist seitdem ein einziger Albtraum. Nun ist noch ein Kind verschwunden. Das Einzige, was mich interessiert, ist wer das getan hat und dass er gefasst wird. Und Sie sprechen von tollen Stories und schönen Geschichten fürs Herz?"

Sie nickte, gab sich verständnisvoll, fast reumütig. „Sie haben recht. Entschuldigung. Berufskrankheit.“ Ein unsicheres Lächeln huschte über ihre Lippen, doch als sie bemerkte, dass Martina sie weiterhin finster ansah, unterdrückte sie es sofort wieder und bemühte sich, weiterhin bedröppelt auszusehen.

„Erzählen Sie mir trotzdem noch ein bisschen davon, wie Sie ihn gefunden haben?“ Sie neigte sich ein wenig zur Seite beim Sprechen und sah aus wie eine Barbiepuppe, der man den Kopf verdreht hatte.

„Ich möchte nicht darüber sprechen.“

„Dann lassen Sie mich zumindest noch kurz ein Foto von Ihnen beiden machen, aber bitte draußen, wegen der Allergie.“

Martina musste ein Schnaufen unterdrücken. Diese Frau war wirklich unfassbar dreist!

„Haben Sie mich nicht verstanden? Ich möchte nicht in die Zeitung!“

„Ich befürchte, dann muss ich dieses Bild hier aus dem Archiv der Kollegen anfordern.“ Sie zeigte auf den an der Wand angepinnten Artikel über Martina und Reto aus dem Stadtmagazin. „Ich würde bestimmt ein vorteilhafteres Foto von Ihnen hinbekommen.“

„Das ist Erpressung!“

„Ich nenne es Pressefreiheit.“

48

Ein Gutes hatte das ganze Theater dann womöglich doch, dachte sich Martina, während sie sich mehr oder weniger widerwillig von der Reporterin („Meine Mutter hat ein Make-up-Studio, ich weiß was ich tue, Sie werden fantastisch aussehen!“) vor dem kleinen Spiegel ihres Pensionszimmers schminken und frisieren und die Bluse glattziehen ließ.

Kosslowski würde den Artikel sehen und sich wahnsinnig ärgern. Ginge es nach der Kommissarin, wäre sie schon längst von der Insel geflogen und dürfte niemals wieder einen Sucheinsatz der Polizei als Rettungshundeführerin begleiten. Wenn die Schreiberin Martina nun in der Morgenpsot – wie sie ihr hoch und heilig versprach, obwohl es in diesem Fall völlig unverdient war – als „engagierte Helferin mit Herz und Hund“ feierte, würde ihre Widersacherin es schwerer haben, sie als Polizeischreck zu brandmarken.

Das Fotoshooting ging glücklicherweise deutlich schneller vonstatten als die Vorbereitungen. Trotz mehrfacher Aufforderung, es mal mit einem Lächeln zu versuchen, blieb Martina ernst. Alles andere wäre ihr in dieser Lage völlig unpassend vorgekommen. Im Anschluss sahen sie sich die Fotos gemeinsam auf dem kleinen Monitor der Kamera an. Reto und sie von allen Seiten vor dem Leuchtturm, hinter dem Deich, im sanften Gegenlicht. Wirklich gut getroffen, das musste man ihr lassen. Sie versicherte ihr sogar, die schlammigen Flecken auf der Hose mit Photoshop wegzuzaubern. Es waren Postkartenmotive, auch wenn die Idylle längst eine Täuschung war.

Während die Haare der Reporterin dank Unmengen Haarspray noch immer makellos aussahen, standen die gerade noch so hübsch frisierten von Martina schon wieder kreuz und quer. Es war wieder etwas windiger geworden, die Sonne befand sich bereits im Sinkflug. Die Tage wurden kürzer, wieder war einer dabei, zu vergehen, ohne dass Martina ihrem Ziel näher gekommen wäre, Gerechtigkeit für Leon zu schaffen.

„Wollen wir nicht doch noch ein bisschen reden, Frau Martens?"

„Sie haben Ihre Fotos. Ich habe alles gesagt, was ich zu sagen habe. Ich denke, wir sind fertig."

„Wirklich schade. Trotzdem vielen Dank. Dann werde ich jetzt mal meinen Artikel schreiben, der Chef wartet schon. Kommen Sie mit hoch?"

„Nein, wir bleiben noch ein bisschen draußen."

„In Ordnung. Wir sehen uns später. Passen Sie auf sich auf!"

Auf ihrem üblichen Rundgang einmal um die Insel begegnete sie weit und breit keiner Menschenseele. Eine große Einsamkeit überkam sie. Sie musste an die Diemels denken und dass es gut möglich war, dass sie mittlerweile abgereist waren, ohne sich von ihr verabschieden zu können. Nicht einmal Telefonnummern hatten sie ausgetauscht. Genauso verhielt es sich mit Kamil. Der war aber noch aus ganz anderen Gründen unerreichbar für sie…

Kurzentschlossen wählte sie an einer Stelle direkt am Deich, von der sie mittlerweile wusste, dass man dort guten Empfang hatte, die Nummer ihrer Tochter. Anders als beim letzten Versuch bekam sie nur die Mailboxansage zu hören und legte auf, ohne eine Nachricht zu hinterlassen.

Reto war im Unterschied zu seinem Frauchen voller Tatendrang, apportierte fleißig das Stöckchen, das Martina am Wegesrand aufgesammelt hatte. Seit Tagen hatte sie nicht mehr systematisch mit ihm trainiert und deswegen ein schlechtes Gewissen.

Ob sie versuchen sollte, ihn auf Manuel anzusetzen? Aber wo? Die Insel wurde immerhin am Vortag schon von einer ganzen Staffel an Kollegen ohne Ergebnis abgesucht. Aus Erfahrung wusste sie, dass das nicht unbedingt etwas bedeutete. Selbst ein so kleiner Ort wie Neuwerk bot mit Sicherheit noch Verstecke, die sich auch der feinsten Hundenase entzogen.

Sie näherten sich langsam der Meereswoge. Licht brannte nirgendwo, aber es war ja auch noch verhältnismäßig hell. Außerdem war der feige Fabian mittlerweile bestimmt doch abgereist und die Dame des Hauses, Alice Mehring, saß vermutlich ebenfalls eher in ihren eigenen vier Wänden und erwartete dort verzweifelt die Rückkehr ihres jüngeren Sohnes.

Diesen Ort würden sie ja wahrscheinlich bei der zurückliegenden Suchaktion besonders gründlich unter die Lupe genommen haben, dachte sich Martina. Und doch hielt sie kurz inne, stieg vom Wanderweg auf dem Deich hinab und sah sich das Gebäude aus der Nähe an. Sie versuchte, sich an ihren eigenen Aufenthalt dort vor über 30 Jahren zu entsinnen – ein schwieriges Unterfangen. Ihr Gedächtnis brachte keine Geschichten, keine Gesichter und kaum noch Bilder hervor. Höchstens die von den Fotos der Reise, die sie später auf Klassentreffen ausgetauscht hatten.

Aber selbst diese angenehmen Erinnerungen waren überlagert von einer viel schmerzhafteren: Hier hatte sie Leon das letzte Mal lebend gesehen.

Wie gern würde sie die Zeit zurückdrehen. Ein zweites Mal durch diese Tür schreiten, weiter in den Speisesaal, ihn ganz hinten am Tisch am Fenster sehen. Sich nicht mehr von Fabian zurückhalten lassen, sondern einfach zu ihm gehen. Ihn erst in den Arm nehmen und dann an die Hand. Ihn heraustragen, wenn es sein musste, mit Reto und ihm auf schnellstem Wege diese verfluchte Insel verlassen. Ihn nicht mehr loslassen, bis sie in Sicherheit wären.

Ohne dass sie genau wusste, weshalb, erklang in ihrem Kopf die Melodie eines traurigen Liedes ihrer Lieblingsband: „Ein Elefant für dich“ von *Wir sind Helden*. Erst als sie sich den Text bewusst machte, wurde ihr klar, warum ihr Unterbewusstsein diesen Soundtrack ausgewählt hatte: „Halt dich bei mir fest, steig auf, ich trage dich.“

Sie begann hemmungslos zu weinen. Diesmal versuchte sie gar nicht, es zu unterdrücken. Hier sah sie ohnehin niemand und auch Reto schien abgelenkt zu sein. Da war so viel Schmerz in ihr – und Tränen konnten ja durchaus auch etwas Befreiendes haben.

Indirekt war es dann doch wieder der Hund, der sie aus ihrer Trauer riss. Denn obwohl Martina ihm keinen Suchbefehl erteilt hatte, schien er Witterung aufgenommen zu haben, stand schwanzwedelnd vor der Tür des Landschulheims. War etwa doch jemand da?

Sie trat näher, wollte schon die Klingel betätigen, da sah sie, dass die Tür gar nicht richtig verschlossen war, sondern einen Spalt breit aufstand.

War ihr Herzschlag eben noch langsam und schwer gewesen, so schnellte er nun schlagartig in die Höhe.

„Leise, Reto. Wir gehen da leise rein.“

Das war ein Befehl, den sie nicht oft trainiert hatten, und entsprechend hielt sich der Hund auch nicht daran, sondern ließ im Inneren seinem Instinkt freien lauf, schnüffelte und verfolgte offenbar zielgerichtet eine heiße Spur.

Sie hoffte inständig, dass sie nicht dem Mörder direkt in die Arme liefen. Kurz überlegte sie sogar, ob sie Reto zurückpfeifen und die Polizei verständigen sollte. Aber wer auch immer in dem Haus war, er hatte Retos schnelle Schritte auf den alten Dielen vermutlich bereits gehört und würde die Flucht ergreifen, wenn sie ihn nicht sofort stellten.

Reto bog ins Treppenhaus ein und lief schnurstracks nach oben in Richtung der Schlafsäle. Und wenn es doch Manuel war, der sich doch dort verbarg? Vielleicht war er erst nach der Suchaktion hierhin zurückgekehrt, hatte das Versteck gewechselt.

Die Zimmer im ersten Stock verschmähte Reto und machte sich direkt auf den Weg in das zweite und von dort in das dritte und letzte Geschoss unter dem Dach. Auch hier waren noch Schlafstuben untergebracht. Er führte sie in ein kleines Zimmer, in dem sich nur ein einziges Hochbett mit zwei Schlafplätzen befand. Beide Matratzen waren abgezogen, der kleine Schrank stand offen und leer. Martina warf einen Blick hinter die Tür und unter das Bett, die einzig möglichen Verstecke, zumindest für ein Kind, doch da war niemand.

Reto blieb kurz vor dem Schreibtisch am Fenster stehen, drehte sich zu ihr um und sah sie halb fragend, halb entschuldigend an. Hätte er Schultern, dann hätte er sie jetzt vermutlich achselzuckend angehoben.

Vielleicht lag es daran, dass sie ja eigentlich noch gar keinen Suchbefehl erteilt hatte. Manchmal brauchte er auch einfach eine Rückbestätigung, Anerkennung, dass er auf dem richtigen Weg war und weitermachen sollte. Doch es half nichts, auch nachdem sie ihn erst gelobt und dann zum weiteren Suchen aufgefordert hatte, blieb er wie angewurzelt stehen.

Die Spur schien wirklich hier zu enden. Wer auch immer bis hierhin gelaufen war konnte sich aber nicht in Luft aufgelöst oder ohne jede Duftmarke zu hinterlassen den Raum wieder verlassen haben.

Die einzige Möglichkeit war das Fenster. Sie öffnete es. Suchte nach Sprossen, einer Leiter oder zumindest einem Vorsprung, auf dem man von dort aus hätte gelangen können, doch da war nichts. Wenn die Person den Raum hierdurch verlassen hatte, dann musste sie sich entweder alle Knochen gebrochen oder zumindest abgeseilt haben. Beides hielt sie für unwahrscheinlich.

Vielleicht war Reto wirklich außer Form. Verfolgte die Spur einer Maus statt der eines Menschen. Oder eine uralte einer ihm vertrauten Person, zum Beispiel die von Leon. Vielleicht war das hier sein Zimmer gewesen. Doch das konnte Reto eigentlich nicht mehr erschnüffelt haben, denn wie man sah und roch war das ganze Heim nach dem überstürzten Aufbruch der Kinder gründlich gereinigt worden. Und auf Mäuse war er eigentlich auch nicht trainiert.

Reto winselte sogar ein wenig, so sehr schien ihn die Situation zu bedrücken. Sie fuhr ihm durch sein Fell. „Mach dir nichts draus, ist schon okay. Es ist meine Schuld, ich hab dich hier zuerst unterfordert und dann überfordert. Zuhause üben wir mit der Staffel wieder vernünftig und arbeiten wie es sich gehört, dann passiert dir so etwas nicht mehr."

Sie ging zur Tür, doch statt ihr zu folgen, blieb Reto, wo er war. Er bellte sogar, wenn auch einmal kurz, als wolle er wie zum Trotz einen Fund anzeigen, wo offensichtlich keiner war.

Er hob den Kopf wie ein heulender Werwolf bei Vollmond und setzte zu einem weiteren, fast verzweifelt klingenden Bellen an. Und auch wenn es Zufall gewesen sein musste, weil seine Nase deutlich besser als seine Augen waren und er das, was Martina im nächsten Augenblick entdeckte, kaum gesehen, geschweige denn richtig zugeordnet haben konnte, brachte er sie mit seiner seltsamen Geste auf die richtige Spur.

Die Lösung des Rätsels befand sich über ihren Köpfen, an der Decke – in Gestalt einer kleinen, kaum zu erkennenden Falltür.

49

An der Falltür war ein Ring angebracht. Mit einem Stock samt entsprechender Vorrichtung in Hakenform wäre es ein Leichtes gewesen, sie zu öffnen, aber da sie so etwas nicht zur Hand hatte, kletterte Martina umständlich auf das Hochbett und versuchte es von dort aus. Sie musste sich ziemlich verrenken, um anzukommen, und da ihre Hände vor Aufregung zitterten, dauerte es eine Ewigkeit, bis sie den Ring mit dem Zeigefinger endlich umfasst hatte.

Es brauchte einiges an Kraft und ihr Finger brannte schon, außerdem hatte sie Angst, jeden Moment vom Hochbett zu fallen, doch es gelang ihr schließlich, die Falltür zu öffnen. Eine ausklappbare Leiter kam hervor, vor allem aber sah sie einen schwachen Lichtkegel. Zu hören war jedoch nichts.

„Hallo, ist da wer?"

Sie hatte Mühe, klar und deutlich zu reden, ihre Stimme überschlug sich beinahe. Es kam keine Antwort und auch weiterhin kein Geräusch. Sie war sich dennoch sicher, dass jemand dort oben sein musste. Es war die einzig logische Erklärung für Retos Verhalten.

„Ich komme jetzt hoch."

Martina zog die Leiter ein Stück weit herab, gerade so, dass sie vom Boden daran kam, kletterte vom Bett und fuhr dann die Treppe ganz heraus. Noch immer regte sich oben nichts, auch wenn sie direkt hoch sah, erkannte sie nur das finstere Dachgebälk und einen schmalen Lichtstrahl, vermutlich aus einer kleinen Dachluke.

Die Leiter war für Reto eindeutig ein unüberwindbares Hindernis. Winselnd sah er seinem Frauchen nach. „Ich bin gleich wieder da. Mach schön Sitz“, flüsterte sie ihm zu.

Jede Sprosse nahm Martina einzeln, behutsam und langsam, obwohl sie stabil und keinesfalls morsch wirkten. Es war schließlich nicht die Angst, zu stürzen, die sie so zögerlich den Aufstieg in den Dachboden angehen ließ.

Sie versuchte, sich zu beruhigen. Es konnte doch eigentlich nur der Junge sein, der sich dort versteckte. Wahrscheinlich war er völlig verschüchtert, hatte mehr Angst als sie und sagte deshalb kein Wort. Aber er war am Leben. Er musste am Leben sein! Die Spur war schließlich noch frisch. Nicht auszudenken, wenn Reto sie erneut zu einer Leiche geführt hätte…

Als sie mit dem Kopf schließlich durch die Decke in den Dachboden gelangte, schlug ihr der Geruch von Staub und Holz entgegen.

Erst langsam gewöhnten sich ihre Augen an die vergleichsweise Dunkelheit des Dachbodens, der tatsächlich nur durch eine einzige Luke beleuchtet wurde. Auf den ersten Blick schien er leer zu sein, doch dann erkannte sie hinter einer dicken Säule einen verdächtigen Schatten.

„Manuel? Bist du das? Ich tu dir nichts, du kannst dich zeigen.“

Ihre Hände zitterten. Für einen kleinen Jungen war der Schatten eigentlich zu groß. Er regte sich nicht. Also wagte sie es, kletterte die letzten Sprossen hinauf und ging auf die Säule zu.

Es war nicht Manuel. Die Person, die hinter der Säule kauerte und sich versteckte, wie ein kleines Kind, war seine Mutter!

„Frau Mehring! Warum verstecken Sie sich vor mir, was soll das, was machen Sie hier?“

„Gehen Sie!“, rief die Frau. „Lassen Sie mich in Ruhe!“

Martina, schlagartig von jeder Angst befreit, tat das Gegenteil von dem, was sie von ihr verlangte: Sie setzte sich ebenfalls auf den Boden. Bei ihrer letzten Begegnung war sie bereits kurz davor gewesen, die seltsame Frau zum Reden zu bringen, bis die Kommissarin dazugekommen und alles auf den Kopf gestellt hatte. Diesmal würde sie sich von nichts und niemandem abbringen lassen.

„Sie warten auf Manuel, oder? Ist das sein Versteck?“

Keine Reaktion. Alice Mehring vergrub ihr Gesicht in den angewinkelten Knien.

„Sie haben Kamil festgenommen. Die Polizei glaubt, er hat Leon umgebracht." Irgendetwas erzählen. Sie zwingen, mit ihr zu reden.

„Kamil?", sagte sie, ebenfalls ohne aufzusehen. Aber immerhin. „Der Junge, mit dem Jessica rumgemacht hat? Das glaube ich nicht."

„Wer war es dann?"

Schulterzucken.

„In der Zeitung steht, es war Frank" erklärte Martina. Sie hatte den Artikel zwar noch immer nicht gelesen, doch Gentiana Ayhan hatte ja keinen Zweifel an ihrer Theorie gelassen.

Endlich sah sie auf, schien überrascht. „Wieso schreiben die so etwas? Er ist unschuldig. Wenn, dann ist es meine Schuld."

Nun war es Martina, die ihre Überraschung nicht verbergen konnte. „Wie bitte!? Was haben Sie da gerade gesagt?"

„Vergessen Sie es. Gehen Sie endlich. Ich will mit niemandem darüber reden. Suchen Sie lieber weiter nach meinem Jungen!"

Martina hatte eine Idee. Sie war naturgemäß nicht besonders durchdacht und vor allem moralisch zweifelhaft. Aber es ging um Mord. Und sie war keine Polizistin, sie durfte das, redete sie sich ein. Der Zweck, die Mittel, und so weiter.

„Ich kenne einen Ort, an dem er sich womöglich versteckt und von dem ich weiß, dass die Polizei dort noch nicht gesucht hat."

„Die Polizei sagt, sie hat jeden Winkel auf Neuwerk durchsucht."

„Dieser Ort ist auch nicht auf Neuwerk."

„Wo dann?"

Sie klang nicht mehr so trotzig, sondern wacher, forscher, in ihrer Stimme lagen gleichzeitig Hoffnung und Misstrauen.

„Vielleicht haben Sie sich gefragt, wo ich während der Suche war, weshalb ich nicht dabei war. Nun, ich habe die Insel für fast 24 Stunden verlassen. Dabei bin ich auf etwas gestoßen, das in Nachhinein betrachtet womöglich interessant sein könnte."

„Nun sagen Sie schon! Wo waren Sie? Und was hat mein Junge damit zu tun?"

„Zuerst erzählen Sie mir, was Sie damit gemeint haben."

„Womit?"

„Sie sagten, wenn überhaupt, seien Sie schuldig und nicht Frank. Woran schuldig, an Leons Tod?"

Wieder schwieg die Frau. Martina war sich ziemlich sicher, zu weit gegangen zu sein. Jetzt würde sie dicht machen, ihr nicht mehr trauen, ihr gar nichts mehr erzählen.

Doch sie täuschte sich.

„Leon war so niedlich. Sie kannten ihn ja auch. Ich habe ihn geliebt. Sofort. Wie toll er sich um Manuel gekümmert hat! Er war so aufgeweckt. Aber auch wahnsinnig neugierig."

Alice Mehring sah sie nun direkt an. Draußen dämmerte es bereits, die Sonne war gerade untergegangen, es drang nur noch wenig Licht in den Dachboden und doch erkannte Martina deutlich die Tränen in den Augen der Mutter.

Also doch, dachte sich Martina. Leon hatte etwas herausgefunden, das er nicht hätte wissen dürfen. Sie hütete sich aber, Alice irgendwelche Worte in den Mund zu legen, wollte endlich von ihr selbst hören, was passiert war.

Doch statt weiterer Worte kamen nur noch Tränen. Die sonst stets so gefasst wirkende Frau begann, lauthals zu schniefen.

„Ich hätte es verhindern können! Es hätte nicht passieren dürfen!"

Martina unterdrückte den Impuls, tröstend den Arm um die Frau zu legen, obwohl sie ihr leid tat, denn es musste ein Albtraum für jede Mutter sein, wenn der eigene Sohn ein Mörder war. Auf keinen Fall durfte sie sich zu früh beruhigen. Alles sollte aus ihr herausbrechen.

Doch anstelle eines Geständnisses kam nur noch Gejammer und Gestöhne. Alice Mehring stand kurz vorm Nervenzusammenbruch.

„Und jetzt ist auch noch mein Junge weg! Nun sagen Sie schon, wo ist er? Wo ist er?"

Sie fasste Martina an, umklammerte ihren Arm, den sie ihr daraufhin instinktiv entriss.

„Wo ist mein Junge?"

Mittlerweile schrie sie. Ihre Worte hallten in dem leeren Dachstuhl lange nach und gingen Martina durch Mark und Bein.

„Ich weiß es nicht! Beruhigen Sie sich!"

„Aber Sie haben doch gesagt…?" Das Ende der Frage ging in theatralisch anmutenden Schluchzern unter. Martina musste den Bluff beenden und sich eingestehen, dass es sinnlos gewesen war.

„Ich bin auf Scharhörn gewesen. Bauer Meyer sagte, Manuel hätte sich schon mal dort versteckt. Aber er war nicht da. Es tut mir leid."

Obwohl diese Information keinerlei neue Erkenntnisse zum Verbleib ihres Kindes lieferte, schien sie die Nachricht schwer zu treffen. Vermutlich weil die Wahrscheinlichkeit, ihn bald und vor allem lebend wiederzufinden, nach Ausschluss eines weiteren Verstecks nochmals gesunken war.

Martina schämte sich, dass sie der Mutter kurzzeitig falsche Hoffnungen gemacht hatte. Und doch hielt sie ihre Reaktion für übertrieben. Sie weinte jetzt nicht mehr still, wie zu Beginn ihrer Unterhaltung, sondern schien von einer Art Panikattacke befallen zu sein. Ihr Brustkorb bewegte sich in schnellem Takt auf und ab, sie keuchte, stöhnte und gab dazwischen in kurzen Abständen schmerzvolle, schrille Schreie von sich.

„Frau Mehring, Sie müssen sich beruhigen!"

Hilflos legte sie ihr nun doch den Arm auf die – wie der gesamte Oberkörper – wackelnde und zitternde Schulter. Die Frau zeigte keine Reaktion, machte genauso laut und auffällig weiter wie zuvor. Obwohl Martina sich ziemlich sicher war, so etwas noch nie erlebt zu haben, kamen ihr einige der Geräusche seltsam bekannt vor.

Erst ein anderer Laut riss sie aus ihrer hysterischen Trance: Retos Bellen. Auch Martina horchte auf. Sie ließ von Alice Mehring ab und sah durch die Falltür hinab.

Reto stand direkt vor der Leiter und schien sie vor jemandem verteidigen zu wollen, ließ sich dann aber von einer bulligen Erscheinung recht widerstandslos wegschieben. Erst als Martina den dazu gehörigen Kopf erkannte, die wenigen Haare, wusste sie, wer da ihren Hund so grob beiseite gedrängt hatte.

„Herr Mehring, was machen Sie da? Lassen Sie gefälligst die Finger von meinem Hund!"

„Mama!", rief er, nach oben sehend, aber wie durch Martina hindurch.

„Frank!", antworte seine in der Ecke kauernde Mutter, schriller denn je.

Und da fiel es Martina schlagartig wieder ein, woher sie die Stimme und das Gejammer der Frau kannte: aus dem Wohnwagen.

50

Der Mann stürmte die Sprossen hinauf und drängte sich an Martina vorbei. Seine Mutter und er fielen sich in die Arme, als wäre er und nicht sein jüngerer Bruder das verschwundene Kind.

Je länger sie sich derart innig umarmten, umso eher wirkten sie nicht wie Mutter und Sohn, sondern wie Mann und Frau. Es war nicht bloß der vergleichsweise geringe Altersunterschied. Martinas eigentlich längst verworfener erster Eindruck von den beiden hatte sie nicht getäuscht. Die Nähe zwischen den beiden glich in ihrer Intimität eher der eines Liebespaares.

Auch wenn sie ahnte, dass es vermutlich schlauer wäre, ihre neuen Erkenntnisse erst einmal für sich zu behalten, konnte sie der Versuchung nicht widerstehen. Sie hatte das Gefühl, in dieser verkorksten Konstellation konnte die Lösung des gesamten Falls liegen und wünschte sich noch immer nichts sehnlicher, als dass sie endlich redeten und die Wahrheit ans Licht kam.

„Manuel ist das Kind von Ihnen beiden, oder? Ihr Sohn und gleichzeitig Ihr Enkel, Frau Mehring. Das ist das wahre Geheimnis. Deshalb musste Leon…“

Martina hatte gehofft, Frank nun endlich einmal zum sprechen zu bringen – doch ihre Worte hatten einen ganz anderen Effekt. Er ging auf sie los, hob bedrohlich die Faust.

„Lass Sie, Frank! Bitte!“

Er hörte nicht auf seine Mutter. Sie duckte sich, hielt die Hände schützend vors Gesicht, da sie jeden Moment erwartete, die Wut des Mannes in Gestalt eines Schlages abzubekommen. Doch was er dann tat, war fast noch schlimmer: Er löste die Faust und griff stattdessen nach ihr, umklammerte sie, zog sie zu sich. Sie zappelte und schrie, doch sein Griff war stark und sein Wille, sie nicht mehr loszulassen, auch. Er roch widerlich, nach einer Mischung aus Erde und Schweiß. Martina wurde übel vor Angst und Ekel.

Sie betete, seine Mutter würde ihn zur Vernunft bringen, doch es kam kein Wort mehr von ihr, nur abermals das mittlerweile so vertraute Schluchzen und Jammern. Auch Martina konnte nicht mehr anders als zu schreien, und zwar so laut sie konnte und nach Hilfe, obwohl sie ahnte, dass niemand sie hören würde.

Während Frank Mehring sie weiterhin mit einer Hand fest umklammert hielt, legte er ihr die andere auf den Mund. Schlagartig hörte sie auf zu schreien. Es war derart widerlich, seine vernarbten, schmutzigen Finger auf ihren Lippen zu spüren, dass sie einen Brechreiz nur mit Mühe unterdrücken konnte.

Stattdessen hörte sie mit einmal etwas, das sie abermals nicht erwartet hatte: Retos Bellen – und zwar direkt neben ihr! In einer zirkusreifen Anstrengung musste er geschafft haben, die für die tapsigen Pfoten eines großgewachsenen Hundes eigentlich viel zu filigranen Sprossen auf den Dachboden hinauf zu erklimmen, um seinem Frauchen zur Hilfe zu eilen.

Zum zweiten Mal in seinem Leben sah der ansonsten so friedfertige Reto keinen anderen Ausweg, als einen Menschen zu beißen, um einen anderen, den er über alles liebte, zu beschützen.

Sein Plan ging auf. Frank Mehring war so erschrocken, dass er seinen Griff lockerte und Martina sich befreien konnte. Sie eilte zur Falltür und kletterte so schnell wie irgend möglich hinab, immer mindestens zwei Sprossen auf einmal nehmend.

Reto folgte ihr und wäre fast auf sie drauf gefallen. Die Leiter hinunterzuklettern war für ihn noch schwieriger als hinauf. Martina versuchte, ihn abzufangen, doch er hatte es eilig und ließ sich nicht von ihr stützen – von oben griff bereits der völlig aufgebrachte Frank nach Retos Schwanz.

Er erwischte ihn nicht, doch dafür stürzte Reto die letzten Meter ins Leere, kam unsanft knapp neben seinem Frauchen auf.

Sie hatte keine Zeit, nachzusehen, ob er sich etwas getan hatte und rief ihn zu sich. „Wir müssen hier weg, schnell!“

Ohne sich noch einmal umzudrehen, verließen die beiden das Zimmer, rannten die Treppen hinunter bis ins Erdgeschoss und dort den Flur entlang zur Tür, weiter ins Freie. Sie verlangsamten ihren Schritt erst wieder, als sie sich bereits ein ganzes Stück vom Landschulheim entfernt hatten.

Martina drehte sich um und stellte erleichtert fest, dass Frank ihnen nicht gefolgt war. Erst da merkte sie, dass Reto humpelte. Er hatte sich offenbar die vordere linke Pfote beim Herabrutschen der Leiter verletzt.

Obwohl sie nach wie vor nicht in Sicherheit waren und besser keine Zeit verlieren sollten, blieb sie stehen, herzte und liebkoste ihn tröstend. „Du warst so tapfer! So ein feiner, braver Reto!“

Langsam trotteten sie weiter, beide geschwächt und gezeichnet von den Ereignissen auf dem Dachboden. Martina schlug den Weg über die Felder ein, die schnellste Verbindung von der Meereswoge zur Turmwurt. Alle paar Meter drehte sie sich ängstlich um, doch zum Glück keine Spur von den Mehrings.

Die letzten roten Streifen am Himmel waren bereits verblichen, als sie an den Stackmeisterei ankamen und die Klingel an der milchverglasten Tür betätigten. Ihre Gebete schienen erhört worden zu sein, denn es dauerte nicht lange, bis ihr geöffnet wurde – von niemand geringerem als Robert Bremer.

„Sie sind ja immer noch da“, begrüßte er sie wenig herzlich.

„Kann ich reinkommen?“

Sie wartete sicherheitshalber keine Antwort ab, sondern drängte sich samt Reto an ihm vorbei in das Gebäude hinein. Auf keinen Fall würde sie sich jetzt abwimmeln lassen, er musste ihr zuhören, sie hatte schließlich wirklich etwas zu berichten.

Robert Bremer schien zwar nicht begeistert von ihrem Erscheinen zu sein, machte aber immerhin auch keinerlei Anstalten, sie wieder fortzuschicken. Zum Glück war er allein. Er brachte sie in seine kleine Schreibstube, machte Licht an. Sie nahmen Platz.

„Was kann ich denn diesmal für Sie tun, Frau Martens?“, sagte er, mit leicht ironischer Note, als wäre er der Arzt und sie eine besonders hypochondrische Patientin.

Sie war noch immer so voller Adrenalin, dass es ihr schwer fiel, der Reihe nach und strukturiert zu berichten. „Frank Mehring hat mich angefallen, weil ich ihn und Alice Mehring durchschaut habe, an ihrem Stöhnen! Seine Mutter ist seine Frau! Und sein Bruder ist sein Sohn!"

Er sah sie an, als würde er ihr nicht ganz folgen können, dabei war die Sache doch eigentlich glasklar. Als sie es noch einmal langsamer und mit anderen Worten wiederholte, schien er es zu begreifen.

„Ach so, jetzt verstehe ich. Ich kannte dieses Inzest-Gerücht, aber ich muss zugeben, ich habe nie daran geglaubt, hielt es für Inseltratsch. Wollen Sie Anzeige gegen Frank Mehring erstatten?"

Jetzt war es Martina, die ihn verdutzt ansah. „Haben Sie nicht durch meine Informationen schon genug Grund, gegen ihn zu ermitteln?"

„Wir können solche Delikte nur auf Anzeige verfolgen."

„*Solche Delikte*? Es geht um Mord! An einem Kind!"

Robert Bremer lächelte müde. „Ich spreche von der Körperverletzung, als er sie angegriffen und festgehalten hat. Deswegen ist man aber noch lang kein Mörder."

Martina war fassungslos, wie naiv der Polizist war. Der Grund, weswegen Frank in ihren Augen dringender denn je unter Mordverdacht stand, war doch nicht der Angriff, so bedrohlich diese Situation auch gewesen sein mochte. „Er hat ein Motiv. Leon hat das Geheimnis der beiden gelüftet, deshalb musste er sterben, das liegt doch auf der Hand!"

„Hören Sie, eigentlich habe ich beschlossen, Ihnen nichts mehr zu erzählen, aber da die Kosslowski weg ist, so schnell hoffentlich nicht wieder kommt und ich Sie anders wohl nicht loswerde, verrate ich Ihnen jetzt was: Er kann es nicht gewesen sein. Es ist so gut wie sicher, dass es Kamil Bartnicki war. Der Richter hat jedenfalls schon U-Haft angeordnet und früher oder später wird er reden."

Ein Klos bildete sich in Martinas Hals. Ihr Kopf hatte die Information aufgenommen, doch ihr gesamter Körper sträubte sich dagegen, sie anzunehmen. „Das kann nicht sein. Er hat doch ein Alibi."

„Aber mit Lücken. Sie haben Jessica noch mal vernommen. Das Mädchen hat eingeräumt, dass der Kerl sie womöglich doch ein wenig länger als nur ein paar Minuten allein gelassen hat. Aber vor allem haben wir in seinem Zimmer den Rest des Betäubungsmittels gefunden, mit dem Leon außer Gefecht gesetzt wurde."

„Das hat ihm jemand untergeschoben."

„Es gab keinerlei Einbruchspuren. Außerdem waren seine Fingerabdrücke auf der Flasche."

„Dafür gibt es bestimmt eine andere Erklärung. Vielleicht hat er es bei einem der Pferde auf dem Hof verwendet."

„Ausgeschlossen. Der alte Meyer hat uns bestätigt, dass Kamil mit den Tieren nichts zu tun hatte."

„Dann lügt er. Wahrscheinlich war er es, der das Betäubungsmittel bei ihm versteckt hat."

„Warum sollte er das tun?"

Obwohl sie den Landwirt seltsam fand, hatte sie dafür in der Tat keine schlüssige Erklärung, also konterte sie mit einer Gegenfrage.

„Warum sollte Kamil einen unschuldigen Jungen töten?"

„Es wäre nicht das erste Mal, dass er gewalttätig wird. Wie gesagt, er ist vom Jugendgericht rechtskräftig verurteilt, unter anderem wegen schwerer Körperverletzung und Nötigung."

„Das ist keine Antwort auf meine Frage, kein Motiv."

Er setzte wieder sein durchaus charmantes Lächeln auf, versuchte offenbar, die Situation aufzulockern. „Sie würden eine gute Anwältin abgeben, wissen Sie das?"

Unter anderem Umständen hätte sich Martina über das Kompliment gefreut, doch in diesem Augenblick erschien es ihr völlig unangebracht und sie quittierte seinen Einwurf mit frostigem Schweigen, so dass er sich genötigt sah, ihr ein wenig ernsthafter zu antworten.

„Was genau sein Motiv war, wissen wir leider noch nicht. Vielleicht hatte Leon auch ein Auge auf Jessica geworfen und er war eifersüchtig, hat die beiden gestört, wollte sie auseinanderbringen. Oder hat gedroht, sie zu verpfeifen."

Sie sah ihn verständnislos an. Merkte Robert Bremer nicht, wie lächerlich das war?

Auf einmal wurde ihr klar, dass sie hier nicht weiterkam. Sie verschwendete ihre Zeit.

Martina stand auf. Auch Reto hob sich schwerfällig, obwohl er sich vermutlich gern noch einem Moment länger ausgeruht hätte.

„Sie wollen gehen?"

„Ja."

„Nach Hause?"

Martina gab einen theatralischen Lacher von sich. Das könnte ihm so passen!

„Nein. An die Presse."

51

Obwohl sie vor kaum etwas mehr Angst hatte, als abermals Frank Mehring zu begegnen, hätte sie den Mann, der auf einer der Bänke am Park um den Teich unterhalb des Leuchtturms in einiger Entfernung der nächsten Laterne saß, zunächst fast übersehen. Als sie dann schließlich die kauernde Gestalt entdeckte, war sie sich sicher, dass er es war, obwohl sie ihn in der Dunkelheit eigentlich gar nicht erkennen konnte. Aber wer sonst war verrückt genug, bei immer noch frischen Temperaturen und feuchtem Wind hier herumzulungern? Lauerte er ihr etwa auf?

Sie überlegte, was sinnvoller war: weglaufen oder sich zu verstecken. Er schien sie und Reto noch nicht gesehen zu haben, war ganz in sich zusammengesackt, also blieb sie zunächst stehen.

Doch dann tat Reto etwas Ungewöhnliches, nahm ihr die Entscheidung ab. Er ging weiter, in den Park, selbst dann noch, als sie ihn zurückrief. Es dauerte für eine versierte Hundeführerin ein wenig zu lang, bis sie verstand, dass er weder vor ihr davonlief noch einen vermeintlichen Feind angriff. Der Mann auf der Parkbank bewegte sich, jetzt erkannte sie seine Silhouette zumindest etwas besser und stellte erleichtert fest: Es war doch nicht der durchgeknallte Frank, dafür war er viel zu stämmig. Es musste David Diemel sein, der von Reto aufs Freundschaftlichste begrüßt wurde.

Martina folgte ihm. „David, was machst du denn hier, ganz allein? Ist alles in Ordnung?"

„Ja", sagte er, aber seine wispernde, weinerliche Stimme verriet, dass er nicht die Wahrheit sagte. „Und bei dir?"

Auch Reto schien zu merken, dass etwas mit ihm nicht stimmte, schmiegte sich eng und tröstend an ihn.

Kurz war Martina versucht, ebenfalls mit Ja zu antworten, ihm noch einen schönen Abend zu wünschen und ihren Weg einfach fortzusetzen. Sie hatte eigentlich überhaupt keine Lust auf Geschichten von Ehekrach und Eifersucht, sondern wollte lieber so schnell wie möglich mit der Journalistin reden. Aber dann brachte sie es doch nicht übers Herz.

„Darf ich mich kurz setzen?"

„Ja, gerne."

Es regnete zwar nach wie vor nicht, aber die Bank war feucht vom Tau, kalt und unbequem. Eine Weile lang sagte niemand etwas.

„Willst du darüber reden, was passiert ist?"

Diese doch eigentlich völlig unverfängliche Frage schien David Diemel schwer zu treffen, denn er begann heftigst zu schniefen und zu schluchzen.

„Ich kann nicht!"

Na dann nicht, dachte sich Martina.

„Sollen wir dich lieber wieder in Ruhe lassen?"

„Nein, bitte bleib doch noch!" Es war keine Höflichkeit, es war eher ein Flehen. Sie blieb sitzen.

„Habt ihr euch gestritten, Felix und du?"

„Schlimmer! Viel schlimmer! Ich habe etwas Schreckliches getan!"

Die letzten Worte hauchte er eher als sie zu sprechen, doch Martina ließen sie trotzdem aufhorchen. Ihr fiel alles wieder ein, was sie eigentlich längst vergessen oder verdrängt hatte: die Lücke in seinem Alibi, der Verdacht von Robert Bremer.

„Was hast du getan?"

„Ich kann nicht darüber reden, mit niemandem! Niemand würde es verstehen! Du auch nicht, gerade du würdest mich hassen, und zurecht!", sagte er, nicht mehr leise, sondern mit heulender Stimme wie ein quengeliger Dreijähriger. Sofort tat es ihm leid, schien er seine Tonlage und vielleicht sogar seine Wortwahl zu bereuen.

„Entschuldige. Aber es ist trotzdem gut, dass du da bist. Und Reto." Er streichelte ihn mit beiden Händen, doch der Hund schien langsam genug von dem über die Maßen emotionalen Mann zu haben und wandte sich wieder eher seinem Frauchen zu.

Am liebsten hätte sie David geschüttelt, ihn angeschrien, er solle Tacheles reden, statt solche unglaublichen Andeutungen von sich zu geben. Aber sie durfte jetzt keinen Fehler machen, nichts überstürzen.

Sollte sie ihm versprechen, dass sie ihn nicht hassen würde? Nein, das brachte sie nicht über die Lippen. Falls herauskam, dass er Leon auch nur ein Haar gekrümmt hatte, würde sie für nichts garantieren können. „Meistens geht es einem trotzdem besser, wenn man darüber redet", sagte sie schließlich.

„Für das, was ich getan habe, gibt es keine Worte."

Sie hielt das nicht mehr aus. Es war unmöglich, nicht die Fassung zu verlieren. Bis vor wenigen Minuten hätte sie ihm das niemals zugetraut, aber so wie er sich nun um Kopf und Kragen redete, gab es kaum mehr einen Zweifel. Keine Sekunde länger würde sie Verständnis für einen Mörder und Kinderschänder heucheln können.

„Ich kann es nicht fassen! Du warst es? Du hast Leon umgebracht?"

Obwohl kaum Licht auf sein Gesicht fiel, sah Martina, wie er sie mit offenen Augen anstarrte, völlig fassungslos.

„Nein! Natürlich nicht, wo denkst du hin!"

Ein Stein fiel ihr vom Herzen. Die Reaktion schien ihr unmöglich gespielt gewesen zu sein. Sofort schämte sie sich für das, was sie geglaubt hatte.

„Ich bin zwar ein Schwein aber so ein großes nun auch wieder nicht." Er deutete ein gequältes Lächeln an, schien ihr den ungeheuerlichen Verdacht nicht übel zu nehmen, denn er hatte wohl verstanden, wie sich seine Worte in ihren Ohren angehört haben mussten.

„Okay, dann raus mit der Sprache. Egal was es ist, so lang es nichts mit Leon zu tun hat, bin ich mir ziemlich sicher, dass ich dich nicht deswegen hassen werde."

„Und wenn es vielleicht doch mit Leon zu tun hat?"

Jetzt sah er sie nicht mehr an, sondern blickte auf den Boden. Der Stein auf ihrem Herzen war sofort wieder da. Sie wollte etwas sagen, doch er kam ihr zuvor.

„Ich glaube, ich weiß, wer es getan hat."

„Wer? Und woher?"

„Woher kann ich nicht sagen. Aber ich befürchte, es war Herr Meyer."

Der Landwirt hatte in der Tat kein Alibi, das wusste sie von seiner Frau. Und Umgang mit Betäubungsmitteln, die er womöglich Kamil untergeschoben hatte, um von sich abzulenken. Natürlich hatte Martina ihn deswegen auch schon verdächtigt, obwohl bei ihm anders als bei Frank Mehring kein Motiv zu erkennen war. Doch vielleicht änderte sich das jetzt.

„Wenn du einen solchen Verdacht äußerst, dann musst du ihn auch begründen."

„Ich habe aber mein Wort gegeben, nichts zu sagen. Und wenn ich es breche, dann fliegt alles auf."

Jetzt war David Diemels Ton wieder weinerlich. Auch wenn er kein Triebtäter war, schwand Martinas Mitgefühl für sein Selbstmitleid. „Es geht hier um Mord an einem Kind, das wiegt doch wohl schwerer als alles andere. Wenn du etwas weißt, dann *musst* du es sagen!"

„Aber ich habe keine Beweise. Ich bin mir nicht mal sicher, ob ich ihn wirklich gesehen habe. Aber eigentlich muss er es gewesen sein. Er hatte einen Schlüssel, kannte sich aus."

„David, ich bitte dich, rede Klartext mit mir! Wen hast du gesehen, Herrn Meyer? Und wobei und wann? Am Abend, als Leon verschwand und du noch einmal allein draußen warst?"

„Nein, da habe ich ihn nicht gesehen. Nur, dass noch Licht im Pferdestall brannte."

Wieder schwieg er. Es war mühsam, wie man ihm alles aus der verheulten Nase ziehen musste. „Wann seid ihr euch dann begegnet?"

„Vorgestern Abend habe ich ihn gesehen, aber er mich nicht. Es war schon dunkel, aber ich bin mir ziemlich sicher, dass er es war. Er hatte so ein kleines Fläschchen in der Hand, wie Medizin, und dann ist er damit in das Zimmer von Kamil. Erst habe ich mir keinen Reim darauf machen können, doch als sie ihn heute festgenommen haben…"

Martina nickte zufrieden. „Gut, dass du es mir erzählt hast. Das könnte in der Tat wichtig sein. Du musst es der Polizei sagen."

„Das kann ich nicht! Dann kommt alles raus!"

Sie wurde aus ihm einfach nicht schlau. „Was kommt raus?"

„Ich habe seiner Frau heute erzählt, wobei ich ihn beobachtet habe. Sie liebt ihn längst nicht mehr, aber trotzdem verteidigt sie ihn, sagt, ich muss mich geirrt haben, er kann es nicht gewesen sein. Und sie hat mir gedroht, falls ich irgendjemandem davon erzähle."

„Du hast Angst vor Frau Meyer? Was kann *die* dir denn schon anhaben?"

„Sie kann meine Ehe zerstören, mir die Liebe meines Lebens nehmen."

Noch immer dämmerte nichts bei Martina. Zum Glück hatte David Diemel endgültig sein Schweigen gebrochen und redete weiter, wenn auch immer wieder von anschwellendem Schniefen unterbrochen.

„An dem Abend, an dem Leon verschwunden ist… Ich habe gar keinen Spaziergang… Ich war… Ich bin… Ich habe mit der Wirtin geschlafen."

52

Martina hatte alle Mühe, ein Lachen zu unterdrücken. Das hatte sie nun wirklich nicht für möglich gehalten!

„Er ist so furchtbar eifersüchtig, er würde es mir niemals verzeihen. Schon gar nicht mit einer Frau! Aber manchmal, weißt du, da überkommt es mich einfach. Das war schon immer so. Mit meiner besten Freundin habe ich den Fehler auch schon mal gemacht, das war aber zum Glück vor Felix' Zeit und heute lachen wir darüber. Aber die Wirtin war so einsam, als ich sie an dem Abend getroffen habe, so verheult, weil ihr Mann lieber die Abende im Stall oder auf dem Traktor verbringt als mit ihr. Ich wollte sie einfach nur trösten, und dann ist es irgendwie passiert. Ich befürchte, ich bin bisexuell!"

Er sprach es aus, als handele es sich dabei um ein schlimmes Verbrechen, dabei war – zumindest in Martinas Augen – seine einzige Sünde die Untreue. Welches Geschlecht sollte dabei doch eigentlich keine Rolle spielen. Und doch kam sie nicht umher, daran zu denken, dass auch sie einsam war und wenn sie allein mit David Diemel gewesen wäre, ihr möglicherweise dasselbe hätte passiert sein können…

Sie verdrängte den Gedanken schnell wieder. Auf der Insel gab es nur einen verheirateten Mann, der sie ansatzweise interessierte, nämlich den Polizisten, und der wollte ohnehin nichts mehr von ihr wissen.

Genauso wie David Diemel vom Thema Ehebruch. Er gab sich völlig geläutert, beteuerte unaufhaltsam und weiterhin unter Tränen, wie leid es ihm tat und dass es nie wieder passieren würde.

„Erzähl das nicht mir, erzähl das deinem Mann."

„Das kann ich nicht, dann lässt er sich scheiden!"

Eigentlich hatte sie ganz andere Sorgen, wollte wieder über den Landwirt reden, doch sie spürte, dass sie zunächst David beruhigen musste, da er sonst niemals bereits sein würde, seine Beobachtungen der Polizei mitzuteilen.

„Das glaube ich nicht. Und ich spreche aus Erfahrung."

„Erfahrung? Im Fremdgehen?" Er sah sie ungläubig an.

„Im Betrogenwerden. Mein Mann, oder besser gesagt, mein Ex-Mann, hatte auch eine Affäre. Jahrelang, wie sich herausstellte. Aber deswegen haben wir uns nicht scheiden lassen. Ich wäre bereit gewesen, ihm zu verzeihen. Das Problem war bloß: Anders als dir tat es ihm nicht einmal leid. Im Gegenteil, er gab mir das Gefühl, selbst Schuld daran zu sein, weil ich ihm angeblich nicht das geben konnte, was seine Geliebte ihm gegeben hat."

Die traumatische Trennung von ihrem Mann gehörte, so wie ihr erster Leichenfund, zu der immer länger werdenden Liste der Dinge, über die sie nicht gern sprach und so war sie froh, dass David Diemel nicht näher darauf einging.

„Verstehe. So in etwa ist es bei Antje auch." Martina war in Gedanken noch bei ihrer eigenen Geschichte, so dass es einen Moment dauerte, bis sie verstand, wen er damit meinte. Der Vorname der Wirtin war ihr bislang nicht bekannt gewesen. „Sie sagt, die Sache mit uns war die Schuld ihres Mannes, weil er sie seit Jahren nicht mehr anfasst, obwohl sie sich immer so sehr ein Kind gewünscht hat. Aber das ist bei Schatzi und mir ganz anders, wir lieben uns leidenschaftlich, noch immer mehrfach in der Woche! Und Kinder wollen wir auch irgendwann adoptieren!"

Die intimen Details aus dem Eheleben der beiden Männer interessierten sie herzlich wenig. Viel spannender war die Tatsache, dass der Bauer seine Frau nicht mehr beglückte, ihr nicht einmal ein Kind schenken konnte oder wollte. Das war natürlich kein Beweis, aber doch ein Indiz dafür, dass er womöglich von anderen, problematischen sexuellen Vorlieben geplagt wurde – und diese zum Verhängnis von Leon (und Manuel) schließlich auch ausgelebt hatte…

„Hat sie dir noch etwas über ihren Mann erzählt?"

Er schüttelte mit dem Kopf, den er noch immer hängen ließ, auch wenn er nicht mehr ganz so niedergeschlagen wie noch vor wenigen Minuten wirkte.

„Du darfst dich nicht erpressbar machen, David. Egal wie eifersüchtig dein Mann ist, wenn er dich genauso liebt wie du ihn, und davon gehe ich aus, wird er dir deinen Fehler verzeihen. Und zwar am ehesten, wenn er es von dir erfährt. Sprich mit ihm, okay? Danach gehst du dann zur Polizei und sagst, was du weißt. Es ist der einzig richtige Weg und ich denke, du weißt das."

Kein Ja, kein Kopfnicken, aber immerhin auch kein Widerspruch und glücklicherweise auch kein Geheule mehr.

„Ich muss jetzt los", sagte sie schließlich, nicht ohne ihn aber zuvor endlich nach seiner Telefonnummer zu fragen.

„Aber wir sehen uns doch morgen beim Frühstück?"

„Wohl kaum. Hat dir das deine Antje noch nicht erzählt, dass ihr Mann mich rausgeschmissen hat?"

„Nein! Bloß, dass er Kamil gefeuert hat, schon bevor er verhaftet wurde. Auf den war er auch eifersüchtig. Obwohl sich der Bursche nie für seine Frau interessiert hat. Sie war ihm wohl zu alt." Frau Meyer war etwa im gleichen Alter, eher sogar etwas jünger als Martina – und vor ihr hatte er keinen Halt gemacht. Endlich einmal ein Erfolgserlebnis für ihr angeschlagenes Ego. Kamil war also doch wählerischer als gedacht. „Und wo schläfst du jetzt? Lass mich raten, der lüsterne Maler hat dich aufgenommen?"

Endlich war er wieder ein bisschen der Alte, lachte sogar. Martina war erleichtert.

„Um Gottes Willen. Ich bin im Leuchtturm untergekommen. Sehr urig. Und da muss ich jetzt auch hin."

„Hast du ein Date mit dem Leuchtturmwärter?"

„So ähnlich." Sie zögerte kurz, überlegte, ob es besser war, die Reporterin zu verschweigen, entschied sich aber dagegen. Es konnte schließlich nicht schaden, wenn die ganze Insel Bescheid wusste, dass sie nun nicht mehr die einzige war, die der Wahrheit auf den Grund gehen wollte. „Hast du in letzter Zeit mal auf die Webseite der Mopo geschaut?"

Er machte ein Gesicht, als hätte er in eine saure Zitrone gebissen. „Ich hab sogar die App, aber nachdem ich den Quatsch gelesen habe, war ich kurz davor, sie zu löschen. Hab dich extra nicht darauf angesprochen."

„Worauf?"

„Oh, Mist. Du hast es noch gar nicht gelesen."

Er holte sein Handy hervor und zeigte ihr den neuesten Artikel von Gentiana Ayhan. Ungeduldig entriss sie ihm das Gerät. Sie hatten das einzige Foto genommen, auf dem Martina an der Kamera vorbei ins Leere guckte und verträumt, ja fast etwas wirr wirkte, was nicht bloß an den abstehenden Haaren lag.

Doch der Text war noch schlimmer. Schon beim Überfliegen wurde ihr übel: Aus der versprochenen „Helferin mit Hund und Herz" war eine „eigenwillige Hobby-Detektivin mit Hund" geworden.

Und in diesem abschätzigen Ton ging es in einer Tour weiter: *Will Leben retten, findet Leichen… Schon zum zweiten Mal… Als noch ein Insel-Kind verschwindet, ist auch sie verschwunden… Hatte Martina M. (45) ein Techtelmechtel auf Scharhörn mit einem tatverdächtigen Minderjährigen?*

53

Martina verabschiedete sich hastig von Daivd Diemel. Sie musste die Reporterin zur Rede stellen, und zwar sofort. Die Wut in ihrem Bauch war derart groß, dass sie befürchtete, einen Magenkrampf zu erleiden, wenn sie sich nicht bald bei jemandem entlud. Das Schlimme war: Sie galt nicht nur der hinterhältigen Gentiana Ayhan, sondern auch ihr selbst. Weil sie sich auf den Artikel eingelassen hatte, obwohl sie doch aus eigener Erfahrung wusste, dass beim Umgang mit der Presse höchste Vorsicht geboten war. Und weil sie allen Ernstes geglaubt hatte, in der Reporterin eine Verbündete auf der Suche nach der Wahrheit gefunden zu haben.

Was sollte bloß ihre Tochter von ihr denken, vor allem wegen der Andeutung mit Kamil? Und die Kollegen bei der Staffel oder gar die Leute bei der Polizei, würden die sie jemals wieder zu einem Einsatz einladen?

Sie überprüfte ihr Handy, ob sie bereits jemand auf die ungeheuerliche Story angesprochen hatte. Keine neuen Nachrichten. Vielleicht lag es am schlechten Empfang. Oder dass schlicht noch nicht all zu viele Leute den erst vor wenigen Stunden erschienenen Text gelesen hatten. Vielleicht hatten sich aber auch schon die ersten nach Lektüre dieser Diffamierungen gänzlich von ihr abgewandt, sie aus der Kontaktliste gestrichen…

Bei dem Gedanken fiel ihr auf, dass sie nicht einmal die Nummer der Journalistin bekommen hatte. Sie sah schon von Weitem, dass auf der Etage des Leuchtturms, in dem sich sowohl Martinas Zimmer, als auch das von Frau Ayhan befand, nirgendwo Licht brannte. Dennoch suchte sie alles ab, den Frühstücksraum, das Fernsehzimmer, sogar das Gemeinschaftsbad. Nirgendwo eine Spur.

Ohne genau zu wissen, was sie sich eigentlich davon versprach, ging sie sogar in das enge Wendeltreppenhaus, das an der äußeren Nordwand des Turms angebaut war und lief bis ganz noch oben hinauf. Sie rechnete schon damit, den mühsamen Anstieg umsonst gemacht zu haben, weil die Tür zur Aussichtsplattform zu dieser abendlichen Stunde – es war bereits acht Uhr – bereits verschlossen sein würde, doch sie täuschte sich. Ihr fiel wieder ein, dass auch Leon ein nächtlicher Abstecher auf den Turm gelungen war. Verständlicherweise hatte die Pächterin keine Lust, jeden Abend Treppen steigen zu müssen und ließ die Tür einfach offen. War man einmal in den Turm gelangt, kam man also auch hoch.

Gentiana Ayhan war auch hier erwartungsgemäß nicht anzutreffen und in der Dunkelheit des mondlosen Abends auch nirgendwo zu sehen. Nur langsam gewöhnten sich Martinas Augen an das spärliche Licht. Der Kegel des Leuchtfeuers über ihrem Kopf warf seinen Schein aufs offene Meer hinaus, nicht auf die Insel. Es wehte ein äußerst frischer Wind, deutlich stärker spürbar als am Boden.

Sie ließ ihren Blick über die vereinzelten Lichter Neuwerks streifen und versuchte, sie zuzuordnen. Ein besonders schwaches am nordwestlichen Zipfel glaubte sie als den Wohnwagen von Frank Mehring zu identifizieren. Er war also zu Hause. Der Flachbau, in dem seine Mutter lebte, erschien ebenfalls beleuchtet. Die Meereswoge, die sie nur schemenhaft auf Grund ihrer prominenten Einzellage erkannte, lag in völliger Finsternis.

Die Pension der Meyers, die sie noch bis vor Kurzem beheimatet hatte, war besser zu erkennen, lag sie doch – abgesehen von dem zwar nicht beleuchteten, aber unmittelbar im Waldstück am Fuße des Turms deutlich sichtbaren Holzhäuschen des Malers – am nächsten zur Turmwurt.

Nicht nur im Haupthaus brannte Licht, sondern auch im Pferdestall. Der Bauer beschäftigte sich also auch zu dieser späten Stunde wieder einmal lieber mit seinen Tieren als mit seiner Frau oder den Gästen.

Auf einmal wusste Martina, was zu tun war. Gentiana Ayhan und ihr Geschreibsel waren doch im Grunde genommen völlig nebensächlich. Es ging um den Tod eines Kindes – aber auch um das möglicherweise noch zu rettende Leben eines weiteren!

Wer sagte denn, dass sich Herr Meyer dort nur mit Tieren beschäftigte? Hatte er nicht ganz bewusst eine falsche Fährte gelegt, sie auf ihrer Suche nach Manuel in Richtung Scharhörn geschickt, als sie und Reto in seinem Stall herumgestöbert hatten?

Was, wenn es dort ein Versteck gab, einen Keller, eine Kammer, die sie in der Aufregung um den durchgegangenen Gaul übersehen hatten?

Sie musste dorthin. Sofort.

Kurz bevor sie die Stallungen erreichte, blieb sie stehen. Noch immer brannte Licht. Vielleicht war es doch nicht so schlau, nach dem Jungen zu suchen, so lang sein mutmaßlicher Entführer noch dort drin war. In der direkten Konfrontation hatten Reto und sie keine Chance gegen den Bauer, seine Pferde, sein Betäubungsgewehr. Wer wusste schon, wozu er in der Lage war.

Anderseits durfte sie keine Zeit verlieren. Wenn ihr Verdacht stimmte, durchlebte der Kleine von Alice Mehring dort drinnen gerade ein Martyrium. Sie dachte darüber nach, Robert Bremer hinzuzuziehen. Doch nach allem, was geschehen war, würde ihr bei der Polizei niemand mehr Glauben schenken, nicht einmal er.

Wenn doch wenigstens der mutige, kräftige und unerschrockene Kamil hier wäre und ihr helfen könnte. Aber der saß ja im Gefängnis, während der wahre Täter vermutlich keine paar Meter entfernt von ihr sein Unwesen ungestört weiter trieb.

Reto war auffällig zurückhaltend. Er schien zu spüren, dass es um viel ging. Und der Geruch der Pferde und insbesondere desjenigen, das ihn beinahe angegriffen hatte, war ihm bereits wenig einladend entgegengeschlagen, lang bevor Martinas Menschennase ihn überhaupt wahrnahm. Dazu kam, dass er nach wie vor nicht rund lief, sich nach der waghalsigen Kletterei auf dem Dachboden des Landschulheims und den ganzen Treppen im Leuchtturm eigentlich eine Pause dringend verdient hatte.

Doch er war schließlich ihr einziger noch verbliebener Verbündeter, unmöglich würde sie ohne ihn irgendetwas ausrichten können, auch wenn sie sich deswegen wie eine schreckliche Hundemama fühlte.

Martina schlich sich noch ein Stückchen näher an den Stall heran und musste Reto regelrecht zwingen, ihr zu folgen. Jetzt drangen nicht nur die Gerüche an ihre Nase, sondern auch deutliche Geräusche aus dem Gebäude an ihr Ohr. Zwischen aufgeregtem Pferdegewieher meinte sie, ein Stöhnen herauszuhören. Es war nicht so wie damals am Wohnwagen hoch und schrill, sondern sonorig, stammte also wahrscheinlich von einem Mann.

Schreie eines Kindes vernahm sie nicht, doch was hieß das schon. Er konnte es längst betäubt haben. Sie musste handeln. Es gab keine Alternative, auch wenn sie sich dadurch selbst in Gefahr brachte. Auf keinen Fall würde sie ein weiteres Mal zu spät kommen!

Die Pforte war nur angelehnt und wie die meisten Türen auf Neuwerk nicht verschlossen. Der Täter schien sich seltsamerweise sehr sicher zu fühlen. Martina trat ein, zog zum wiederholten Male an Retos Leine, damit er ihr folgte. Noch erkannte sie niemanden, war aber zum Glück selbst auch unentdeckt geblieben. Die Pferde, die vorn standen, wieherten einmal kurz, als sie den Hund sahen, doch das ging unter in den deutlich lauteren Geräuschen, die aus der letzten Box drangen. Ausgerechnet aus der mit dem draufgängerischen Hengst.

Langsam setzte sie den Weg in den Rückraum des wie üblich nur spärlich beleuchteten Stalls fort. Das erste was sie sah, war weder der Bauer noch das Pferd – sondern eine Staffelei!

Darauf befand sich eine Leinwand, auf der bereits ein paar Pinselstriche zu erkennen waren – die Umrisse eines Pferdes und einer Frau mit ausladender Oberweite – aber niemand, der davor stand. Nur ein paar leere Bierflaschen und eine angebrochene Schapsbuddel, die im Heu verstreut lagen.

Die Person verbarg sich hinter dem aufgeregt schnaufenden Pferd und machte sich in einer Art und Weise an diesem zu schaffen, die zwar eindeutig war, für Martina aber dennoch unbegreiflich.

Es dauerte trotz der verräterischen Leinwand schon erstaunlich lang, bis sie überhaupt erkannte, um wen es sich handelte. Es war nicht der Bauer. Es war – oh Wunder – der Maler, der mit heruntergelassenen Hosen an dem spielte, was dem Hengst zwischen den Beinen baumelte.

Er war also noch viel perverser als sie gedacht hatte.

54

Der Anblick dieser Szene war dermaßen verstörend und widerlich, dass sie am liebsten sofort umgekehrt wäre. Einzig die Hoffnung, den verschwundenen Manuel doch noch an diesem Ort zu finden, veranlasste sie dazu, sich zu zeigen.

Als er sie endlich wahrnahm, ließ er von dem Geschlechtsteil des Pferdes ab und zog auch seine eigene Hose hoch, jedoch umständlicher und langsamer als man es in einer solchen Situation erwarten durfte.

„Na Süße, macht dich das scharf oder was spannst du hier? Willst du auch mal?“ Seine Stimme war kaum wiederzuerkennen und schlecht zu verstehen, so stark lallte er. Offenbar war er stockbesoffen. Martinas Brechreiz verstärkte sich ins Unermessliche.

„Wo ist der Junge?“

Er sah sie mit halboffenem Mund an, als hätte sie Chinesisch mit ihm gesprochen.

„Manuel! Ist der hier irgendwo? Wenn du irgendetwas dieser Art mit ihm oder Leon oder irgendeinem Kind angestellt hast…“ Sie hatte ihn eigentlich nicht mehr duzen wollen und schon gar nicht war es ihre Art, anderen zu drohen, aber bei diesem Widerling konnte sie einfach nicht anders.

Willi von Aschendorf wechselte den Gesichtsausdruck, setzte ein wissendes, aber nicht minder dümmliches Lächeln auf.

„Ah, daher weht der Wind! Einmal Kinderficker, immer Kinderficker, was? Nur weil ich vor hundert Jahren mal ‘ne 13-Jährige gevögelt habe, die es übrigens wirklich wollte. Waren andere Zeiten. Und ist ja nicht jede so prüde wie du.“

Martina rang um Fassung. Selten war ihr jemand so Respektloses und Unverschämtes begegnet, das stellte sogar Kommissarin Kosslowski in den Schatten.

„Lieber prüde als pervers. Weiß Herr Meyer, was du in seinem Stall veranstaltest?“

„Klar. Ich zahl sogar dafür, dass ich hier arbeiten darf.“

„Arbeiten? Das ist eine Straftat, ein Verbrechen am Tierwohl! Duldet der Bauer das vielleicht, weil du ihn deckst?“

Wieder fletschte er seine Zähne zu einem obszönen Grinsen. „Das Einzige, das ich decke, sind geile Stuten, genau wie mein Freund hier.“ Er klatsche dem Tier auf den Hintern. Der eben noch so unfreiwillig erregte Gaul verhielt sich erstaunlich still, vermutlich hatte er vorab etwas zur Beruhigung eingeflößt bekommen. „Anders als du lässt mich der Bauer in Ruhe, stellt keine doofen Fragen. Er weiß, dass man einen Künstler nicht bei der Arbeit stören darf!“

„Hast du ihn gebeten, Kamil das Betäubungsmittel unterzuschieben?“

Wieder sah er sie mit übertriebener, womöglich gespielter Ahnungslosigkeit an.

„Der hat es? Ich hab meine K.O-Tröpfchen schon überall gesucht! Musste mir diesmal mit normalen Beruhigungstabletten aushelfen. Hat aber zum Glück auch gereicht.“

„Du hast das Mittel also verloren? Wann und wo?“

„Was du alles wissen willst! Na hier, beim letzten Mal halt. Nachdem du erst in mein Haus gekommen bist, mich rattig wie Nachbars Lumpi gemacht hast und mir dann die kalte Schulter gezeigt hast. Bevor der ganze Scheiß angefangen hat mit dem armen Jungen und so. Am letzten Abend, an dem man auf dieser Insel noch seine Ruhe hatte.“

Das ergab doch alles gar keinen Sinn. Man sagte ja, Kinder und Betrunkene seien der Wahrheit zugeneigt, aber in diesem Fall musste es sich um eine Schutzbehauptung, eine Lüge handeln.

„Wer von euch hat den Jungen betäubt und ins Wasser geworfen? Und was habt ihr mit Manuel gemacht?“

Er bückte sich, nahm die Flasche Korn aus dem Heu und Martina ging bereits leicht in Deckung, da sie befürchtete, er könne sie nach ihr werfen, doch er reichte sie bloß in ihre Richtung.

„Hier, trink mal was und entspann dich, Süße."

Er machte einen Schritt auf sie zu und wollte ihr die Flasche über das Gatter hinweg reichen, die sie natürlich nicht annahm. Nachdem er das realisiert hatte, zog er die Hand zurück und genehmigte sich selbst einen großen Schluck. „Tut mir wirklich leid, aber ich bin kein Mörder und kein Kinderschänder. Und der alte Meyer erst recht nicht, der liebt nur seinen Trecker, kriegt ja nicht mal bei seiner Frau einen hoch."

Wie jemand, der einen Adelstitel trug, ein reifes Alter besaß und sich noch dazu als Künstler schimpfte doch so vulgär und primitiv sein konnte, dachte sich Martina. Sie traute ihm kein Stück über den Weg, obwohl der Alkohol ihn zum Glück nicht aggressiv, sondern eher träge und nachlässig werden ließ.

Das war auch der Grund, weshalb sie Reto trotz der Anwesenheit des perversen Malers einen Suchbefehl erteilte. Der Hund schien sich jedoch in erster Linie nicht an den Menschen, sondern an den anderen Tieren zu stören und ging trotz der Absperrungen, die ihn und sein Frauchen von den Pferden trennten, nur zögerlich zu Werke.

Als er endlich einmal den gesamten Gang mit seiner Nase inspiziert hatte, kam er mit hängendem Schwanz zurück zu Martina. Das konnte nur bedeuten, dass er bis auf die Anwesenden keine weiteren frischen menschlichen Spuren gewittert hatte. Aber wer weiß, wie lang der Junge schon in einem geheimen Keller unter einer der Stallungen lag…

Der Maler hatte sich unterdessen wieder seiner ‚Arbeit' gewidmet, stand vor der Leinwand und verpasste dem Frauenakt noch einige weitere Kurven, wobei er unverhohlen Martinas Rundungen ansah. Dass er in diesem Zustand überhaupt in der Lage war, den Pinsel richtig herum in die Hand zu nehmen, erschien ihr schon wie ein Wunder.

Martina blieb nichts anderes übrig, als den Rückzug anzutreten. Solange die Tiere hier waren, konnte man die Örtlichkeiten nicht vernünftig durchsuchen. Sie musste die Polizei hinzuziehen und hoffen, dass Robert Bremer sich überzeugen ließ, den Stall, den ganzen Hof und falls das nicht genügte, auch das Häuschen des Malers auseinanderzunehmen.

Ohne ein Wort des Abschieds ging sie zurück ins Freie, spürte Erleichterung, obwohl sie doch eigentlich noch gar nichts erreicht hatte. In der Pension brannte Licht, doch sie scherte sich nicht darum, hier würde ihr niemand helfen. Sie lief den Mittelweg zurück zur Turmwurt, stand zum gefühlt hundertsten Mal vor der milchverglasten Tür der Stackmeisterei, ohne dass jemand auf ihr Klingeln und Klopfen reagierte. Schlief der Polizist bereits tief und fest? Hatte er sie gesehen und beschlossen, sie zu ignorieren? Oder unternahm er zur Abwechslung tatsächlich einmal etwas, um die zahlreichen ungesühnten Verbrechen auf dieser Insel aufzuklären?

Sie wusste es nicht und würde es auch nicht herausfinden. Auch seine Telefonnummer hatte sie nicht. Kurzentschlossen und in ihrer Hilflosigkeit wählte sie die 110.

Nach ihr ewig lang erscheinenden drei Klingelzeichen meldete sich eine Frauenstimme mit „Polizeinotruf Hamburg".

„Martina Martens hier. Es geht um den Vermisstenfall auf Neuwerk. Ich glaube, ich weiß, wo der Junge sein könnte."

„Wo und wann haben Sie das vermisste Kind gesehen?"

„Also, nicht direkt gesehen, aber ich habe einen dringenden Verdacht. Auch was den Mörder von Leon angeht. Dieser Kamil war es nicht. Hinter beidem steckt entweder der Maler Willi von Aschendorf oder der Hofbesitzer Meyer, vielleicht auch gemeinschaftlich. Der Maler hat zugegeben, dass das Betäubungsmittel von ihm ist. Er hat es angeblich in der Mordnacht verloren, nachdem er…"

Weiter kam sie nicht. „Moment, Moment, Moment. Haben Sie nun einen konkreten Hinweis auf den derzeitigen Aufenthaltsort des vermissten Kindes oder nicht?"

„Im Pferdestall des Hofes von Familie Meyer. Es ist der einzige Ort, den man mit Hunden nicht vernünftig durchsuchen kann, wegen der anderen Tiere. Und ich bin mir ziemlich sicher, dass die Kollegen gestern…"

Wieder unterbrach die zunehmend genervt klingende Beamtin sie. „Danke, das genügt fürs Erste. Ich werden Ihren Hinweis an die zuständige Sonderkommission weitergeben. Wenn noch Rückfragen sind, wird man sich bei Ihnen melden. Sie sind unter der Nummer, von der aus Sie uns gerade anrufen, zu erreichen?"

„Ja, aber ich muss sofort mit jemandem sprechen! Können Sie mich bitte mit Robert Bremer verbinden, dem *Bünabe* von Neuwerk? Mein Name ist Martina Martens, er kennt mich, ich bin diejenige…"

Auch diesmal ließ man sie nicht aussprechen. „Ich weiß, wer sie sind, stand ja sogar in der Zeitung. Der Stadtteilpolizist ist aber nicht mehr für den Fall zuständig. Soweit ich weiß, hat er die Insel heute verlassen. Wie gesagt, jemand von der zuständigen SOKO wird sich gegebenenfalls bei Ihnen melden. Und nun würde ich Sie bitten, die Leitung frei zu machen für Notfälle. Auf Wiederhören."

Sie hatte ja schon vermutet, dass es nicht einfach werden würde, aber dass man sie dermaßen abwimmelte war erschütternd. Es ging um Leben und Tod – und die Polizei warf sie aus der Leitung!

Zu allem Überfluss hatten sie auch noch den einzigen Beamten von Neuwerk abgezogen, der ortskundig und einigermaßen kompetent war. Sie konnte sich schon denken, wer das durchgesetzt hatte. Auch wenn Robert Bremer zuletzt nicht mehr gut auf Martina zu sprechen gewesen war, so schmerzte es sie doch, dass sie keine Chance mehr hatte, es wieder gut zu machen, ihm zu beweisen, dass sie und Reto doch zu etwas zu gebrauchen waren.

Aber vielleicht stimmte es ja auch, was die Polizei dachte. Vielleicht war das auch das Schlimmste am Artikel von Gentiana Ayhan gewesen: dass sie mit allem recht hatte.

Geplagt von solchen Gedanken, frustrierter und einsamer denn je, lief sie ohne genau zu wissen, weshalb, noch immer nicht zurück zur ihrer Unterkunft im Turm, sondern auf den Deich, von wo aus sie über das Meer in Richtung Festland blickte. Die Sicht war gut, die Luft so klar und der Himmel so wolkenlos wie selten, man erkannte die Lichter der Stadt. Auch wenn es sich nicht um Hamburg, sondern um die Cuxhavener Stadtteile Duhnen und Sahlenburg handelte, verspürte Martina zum ersten Mal seit langem Heimweh, Sehnsucht nach ihrer eigenen Wohnung, nach dem Lärm der Metropole, nach Alltag und Ablenkung.

Ihre Mission hier war gescheitert. Sie würde Manuel nicht finden und schon gar nicht Leons Mörder stellen. Am liebsten hätte sie sofort ein Schiff genommen und wäre nach Hause gefahren.

Als ob das eine realistische Möglichkeit wäre, warf sie einen Blick auf die Boote im kleinen Sporthafen zu ihrer Linken. Im durch die Flut üppig bewässerten Becken schwankte das Rettungsschiff der Feuerwehr untätig hin und her, das doch eigentlich rund um die Uhr nach dem verschwundenen Jungen hätte suchen sollen. Daneben ein kompakteres Motorboot, das sie der Hafenbehörde zuordnete. Außerdem noch ein kleiner Einmaster, dessen Besitzer sie nicht kannte, ebenso wenig wie den eines schlichten Schlauchbootes.

Und, etwas abseits, eine große Yacht, die sie noch nie zuvor gesehen hatte, die ihr aber sofort bekannt vor kam. Sie rieb sich die Augen, sah zweimal hin, um sicher zu gehen, dass sie nicht vor Erschöpfung und Verzweiflung schon halluzinierte.

Nein, das tat sie nicht. Es war wirklich da. Es musste das Boot aus Leons Geschichten sein. Von denen sie bis eben dachte, sie seien von vorn bis hinten ausgedacht.

55

Sie hatte sich schon auf waghalsige, umständliche Kletteraktionen eingestellt wie auf dem Dachboden des Landschulheims, doch dann sah sie, dass der

Laufsteg zwar eingefahren war, sie ihn jedoch mit ausgestreckter Hand erreichte und recht einfach auf den Anleger ziehen konnte. Das sprach nicht gerade dafür, dass sich hier jemand mit unlauteren Absichten versteckte.

Dennoch wies sie Reto an, Witterung aufzunehmen. Beim ersten Ansatz eines Bellens brachte sie ihn zum Schweigen. Es war klar, was er ihr mitteilen wollte: Obwohl hinter keinem der Bullaugen Licht brannte, waren zweifelsfrei eine oder gar mehrere Personen an Bord.

Das Wahrscheinlichste war, dass es sich um Urlauber handelte, Freizeit-Skipper, die Neuwerk für die Nacht angesteuert hatten und bereits schliefen. Und doch wurde Martina das Gefühl nicht los, dass hier etwas nicht stimmte.

Auf einmal ging doch Licht an. Obwohl Reto nur einmal kurz gebellt hatte und sie äußert ruhig über das Deck geschlichen waren, hatte man sie gehört.

„Was machen Sie hier? Verschwinden Sie sofort von meinem Boot! Und halten Sie bloß den Hund zurück!“

Es dauerte einen Moment, bis sie die Stimme zuordnen konnte. Der Mann, der mit verschränkten Armen aus der Tür zum Deck hinaus gekommen war und sich direkt vor ihr aufbaute, war Malte – der Nationalpark-Ranger, der sie zu Beginn ihrer Reise durch die Vogelwiesen des Vorlands geführt hatte. Noch jemand, der Reto nicht mochte. Was auf Gegenseitigkeit beruhte, denn der Hund begrüßte ihn mit einem lautstarken und untypisch unfreundlichen Bellen.

„Sie wohnen *hier* auf dem Boot?“

Der Mann fuhr nervös mit den Fingern durch seinen Bart, der bei Weitem nicht mehr so modisch und perfekt getrimmt war wie bei ihrem ersten Treffen, sondern recht zerzaust wirkte. Genau das Gleiche galt für seine Klamotten: ein kariertes, knautschiges Hemd und eine verwaschene Jeans.

„Ich wohne hier, ich arbeite hier und es gehört mir. Anders als bei Ihnen ist es also mein gutes Recht, hier zu sein. Was haben Sie hier verloren, was machen Sie überhaupt noch auf Neuwerk? Auf Gäste wie Sie, die weder vor der Natur noch vor den Menschen Respekt zeigen, können wir gut verzichten.“

Es war zum Verzweifeln. Warum waren alle ihr gegenüber auf einmal so feindselig? Was hatte sie den Neuwerkern getan? Es war, als wollte niemand die Wahrheit herausfinden, als habe jeder etwas zu verheimlichen.

„Beruhigen Sie sich, ich gehe ja schon“, sagte sie kleinlaut. Er war zwar unsympathisch, aber er hatte recht: Sie sollte besser nicht mehr hier sein.

Martina machte sich auf den Rückweg zum Steg, doch Reto schien seinen eigenen Kopf zu haben, bewegte sich trotz Aufforderung und sanftem Druck über die Leine nicht von der Stelle. Er begann sogar wieder, zu bellen.

„Ist gut, Reto."

Nein, das war es schon lang nicht mehr. Auch der Hund hatte seinen Stolz. Eben erst hatte er sich bevormundet gefühlt, als sie ihn zur Suche aufgefordert und dann, statt ihn für sein Anschlagen zu Loben, abrupt zum Schweigen gebracht hatte. So schnell würde er diesmal nicht aufgeben!

Langsam begriff Martina, worum es ging. Das Bellen galt womöglich gar nicht dem Bootsbesitzer. Reto konnte ihr damit genauso gut anzeigen, dass er einen weiteren Menschen gewittert hatte.

Sie drehte sich wieder um. Der Mann stand noch immer vor dem Eingang zur Kajüte, als würde er ihn bewachen wollen.

„Ist da außer Ihnen noch jemand an Bord?"

„Nein."

„Sie lügen."

„Das geht Sie gar nichts an. Verlassen Sie sofort mein Eigentum."

„Erst wenn ich gesehen habe, wer da drin ist."

Sie musste nicht lange nachdenken, die Worte kamen von ganz allein. Die Selbstzweifel, das schlechte Gewissen – das alles war weg. Sie spürte noch nicht einmal Angst. Da war bloß Adrenalin, ausgeschüttet in rauen Mengen, angetrieben von der Überzeugung, endlich auf der richtigen Spur zu sein.

Sie war dermaßen aufgekratzt, dass sie sogar bereit war, sich auf den sicherlich stärkeren Kerl zu werfen, ihn gewaltsam beiseite zu schieben, um das Leben eines Kindes zu retten.

Doch zu ihrer Überraschung trat er zur Seite.

„Gut, kommen Sie rein. Aber der Hund bleibt draußen."

Sie hörte nicht auf ihn und auch nicht auf die leise Stimme in ihrem Hinterkopf, die ihr sagte, dass sie sich möglicherweise direkt in eine gefährliche Falle, einen Hinterhalt begab. Samt Reto drängte sie sich an ihm vorbei. Der Ranger versuchte noch, ihn zurückzuziehen, doch geschickt wand sich der Hund aus seinem Griff, betrat zielstrebig die enge Kabine.

Und tatsächlich: Am Tisch saß der Junge, den sie im Vorgarten von Alice Mehring gesehen hatte. Gott sei Dank, er lebte, war wohlauf! Der totgeglaubte jüngere Sohn Manuel, der offiziell nie geboren worden war, den es nie hatte geben dürfen, weil sein Vater und sein Bruder ein und dieselbe Person waren. Er sah müde und verheult aus, aber er war weder gefesselt noch waren auf den ersten Blick Spuren äußerlicher Misshandlungen zu erkennen. Vor ihm stand ein Teller mit Broten und ein Glas mit Brause.

„Manuel, hier bist du also! Deine Mutter sucht dich überall!"

„Mama", sagte der Junge mit schwacher, leiser Stimme und es brach Martina fast das Herz.

„Hier ist er in Sicherheit. Es ist zu seinem und ihrem Besten, dass sie nicht weiß, dass er sich bei mir versteckt. Sie haben die Suchmaßnamen schon zurückgefahren, denken, er ist ertrunken. Wenn endlich wieder Ruhe auf Neuwerk einkehrt, bringe ich ihn zurück zu seiner Mutter. Wir werden nicht zulassen, dass die Behörden die beiden trennen und ihn ins Heim schicken.“

Martina ging nicht auf diesen Wahnsinn ein, sondern wandte sich direkt und eindringlich an den Jungen. „Manuel, du musst sofort aufstehen und gehen. Lauf zu deiner Mama, jetzt!“

Obwohl sie ihm direkt in die Augen sah, erwiderte er ihren Blick nicht, wich ihm aus.

„Der Junge ist nicht so blöd wie Sie vielleicht denken. Er weiß sehr genau, dass das nicht geht. Dass er seine Mutter für immer verliert, wenn er jetzt zu ihr rennt. Ich bin seine einzige Chance.“

„Sie sind verrückt. Was haben Sie ihm angetan? Und vor allem, was haben Sie Leon angetan?“

„Leon, der tote Junge? Der hat doch hiermit nicht das Geringste zu tun!“

Da war sich Martina alles andere als sicher. Wer ein Kind tagelang vor der Polizei und sogar vor seiner eigenen Mutter versteckte, ihn einer solchen Gehirnwäsche unterzog, dem war durchaus auch Schlimmeres zuzutrauen.

„Wir gehen jetzt, Manuel. Zu deiner Mama. Es wird alles gut. Ich nehme dich mit.“

Sie streckte ihm ihre Hand entgegen, doch der Junge zog seine weg, war völlig verschüchtert. Sie wusste, dass man Kinder eigentlich nicht anzufassen hatte, schon gar keine möglicherweise traumatisieren, aber es war ein Notfall, es ging nicht anders, also griff sie nach seinem Arm. Er war offenbar zu schwach, um großen Widerstand zu leisten und ließ sich recht mühelos in Richtung der Tür zerren.

Aber der Bootsbesitzer kam ihr zuvor. Mit einer Hand machte er die Tür zu und mit der anderen griff er ebenfalls nach Manuel, versuchte, ihn Martina zu entreißen. Es war ein unwürdiges Spektakel, wie zwei Erwachsene von beiden Seiten nun an dem Kind zogen. Obwohl sie sich im Recht fühlte, wusste, dass sie das Richtige tat, ließ sie ihn los, denn er hatte begonnen zu weinen.

Kaum hatte sie von ihm abgelassen, lockerte auch der Mann seinen Griff, doch das kam für den offensichtlich geschwächten Manuel so überraschend, dass er ins Wanken geriet. Dabei fiel etwas aus der Tasche seines Kapuzenpullovers. Er bückte sich, um es aufzuheben. Martina erkannte sofort, was es war. Sowie vor allem, was der kleine Bernstein zu bedeuten hatte.

56

Der Junge steckte den Stein wieder ein, setzte sich erneut an den Tisch, die zum Glück wieder nachlassenden Tränen mit dem Ärmel aus dem Gesicht wischend. Martina bemühte sich, so zu tun, als hätte sie das kleine Schmuckstück nicht bemerkt, als wüsste sie nicht, um was es sich handelte, dabei war ihr dadurch schlagartig klar geworden, wie groß die Gefahr war. Sie befanden sich in den Händen eines Mörders. Diesmal stimmte es. Es konnte eigentlich keinen Zweifel mehr geben.

„Gut, dann eben nicht. Dann gehe ich jetzt."

Der Mann stellte sich direkt vor die Tür.

„Sie gehen nirgendwohin!"

Sie versuchte, ihn beiseite zu schieben, sich an ihm vorbeizudrängen, doch er machte sich noch breiter, nahm die Hände wie eine Schranke zur Hilfe und schreckte auch nicht davor zurück, sie damit wieder in das Innere der Kajüte zu schieben.

„Fassen Sie mich nicht an! Ich möchte hier raus, sofort! Das ist Freiheitsberaubung!"

„Ich werde nicht zulassen, dass Sie alles kaputt machen."

„Ich tue doch bloß, was Sie sagen: Ich verschwinde."

„Wir beide wissen, dass es dafür zu spät ist. Sie würden der Polizei alles erzählen, sie gegen mich aufhetzen."

Martina blickte zu Reto. Ihr war klar, dass er nicht dafür ausgebildet und es nicht seine Aufgabe war, und doch hoffte sie, er würde erneut zuschnappen, sie verteidigen, wie damals beim unverschämten Fabian oder noch vor wenigen Stunden auf dem Dachboden des Landschulheims gegenüber Frank und Alice. Doch der Hund wurde von dem ihm zugewandten Manuel abgelenkt, lag noch immer in der Mitte der Kajüte und schien sich nicht um Martina zu scheren.

Eine grässliche Eifersucht überkam sie. Wenn Reto doch bloß nicht alle Menschen, sondern nur sie lieben würde!

Manuel hatte seine Hand zu ihm ausgestreckt, streichelte ihn, mehr noch, er war sogar dabei, ihm ein Leckerli in Gestalt einer Scheibe Wurst zu verabreichen. Etwas, das seinem Frauchen in letzter Zeit verdammt selten eingefallen war.

Malte schien zu bemerken, wohin sie sah und worauf sie hoffte, so dass er sich auch zum Tisch umdrehte und an Hund und Kind wandte.

„Ja, so ist's fein, Manuel. Gute Idee."

Der Ranger nahm eine weitere Scheibe Wurst von einem der noch immer noch unberührten, geschmierten Brote auf dem Frühstücksbrettchen vor Manuel. Die Kajüte war eng, der Tisch stand nicht weit von der Tür entfernt, doch er hatte Martina aus ihr noch nicht begreiflichen Gründen für einen Moment den Rücken zugedreht, beschäftigte sich seltsamerweise lieber mit Reto als mit ihr. Es war ihre Chance, zu entkommen.

Sie riss die Tür auf und ihr schlug bereits die kalte Seeluft entgegen, als sie das metallische Rascheln hörte. Das Geräusch, das entsteht, wenn man eine Tablette aus der Verpackung löst.

Schlagartig drehte sie sich wieder um.

„Reto! Aus! Spuck das aus!“

Sie spürte die kalte Hand des Mannes an ihrem Handgelenk. Er hielt sie fest, er tat ihr weh. Jetzt kam Reto endlich herbeigetrottet, protestierte knurrend, doch es war schon zu spät, er hatte den Köder bereits geschluckt.

„Lassen Sie mich los! Was haben Sie meinem Hund gegeben?“

„Nichts Schlimmes. Dasselbe, das Sie gleich bekommen. Damit Sie sich beruhigen.“

Sie versuchte vergeblich, sich aus seinem Griff zu befreien. Mit ihrem noch freien Arm begann sie verzweifelt, auf ihn einzuschlagen. Recht mühelos wehrte er die Angriffe ab, umfasste nun auch ihren anderen Arm. Er war deutlich stärker als sie, keine Frage.

„Sind Sie verrückt? Ich werde mit Sicherheit nichts nehmen!“

Während er sie weiterhin festhielt, wandte er sich an Manuel. „Zeit fürs Bett, mein Junge. Nimm dir auch eine Tablette und trink deine Fanta. Ich kümmere mich um unsere Gäste, mach dir keine Sorgen.“

Als wäre es das Normalste der Welt, nahm der Junge eine der Tabletten aus der mittlerweile auf dem Tisch liegenden Verpackung und tat auf eine unheimliche, beinahe mechanische Art, was ihm befohlen war.

„Nein, Manuel, tu das nicht!“

Es war zwecklos. Er sah sie nicht einmal an, tat so, als hätte das ganze Spektakel, das unmittelbar vor seiner Nase stattfand, nichts mit ihm zu tun. Immerhin hatte Reto endlich die Brisanz der Situation erkannt und begonnen, aufgeregt den Mann anzubellen, doch weder machte er Anzeichen ihn anzugreifen, noch wirkte der erfahrene Ranger besonders eingeschüchtert davon. Offenbar war er sich ziemlich sicher, dass der Hund schon in Kürze keine Gefahr mehr darstellen würde.

„Sehr gut. Und jetzt, hol mir bitte noch schnell die beiden Seile, du weißt von wo.“

Manuel ging nach draußen und für einen kurzen Moment hatte sie die Hoffnung, er würde fliehen, Hilfe holen oder sich zumindest in Sicherheit bringen, doch beinahe im selben Augenblick betrat er schon wieder die Kajüte, in jeder Hand ein Tauknäuel.

Malte drückte sie gewaltsam auf einen der beiden, fest montierten Deckstühle an dem Tisch in der Mitte des Raumes. Sofort versuchte sie, wieder aufzustehen, doch da hatte der Junge schon das Seil um ihren Oberkörper geworfen und begann, es festzuziehen, ohne überhaupt einen solchen Befehl bekommen zu haben. So selbstverständlich und routiniert als täte er all das nicht zum ersten Mal.

Martina konnte soviel um sich schlagen und zappeln wie sie wollte und auch Reto so viel bellen wie er mochte, es half alles nichts, innerhalb von weniger als einer Minute war sie an den Stuhl gefesselt – zuerst der Oberkörper, dann, mit dem zweiten Seil, auch noch die Beine. Ihr blieb kein anderer Ausweg mehr, als um Hilfe zu schreien und zu hoffen, dass irgendjemand zufälligerweise in der Nähe des Hafens war und sie hörte.

Es dauerte nicht lang, da wurde sie auch dieser Möglichkeit beraubt – mit einem Stück von einer Rolle braunen Packbands, das er aus einer Schublade holte, mit den Zähnen abriss und ihr über den Mund klebte. Es brannte auf ihren ohnehin durch Wind und Wetter auf der Insel gereizten Lippen, die sich kaum noch bewegen ließen.

Manuel war inzwischen hinter einem Vorhang verschwunden, vermutlich lag dort die Koje. Auch Reto hatte sich hingelegt, winselte nur noch leise und hilflos, fast entschuldigend zu ihren Füßen. Sofort tat ihr leid, was sie gerade noch über ihn gedacht hatte. Zum ersten Mal in ihrem Leben wünschte sie sich, er würde ihr davonlaufen. Doch dazu war er nicht bloß zu treu, sondern vermutlich auch bereits zu müde, denn die Schlaftablette schien zu der Sorte zu gehören, die schnell wirkte.

Kaum hatte er ihr den Mund zugeklebt, verließ auch der Mann die Kajüte. Wenig später hörte sie, wie der Motor des Bootes angelassen wurde und es sich langsam in Bewegung setzte.

Obwohl es nicht gerade warm in dem Raum war, lief ihr kalter Schweiß den Rücken hinunter. Martina war klar, was er vorhatte. Ihr drohte dasselbe Schicksal wie Leon: ein Ende als Wasserleiche.

Es sei denn, es gelang ihr, sich irgendwie zu befreien und ihn aufzuhalten. Immerhin hatte er sie allein gelassen, das musste sie nutzen. Die Fessel war recht primitiv, einfach ein um ihren Oberkörper gebundenes Seil, das ihr sogar noch einen gewissen Bewegungsspielraum ließ, den sie seit Sekunden durch kräftiges ziehen und rütteln zu erweitern versuchte. Bislang verblich – und doch ihre einzige, ihre letzte Chance.

„Konzerntrier dich“, dachte sie. „Hör auf zu zappeln und überlege dir einen Plan!“

Der Schlüssel waren die Hände. Ihre Arme waren zwar durch das Seil vergleichsweise fest an den Oberkörper gebunden, doch nicht aneinander. Die Hände hatte sie frei.

Der Radius war jedoch zu klein, um damit das Tau entscheidend zu lockern. Aber immerhin gelang es ihr nach einigen Versuchen, die Arme innerhalb der Fesseln so weit zu verschieben, dass sie mit den Fingerspitzen in ihre Hosentasche greifen konnte.

In der rechten ertastete sie den Schokoriegel, den sie sich beim Inselkaufmann geholt und danach völlig vergessen hatte. Er war bestimmt inzwischen plattgedrückt, vor allem aber keinerlei Hilfe in ihrer jetzigen Situation.

Mehr Hoffnung machte ihr, was sie auf der anderen Seite erfühlte und was nicht weniger in Vergessenheit geraten war. Es handelte sich um das Taschenmesser, das Reto am Vortag in der Scheune von Bauer Meyer gefunden hatte, als sie auf der Suche nach Manuel gewesen waren. Und das Kamil ihr schließlich auf Scharhörn geschenkt hatte.

Doch noch fühlte sie lediglich mit Zeige- und Mittelfinger die Oberseite des Griffes. In mühsamer Millimeterarbeit versuchte sie, ihren gefesselten Arm so zu verrenken und zu strecken, dass ihre Hand noch ein wenig tiefer in die Hosentasche glitt.

Doch so sehr sie sich auch anstrengte, es war nicht genug. Das Messer lag einfach zu tief in ihrer Hosentasche. Das Zittern ihrer Hände, das zunehmende Schaukeln des Bootes und das Klopfen ihres Herzens sorgten sogar dafür, dass sie es versehentlich mit den Fingerspitzen noch ein wenig weiter nach unten drückte.

Martina, Reto und der kleine Manuel rasten über das Meer durch die dunkle Nacht ins Verderben hinein und es schien als könne nichts und niemand den verrückt gewordenen Ranger aufhalten.

57

Malte mochte sich gut mit Vögeln auskennen, mit Booten schien er jedoch seine Schwierigkeiten zu haben. Seine Leistungen als Skipper waren eine Katastrophe. Er fuhr das Boot im Zickzackkurs, beschleunigte und bremste abwechselnd, nahm eine scharfe Kurve nach der nächsten. War er etwa lebensmüde, wollte sie im Stil eines Kamikazepiloten am nächsten Felsen zum Kentern bringen?

Wäre der Stuhl, auf dem sie saß, nicht fest am Boden angeschraubt, wäre Martina längst umgefallen. Auch den Brechreiz musste sie mit aller Macht unterdrücken.

Martinas Gedanken kreisten nur noch um diverse Horrorszenarien. Die Frage war nicht mehr, ob sie sterben würde, sondern wann und wie. Gelähmt von ihrer Todesangst wäre ihr beinahe gar nicht aufgefallen, was sich in einer der Kurven in ihrer Hosentasche abgespielt hatte: Das Messer war wieder nach oben gerutscht, ragte jetzt sogar ein kleines Stück sichtbar hinaus!

Sofort kehrte Adrenalin in ihren Körper zurück, befreite sie aus ihrer Panik und Starre und gab ihr die Kraft, das Messer diesmal vorsichtig und Schritt für Schritt aus der Tasche zu ziehen. Es mit einer Hand auszuklappen war ebenfalls eine Herausforderung, für deren Bewältigung sie gefühlte Ewigkeiten brauchte.

Das Schiff fuhr jetzt etwas ruhiger, so dass sie Angst hatte, er könnte es jeden Moment zum Stehen bringen und zurück in die Kajüte kommen. Sie bog ihre bereits schmerzende Hand so gut es ging nach oben und begann, an dem ersten Seil zu sägen, doch das Messer war schrecklich stumpf. Es dauerte eine weitere Ewigkeit, bis ihr mühsames Werken erste Erfolge zeigte und das Tau langsam rissig wurde.

Immerhin lockerten sich die Seile um sie relativ schnell etwas, nachdem sie es an nur einer Stelle durchtrennt hatte. So routiniert der Junge sie auch angebunden hatte, ein Fesselkünstler war er nicht. Ohne das Messer loszulassen ging sie wieder dazu über, durch Wackeln und Ziehen einen Weg aus den Schlingen um ihren Oberkörper zu suchen.

Auf einmal spürte sie etwas Warmes an ihrem Hosenbein. Es war Reto, der auf sie erbrochen hatte. Der Ärmste war zwar benommen, schlief aber nicht. Er hatte sich, soweit Martina wusste, noch nie übergeben, er war ja keine Katze. Und seekrank wurde er eigentlich auch nicht. Vielleicht vertrug er die Schlaftablette nicht, vielleicht war ihm aber auch, so wie seinem Frauchen, übel vor Angst. Er winselte und sah sie aus großen, traurigen Augen entschuldigend an. Wie gern hätte sie ihn gestreichelt, aber noch saßen ihre Fesseln zu fest und konnte sie ihm wegen des Klebbands auf dem Mund nicht einmal gut zureden.

Plötzlich ertönte ein lauter Knall. Erst dachte Martina an einen Schuss, doch als unmittelbar danach der Motor zunächst aufheulte und dann ganz stoppte und das Boot zum stehen kam, war ihr klar, dass irgendetwas kaputt gegangen sein musste.

Sie hörte Schritte, er kam zurück. Und mit ihm die Panik. Sie hatte es nicht ansatzweise geschafft, sich zu befreien. Ihre einzige Chance war das Messer, dass sie wieder in die Hosentasche gesteckt hatte, aber so, dass sie hoffentlich schnell daran kommen würde. Auch wenn es vermutlich viel zu stumpf war, um ihren Entführer damit zu überwältigen.

„Was ist denn das?"

Er sah angewidert auf das Erbrochene zu Martinas Füßen.

Martina versuchte zu antworten, doch da jede Bewegung der Lippen schmerzte und man sie eh nicht verstand, ging sie lieber zu Summlauten und Stöhnen über.

„Warum schläft der Hund noch nicht?"

Reto wirkte zwar nicht mehr besonders wach, war aber in der Tat noch im Stande, sich neben Martina zumindest auf die Vorderpfoten aufzustellen und ein Knurren in Richtung des Mannes herauszubringen.

Zu ihrer Überraschung tat er einen Schritt auf sie zu und riss ihr das Klebeband wieder ab. Es brannte zwar wie Feuer, aber die Erleichterung war größer als der Schmerz. Wenn er wollte, dass sie mit ihm sprach, war vielleicht doch noch nicht alles vorbei.

„Was haben Sie denn jetzt vor? Das bringt doch alles nichts."

Er machte sich erneut an den Tabletten zu schaffen, füllte ein Glas mit Wasser und reichte ihr gleich zwei der kleinen Pillen. „Schnauze halten. Nehmen Sie die!"

„Warum? Sie müssen das nicht tun, wir können uns doch unterhalten über alles…"

„Nehmen Sie die Tabletten, in Ihrem eigenen Interesse! Ich bin kein Unmensch. Ich will nicht, dass Sie unnötig leiden."

Eigentlich hatte sie sich eben noch vorgenommen, Verständnis zu heucheln und ihn so zu beschwichtigen, aber so wie er sprach, war das einfach unmöglich. „Sie sind krank, geisteskrank, völlig gestört!"

„Mag sein. Aber nicht so krank wie die Gesellschaft. Sie bestraft meine Art zu lieben, nur weil sie sie nicht versteht."

Eine Liebe, die daraus besteht, Kinder umzubringen, hätte sie am liebsten erwidert, riss sich aber diesmal zusammen. Er hörte sich also doch ganz gern reden, und jedes Wort, das er sagte, verlängerte die Zeit, die ihr blieb, um sich einen Plan zu überlegen, wie sie alle das hier doch noch überleben konnten.

„Dann erklären Sie es mir, ich will es wirklich verstehen."

„Da gibt es nicht viel zu erklären. Ich liebe Manuel und er liebt mich. Mit allem was dazugehört. Ich zwinge ihn zu nichts, wie Sie gesehen haben."

Am liebsten hätte sie wie Reto auf den Boden gekotzt, so falsch und verlogen war das alles.

„Und was hat Leon damit zu tun?"

„Manchmal passiert es eben, dass man, obwohl man glücklich mit jemandem ist, sich neu verliebt, oder?"

Sie musste unwillkürlich an ihren Ex-Mann denken, verdrängte den Gedanken aber schnell wieder, denn auch wenn er ein Schwein war – sich mit einem Triebtäter und Mörder vergleichen lassen zu müssen, das hatte er nicht verdient.

„Jedenfalls war ich fasziniert von ihm. Und er offenbar auch von mir. Am Anfang war er es, der mir gefolgt ist, heimlich durch den Nationalpark hinter mir hergeschlichen."

Sie dachte an die Witterung, die Reto während der Führung mit der Rentnergruppe aufgenommen hatte. War es vielleicht Leon gewesen, der sich in den Salzwiesen versteckt hatte?

„Ein so schlauer Junge und doch noch ein richtiges Kind, wunderschön, unschuldig, ein bisschen naiv. Sie kannten ihn ja auch, ich denke, Sie wissen, was ich meine."

„Aber war er wirklich so naiv, dass er dachte, Sie wären eine Romanfigur?"

„Ich habe schnell gemerkt, dass er Schwierigkeiten mit dem Lesen hat. Legasthenie, vermutlich. Er war ein Einzelgänger und hat das Buch bloß benutzt, um sich dahinter vor den anderen zu verstecken. Ich konnte mit meinem Fernglas direkt in sein Zimmer sehen. Über Seite 10 ist er nicht hinaus gekommen. Ich kenne die Blyton-Bücher, hab gleich noch einmal nachgelesen, und da dachte ich, dieser Bill, das passt zu mir. Das wird ihm gefallen. Und tatsächlich, wir hatten eine Menge Spaß mit unseren Abenteuern."

„Haben Sie ihn… angefasst?"

„Das geht Sie gar nichts an."

Also ja. Wieder kämpfte sie gegen akuten Brechreiz und es hatte nicht das Geringste mit dem Wellengang zu tun, der das Boot selbst im Stehen durchschaukelte und in Schieflage brachte. „Musste er deshalb sterben?"

„Ich habe Leon nicht umgebracht. Es war ein Unfall. Die komischen Tropfen, die er im Stall gefunden hat, waren einfach zu stark."

Sie spürte, wie Tränen über ihre Wangen flossen. Nun hatte sie es endlich erreicht, sie hatte den Mörder gefunden, zum Reden gebracht. Und doch spürte sie keinerlei Genugtuung, da sie wusste, er würde weiterhin ungesühnt bleiben, niemand jemals davon erfahren, denn er wurde in seinem Wahn auch ihr Leben bald schon auslöschen.

„Er hat aber noch gelebt, hätte gerettet werden können!"

„Das glaube ich nicht! Ich habe schon viele Tiere wiederbelebt, bei ihm hat nichts funktioniert."

„Wenn er mit dem Hubschrauber sofort ins Krankenhaus geflogen worden wäre, dann hätte man ihm den Magen auspumpen können."

Der Mann, der in Martinas Augen trotz dieser haarsträubenden Rechtfertigungsversuche noch immer ein eiskalter Mörder war, zögerte kurz, als würde er zum ersten Mal über diese naheliegende Möglichkeit nachdenken.

„Aber dann hätte er Manuel verraten."

Also doch – Mord.

„Was hat Manuel damit zu tun?"

„Er war es, der die Tropfen im Stall gefunden hatte. Was muss er auch immer über die ganze Insel herumstreunen. Beim Abendbrot im Landschulheim, kurz nachdem ich Leon zum letzten Mal lebend getroffen und wir uns so nah wie noch nie gekommen waren, hat er sie ihm dann in den Tee gekippt, heimlich. Ohne mein Wissen. Als ich ihn nach dem Essen wie vereinbart abholen wollte, ist er noch auf dem Weg zum Boot in meinen Armen eingeschlafen. Da habe ich es erst verstanden. Mein kleiner Schatz kann leider furchtbar eifersüchtig sein!"

Das war alles auf so viele Art krank und falsch, sie hätte ihn so gern angeschrien, doch sie biss sich auf die Lippen.

„Ich verstehe. Sie wollten die ganze Zeit nur Manuel schützen. Deswegen haben Sie das Betäubungsmittel auch Kamil untergeschoben, das waren Sie und nicht der alte Meyer, oder? Woher hatten Sie den Schlüssel?"

„Es war ja nicht mal abgeschlossen."

Ihre Wut wuchs immer weiter. Nicht nur, dass er zu feige war, zu seinen Verbrechen zu stehen – er schob sie auch noch einem Unschuldigen in die Schuhe! Doch es war sinnlos, einen solch selbstgefälligen, selbstmitleidigen und realitätsfremden Täter damit zu konfrontieren. Sie atmete tief durch und startete stattdessen einen weiteren Versuch, ihn um den Finger zu wickeln.

„Trotzdem, das Wichtigste ist: Leons Tod war nicht geplant, ein Unfall, wie Sie sagen. Das wird jeder Richter verstehen. Wenn Sie sich jetzt stellen, sind Sie wahrscheinlich doch noch kein Mörder, gehen nicht Ihr Leben lang ins Gefängnis."

„Ich gehe mit Sicherheit gar nicht ins Gefängnis, keinen einzigen Tag. Ich bin wie meine Vögel, ein freies Wesen. Mich sperrt niemand ein. Wissen Sie, was mit den Zugvögeln passiert, wenn Sie zu schwach sind, weiterzufliegen? Sie lassen sich einfach fallen. Vom Himmel ins Wasser."

Schlagartig verstand Martina, was gerade geschah. Es war nicht der Wellengang, der das Boot in zunehmende Schieflage brachte. Es war ein Leck. Mit Absicht herbeigeführt. Ein erweiterter Suizid.

Sie waren dem Untergang geweiht, im wahrsten Sinne des Wortes.

58

„Wenn Sie sich umbringen wollen, dann lassen Sie Manuel und mich doch wenigstens frei."

Eine stille Träne lief aus seinem linken Auge. Ansonsten zeigte sein Gesicht keinerlei emotionale Regungen, wirkte wie versteinert.

„Ohne mich hat Manuel keine Chance auf dieser furchtbaren Welt. Niemand liebt ihn so wie ich, nicht einmal seine Mutter. Wir gehören zusammen, auch im Jenseits. Für immer. Dort wird er niemals erwachsen, bleibt für immer mein Kleiner."

Sie wusste, dass das, was sie gleich sagen würde, fast genau so schlimm und falsch war wie das verlogene Geschwafel des lebensmüden Mörders, aber sie tat es dennoch, der Überlebenswille war größer: „Und warum lassen Sie Reto und mich dann nicht wenigstens gehen? Was haben wir damit zu tun?"

Immerhin erkannte sie im Gesicht des bärtigen jungen Mannes, im schnellen Hin- und Herwandern seiner Pupillen und dem zusammengekniffenen Mundwinkeln, dass diese Forderung ihn verunsichert hatte. Trotz seiner dramatischen, hochtrabend klingenden Worte waren seine Handlungen impulsiv und undurchdacht.

„Das haben Sie sich alles selbst zuzuschreiben. Ich fahre jetzt nicht mehr zurück. Mitgehangen, mitgefangen. Selber Schuld. Was müssen Sie sich auch einmischen. Ich konnte Sie und Ihren Köter von Anfang an nicht ausstehen."

„Das ist ein verdammt schwaches Argument für einen Mord. So sind Sie doch eigentlich gar nicht. Sie wollen doch kein Mörder sein! Lassen Sie mich frei, Sie müssen nicht zurückfahren. Nehmen Sie mir doch bloß die Fesseln ab, mir tut alles weh, ich bitte Sie!"

Bei aller Verrücktheit war er schlau genug, nicht darauf reinzufallen.

„Seien Sie still. Es ist vorbei." Er schnappte sich eine Wasserflasche und nahm die Tabletten, die er zuvor Martina angeboten hatte, selbst. Sie betete, dass sie bei ihm schnell wirken würden und sie so doch noch eine Chance hatte, sich unbemerkt zu befreien.

Doch es kam anders, besser: Er begab sich hinter den Vorhang, wollte offensichtlich an der Seite von Manuel einschlafen. Unmittelbar nach seinem Rückzug setzte sie ihre bereits recht fortgeschrittenen und mit der Rückkehr des Mannes schlagartig eingestellten Bemühungen fort, sich aus den Fesseln zu befreien.

Nachdem das erste Tau ja dank des Messers bereits durchtrennt war, ging es einfacher als gedacht. In weniger als einer Minute hatte sie den Oberkörper schließlich befreit und machte sich an den Fußfesseln zu schaffen. Das stellte sich leider als komplizierter heraus, denn auch hier musste sie zunächst mühsam eine Stelle mit Kamils stumpfem Messer anschneiden.

Von irgendwoher drang bereits das Geräusch fließenden Wassers. Das Boot lag mittlerweile so schief, dass Reto Mühe hatte, sich zu ihren Füßen zu halten und nicht in den hinteren Bereich der Kajüte zu rutschen. Immerhin, er war zwar benommen, aber bei Bewusstsein. Hoffentlich hatte er das meiste von den Tabletten wieder ausgespuckt, bevor sie ihre volle Wirkung entfalten konnten.

Da sie davon ausgehen musste, dass Malte ebenfalls noch nicht eingeschlafen war, verhielt sie sich so leise wie möglich, doch als sich die Seile um ihre Beine endlich lösten und sie aufstand, passierte es doch: Sie ließ vor Aufregung das Messer fallen, das mit einem stumpfen Knall auf den hölzernen Fußboden prallte.

Sie hob es auf, blickte ängstlich zum Vorhang, doch bis auf das bedrohlich plätschernde Wasser blieb alles ruhig, also machte sie sich auf den Weg in Richtung der Tür. Zum Glück lag sie im hinteren Teil, jenem, der nach oben und nicht bereits in Richtung des Meeresgrundes ragte.

Reto versuchte, ihr zu folgen, doch es war zu steil oder er zu schwach oder beides, so dass sie den schweren, großen Border Collie – alles andere als ein Schoßhündchen – auch noch an seiner Leine mit aller Kraft ziehen musste.

Als sie beide draußen an Deck waren, sah sie mit Schrecken, dass das Boot bereits merklich sank – der Bug befand sich schon fast unter Wasser. Am Steuer fehlten Zündschlüssel und Funkgerät, waren auch nirgendwo zu finden, bestimmt hatte er beides nach seiner Irrfahrt und dem dabei langsam gereiften Entschluss, ihrer aller Leben ein Ende zu bereiten, über Bord geworfen.

Mit zitternder Hand kramte sie ihr Handy hervor, versuchte verzweifelt, erneut die 110 oder 112 zu erreichen, aber hier auf dem offenen Meer gab es natürlich keinen Empfang.

Es war zum Verzweifeln. Sie hatte sich befreit und war doch gefangen. Nirgendwo waren die Lichter der Insel oder gar des Festlands zu sehen, sie befanden sich mitten auf der Nordsee, niemals würden sie es schaffen, an Land zurückzuschwimmen.

Trotzdem machte sie sich auf die Suche nach den Schwimmwesten. Martina hatte zwar keine große Ahnung von Sportbooten, aber sie war sich sicher, dass es auf jedem ein gewisses Rettungsequipment geben musste.

Mühsam und mit beiden Händen am Geländer tastete sie sich voran. Inzwischen war es auch völlig dunkel an Bord, der Strom war ausgefallen. Zum Glück war die Nacht klar, zwar mondlos, aber die Sterne spendeten ein wenig

Licht, so dass sie eine Kiste mit einem grünen Aufkleber fand, der eine Schwimmweste zeigte. Sie ließ sich öffnen, zum Glück. Martina leuchtete mit der Taschenlampe hinein – sie war leer!

Er hatte trotz seines Wahns sogar daran gedacht, die Rettungswesten über Bord zu werfen. Ihre Zuversicht, diesen Albtraum zu überleben, sank im selben Maß wie das Boot: immer schneller.

Doch dann entdeckte sie doch noch etwas in der Kiste, das er übersehen haben musste. Erst dachte sie, es würde sich um einen Spielzugrevolver von Manuel handeln, doch dann erkannte sie, was es wirklich war: eine Leuchtpistole, mit der sie womöglich andere Schiffe auf sich und ihre Notlage aufmerksam machen konnte.

Tatsächlich sah sie in der Ferne irgendwo ein sich langsam bewegendes Licht, sehr weit weg allerdings. Trotzdem, sie musste es versuchen, hatte keine andere Wahl.

Der Schuss sorgte jedoch nicht nur für einen bunten, feuerwerksartigen Leuchteffekt am Himmel, sondern verursachte beim Lösen auch einen lauten Knall, der weithin hörbar war. Auch in der Koje.

Es dauerte keine halbe Minute, da erkannte sie die Umrisse des Mannes in der Tür. Er schwankte auf sie zu, was sowohl an der Schieflage, als auch an seiner Benommenheit liegen konnte.

„Bleiben Sie stehen oder ich schieße!“ Sie zielte mit der Pistole auf ihn, war sich bewusst, dass sie dafür nicht gedacht war. Dennoch probierte sie es. Aber die senkrecht abgegebene Leuchtrakete streifte ihn bloß, ging kurz hinter der Reling ins Wasser.

„Geben Sie mir das Ding, sofort!“ Seine Stimme klag noch immer erstaunlich fest. Er machte einen großen Schirrt auf sie zu. Reto stellte sich neben ihr auf, so gut er konnte und bellte.

Martina klammerte sich an die Signalpistole, dachte gar nicht daran, sie ihm zu geben, immerhin war es ihre letzte Hoffnung. Wenn er sie haben wollte, musste er sie sich schon holen. Falls er von der Tablette schon geschwächt war, hatte sie vielleicht eine Chance, sich gegen ihn zu wehren.

Während sie noch darüber nachdachte, wie sie seinen unmittelbar bevorstehenden Angriff am besten erwidern konnte, war es auf einmal doch der friedfertige und bislang an diesem Abend so wenig aktive Reto, der zur Attacke überging – und den Peiniger seines Frauchens in die Wade biss!

„Aua, aua!“ Er hielt sich das Bein, der Biss musste gesessen haben und Martina nutzte seine Ablenkung, um sich mit aller Kraft gegen seinen Körper zu schmeißen. Der Mann geriet ins Schwanken, hielt sich an der Reling und bevor er sich wehren konnte, wich sie zurück, nur um noch einmal Anlauf zu holen und zum zweiten, entscheidenden Schlag anzusetzen. Sie rammte ihn mit jedem Pfund, das ihrem nicht gerade grazilen Körper zur Verfügung stand und der schmale, schlanke Kerl geriet tatsächlich ins Kippen, konnte sich trotz seines Kräftevorsprungs nicht mehr vernünftig halten. Beim dritten Mal bedurfte es nur noch eines beherzten Schubsers mit beiden Händen und er ging kopfüber von Bord, prallte ins Wasser wie ein Sack Mehl.

Das Gefühl des Triumphs währte nur kurz, denn auch wenn sie sich gerade eines Mörders entledigt hatte, waren sie noch lang nicht in Sicherheit, den sein mörderisches Werk – das Boot Leck zu schlagen – hatte er bereits vollbracht.

Täuschte sie sich oder näherte sich das Licht dort am Horizont? Es konnte kein großes Boot sein, wenn es denn überhaupt eines war und nicht bloß eine beleuchtete Boje oder ein winziges Signalfeuer auf irgendeiner Sandbank. Aber solche Seezeichen bewegten sich ja für gewöhnlich nicht.

Sie gab erneut einen Schuss ab, fast euphorisch, winkte mit den Händen, obwohl man sie auf diese Distanz in der Dunkelheit kaum erkennen würde. Kaum war der Schuss abgegeben und das kurze rote Flackern am Himmel und in der Spiegelung des Meeres wieder erloschen, wollte sie nachlegen, doch sie musste ernüchtert feststellen: Sie hatte ihre Munition verschossen! Hätte sie doch bloß damit gewartet, bis das vermeintliche Boot noch ein wenig näher an ihr vorbeigefahren wäre, dann hätte man sie vielleicht eher gesehen…

Martina hörte Malte unbeholfen im Wasser herumplanschen, ertrunken war er also nicht. Das Boot lag zwar inzwischen zumindest im vorderen Bereich recht tief im Wasser, die Reling durfte jedoch noch immer nicht vom Meer aus ohne Weiteres zu erklimmen sein. Hoffte sie zumindest, denn er rief jetzt sogar mit jammernder Stimme um Hilfe. Einen Teufel würde sie tun. Hatte er nicht ohnehin gerade noch sterben wollen? Selbst wenn sie sich entschlossen hätte, ihn zu retten – es waren ja offenbar nicht einmal mehr Schwimmwesten an Bord.

Statt sich also um den Ranger zu scheren, streichelte sie mit einer Hand Reto, mit der anderen hielt sie sich am Geländer fest, während ihre Augen nur auf dem Licht am Horizont ruhten. Sie starrte so angestrengt, dass ihr schon etwas schlecht wurde. War es nur ihr eigenes Boot, das sich zunehmend bewegte oder tat sich da wirklich etwas, kam das andere Schiff ihnen näher? Sie wusste nicht mehr, was Wirklichkeit war, was Wunschdenken.

Nur eines stand fest: Es blieb ihnen nicht mehr viel Zeit. Martina kannte die dramatischen Fernsehaufnahmen von riesigen Schiffen, die binnen kürzester Zeit sanken, wenn erst einmal eine gewisse, kritische Menge an Wasser eingedrungen war. Insofern grenzte es schon an ein Wunder, dass sie sich noch immer vergleichsweise gemächlich dem Abgrund näherten. Das Leck war wohl wirklich nicht besonders groß.

Sie überlegte verzweifelt, wo es sich wohl befinden könnte und ob sie in der Lage wäre, es zu stopfen, doch ihre nautischen Kenntnisse waren einfach zu gering, um sich einen Reim auf die Schieflage des Bootes zu machen. Hatte er einen Unfall herbeigeführt, waren sie auf ein Riff gefahren? Dann wären sie wohl schon längst gesunken. Also doch Sabotage, gab es irgendwo einen Stöpsel, den man vielleicht einfach nur wieder einstecken musste?

Sie hockte sich hin und kroch über den Boden in den tieferen, sich bereits absinkenden Vorderbereich der Yacht, doch auch hier konnte sie nichts Auffälliges erkennen. Es war aussichtslos.

Doch dann hörte sie es plötzlich. Nicht das eindringende Wasser, sondern ein Motorengeräusch. Noch weit entfernt, aber langsam anschwellend. Sie sah über die Reling und diesmal bestand kein Zweifel: Das Licht kam näher.

Obwohl sie noch immer nicht gerettet waren, fühlte es sich an, als würde sie gerade zum zweiten Mal geboren.

59

Es war kein Polizeischiff, so viel stand schon einmal fest, dafür war es zu klein, die Beleuchtung zu schwach. Und doch hielt Martina es für möglich, dass sich an Bord Robert Bremer befinden würde. Vielleicht war er auf eigene Faust zurückgekehrt, weil ihm der Fall ebenso wie ihr keine Ruhe ließ. Und nun würde er sie nicht bloß retten, sondern hoffentlich auch den Mörder festnehmen.

Das Schlauchboot kam wenige Meter vor der Yacht zum Stehen. Martina erkannte die Umrisse einer Frau und obwohl es doch eigentlich egal war, *wer* sie rettete, Hauptsache sie wurden gerettet, legte sich ihre Euphorie ein wenig. Spätestens als Blitzlicht einsetzte und sie erahnte, um wen es sich handelte: Gentiana Ayhan – ausgerechnet.

„Frau Ayhan?!“, schrie Martina, so laut sie konnte. Den Motor hatte die Paparazzi-Tussi nämlich nicht ausgemacht. „Hören Sie verdammt noch mal auf damit und helfen Sie mir lieber! Wir versinken hier!“

Sie legte die Kamera beiseite, machte den Motor aus.

„Frau Martens, sind Sie das? Sind Sie alleine?“

Natürlich hatte sie nicht vergessen, dass irgendwo da unten ja auch noch ein Mörder herumschwamm. Da es jedoch verdächtig ruhig war, hatte sie die unmoralische Hoffnung, er wäre zwischenzeitlich abgesoffen.

„Nein, Manuel ist auch an Bord und schläft, Malte, der Ranger aus dem Nationalpark, ist der Täter, er ist über Bord gegangen, passen Sie auf, er…"

Zu spät. Er war doch nicht ertrunken, sondern schien sich mit letzter Kraft an das Schlauchboot herangearbeitet haben, versuchte, sich hochzuziehen, wie im Licht des Schiffsscheinwerfers von Gentiana Ayahn jetzt deutlich zu erkennen war.

„Lassen Sie ihn nicht hochkommen, er ist verrückt, er will uns alle umbringen!"

Ihr war aus eigener Erfahrung durchaus bewusst, dass die Reporterin wenig Skrupel hatte, doch was sie dann tat, hätte Martina ihr nicht zugetraut: Eiskalt trat sie dem Mann mit dem Absatz ihrer markigen Stiefel auf die Finger. Schreiend ließ er vom Boot ab, plumpste wieder ins Wasser, jedoch nur für einen kleinen Moment, denn sofort unternahm er einen neuen Versuch.

Doch diesmal war die taffe Reporterin vorbereitet, ließ ihn ins Leere greifen, indem sie den Motor wieder startete und das Boot mit voller Geschwindigkeit in Bewegung setzte.

Das wiederum versetzte Martina in Panik. Gentiana Ayhan brachte doch nicht etwa nur sich selbst in Sicherheit? Selbst wenn sie Hilfe holen wollte, könnte es für sie, Reto und das Kind zu spät sein!

Doch zum Glück fuhr sie nur eine scharfe Kurve, kehrte wieder um und steuerte erneut die Yacht an, diesmal noch näher, kam unmittelbar vor der Stelle zum Stehen, an der Martina sich an die Reling klammerte.

„Springen Sie auf, schnell!"

„Was ist mit dem Jungen?"

„Wir haben keine Zeit."

Nein, niemals. Nicht noch einmal. Kein weiteres totes Kind!

„Er wird nicht sterben", schien Gentiana Ayhan ihre Gedanken erraten zu haben. „Hilfe ist unterwegs."

Martina bezweifelte, dass das stimmte. Wer sollte die denn verständigt haben – und wie? Das Schlauchboot sah nicht so aus, als wäre es mit einer Funkanlage ausgestattet und Handyempfang hatte die Reporterin hier bestimmt ebensowenig wie sie.

„Ich bin gleich wieder hier, halten Sie die Stellung und passen Sie auf den Ranger auf!"

Ohne eine Antwort abzuwarten, wankte Martina in Richtung der Kajüte. Reto folgte ihr, eher rutschend denn laufend. Die Tür ließ sich nur schwer öffnen und als es ihr schließlich gelang, wusste sie auch, warum. Der Boden des Innenraums hatte sich bereits knöchelhoch mit Wasser gefüllt.

„Manuel! Wach auf! Komm her!"

Keine Reaktion. Was auch nicht verwunderlich war. Sein Körper war schließlich noch klein und reagierte entsprechend stark auf die Schlaftabletten.

Sie watete durch das Wasser, das naturgemäß immer tiefer wurde, je weiter sie in den vorderen, sich fortgesetzt absinkenden Bereich kam. Es war völlig dunkel in dem engen Raum und trotz des Lichts aus ihrem Handy wäre sie beinahe gegen den Stuhl gelaufen, an dem sie bis vor Kurzem noch gefesselt gewesen war. Die Seile schwammen mittlerweile am Boden. Sie zog den durchnässten Vorhang zur Koje beiseite. Der Körper des Jungen lag reglos im oberen, noch trockenen Bett, von der Schieflage gegen die Wand gedrückt, doch sie sah, wie sein Brustkorb sich auf und ab bewegte. Zum Glück keine Überdosis, er lebte!

Und wog mehr als gedacht. Als sie merkte, wie schwer es ihr fiel, ihn hochzuheben, rüttelte sie an seiner Schulter, tätschelte seine Wangen, in der Hoffnung, ihn aufzuwecken, doch es kam keine Reaktion.

Also musste sie ihn doch tragen, noch dazu durch das Wasser und bergauf. Unter großem Ächzen und Stöhnen stemmte sie ihn auf ihre Arme, kam jedoch nur in Zeitlupe voran, da jeder Schritt sie beinahe das Gleichgewicht kostete. Reto schwamm unbeholfen neben ihr.

Mit letzter Kraft schaffte sie es hinaus auf die Reling, wo sie den reglosen Jungenkörper so vorsichtig wie möglich ablegte. Erschrocken stellte sie fest, dass sie inzwischen schneller sanken, der Meeresspiegel war mittlerweile selbst vom höchsten Punkt des Schiffes in Griffweite.

Vor allem aber keine Spur mehr von Gentiana Ayhan!

War sie tatsächlich abgehauen, hatte Martina, Reto, Manuel und den Mörder ihrem Schicksal überlassen? Oder hatte letzterer sie doch noch überwältigt, die Kontrolle über das Schlauchboot übernommen und war getürmt?

Nein, das war er nicht. Sie hörte ein Stöhnen und drehte sich schlagartig um. Der Ranger hatte es zurück an Bord seines sinkenden Schiffes geschafft. Er kroch auf allen Vieren und im Schneckentempo in ihre Richtung.

„Stopp, keinen Schritt weiter, sonst lasse ich Reto wieder auf Sie los!"

Sie leuchtete ihm mit dem Licht ihres Telefons direkt ins Gesicht. Tatsächlich bewegte er sich nicht mehr. Er sah völlig fertig aus, war vermutlich ebenso unterkühlt wie übermüdet, von ihm ging hoffentlich keine Gefahr mehr aus. Umso erstaunter war sie, als ihm ein irres Lachen entfuhr.

„Es ist vorbei. Es ist sowieso alles vorbei."

„Was haben sie mit der Frau gemacht, wo ist das Schlauchboot?"

Es kam keine Antwort, nur ein gurrendes Lachen. Danach fielen ihm die Augen zu, Martina wusste nicht, ob vor Erschöpfung oder ob er in Ohnmacht gefallen war und es interessierte sie auch nicht. Alles, woran sie denken konnte, war die Reporterin.

War es zu glauben, dass diese Frau sie ein zweites Mal verraten hatte? Oder tat sie ihr Unrecht, hatte er sie k.o. geschlagen und das Motorboot mit Hochgeschwindigkeit ins Nirwana geschickt?

Egal welche Variante sie sich ausmalte, es endete immer gleich: Sie würden untergehen. Ersaufen. Es ging nun wirklich schnell, eine Sache von Minuten. Sie fror jetzt schon, durch das Waten im Wasser in der Kajüte zog ihr die Feuchtigkeit und die Kälte von den Füßen langsam den Körper hinauf. Wie lange hielt man es aus, bei diesen Temperaturen in der herbstlich-kalten Nordsee bei Nacht? Und selbst wenn sie das physisch irgendwie überleben sollte, wusste sie, dass sie psychisch daran zu Grunde gehen würde, erneut den Tod eines Kindes zu verantworten. Denn unmöglich würde sie den betäubten Manuel auch noch retten können, wenn sie erst einmal untergegangen waren.

Ganz zu schweigen von Reto, der zwar ein guter Schwimmer war, aber Leben retten, das konnte er nur an Land und nicht zu Wasser.

Sie kuschelte sich an beide, an ihren geliebten Hund und an den unbekannten Jungen, versuchte, sie gleichermaßen warm zu halten und auch etwas von ihrer Wärme abzubekommen.

Martina dachte an alles, was ihr lieb war, es war nicht viel. Ihre Tochter, von der sie sich nicht hatte verabschieden können. Reto, der alles für sie tat und den sie nun doch rücksichtslos mit ins Verderben gezogen hatte.

Sie dachte an den kleinen Leon und auch wenn sie vor langer Zeit aufgehört hatte, an den lieben Gott und den Himmel und dergleichen zu glauben, so keimte die Hoffnung auf, ihn dort, wo sie nun bald hinkommen würde, vielleicht wiederzusehen.

Sie würde ihn um Verzeihung bitten, genauso wie den Jungen, der sich umgebracht hatte, Sekunden bevor Reto und sie ihn gefunden hatten.

Ihr fiel Kamil wieder ein, wie wunderschön er war, und zum ersten Mal bereute sie es nicht mehr, sich auf ihn eingelassen zu haben. Er hatte eine Leidenschaft in ihr entfacht, von der sie dachte, sie wäre für immer erloschen gewesen.

Trotz all dieser schönen Erinnerungen liefen ihr die Tränen in Strömen über das Gesicht. Die Todesangst war tödlicher Gewissheit gewichen, statt Panik spürte sie eine völlige Lähmung, aus der sie auch ein lauter Knall nicht zu lösen vermochte. Irgendetwas im Inneren der Yacht war gebrochen. Wasser kam jetzt gefühlt von allen Seiten. Sie kroch so hoch es ging nach oben, doch die Schwerkraft zog erbarmungslos an ihr und vor allem an Manuel und

Reto, ließ sie unaufhörlich wieder zurück in die Nähe des sie nun unmittelbar umringenden Meeres rutschen.

In das Rauschen des Wassers und das Plätschern der Wellen mischte sich ein anderes, deutlich leiseres Geräusch aus weiter Ferne. Martina war noch immer in ihrer apathischen Schockstarre gefangen, aber Reto mit seinem feinen Gehör hatte es längst wahrgenommen, richtete sich auf und bellte so laut er konnte in den Wind.

Sein Frauchen hob den Kopf. Sie sah das Licht, bevor sie den Motor hörte. Am Horizont ein Schiff.

Ihr Kopf sagte ihr, dass es zu spät war, dass es vorbeifahren würde, sie unmöglich sehen konnte.

Doch ihr Herz hatte wieder Hoffnung geschöpft und ließ sie verzweifelt winken und schreien.

Als sie erkannte, dass sich das Licht ein weiteres Mal zu nähern schien, der Motorenlärm lauter wurde, da versagte sie sich dennoch jede Zuversicht, verbat sich jede Euphorie, denn es war ein Déjà-vu: Schon einmal hatte es an diesem Abend so ausgesehen, als wären sie gerettet.

Und doch konnte sie gar nicht anders, als weiterhin um Hilfe zu rufen, wild zu gestikulieren und ihr armes, strapaziertes und fast eingefrorenes Herz immer höher schlagen zu lassen.

Sie hörte erst auf, als sie sah, dass das Licht, das sie zunehmend blendete, nicht echt sein konnte. Es war so stark, so allgegenwärtig, das sie glaubte, zu erblinden. Und auch die Geräusche um sie herum waren dermaßen surreal laut und markdurchdringend, ein fast singendes Zischen wie aus Tausend Sirenen. Jeden Moment würde sie taub werden.

So ist es also, das Licht zu sehen, dachte sie sich. Keine sanften Himmelsflötenklänge, kein wärmender Sonnenstrahl. Sondern heller Krach und kalte Scheinwerfer. Der Tod fuhr schweres Geschütz auf.

Selbst als die feste Hand nach ihr Griff, sie hochzog in das Licht, als sich Wärme um ihren Körper legte und der Lärm nachließ, war sie sich sicher, einer letzten Illusion erlegen zu sein, ein letztes Mal vom Leben an der Nase herumgeführt zu werden.

Erst als Reto ihr mit seiner nassen Zunge einmal von oben bis unten durch ihr Gesicht fuhr, erwachte sie aus ihrem Delirium und begriff, was geschehen war.

Sie befand sich nicht im Jenseits. Sie befand sich in Sicherheit, an Bord eines Rettungsschiffes.

60

Sie trafen sich in einem dieser Szeneläden in Ottensen, in denen die bunt zusammengewürfelten Polstermöbel aussahen wie direkt vom Sperrmüll, der Spucknapf Espresso aber mehr kostete als ein Pfund Kaffee im Supermarkt. Natürlich war es nicht Martina, die das Lokal ausgesucht hatte.

„Toll, dass Sie gekommen sind und meine Entschuldigung annehmen, Frau Martens."

Als ob das Eine das Andere automatisch bedingte, dachte Martina sich, sagte aber nichts. Immerhin hatte diese Frau nicht nur ihr, sondern auch Reto und dem kleinen Manuel das Leben gerettet. Und war entscheidend mitverantwortlich dafür, dass Malte, in ihren Augen zweifelsfrei der Mörder, zwar überlebt hatte, seine Lungenzündung aber auf der Krankenstation des Untersuchungsgefängnis am Holstenglacis auskurieren durfte. Außerdem waren sie und Reto in den zahlreichen Artikeln, die sie seitdem über die Vorfälle auf Neuwerk geschrieben hatte, nur noch positiv weggekommen.

Was man von Martinas Wegbegleitern auf Neuwerk nicht gerade behaupten konnte. Alice Mehring hatte die Insel verlassen, wurde des Inzests und der Kindeswohlgefährdung beschuldigt und durfte Frank und Manuel, die in einer Wohngruppe in Alsterdorf untergekommen waren, nur noch stundenweise besuchen. Willi von Aschendorf war der Mietvertrag für sein Malerdomizil gekündigt worden, in der Folge hatte er die Insel ebenfalls verlassen – mit unbekanntem Ziel. Nun musste er sich für seine zoophilen Handlungen verantworten und war seit Gentiana Ayhans Enthüllungen als „perverser Pferde-Pinsler" zu größerer Berühmtheit gelangt, als er es mit seiner Kunst jemals vermocht hatte.

„Sie müssen mir glauben, das war mein Chefredakteur, der mir die Anspielungen in das erste Stück über Sie reinredigiert hat, der alte Macho! Ich weiß natürlich, dass Sie unmöglich etwas mit diesem Kamil hatten, er hätte ja ihr Sohn sein können!"

Martina verzog den Mund und tat schnell so, als läge es an dem wahrlich viel zu starken Tässchen Kaffee, das sie sich Sekunden zuvor auf ex genehmigt hatte.

„Na ja, mittlerweile ist er volljährig", sagte sie, als müsste sie sich tatsächlich für irgendetwas rechtfertigen. „Wir haben noch ab und zu Kontakt." Das war bloß die halbe Wahrheit, er reagierte nur sporadisch bis gar nicht auf ihre Nachrichten, aber immerhin hatte sie ihn im Netz gefunden und bekam so regelmäßig Bilder und Neuigkeiten von ihm zu sehen. Extra seinetwegen besaß sie nun einen Instagram-Account, er nannte sich dort noch immer wie sein dichtendes Vorbild, Cyprian Kamil Norwid. „Er hatte erst einmal genug von der Nordsee. Kaum dass er aus der U-Haft und nach seinem Geburtstag aus der Jugendeinrichtung entlassen wurde, hat er sich auf den Weg in die Alpen gemacht und dort einen Winter-Job angenommen."

„Aha", sagte Gentiana Ayhan. Es schien sie nicht sonderlich zu interessieren. Sie nippte an ihrem entfernt weihnachtlich-zimtig duftenden Chai-Latte-Heißgetränk, nahm einen winzigen Bissen von ihrem Cupcake und sah sie aus ihrem wie üblich jenseits der Unkenntlichkeit mit Schminke verunstalten Gesicht lächelnd an. „Aber mal ehrlich, der Bünabe ist doch viel mehr Ihr Typ, dieser Robert Bremer. Hat er sich eigentlich noch mal bei Ihnen gemeldet?"

Sie schüttelte mit dem Kopf. Seitdem die Beamten der Wasserschutzpolizei nach ihrer Rettung ihre Aussage aufgenommen hatten, herrschte polizeiliche Funkstille. Weder Robert Bremer noch die unmögliche Kommissarin Kosslowski hatten sich gemeldet, dabei wäre diese ihr doch wirklich eine Entschuldigung oder zumindest ein Dankeschön schuldig. Immerhin war es nicht zuletzt auch Martina zu verdanken, dass Leons Mörder und Manuels Peiniger sich demnächst vor einem Gericht verantworten würde.

„Wissen Sie, wann der Prozess startet?"

Die Reporterin zuckte mit den Schultern. „Der Justizquatsch und das Aktenstudium sind nicht so mein Thema. Macht ein Kollege, der bestens mit Staatsanwaltschaft und Co. vernetzt ist. Sie wissen, ich recherchiere lieber vor Ort, an der frischen Luft, da wo es gefährlich ist."

Da fiel Martina eine Frage wieder ein, die sie sich schon lange stellte. „Warum waren Sie an diesem Abend eigentlich mit dem Boot unterwegs? Das kann doch kein Zufall gewesen sein."

„Nein, war es wirklich nicht. Wir sind uns ähnlicher, als Sie denken. Also nicht äußerlich natürlich. Aber wir haben die gleichen Ideen, den gleichen Riecher. Die Boote waren mir schon ein paar Stunden vor Ihnen am Nachmittag aufgefallen, vor allem diese Yacht, doch anders als Ihnen ist es mir nicht gelungen, an Bord zu kommen. Vermutlich war der Junge allein, der Ranger nicht da. Ich konnte jedenfalls nichts erkennen, die Vorhänge waren zugezogen. Als ich abends noch einmal vorbeischauen wollte, war das Boot plötzlich nicht mehr da. Das Wetter war ja wieder besser, also bin ich trotz Dunkelheit noch mal raus, und siehe da, Volltreffer. Als ich die Leuchtrakete sah, hab ich sofort geahnt, dass die Sache etwas mit dem Fall zu tun hat."

Martina löffelte die Crema aus ihrer Espressotasse, sah neidisch zu Reto, der in sicherem Abstand zur allergischen Reporterin lag und noch eine halbvolle Schüssel mit Wasser vor sich hatte.

„Soll ich Ihnen noch etwas bestellen? Geht auf mich!"

Gentiana Ayhan sah sich nach der Bedienung um.

„Nein, danke. Warum wollten Sie mich treffen?"

„Ich wollte Sie fragen, ob ich über Sie schreiben darf."

„Oh, das ist ja etwas ganz Neues, dass Sie mich vorher um Erlaubnis fragen."

„Frau Martens, langsam könnten Sie mir wirklich mal vertrauen. Ich habe Ihnen das Leben gerettet! Wir sollten zusammenarbeiten, dann sind wir unschlagbar."

Eine alte Wut kam in Martina wieder auf, ein „Was wäre, wenn"-Trauma, über das sie seit ihrer Rückkehr aus Neuwerk zwar schon viel mit ihrem Therapeuten gesprochen hatte, aber immer noch nicht hinweg war, wie über so vieles, was in diesem schicksalhaften Urlaub geschehen war. Der Psychologe hatte ihr dazu geraten, das Thema zu vermeiden, um es irgendwann zu vergessen, doch das konnte sie nicht. Ebenso wenig wie sie seinen Rat befolgt hatte, die Reporterin nicht zu treffen.

„Als Sie mich mit dem Schlauchboot vom sinkenden Schiff retten wollten, bin ich doch noch in die Kajüte, um den Jungen zu holen. Nachdem ich wieder rausgekommen war, fehlte von Ihnen jede Spur. Ich weiß, der Mörder schwamm da noch herum und Sie haben Hilfe geholt. Aber wenn das Rettungsschiff fünf Minuten später gekommen wäre, dann hätte es nichts mehr zu retten gegeben, dann säßen wir jetzt nicht hier. Haben Sie darüber schon einmal nachgedacht?"

Gentiana Ayhan sah Sie verdutzt an.

„Nein, noch nie. So negativ denke ich nicht und Sie sollten das auch nicht. Ich hatte doch schon bevor ich das Weite gesucht habe die Rettungskräfte verständigt, wusste, dass sie jeden Moment kommen würden."

„Wie haben Sie das überhaupt gemacht? Ich hatte keinen Empfang da draußen."

„Dann sind Sie wohl beim falschen Handyanbieter", sagte sie lachend.

Martina erinnerte sich an ihren Aufenthalt auf der Vogelinsel Scharhörn, wo Kamil und sie anders als der Vogelwart ebenfalls keine Verbindung zustande bekommen hatten, und wusste, dass die Reporterin recht hatte. Sie setzte den Anbieterwechsel auf ihre gedankliche To-do-Liste.

„Also, was ist nun, darf ich Ihnen von meinem, pardon, von unserem neuen Projekt erzählen?"

„Ich bezweifle, dass es ein gemeinsames Projekt geben wird, aber bitteschön, nun legen Sie schon los."

Auch wenn es unhöflich war und sie an diesem Dezembernachmittag wie eigentlich an allen Tagen, an denen kein Training mit der Staffel anstand, nichts mehr vorhatte, warf sie einen Blick auf die Uhr.

„Meine Artikel aus und über die Geschehnisse auf Neuwerk wurden wahnsinnig gut geklickt. Das Thema trifft einen Nerv: Verbrechen vor der Haustür und doch irgendwie exotisch. Da ist noch so viel mehr Potenzial. Das sehe übrigens nicht nur ich so, sondern auch kein Geringerer als mein alter Bekannter Bodo Maybach!"

Sie hörte auf zu erzählen, erwartete offenbar eine Reaktion von ihrem Gegenüber. „Kenne ich nicht."

Mit nicht einmal gespieltem Entsetzen sah die Reporterin sie an. „Sie kennen den bekanntesten Verleger Hamburgs nicht? Nun, das wird sich zum Glück bald ändern. Denn er hat mir angeboten, ein ganzes Buch über den Fall zu schreiben."

„Schön für Sie. Was habe ich damit zu tun?"

„Na ja, Bodo Maybach und ich sind uns einig, dass Sie darin die Hauptfigur sein müssen. Ohne Sie wäre der Täter vermutlich nie gefasst worden! Der arme Kamil hätte einen Indizienprozess bekommen und der kranke Ranger würde entweder samt Manuel auf dem Grund der Nordsee liegen oder, fast noch schlimmer, unbehelligt weiterhin sein Unwesen mit kleinen Jungs treiben."

„Aber das haben Sie doch schon alles geschrieben, mehrfach sogar."

Das ließ sie erwartungsgemäß nicht gelten, redete von zahlreichen Details, die noch unveröffentlicht waren sowie von vielen offenen Fragen. „Zum Beispiel habe ich noch immer nicht herausbekommen, wer der Vater von Frank ist. Außerdem gibt es Indizien, dass Manuel und Leon nicht die einzigen Kinder sind, an denen sich dieser Malte vergangen hat. Er arbeitete schon während des Studiums ehrenamtlich im Nationalpark, hat unzählige Kindergruppen betreut. Und viel zu wenig wurde bislang auch über ihre beiden Freunde, die Diemels, berichtet, von denen der eine ja sogar völlig zu unrecht im Verdacht stand."

Die Diemels hatten ihre Ehekrise zum Glück überstanden, David hatte seinem Mann alles gebeichtet – und dieser ihm, wie von Martina nicht anders erwartet, verziehen. Vor wenigen Tagen erst hatte sie eine Leuchtturm-Postkarte von den beiden erhalten, abgeschickt an der Côte d'Azur, wo sie ein romantisches Wiedergutmachungs-Wochenende verbracht hatten. Doch das würde sie Gentiana Ayhan mit Sicherheit nicht erzählen, so wie sie überhaupt nicht gedachte, ihr irgendwelche Anekdoten oder Mutmaßungen für ihr Buchprojekt zu liefern. Und genau so sagte sie es ihr auch.

„Überlegen Sie sich das gut. Denn es würde sich auch für Sie lohnen."

„Kein Bedarf, ich bin gut versorgt, vielen Dank", log sie. Seit der Scheidung lief es bei Martina finanziell alles andere als rosig. Ihr Ex-Mann hatte dank seiner gewieften Anwälte die Unterhaltszahlungen nahezu auf Null gefahren und fast alle Kosten am Haus und für das Studium ihrer Tochter blieben an ihr hängen. Und dennoch, käuflich war sie nun wirklich nicht.

„Ich rede nicht von Geld. Zumindest nicht nur."

„Berühmtheit will ich noch weniger, falls Sie darauf hinaus wollen."

„Aber Sie wollen die Wahrheit."

„An diesem Punkt unterscheiden wir uns also doch."

Die Reporterin sah sie mit einem Lächeln an, das eine gewisse Müdigkeit verriet.

„Okay, kürzen wir es ab. Ich habe Ihnen doch gerade von meinem Kollegen erzählt, der mit dem direkten Draht zur Justiz. Er hat mir über seinen Informanten bei der Staatsanwaltschaft eine Akte kopiert, aus der bislang noch kein Wort in der Presse stand. Es geht um Ihre erste Leiche. Niendorfer Gehege. Sie erinnern sich?"

Blut schoss in ihren Kopf genauso wie all die schrecklichen Bilder. Was gäbe Sie darum, sich *nicht* mehr daran erinnern zu können. Doch sie versuchte, sich nichts anmerken zu lassen.

„Was hat das mit Neuwerk und Ihrem Buchprojekt zu tun?"

„Es hat mit *Ihnen* zu tun. Die Polizei, konkret Kommissarin Kosslowski, hat trotz einiger Anhaltspunkte nie ernsthaft ermittelt, inwiefern der Vater durch mutmaßliche Misshandlungen seines Sohnes für dessen Suizid mitverantwortlich ist. Sie haben wohl schon damals auf eigene Faust versucht, etwas herauszubekommen. Ohne Erfolg. Wie ich Sie kenne, wurmt Sie das bis heute und ob Sie es glauben oder nicht, mich auch. Mein Vorschlag ist daher folgender: Sie helfen mir mit dem Buch, fahren mit mir so bald wie möglich noch einmal auf die Insel, wo wir alles noch einmal aufrollen und klären, was noch offen ist. Im Gegenzug helfe ich Ihnen mit dem alten Fall, wir nehmen uns die Familie vor, ziehen den Vater endlich zur Rechenschaft."

Martina nahm ihre Handtasche in die eine und Retos Leine in die andere Hand. Sie holte einen Fünf-Euro-Schein aus der Brieftasche, pfefferte ihn auf den Tisch und stand auf. Unmöglich konnte sie einen Moment lang länger hier blieben.

Gentiana Ayhan versuchte nicht, sie aufzuhalten, schien sich sammeln zu müssen, auf diese Art von Reaktion war sie nicht vorbereitet. Erst als Martina und Reto an der Tür waren, rief sie ihr etwas nach, so laut, dass das halbe Café es hörte.

„Frau Martens, Sie können nicht immer davonlaufen! Noch wichtiger als Wahrheit ist nämlich Mut! Man muss sich seinen…"

Den Rest des Satzes hörte sie nicht mehr, denn sie beeilte sich, die Tür hinter sich zu schließen und lief ohne sich noch einmal umzudrehen die Ottensener Hauptstraße hinunter in Richtung des Bahnhofs Altona.

Im Schaufenster eines Reisebüros sah sie das Foto eines Leuchtturms und blieb unweigerlich stehen. Er erinnerte nicht einmal entfernt an den von Neuwerk. ‚Sonderangebot Ostsee im Winter: Kurzurlaub Rügen im 4-Sterne-Hotel ab 99 Euro.'

Da konnte Gentiana Ayhan behaupten, was sie wollte: Und ob sie das tun würde, davonlaufen. Diesmal auch nicht durch schlickiges Watt auf abgetretenen Pfaden in die düstere Vergangenheit. Sondern zur Abwechslung ruhig mal wieder auf geradem Weg über gut ausgebaute Seebrücken hinein in ein völlig unverfängliches Urlaubserlebnis.

Sie sah Reto an: „Na, wie wäre es mal wieder mit der Ostsee?"

Natürlich antwortete er nicht, doch dafür geschah etwas beinahe noch Unwahrscheinlicheres: Das Handy klingelte. Es war zum Glück nicht die Reporterin, sondern Anna, ihre Tochter. Vor Tagen schon hatte Martina ihr auf die Mailbox gesprochen, sie gebeten, ihr endlich die ersehnte Zusage zu geben, dass sie in diesem Jahr über die Feiertage nach Hause kommen würde.

„Mama, sorry, dass ich mich jetzt erst melde. Ich wollte dir nur sagen, das mit Weihnachten… Wenn es dir so wichtig ist, dann komme ich. Auch wenn ich das ganze verlogene Heile-Welt-Getue zum Kotzen finde."

Immer wieder war es in den Jahren vor der Scheidung an Heiligabend zu schlimmen Szenen und übelstem Familienkrach gekommen. Vermutlich war das der Grund, weshalb ihre Tochter sich zur Weihnachtshasserin entwickelt hatte.

„Das ist lieb von dir, Schatz. Aber ich habe eine bessere Idee. Wir fahren weg über die Feiertage, nur du, Reto und ich. Nach Rügen. Du bist eingeladen. Was hältst du davon?"

„Das klingt toll! Aber Mama, das kann ich nicht annehmen, ich weiß doch, dass du knapp bei Kasse bist und ich koste dich schon genug Geld."

Martina musste nicht lange nachdenken, sie hatte ihre Entscheidung eigentlich schon getroffen. „Mach dir darüber keine Gedanken, meine liebe Anna. Für mich hat sich heute eine interessante Zuverdienstmöglichkeit ergeben. Wie es aussieht, gehe ich demnächst unter die Schreiberlinge."

Ihr Entschluss stand fest: Sie durfte nicht mehr zulassen, dass andere an ihrem Schicksal verdienten, es vielleicht sogar bestimmten. Noch heute würde sie alle Termine bei Ihrem ohnehin überteuerten Therapeuten absagen – und den Verleger, diesen Bodo Maybach, kontaktieren.

Ab sofort, das schwor sich Martina, schrieb sie ihre Geschichte selbst.

Nachwort

Liebe Leserin, lieber Leser, gestatten Sie mir ganz am Ende noch einen eigentlich selbstverständlichen aber bei einem so kleinen Ort wie Neuwerk ganz besonders wichtigen Hinweis: Die Orte im Roman existieren zwar fast alle in Wirklichkeit, die Handlung und sämtliche Charaktere sind jedoch völlig frei erfunden. Bei meinen Aufenthalten auf der Insel habe ich die Menschen dort gegenüber Fremden stets als sehr aufgeschlossen, gutartig und warmherzig erlebt. All die schrecklichen Dinge, die düsteren Geheimnisse, die ich ihnen angedichtet habe, entspringen also keinesfalls meinen Eindrücken vom Eiland und den Leuten, sondern allein meiner ebenso lebendigen wie schmutzigen Fantasie…

Einzig zu den beiden Protagonisten, Martina und Reto, gibt es im Entferntesten eine reale Inspiration, nämlich die großartige Hundeführerin M. und ihr wundervoller Border Collie M. Die beiden haben zufälligerweise zur selben Zeit wie ich Urlaub auf Neuwerk gemacht und mir ein bisschen von ihrer bewundernswerten und faszinierenden, ehrenamtlichen Arbeit erzählt.

Sie und alle, die sich damit wirklich gut auskennen, mögen mir verzeihen, dass ich aus dieser Begegnung eine fiktionale Figur gestrickt habe, die mir zwar sehr ans Herz gewachsen ist, die aber im Dienste der Spannung abenteuerliche Fehler begeht, welche einem echten, erfahrenen Gespann aus Rettungshund und Führerin mit Sicherheit niemals passiert wären…

Den beiden gilt mein Dank genauso wie allen, die bis hierhin gelesen haben. Ich hoffe, Sie hatten beim Lesen eine ebenso spannende Zeit wie ich beim Schreiben und bei meinen Recherchen auf der Insel. Und ich lade Sie nicht nur herzlich ein, mir eine Bewertung bei Amazon zu hinterlassen, sondern auch, sich – falls Sie es nicht längst getan haben – selbst ein Bild von diesem wunderschönen Fleckchen Erde namens Neuwerk zu machen!

Printed in Poland
by Amazon Fulfillment
Poland Sp. z o.o., Wrocław

62524881R00143